六霍赤卫师

赤卫师长车厚桥

朱绍堂 著

合肥工业大学出版社

图书在版编目(CIP)数据

赤卫师长车厚桥/朱绍堂著.—合肥:合肥工业大学出版社,2016.12
ISBN 978-7-5650-3142-7

Ⅰ.①赤… Ⅱ.①朱… Ⅲ.①纪实小说—中国—当代 Ⅳ.①I247.5

中国版本图书馆 CIP 数据核字(2017)第 020560 号

赤卫师长车厚桥

朱绍堂 著		责任编辑 郭娟娟 何恩情
出 版	合肥工业大学出版社	版 次 2016 年 12 月第 1 版
地 址	合肥市屯溪路 193 号	印 次 2017 年 2 月第 1 次印刷
邮 编	230009	开 本 710 毫米×1010 毫米 1/16
电 话	人文编辑部:0551-62903205	印 张 18.75 彩 插 0.5 印张
	市场营销部:0551-62903198	字 数 345 千字
网 址	www.hfutpress.com.cn	印 刷 安徽联众印刷有限公司
E-mail	hfutpress@163.com	发 行 全国新华书店

ISBN 978-7-5650-3142-7　　　　　　　　定价:29.80 元
如果有影响阅读的印装质量问题,请与出版社市场营销部联系调换。

谨以此书献给车厚桥烈士诞辰 110 周年

六霍赤卫师师长车厚桥烈士遗像

打土豪分田地

（来源于百度图片，藏于中国国家博物馆）

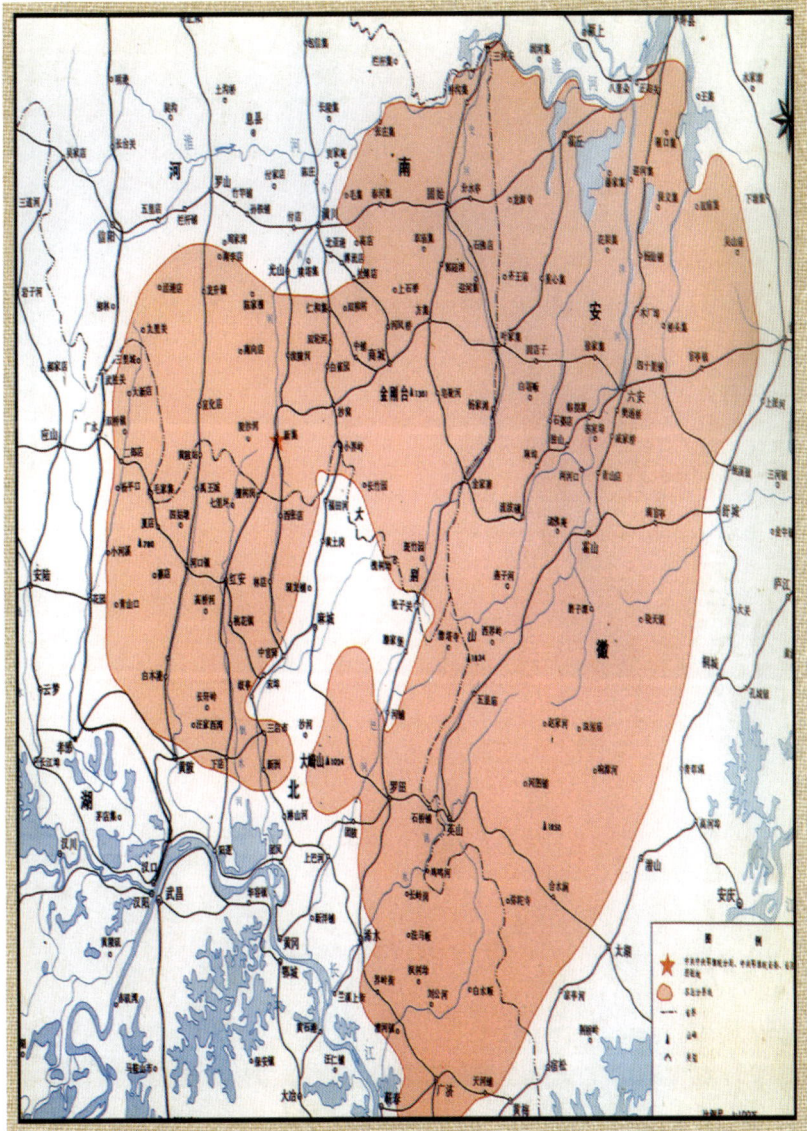

大别山革命根据地形势图

皖西革命根据地形势图

纪念亭内车厚桥烈士塑像

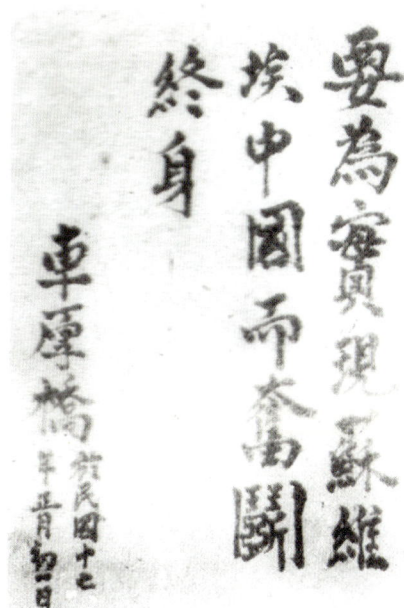

车厚桥烈士手迹

烈士女儿车敦明照片

自　序

今年是车厚桥烈士诞辰 110 周年，谨以此书献给烈士的忠魂。并愿意看到烈士一心为人民、一心为革命的红色基因永远传承。

20 世纪二三十年代，帝国主义、封建主义、官僚资本主义三座大山压在中国人民的头上，统治者昏庸暴虐，官僚腐朽透顶，几乎无官不贪，社会浊流横行霸道。作为当时世界第一农业大国的中国，土地高度集中，生产力水平低下、生产关系陈旧、经济基础薄弱、上层建筑黑暗，广大劳动人民终日辛劳，却还是食不果腹、衣不蔽体、身无分文、流离失所，他们政治上受压迫、经济上受剥削、文化上受剥夺、社会上受歧视，挣扎在死亡线上。如果再赶上个天灾人祸，就会出现满眼饿殍、遍地哀鸿、卖儿鬻女的惨剧。为了生存，农民的暴动和起义就不可避免地发生了。

为了改变广大劳苦大众的生存环境，中国共产党因势利导，发动和领导了土地革命。1929 年，皖西地区掀起了红色浪潮。5 月 3 日，中共霍山县委领导的诸佛庵兵变成立了红军游击队，拉开了皖西武装斗争的序幕；5 月 6 日，中共豫东南特委委托鄂东北特委领导的立夏节起义，诞生了中国工农红军第 11 军 32 师；紧接着，在中共六安县委的领导下，爆发了六安南庄畈六保（今属金寨县）联络自卫团起义、六安武陟山农民暴动，分别组建了游击队；还组建了六霍军委和游击武装。10 月，中共六安中心县委在六安县独山郝家集成立，舒传贤同志担任中心县委书记，下辖六安、霍山、霍邱、寿县、英山（此时属于安徽省管辖）、合肥 6 个县，统一了皖西地区党的领导。中心县委于 11 月初至次年春天领导了以农民武装起义为主体、民团起义相配合的六霍起义，这是鄂豫皖边区规模最大、范围最广、持续时间最长、具有周边县连锁暴动特点的武装起义。11月8日，党领导和发动了独山农民武装暴动，成立了红军游击队和赤卫队；从11月19日起，霍山县西镇地区（含原属霍山今属金寨的燕子河地区）赤卫队，在红32师的支援下，爆发了西镇暴动，22日在漫水河成立霍山第五区苏维埃政府，接着又成立西镇革命委员会，并在闻家店成立第六区苏维埃政府。六霍起义后形成的红军游击队组建了中国工农红军第11军33师，创建了一块以六安的独山、龙门冲，霍山的漫水河、燕子河（今属金寨）、闻家店（今属金寨）、桃源河、诸佛庵为中心区域的皖西革命根据地，并逐步扩大到英山的金家铺、潜山的水吼岭一带，并与商南地区的革命根据地连成了一片。

土地革命是党在革命根据地内开展的打倒土豪劣绅、平分田地山场、废除封建剥削和债务、满足农民土地要求的革命。土地革命有力地改善了广大劳苦大众的生存环境，因而获得了他们的拥护和支持。本书的主人公车厚桥在土地革命及此前的北伐战争中英勇奋斗，为了人民的解放事业流尽了最后一滴血。车厚桥烈士是六（安）霍（山）英（山）三县毗邻地区的赤卫师师长，在开辟苏区、巩固苏区、发展苏区、保卫苏区的战斗中冲锋陷阵，功勋卓著，不幸于1931年1月壮烈牺牲，年仅25岁。他为了人民利益而献身，人民永远怀念他。

外公和车厚桥烈士是邻居，也曾跟随烈士参加土地革命。从童年开始，三四十年来我经常去红石岩，也经常听到老人们介绍车厚桥烈士的事迹。烈士全心全意为人民翻身求解放的英勇事迹使我深受感动，常常使我产生一种要表达出来的冲动。

2014年夏天，中共六安市委党史研究室的陈道明副主任，给我一个模糊的地址，要我帮助打听车厚桥烈士的女儿车敦明的下落。在得到霍山县黑石渡镇政府、黑石渡镇派出所、印墩冲村两委的支持后，再加上一些热心人的指点，于8月底，终于找到了烈士女儿车敦明（韩先明）老人。在陈道明副主任的带领下，我和裕安区党史办的张平主任、陈康同志等人在慰问了烈士女儿后，还对老人进行了采访。车敦明老人家庭生活幸福，虽然当年已经85虚岁了，但身体很健康，除了日常家务外，还能从事种菜、砍柴等体力劳动。在采访中，她给我们详细叙述了其母亲当年为她介绍过的父亲车厚桥烈士的英勇事迹。

　　不久，陈道明副主任和我商谈了关于写作《赤卫师长车厚桥》的具体事项，希望我能承担起这个任务。作为一名教师和文学爱好者，写作党史人物的文学传记，是一项全新的课题，并且存在着"三隔"：一是"隔行"，教师写党史人物；二是"隔地"，霍山县人写裕安区人物；三是"隔代"，20世纪60年代出生的人写二三十年代的人物和事件。在市委党史研究室邓典厚主任、蒋二明副主任、陈道明副主任、裕安区委党史办公室张平主任、霍山县委党史研究室汤祖祥主任等领导的支持下，我勇敢地接受了这一任务。

　　首先，翻阅党史资料、历史档案。这方面，本人得到了中共六安市委党史研究室资料室、中共裕安区党史办公室资料室、中共霍山县党史研究室资料室、裕安区档案局、霍山县档案局、英山县档案部门的大力支持。

　　其次，调查采访。主要是车厚桥烈士出生、学习、工作、战斗过的地方的老人们，感谢他们和知情者的诸多支持。2010年2月16日逝世的百岁老红军李先忠的直系亲属对书稿中的历史事实给予了关注。

　　第三，实地考察。主要是车厚桥烈士战斗过的地方，如裕安区的独山、西河口、郝家集、红石岩、江家店、龙门冲、落地岗、十八盘、锅棚店、九尖头、小南京、红军洞等地，霍山县的衡山镇、诸佛庵、漫水河、上土市、柳树店、新店河等地，英山县的城关、金家铺、草盘地等地，金寨县的燕子河、麻埠等地。

　　第四，写作修改。本人拟定的写作提纲得到党史部门的认可后，开始写作。从十几万字到四十万字，再到二十万字，历经七次修改，最后以三十万字左右形成正式书稿。初次成稿时，就报请党史部门审阅，中共裕安区党史办公室还为此召开了审稿会。中共六安市委党史研究室的邓典厚主任就传记的结构体系和写作脉络提出了很好的指导意见；中共霍山县委党史研究室的汤祖祥主任挤出时间审阅和修改了本书的第二稿；中共裕安区委党史办公室的陈康同志就全部内容提出了修改建议。最后，中共安徽省委党史研究室李兵副主任对本书进行了审读。

　　中共安徽省委党校的李稼蓬教授（退休前是副校长）是我的导师，省委党校的高文彬老师是我学习时的班主任，他俩在我写作本书时都给予了精神鼓励。中共六安市委常委、宣传部部长韩君同志始终关切本书的写作进程。中共六安市委党史研究室和中共霍山县委党史研究室自始至终关心本书的写作和审查。中共霍山县委办公室、霍山县教育局、下符桥镇中心学校给本书的写作提供了写作环境和时间保证。中共六安市委党史研究室的李牧麟同志，中共裕安区委党史办公室现任主任杨光华、副主任张勇对本书的写作给予了关心。中共霍山县委宣传部、霍山县文广新局在本书的写作和出版过程中给予了大力支持，使本书得以付梓。

事实上，《赤卫师长车厚桥》是中共六安市委党史研究室、中共霍山县委宣传部、中共裕安区委党史办公室、中共霍山县委党史研究室、霍山县教育局、霍山县文广新局共同组编的，笔者不过是具体执行人罢了。因为领导们的共同关怀，本书才得以面世。

对以上关怀、关心、支持、帮助作者成书的单位和领导，作者在此表示衷心的感谢，并致以深深的谢意。

由于作者是初次进行此类写作，书中的缺点和错误在所难免，敬请各位读者和社会各界人士不吝赐教，给予批评指正。

2016 年 10 月 12 日

目　　录

大寒雪飘城头示众

楔　子

　　大寒是二十四节气中的最后一个节气，也是中国大部分地区一年中的最冷时期。俗话说："小寒大寒，冻成一团。"这时寒潮南下频繁，风大，低温，地面积雪不化，呈现出冰天雪地、天寒地冻的严寒景象。

　　1931年1月21日是农历1930年的腊月初三，正值"大寒"节气。那天中午，在寒风呼啸声中，碎米粒大小的雪粒从天空不停地散落下来，不一会儿，鹅毛片状的雪花从空中纷纷扬扬地飘落下来。

　　六安县城被一团阴暗笼罩着。构建城墙的"三六九"青砖①上布满绿衣，被雨水和雪粒侵袭后，潮漉漉的。

　　六安县政府大门外的旗杆上，被雪粒和雨水浸透的中华民国国旗——"青天白日满地红"②沉沉地下垂着，在风中轻微摆动，难以飘扬。

　　县政府大门外不远处是县城（原六安州城）的北门——武定门。武定门穹顶形门头的上面，一个身材魁梧的男人被12根九寸（30厘米）长的大铁钉钉在木制的门头上。四肢的每一肢都钉着3根大钉，壮汉脚踩门头，身体被大钉固定，形态呈"大字型"。

　　北城门的右边，贴着一张布告。上面的毛笔字醒目地写着以下文字：

告　示

　　红匪大头目、匪所谓六（安）霍（山）英（山）赤卫师师长车厚桥被英勇善战的剿匪部队于两个月前活捉。该首逆系六安三区龙门冲乡人，公然煽动山民造反，杀人放火、抢劫地方、对抗政府、颠倒纲常；被活捉后依然执迷不悟，继续辱骂党国、侮辱政府官员。为尽快扑灭赤祸、震慑余匪，特将车犯厚桥钉于城门头示众，严肃纲纪，明正刑典，以儆效尤。

切切此布

国民革命军新编独立第 5 旅旅长　潘善斋

中华民国政府安徽省六安县县长　朱　鹏

中华民国十九年一月二十一日

六安州城历史上共建有 4 个正城门，分别为东门朝京门、南门德胜门、西门通济门、北门武定门；另外出于便捷还有两个偏门，即东南侧城墙的魁星阁、西北侧临河的便储门。而州治所，也就是当时六安州的政府行政机构，设立在便储门旁的鼓楼附近。六安城的北门和南门，各有一座宝塔，北门塔叫作多宝庵塔；南门塔叫作观音寺塔，六安人习惯称之为北门锥子、南门锥子。《六安州志》记载，贞观十六年（公元 642 年）前后，为了表彰李药师的功绩，尉迟恭奉旨在六安州监造"药师寺塔"。后称为多宝庵塔或称北塔。南塔是在唐代武德年间（618—627 年）由僧人元通化缘而造，原名浮图寺塔，宋代重修，现改名为观音寺塔。南、北双塔是六安的一道著名风景，历史上一直有"双塔摩青"之喻。

下午，来来往往的六安州人传播着一条恐怖的消息：北城门的门头上钉着一个身材高大、满身伤痕的人，名字叫车厚桥！旁边还有告示呢！

六霍赤卫师师长车厚桥是什么来历？

他是怎样带领山区人民造反的？

车厚桥又是怎样被钉在六安城门上的？

要回答这些问题，让我们打开历史画卷。

注释：

①"三六九"青砖，即手工制作后土窑烧制的青色的长方体黏土砖，长 9 寸宽 6 寸厚 3 寸。寸，旧制长度单位，1 米＝3 尺＝30 寸。

②"青天白日满地红"是中华民国国旗样式，国旗由青天、白日、满地红三部分组成。"青天"象征中华民族光明磊落、崇高伟大的人格和志气。"白日"象征坦白公正、无私无我，指示国人要有清净洁白、毫无污点的纯正心地与思想。"红"象征革命先烈的热血，指示国人要有牺牲奉献、勇敢奋斗的精神。青、白、红三色又分别代表三民主义中的民族主义、民权主义、民生主义，也分别象征自由、平等、博爱。

寒冬冷夜厚桥问世

第 1 章

家处淠河对角线，乡居山村皋西南

打开中国地形图，就可以看到在华北平原和长江中下游平原之间有一片浅黄色山区，这片浅黄色所表示的山区就在鄂、豫、皖三省的交界处，是由大别山脉与霍山山脉共同组成的。由于古华南板块和古华北板块发生碰撞，中生代中期侏罗纪的昆仑造山运动形成了"西北—东南"走向的大别山；中生代晚期白垩纪的燕山造山运动形成了"东北—西向弧—东南"走向的霍山山脉。后起的霍山山脉与先成的大别山脉发生撞击，出现了剧烈转折的"霍山弧"。"霍山弧"的东南部分与大别山的东南尾段平行且时有重合。《辞海》指出：霍山"在安徽省西部，西北接大别山，东北延伸分为两支丘陵：一在巢湖北，延伸至明光市东。一在巢湖南，称北硖山。主峰白马尖，在霍山县南"。车厚桥的家乡红石岩以及主要活动地点龙门冲、独山位于六安县（简称"皋"，辖区现属于六安市的裕安区、金安区）西南的边境地带，与现在的金寨县麻埠区（当时属六安县）、霍山县的诸佛庵区接壤，属于霍山山脉的东北弧。

六安属于皖西，历史上是战略要地。清代诗人赞曰："屏障东南水陆通，六安不与别州同。山环英霍千重秀，地控江淮四面雄。"今天的皖西是安徽省西部四县三区的统称，即地级六安市，含霍山、舒城、霍邱、金寨四个县和金安、裕安、叶集三个区。皖西地区西与河南、湖北两省接壤，东邻合肥，东北接淮南，北连阜阳，南靠安庆。贯淮淠而望江海，连鄂豫而衔中原。1932 年以前的皖西包括今天属于湖北省的英山县，1945 年以前含合肥县，1952—1983 年皖西曾辖合肥市的肥西县，2015 年以前的皖西还包括今天属于淮南市的寿县。

在大别山第五峰天堂寨（海拔 1729 米）和大别山主峰白马尖（海拔 1774 米）的北部，流淌着一条著名的河流——淠河。淠河古称毗水、白沙河，在两河口以上分两支，西支称西淠河，东支称东淠河。淠河以东淠河为主源。东淠河在佛子岭水库以上，也分两支，东支称黄尾河，西支称漫水河。黄尾河上有磨子潭水库，漫水河上有白莲崖水库，两座水库出库后进入佛子岭水库。从佛子岭水库出库后的东淠河，基本向北流，经梁家滩、黑石渡；折东经霍山县城、团山咀至西两河口，其间右纳柳林河、幽芳河、高庙河及山王河；左纳深水河、戴家河、龙门冲河等。西淠河古称湄水，也叫毛坦河、燕子河、西河、麻步川，西淠河上有 1958 年建成的响洪甸水库，出库后经驻驾湾、独山镇，至西两河口与东淠河相汇合。所谓"西两河口"是相对金安区的"东两河口"而言的。东、西淠河于西两河口汇合后，向北流至正阳关入淮河，这一段是淠河的主干。

从西两河口出发，沿着东、西淠河各上溯 20 千米，分别是霍山县的迎驾厂和金寨县的响洪甸库区，在连接迎驾厂、响洪甸水库中心（老麻埠街被淹没旧址）、西两河口三点组成的三角形内，除沿河少数畈区外，基本上都是山区。地理区域分别属于金寨县的麻埠镇，霍山县的黑石渡镇、诸佛庵镇，裕安区的西河口乡、独山镇。其中处在三角形顶角位置、紧贴西两河口的是西河口乡。

西河口乡位于皋西南（六安县西南部），与金寨、霍山两县交界，属于亚热带气候向暖温带过渡地带，温暖湿润，四季分明。西河口历史悠久，人文荟萃。远古时期蚩尤大战黄帝从这里出发；近古时期秦始皇南巡经过此地。这里曾涌现了兽医学鼻祖明代的喻本元、喻本享兄弟；这里还是共和国开国将军赵俊、高先贵、杨中行，共和国元帅刘伯承的夫人汪荣华等革命先辈的家乡。

在东、西淠河组成的锐角中，有一条角平分线——龙门冲河。龙门冲河在龙门冲集镇旁边有两条支流：一条是来自龙门冲集镇西南方的十八盘河；另一条是来自龙门冲集镇正西方的青石河。龙门冲的得名源于龙门冲集镇西南山冲 2.5 千米处的一座天然石门。

车厚桥的家乡就在青石河畔的红岩，亦名红石岩。红岩村位于西河口乡西南部，同霍山、金寨两县相邻。风景优美、空气清新、山多地少、盛产竹木、粮食不能自给等是红岩村的五大自然特点。

红岩，顾名思义，就是红色的岩石。从意识形态来说，那掩映在苍松翠竹之中的满山红石，再加上红杜鹃，就像是先烈鲜血染成的红色图案。科学地看红色岩石，它的岩层含三价铁较多，能一层一层地分辨出来。红岩村的满山红岩，就是含铁量高的页岩。

车氏家族源远流长，富裕家庭家境日衰

在红岩村，除了车家楼是车姓聚居地外，车家湾村民组也是车姓聚居地。车厚桥所姓的车氏，郡名京兆，堂号聚萤。据史书《元和姓纂》与《汉书》记载：京兆车氏是舜后田氏之裔。始祖是田（车）千秋。在历史的长河中，作为汉代丞相之后的车氏散居各地，主要分成南北两支，北支居山西、河南、河北、山东、甘肃各地，南支到了安徽、湖南一带。

车氏始自远右（陇西），原籍幽燕，再迁湖广。车厚桥的先祖鸿鹏公由江右（即江西）迁至皋西车家畈（属六安市裕安区徐集镇），清康熙年间又迁至山清水秀的龙门冲，同时还有一支从车家畈迁往山西太谷。

《三字经》上有一个"囊萤照读"的故事，他的主人公就是京兆车氏的16世祖车胤（东晋时南平郡人，字武子）。后人为纪念车胤，将他常常去夜读的土台命名为"囊萤台"。于是，车氏就将自家的堂号命名为"萤照堂""聚萤堂"或"囊萤堂"。1600多年来，车胤"囊萤照读"的故事与匡衡的"凿壁偷光"、孙康的"映雪照书"等历史故事一样，一直在民间广为流传，并激励着一代又一代的读书人发愤图强，勤奋攻读。

元朝末年，红巾军农民起义领袖之一的陈友谅（湖北沔阳黄蓬人，1320—1363年），是"汉"政权（年号大义）的缔造者，也是车氏人物。陈友谅应为车友谅的原因是：因曾祖父早逝、曾祖母带着祖父车千一改嫁谢家，车千一因而改姓，名唤谢千一；谢千一成年后又入赘陈家，改姓名为陈千一。陈千一生子陈普才（后来被朱元璋封为承恩侯）即陈友谅之父。红巾军最初与明教、弥勒教、白莲教等民间宗教相结合起事于江淮河汉一带，是起来反抗元朝统治的主要力量。起义队伍因打着红旗，头扎红巾，故称作"红巾"或"红军"，又因焚香聚众，被称作"香军"。为了鼓舞"红军"将士的反元士气，陈友谅与彭莹玉合创了《红巾军军歌》，其歌词是这样的：

云从龙，风从虎，功名利禄尘与土。

望神州，百姓苦，千里沃土皆荒芜。

看天下，尽胡虏，天道残缺匹夫补。

好男儿，别父母，只为苍生不为主。

手持钢刀九十九，杀尽胡儿方罢手。

我本堂堂男子汉，何为鞑虏作马牛。

壮士饮尽碗中酒，千里征途不回头。

金鼓齐鸣万众吼，不破黄龙誓不休。

本书的主人翁车厚桥，是六安州（元代始置，1912 年废州为县。辖境相当今安徽六安、霍山等市县和湖北英山县地）六安县独山区龙门冲乡青石河上保简冲甲（今六安市裕安区西河口乡红岩村傅家院子村民组）车家楼村庄人。

车家楼村庄处于大山峡谷之中，坐落在红牛石山下东南方向的冲脑（山冲的顶端）里。小溪的西面是车家楼，背靠红牛石山；小溪的斜下东面是车厚桥的家，也是背靠大山；车厚桥家的左前方是一块约 200 平方米的场院。

19 世纪末 20 世纪初的车家楼，整个建筑是由三个四合院组成的，靠着冲口的那个四合院是两层楼，第一层是一尺二寸（40 厘米）厚的黄泥筑成的土墙（俗称"干打垒"），上面一层是"三六九"大青砖砌成的房屋及小瓦（手工制作的黏土制品，再经过土窑烧制成的，弧形长块）盖顶；中间和里面的两个四合院是土墙小瓦顶。车家楼背靠大山，向着冲脑的一面和屋后，是茂密的竹林，向着冲外的一面是车家楼人的出马大路，刚上大路的小溪边，分别有一棵榆树和枫树，2015 年这两棵树的胸径周长都有 10 米来粗，车厚桥在世时大树胸径周长也应该有 6 米左右，这两棵大树与车厚桥家相对，中间隔着场院与山溪。在冷兵器时代，车家楼有很好的防盗、防匪功能。

青石河上保的耕地很少。1949 年以前，这里的百十户人家过着自给自足的封建手工经济生活，大多以砍伐出卖竹树、扛驮和采摘炒制茶叶为生，耕田种地只是一个补充。车厚桥的曾祖父车道先就是这百十户人家当中的一户，他饱读诗书，为人正派，经常周济乡邻，深受乡邻们的爱戴。他还有一套防身的武功，闲暇之余，经常有人前来探讨。车道先儿孙众多，他共有七个儿子。

车厚桥的祖父车德江在家庭中排行老大，出生于道光二十九年（1849 己酉年），曾跟随父亲和师傅学过功夫，很有武术根基；祖母戴氏，生于咸丰六年（1856 丙辰年）。车德江在世时，有庄房十几间，还出租自家田地、柴山、茶山，家里除了吃租金外，还开设茶行、扫把行，家境比较富裕。

车厚桥的父亲车明星就是生于这样一个相对富裕的家庭，为乡邻们所羡慕。车明星生于同治十三年（1874 甲戌年）；车厚桥的母亲张氏（张皆龙女），生于同治十四年（1875 乙亥年）。车明星幼年读过几年私塾，为人比较忠厚，酷爱读书娱乐。成年后子承父业，开设扫把行等，以维持生活。他常年辛苦劳作，希冀家兴业旺。然而，因为时局的日益恶化，兵匪苛捐杂税多如牛毛，家境日衰。车家的情况正如毛泽东同志在 1926 年 3 月所写的《中国社会各阶级的分析》中所指出的小资产阶级左翼那样："这一部分人好些大概原先是所谓殷实人家，渐渐变得仅仅可以保住，渐渐变得生活下降了。他们每逢年终结账一次，就吃惊一次，说：'咳，又亏了！'这种人因为他们过去过着好日子，后来逐年下降，负债渐多，渐次过着凄凉的日子，'瞻念前途，不寒而栗'。这种人在精神上感觉的痛苦很大，因为他们有一个从前和现在相反的比较。这种人在革命运动中颇要紧，是一个数量不小的群众，是小资产阶级的左翼。"①

打猪盅高朋饮酒，寒冷夜厚桥出生

1907 年（光绪卅二年）1 月 6 日是二十四节气中的"小寒"，日干虽然是属兔，可车明星家却杀了一头 280 多斤重的大肥猪准备过年。按照习俗，农村杀猪过年，要选择日干在十二属相中块头较大的牛、虎、马等日子杀猪，因为可以引来"下一年可以再宰大猪、发大财"的好运。车明星家没有按照习俗杀猪，是因为妻子临产了，防止杀猪迟了会影响妻子"坐月子"。

皖西地方有杀年猪请亲邻"打猪盅"分享劳动成果的习惯。猪盅即猪血，"打猪盅"就是请亲朋好友到家免费吃喝刚宰杀的家养猪肉、猪下水、猪血。在 1 月 7 日宴请了左邻右舍以后，车家又于 1 月 8 日宴请了龙门冲街上的商户邻居。

因为有通家之好，1 月 11 日，按照父亲车德江的吩咐，车明星又专门宴请了青石河书塾闻遐迩的金老先生和皋西南的著名医生傅老医生，除了与他俩是亲戚以外，更重要的是车家有尊师与敬医的传统。

1907 年 1 月 11 日是农历丙午年（1906）十一月廿七日，早晨，伴随着呼啸的北风，冬雨随之而来。以一场雨代替一场雪，给迟到的腊月大地押上潮湿的韵脚。确切地说，下的是似雨非雨、似雪非雪的东西，雨点落在房子后面冰冷的地面上，变成了带水的一堆冰碴。

中午时分，云层开始变薄，冻雨已经停止。车明星家的大门虚掩着，用以阻挡寒气入侵。堂屋里，车明星愉快地奉陪着清末秀才金明耀老先生和医术高超的傅老医生品酒谈天。桌子上摆满各类菜肴：炖肉、炒肉、余肉、渣肉、烧肉、猪盆烧黄心菜、腰花、卤肚等，不一而足，都是新杀肥猪身上所出的。坛子里装着龙门冲槽坊的家酿，两把酒壶装满了白酒，一把放在桌上，一把放在里间的火笼凼（旧时农村人取暖，在家中挖一个方形浅坑，把柴火放在里面烧，人们围着烤火。那个方形浅坑就叫"火笼凼"）边上加温与保温。桌下是炭火盆，热量不息；桌上是炭火炉，铁耳锅里"扑吐扑吐"地响着。

父亲车德江坐在上横；金明耀老师坐首席，傅老医生坐二席；车明星坐在下横，负责斟酒、递烟和桌上服务。又一次给来宾斟满酒以后，车明星放下酒壶说道："两位，不是我说酒话，这大清国怕是寿数到了。"

"是的"，傅老医生接着说："大清国已经病入膏肓，对内掌政风格日趋保守和僵化，政治腐败，官老爷作威作福，人民生灵涂炭；对外打一仗败一仗，割地赔款、开放通商口岸，清廷的威信一落千丈。恐怕是无药可救了。"

"内乱迭起，开始是天理教和白莲教，中间是长毛，最后是义和团，大清国的国力耗尽了。"金老先生搭着话说。

"西太后和光绪帝推行的洋务运动，可能有一些效果，中法战争我中华已经打赢了。"车明星跟着说。

金老先生喝干酒杯里的酒，捋着胡子说："《辛丑条约》丧权辱国，西太后效仿西洋与日本的办法，开始推行新政，进行了包括建立新军、废除科举、承诺实行立宪在内的一系列变革，可惜太迟了。"

父亲车德江没有参加关于时事的谈话，仅仅作为一个听者存在。但他心里有自己的盘算。

"南方的革命党人屡败屡战，势头越来越大，除去腥膻，大有希望。"傅老医生兴致勃勃地说着。

"清朝要垮台，是不会假的，可我们汉人也要有很多人物领头才行。"坐在上横的车德江老人用手捋着胡子说。

"我们已经有了不少人才和人物，可还是要培养大批后起之秀。说不定还有你们车家的呢。"金老先生朗声说道。

……

这顿中饭一直吃到下午三点多钟，当金老先生和傅老医生告辞时，天气已经转阴。

傍晚，乌云散尽，天空中飘浮着朵朵白云。由于几天来家里客人不断，车明星的妻子张氏挺着足月的大肚子辛勤地劳作着。她非常疲劳，夜幕降临的时候，就洗脚上床休息了。

初夜，张氏肚子开始作痛了。车明星见状忙去请稳婆（即接生婆）。快到半夜时，红牛山下车明星的房子里，妻子张氏正在生产。

忽然，清脆的婴儿啼哭声传遍了整个山冲。

接生婆把婴儿抱给正在火笼迩边烘火的车明星看视，车明星一扭头，就看到这个婴儿生得魁梧大脸、面目清秀，两腿之间的小鸡鸡突出。他高兴得合不拢嘴。

婴儿放进了母亲的被窝后，接生婆接过喜钱走了。年已 33 岁的车明星，出门一看，只见夜幕中的门前小溪上的厚石条搭建起的石桥，伟岸结实，方便人们行走，就给孩子取名为车厚桥。

车厚桥满月时，金老先生根据他的四柱［丙午、庚子（辛丑）、庚申、丙戌］推算："这个孩子将来是一个能干大事的人，不过灾性不小。"车明星回答的是苏轼的《洗儿诗》："人皆养子望聪明，我被聪明误一身。唯愿孩儿愚且鲁，无灾无难到公卿。"金老先生也念了一首婴儿出生诗："独向天涯荡轻舟，疏狂淡墨片语无。留君一阕渔家傲，蓬吹三山笑烩鲈。"

车厚桥出世时，他的前面已有了一个哥哥，他排行老二，后来又有了一个弟弟，共有兄弟 3 人；另外还有姐妹 3 人。

车厚桥过满月时，颇有星相知识和武艺的车德江从儿媳张氏手里接过孙儿车厚桥给道贺的宾客行礼后，双目紧盯着车厚桥，左端右相，越看越满意，越相越高兴。他要儿子、儿媳精心照看二孙车厚桥——因为他看出了小厚桥将来会不简单。

皇帝下台民国政权旁落，厚桥学武祖父锤炼根基

车厚桥问世之日，正是腐败落后的清朝政府行将灭亡之时。此时的中国虽然在形式上仍保持独立，但实际上完全沦为几个帝国主义国家共同宰割下的半殖民地，面临着空前严重的民族危机。外国侵略势力在中国还进行了一系列以传教为中心的文化侵略活动。20 世纪初，国家继续积贫积弱，人民饥寒交迫，并且面临着亡国的威胁。"救亡图存"的呐喊，回荡在世纪之交的中华大地上，显得格外痛切。然而，此时统治中国的腐朽的清政府却已成为彻头彻尾的"洋人的朝廷"，无耻地宣称要"量中华之物力，结与国之欢心"。

在这样日益深重的民族危机和社会危机之下，近代中国民族民主革命所面临的反帝反封建的任务，更加迫切地摆在中国人民面前。

车厚桥出生前一年多的 1905 年 8 月，中国同盟会在日本东京市赤坂区成立，推举担任兴中会总会长与洪门致公堂"洪棍"职务的孙中山为总理，建立了中国同盟会领导机构。大会通过了孙中山提出的"驱除鞑虏，恢复中华，创立民国，平均地权"为同盟会的纲领，并决定创立《民报》作为同盟会机关刊物。孙中山先生提出了三民主义作为中国国民党的基本理论，后被纳入《中华民国宪法》的第一条内容。所谓民族主义，就是反对列强的侵略，打倒与帝国主义相勾结的军阀，求得国内各民族之平等，承认民族自决权。所谓民权主义，就是实行为一般平民所共有的民主政治，而防止欧美现行制度之流弊，人民有选举、罢免、创制、复决四权（政权）以管理政府，政府则有立法、司法、行政、考试、监察五权（治权）以治理国家。所谓民生主义，包括重视民生、发展实业、贫富均等和"平均地权"与"节制资本"四方面的内容。

在三民主义的旗帜下，为了民族独立和人民解放，许多仁人志士抛头颅、洒热血，不懈奋斗。1906 年冬天，中国同盟会军政府发表了孙中山先生起草的《军政府宣言》，最后指出："军政府为国戮力，矢信矢忠，始终不渝。尤深信我国民必能踔厉坚忍，共成大业。汉族神灵，久焜耀于四海，比遭邦家多难，困苦百折，今际光复时代，其人人各发扬其精色。我汉人同为轩辕之子孙，国人相视，皆伯叔兄弟诸姑姊妹，一切平等，无有贵贱之差、贫富之别；休戚与共，患难相救，同心同德，以卫国保种自任。战士不爱其命，闾阎不惜其力，则革命可成，民政可立。愿我四万万人共勉之！"

车厚桥幼年时期，三民主义革命在孙中山的领导下，浪潮一浪高过一浪。

外界汹涌澎湃的革命浪潮推动着历史不断地前进，也给偏僻的山区吹进了缕缕春风。尽管山区百姓还在贫困中挣扎。

在此期间，三四岁的车厚桥，和爷爷建立了深厚的感情。车厚桥很得爷爷车德江的喜爱，爷爷到哪去都带着他。在内心里，爷爷准备把自己的一身武术都传给二孙子车厚桥。

1911 年，车厚桥 6 岁。那年的春天，由于爷爷身患疾病，生怕武功失传，就提前开始教授小厚桥的武艺了。厚桥的哥哥车厚存也参加了武术学习。

学武术是要打基本功的。爷爷虽然十分喜爱车厚桥，但对他的要求却一点儿也不放松。为了练习他的耐力，爷爷安排他练习扎马步。中秋节那天，6岁的车厚桥扎马步扎得两条腿直打哆嗦，从临近中午一直站到晚上吃饭，虽然期间也经过爷爷的允许后零零散散休息了一会儿，但是仍然没能够恢复过来，等爷爷下午回家，对他表示满意后，他早已累得汗如雨下，两条腿都没有知觉了。

由于爷爷抱着发扬光大车家拳的信念，十分认真地考校车厚桥跟他学习招式不全的《形意拳》的拳法。夜里，一轮圆月高挂，清冷的月光照在车家楼枫树前的空地上，周围宁静无比，除了偶尔传来一两声不知道啥动物的啼叫声。

秋夜总是有风的，也特别的凉，可是车厚桥穿一身单衣单裤依旧汗流浃背。

"砰"，又是一个枫树果准确地弹在了车厚桥身上，车厚桥大口地喘着白气儿，有些不满地吼到："爷爷，今天晚上你都扔我八次了。"

"扔你八十次也没用，告诉过你多少次了，正宗的形意拳不是只练其形，而是要配合正确的呼吸方法，讲究一口气在内聚而不散地流动。讲究内气含而不露，气一散，力气也就散了。你喘着粗气儿，是要猴呢？还是撵鸡给累的？"爷爷原本坐在竹楼前的长廊上看车厚桥练拳，车厚桥这一反驳，他倒是愤怒了，说着说着就跳到了车厚桥面前。

"又要做动作，又要做那么奇怪的呼吸动作，什么三长一短，什么呼吸配合，又什么口鼻互换呼吸。爷爷，这怎么出气都不是一口气儿吗？"车厚桥擦了一把汗，有些赖皮地蹲在了地上。

可是他被爷爷拎住耳朵，只得站了起来。在爷爷的督促下，小厚桥咬紧牙关坚持，精心练习武艺。在半闭塞的家乡中，童年的车厚桥在爷爷车德江的教育下，扎实地打着自己的武术根基。

中秋节过后的第五天，中国历史上发生了一个伟大的历史事件——武昌起义爆发了。在武昌首义胜利的影响下，毗邻湖北的安徽省革命形势高涨、革命行动迅速，11 月 8 日安徽省宣告独立，省会安庆和各地相继迅速光复。推举朱家宝为都督，王天培为副都督，窦以珏为民政长。1911 年 11 月 17 日，六安城内绅民出城迎接淮上军，六安宣告光复，成立了"六安淮上军军政分府"，权道涵任都督。六安淮上军军政分府派关芸龙、段云分别率军攻克霍山、英山两县。关芸龙、段云分别担任霍山、英山两县的县督和民政长。

辛亥革命赶走了皇帝，并没有改变社会性质。在半殖民地半封建的中国，农民处于社会的最底层。地主凭借着对土地的占有和垄断，无偿地占有农民的劳动，这种土地所有制度决定了农民被剥削、被压迫的地位。农民不但要受封建主义的剥削和压迫，还要受帝国主义和官僚资本主义的盘剥。

我国的气候和自然条件，决定了农业是个有风险的行业。寒潮、水旱灾害、蝗灾、收获季节的干热风和降水，这些都足以让一个农民在 1～2 年内负债。负债就要借债，还债就会发生土地流转和土地兼并。土地兼并按"损不足而奉有余"的规律愈演愈烈，结果占全国人口不到 10% 的地主、官僚、军阀、商人、高利贷者和帝国主义列强集中了绝大部分土地，而占全国人口70%以上的农民，却没有或只有极少的土地。地租剥削率很高，一般都在60%，有的甚至高达80%。粮食生产作为重要的现金流来源，又被洋米、洋面冲击市场，整个中国的农村处于完全破产的境地。

车厚桥的家乡皖西，自然灾害严重，据地方志记载，在1671—1949年的278年里，就发生自然灾害134次，较大的旱灾每5年一次。每逢特大旱灾时，"草木尽枯，井泉皆涸"，"赤地千里，籽草不收"。每逢特大水灾时，"午夜苍黎呼救切，千家庐舍逐波浮"，"民死之十六，阖家皆毙。无人收殓"。真是"住在河边发大水，搬到山冲起蛟干"。旱涝灾害以后，虫灾相随，"飞蝗蔽日，落地盈尺"。由于生产资料大都掌握在剥削阶级手里，即使是丰收之年，广大农民也是过着"镰刀上了墙，家里断了粮"的生活，一遇自然灾害，日子更是难过。再加上官府横征暴敛，土豪劣绅兼并土地、高利盘剥，兵匪任意抢掠，皖西贫苦农民已经到了"十室九空、粮无隔宿、家家釜内生尘、灶头烟断"，"儿女求鬻，卖之无门"的地步。

袁世凯掌握了中华民国的政权后，立即向由同盟会改组而成的国民党（1912年8月成立）开刀，并派人于1913年3月将极力主张资产阶级政党政治的国民党政治活动家宋教仁暗杀。袁世凯还同英、法、德、俄、日五国银行团签订《善后借款合同》，获得以武力消灭国民党的军费。这时，孙中山等人才警醒过来，认为"非去袁不可"。这年7月，孙中山发动讨袁的"二次革命"，不久遭到失败，他本人被迫流亡国外。袁世凯不但下令解散国民党，还解散了作为民主共和制度标志的国会。随后，他又授意制定赋予他个人独裁权力的《中华民国约法》，用以代替1912年（民国元年）孙中山主持制定的《中华民国临时约法》，处心积虑地为复辟帝制做准备。为了取得日本政府对其复辟帝制的支持，袁世凯不顾全国人民的强烈抗议，竟然于1915年5月9日接受了日本提出的旨在灭亡中国的"二十一条草案"。1915年12月，袁世凯悍然称帝。他的倒行逆施，很快遭到各派反袁力量和全国民众的坚决反对，这场复辟帝制的丑剧不得不草草收场。

继起的北洋军阀对人民进行了经济上的横征暴敛、政治上的黑暗统治，加上军阀战争造成的破坏，严重地阻碍了生产力的发展，给整个社会带来无穷的灾难，使广大人民陷于水深火热之中。

车厚桥家乡的人民就在这半殖民地半封建社会的昏天黑地下艰难生存。

注释：
①见《毛泽东选集》第一卷1970年版，第5~6面。

读书学医寻求发展

争山界长打官司，小康户家道中落

刺蓬洼是龙门冲乡清石河上保的一个山洼，占地面积不足 3 亩，满洼都是荆棘，属于无用之地。在车厚桥出生之时，这块公有土地一直都闲置着。

在农历 1906 年底的里长（相当于新中国成立前的甲长，现在的村民组长）会议上，在议论到这块荆棘林时，间长（相当于新中国成立前的保长，现在的村民委员会主任）说，荒了可惜。到会指导的乡约（相当于乡长）随口说道："谁把它整治好就归谁所有。"参会的间长、间司书（文书）和 11 个里长都一笑了之，谁也没有把它当一回事。

参加会议的两个里长——车明星和阎庆安当时也没有把它当成一回事。可在第二年春天到来之时，都在不自觉之中而又不约而同地先后对刺蓬洼有了动作。因为刺蓬洼的东面是车明星的毛竹园，西面与山顶则是阎庆安的杉树林。

首先有动作的是阎庆安，他在洼顶洼西各砍掉了一丈（3.33 米）宽的荆棘，并随手栽了三十几棵杉树苗。在以后的几年里，阎庆安什么动作都没有。

在洼东有动作的是车明星，他砍了两丈四尺（8 米）宽的荆棘，什么也没有栽种。在以后的几年里，车明星年年都在砍上一年砍的两丈四尺宽荆棘地里的当年生长的荆棘，并向前多砍一二米宽。从此，荆棘越发越小，在毛竹园和刺蓬洼之间形成了一块空地。

又是几年过去了，阎庆安只砍过一次的空地上，又长满了荆棘，他栽种的三十几棵杉树苗被荆棘压迫，只长成不足 2 尺（67 厘米）高的灌木，勉强维持生命，苟延残喘。而车明星每年都在他砍去荆棘苗的空地上再连续砍去新发的荆棘苗枝，结果，他的毛竹繁殖过来了，大的有八九寸粗，并逐渐向刺蓬洼全面扩张。面对此局面，两家都熟视无睹，彼此相安无事。

清廷倒台、民国建立后的 1912 年秋天，袁世凯（1912 年 2 月 15 日，南京参议院正式选举袁世凯为临时大总统，3 月 10 日在北京就职；1913 年 10 月 10 日袁世凯就任正式大总统）主持的中华民国中央政府违背孙中山先生"平均地权"的既定国策，继续承认和维护清朝的封建土地所有制，并把一些公有土地私有化。据此，地方政府要对所有土地进行清查，登记造册，确定权属和利益，作为征收税赋的根据。在重新丈量过的土地上，大多都新埋了界石。

1912 年冬，六安县龙门冲乡也按照县府指示，继续保护封建土地所有制，肯定"土地、山场等生产资料集中在大户手里"的垄断权益。清石河上保在对原有的公有土地——刺蓬洼进行确权时，出现了问题。因为车明星和阎庆安都提出了土地权和产权属于自己的要求，并各自说明了理由。

由于双方各执一词，互不相让，结果只能是打官司。

这两家的争夺，正合地方官员们的下怀，因为他们可以从两家的官司中捞到好处。官司从保打到乡，从乡打到县，从县打到省；又从省回到县。结论从"乡约指教、山形所致"到"历史依据、谁栽谁有"，再从"自然繁殖有主权"到"滚岗三尺不为赖"，等等。不一而足。

在两家准备息讼讲和时，地方政府官员还鼓动他们把官司打到底。腐败的民国地方政府官员，要帮告状人讲话，是要受贿和索贿的。在车、阎两家的官司中，地方政府从"吃了原告吃被告"到"吃了被告吃原告"。于是，在持久的官司中，两家都从小康之家沦为仅能维持生活的自足户。

阎庆安在给六安知县奉送了祖传的珍宝——玉星盘后，终于得到了刺蓬洼的土地产权，但只是"赢了猫儿输了牛"，家庭经济受到重创，仅能维持生存。

车德江因谋求官司得赢，安排儿子车明星也变卖掉一部分土地、房产等家业，从此家道中落。

金明耀书塾教学，车厚桥崭露头角

民国初年，土豪劣绅横行乡里，苛捐杂税多如牛毛。再加上车明星为人厚道，所以屡受地主恶霸的欺侮。输了官司之后，车德江恼闷伤肝，重病在床，奄奄一息。不久车德江病逝。他在咽气前，嘱咐儿子车明星要好好培养三个孙子，尤其是二孙子车厚桥。

家道中落的车明星，遵从父亲遗言，为了扛起门户、重振车家雄风，他痛下决心，先后多次变卖田产，特意花重金请来当地很有名气的金明耀老先生做他三个儿子的老师，希望能通过言传身教的方式激励自己的三个儿子——厚存、厚桥、厚斋用功读书。

为了方便教学，车明星和乡邻们协商，在车家楼和溠水冲的出山冲口，也是与小庙子山隔着小溪的路口，创办了红石岩书塾（书塾又称学堂、私塾，是旧时家庭、宗族、地方或教师自己设立的教学场所；新中国成立后曾在原址修建了红石岩小学）。私塾作为我国封建社会主要的授课方式，具有悠久的历史。虽然，随着社会的进步，这种教学方式已经从社会上基本消失。但毋庸置疑，这种教学方式对于传承和弘扬我国传统的历史文化曾起过重要作用。红石岩书塾有 5 间正房、2 间偏房，土墙瓦顶。原先，车明星他们是准备盖 4 间房子的。当家住左楼的大地主张汉卿（车厚桥母亲的族兄）得知他们要盖书塾时，提出给予资助。于是，学堂的规模扩大了。

1913 年夏收之后，学堂开学了。五间正厅的中间一间作为办公室，正中礼堂的墙上挂着孔子像，东面的两间是教室，西面的两间是先生的书房、会客室和寝室；两间厢房是厨房和杂物间。

学生"开笔破蒙"来上学，是要举行仪式的。典礼隆重而又简朴。至圣先师孔老先生的石刻拓片侧身像贴在后檐墙上，祭桌上供奉着时令水果，一盘沙果、一盘苹果、一盘点心、一盘油炸果子。两支红蜡烛由车明星点亮，学堂院庭里的鞭炮便爆响起来，他点了香就磕头。孩子们全都跪伏在桌凳之间的空地上，拥在学堂院子里的男人们也都跪伏下来。张汉卿和金老先生依次敬了香、跪了拜，就侍立在祭台两边，关照新入学的孩子一个接一个地敬香叩头，最后是村民们敬香叩首。祭祀孔子的程序完毕，车明星把早已备好的一条红绸披到金老先生肩上，鞭炮又响起来了。金老先生抚着从肩头斜过胸膛在腋下系住的红绸，只说了两句话作为答词："我到青石河上保来，一是尽职尽心教好圣贤书、育好读书种子，二是为地方多培养几个青年才俊。"

"开笔破蒙"为我国儒学一种古老相传的启蒙习俗，通常是指给那些进入学习年龄的孩子通过"点破朦胧，笔画朱砂"的方式来对自己的入学老师行鞠躬礼，以纪念自己的入学仪式。在祭拜孔夫子像，诵读《论语》，并在额头中央点上朱砂之后，孩子们就已经是一个入门学生了！

按照商定，车明星家领头供给金老先生的饭食，一年束脩（教师的薪水报酬）60 元，加上每个学生第一天来上学时要给先生送的开笔钱——二三十个铜板（当时24个铜板为一角），三十多个学生也有三四元（当时2元钱可买到120斤稻谷）。给老师供饭采取轮流的方式，五天一轮。轮到供饭的学生领着先生去吃饭。虽然吃的是家常便饭，青菜、咸菜，偶尔还有豆腐，比起他们平时的饭菜改善得多了，有些条件较富裕的家在五天最后的一次晚餐还加添一点肉食。家长对先生都热情相待，学生们对先生也很有感情。特别是时交月节，有改善生活的风俗，学生争先相约先生去自己家过节日。第二年束脩80元，先生自带饭米自烧饭。东翁家对先生倒也客气，不时有人来帮忙烧饭，关心柴薪。虽说商定不供饭吃，但不时有学生来请先生吃中饭或晚餐。饭菜优于家常便饭。每个学生家都请先生吃过三、五餐。特别是逢节气，没有请着的学生家都给先生送来粽子（端午节汉族的传统节日食品，由粽叶包裹糯米蒸制而成）、糍粑（中秋节汉族的传统节日食品，用糯米蒸熟捣烂后所制成的一种食品）和蔬菜。所以说，先生、学生、家长之间的关系，仍然显得很亲密。

1914年春，8岁的车厚桥在父亲的引领下，进入红石岩书塾读书。和他同学的有简玉坤、金尚玉、张大毛，哥哥车厚存、弟弟车厚斋等。他们首先学习的是《三字经》，金老先生教育学生把榜样作为模仿的对象，以榜样的行为规范自己的举手投足。车厚桥在《三字经》中受到了很好的人生教育。他和同学们一起读书、背诵、临摹、书写、理解……读过《三字经》以后，他们便学习《百家姓》《幼学琼林》。在金老先生的教导下，车厚桥进步很快。

治国兴家，人才为要。为了能激励儿子们更好地读书，学以致用，光宗耀祖，车明星时常告诫自己的三个儿子，要做一个对社会有用的人，不能给祖宗丢脸。孩子们也深受父亲车明星的影响，奋发图强，学习认真刻苦。金老先生的教育和教学方法秉承孔孟之道。他在教学时做到了"既要给学生干粮，还要给学生猎枪"。一年之后的一天，金老先生讲了对对联的基本常识之后，开始让孩子对对联，老师出了上联："小庙山上蛤蟆似虎踞"，要求学生们对下联。车厚桥张口就来下联："青石河中黄鳝如龙盘"。老师听了不错，对仗工整，还有点大气，自此对车厚桥格外刮目相看。

初夏的一天，大雨滂沱，私塾学堂里有的座位漏雨，大家争着坐不漏雨的座位，当时和车厚桥争座位的，是大地主张汉卿的儿子张大毛，两人互不相让，争得面红耳赤。金老先生看见了说："你俩不要争，我有一句五字联，能对上的坐好位。"接着他念道："细雨肩头滴"，张汉卿的儿子张大毛一听，目瞪口呆，对不上来。车厚桥却胸有成竹地对道："青云足下生。"老师听了很满意，把不漏雨的座位让给了车厚桥。

张大毛很不服气，放学回家后，就把争座位的事，向父亲哭诉了。张汉卿听了后虽然内心不满，但也没有作声。他在心里决定第二天去面见那个小学生，再决定如何处理。第二天早晨，张汉卿赶到了学校，一见车厚桥的面，就气急败坏地对他喝道："谁谓犬能欺得虎！"面对族舅，车厚桥微微一笑，从容答道："焉知鱼不化为龙？"张汉卿一听，内心一震，一句下联就使他知道车厚桥人虽小，但也不是等闲之辈，长大后定有出息。因为后生可畏，他无话可说，只好放车厚桥过关。从此以后，遵循"欺老不欺小"的老话，他办任何事都不与车厚桥硬顶。

金明耀老先生给车家三兄弟授课时，最看重的是老二车厚桥，还专门为他取了"受书"的字。金老先生的意思是：自己竭尽所能将生平所学传授给车厚桥。而车厚桥也能非常虚心地接受。金老先生觉得，车厚桥脑子聪明、转得快，灵活，且有勇有谋，敢作敢为。离校学医时，还给老二车厚桥专门送号为"东平"。

1916 年春天，红石岩书塾来了一位名字叫张腊梅的女同学。那时，女孩子上学读书可是稀罕事。张腊梅就是张汉卿的幺妹、张大毛的小姑。算来也是车厚桥的族小姨，那年她 13 岁，有点小大人的模样。此前，她在家随母亲读书、随父亲学武，进步颇快。每当她听到侄儿张大毛在文、武两个方面都逊于车厚桥的信息时，很是愤愤不平，极想与车厚桥一较高下。经过与父母的一番厮磨，再加上大哥的说情，才得以不顾旧俗来到书塾读书。

一天，一个戏班子，在金大庄唱戏，张腊梅出口道："台上富贵风流！"在一旁的车厚桥随口应道："台下少柴无米。"见状，张腊梅又道："此出彼入这唱那唱。"车厚桥又答："破衣烂帽爱穿不穿！"张腊梅见难不住车厚桥，便又出了上联："虽然假哭假笑是真面目。"车厚桥又随口应道："即使新腔新调用古衣冠！"看到车厚桥思维敏捷，张腊梅思索一下，出口道："南大人向北征东杀西退。"这会车厚桥一听愣住了，思考了一会，他想起了他家在龙门冲堆场隔壁的裴春布店，就答道："春掌柜卖夏布秋收冬藏。"见难不住车厚桥，张腊梅莞尔一笑。虽然张腊梅在书塾只读了一年书，可聪明好学的车厚桥却给她留下了难忘的印象。

在红石岩书塾里，金明耀老先生精心教导车厚桥如何做人。通过金老先生的教导，车厚桥在成人的路上不断前进。那时候习字都是用毛笔，金老先生让学生们习字，车厚桥练习得最认真。

在跟随金老先生学习孔孟之道、修身养性的同时，车厚桥对照生活现实，不断产生疑问：为什么这个世界不公平？为什么到处都有人欺压人？为什么有人富得流油，大部分人生活不下去？

再深入观察一下，在这样的世界里，穷人不仅是穷得生活无着，而且处处没地位，在富人和达官贵人的眼里，穷人简直被视为无物；就连那些衙门的走狗、工厂的看门人、饭店宾馆的门童看见穷人来了，几乎都要用蔑视的眼光审查一番，他们的心里就先把穷人当盗贼一般怀疑。穷人遭到蔑视与侮辱，法律和制度又是否公平地对待了穷人呢？也没有，因为法律是富人阶级制定的，总要偏袒富人的。同样犯了法，富人可以用钱赎罪抵减刑罚，美其名曰：与被害人达成谅解；有钱还能聘请有名的律师，有钱还能贿赂法官等一切公职人员；一切制定制度的会议上是看不到穷人的，富人几乎占了全部的名额。

富人阶级的骄横跋扈、怙恶不逡，穷人阶级长时间的贫困与屈辱促使越来越多的穷人变得清醒了，开始要去寻找真理，要听掌握真理的人讲话，要听站在穷人阶级的立场，并愿意为穷人的解放事业而奋斗的人讲话。愿意为穷人讲话的人是很多的，最伟大的一个是叫马克思的德国人，后来又有一个叫列宁的俄国人，他们关于在现代工业社会里被压迫、被剥削的穷人阶级获得解放条件的学说，合起来叫马列主义。马列主义是穷人阶级摆脱贫困和免受侮辱的办法，是真正属于整个穷人阶级改变自己命运的唯一武器。这武器握在穷人的手中，就会让富人阶级害怕，让穷人阶级拥有改天换地的力量。这在当时，是少年车厚桥所不知道的。

一天上午，金明耀老先生在给车厚桥他们讲解《孟子·卷二·梁惠王章句下》第十二节。金老先生首先要车厚桥背诵原文。

车厚桥马上站起身子，抑扬顿挫地背诵：邹与鲁哄。穆公问曰："吾有司死者三十三人，而民莫之死也。诛之，则不可胜诛；不诛，则疾视其长上之死而不救，如之何则可也？"孟子对曰："凶年饥岁，君之民老弱转乎沟壑，壮者散而之四方者，几千人矣；而君之仓廪实，府库充，有司莫以告，是上慢而残下也。曾子曰：'戒之戒之！出乎尔者，反乎尔者也。'夫民今而后得反之也。君无尤焉。君行仁政，斯民亲其上、死其长矣。"

在车厚桥背诵完坐下后，金老先生先讲解了词句意思，然后继续讲解了全节的译文：邹国与鲁国交战，邹国国君穆公问孟子："我的官吏死了33人，而老百姓没有人死伤。若杀死他们，老百姓是杀不完的；不杀死他们，老百姓恶狠狠地看着自己的长官被杀死而不去救援，怎么办才好呢？"孟子回答说："灾荒年岁，您的老百姓，年老体弱的弃尸于山沟，年轻力壮的四处逃荒，差不多有上千人吧；而您的粮仓里堆满粮食，货库里装满财宝，官吏们却从来不向您报告老百姓的情况，这是他们不关心老百姓并且还残害老百姓的表现。曾子说：'小心啊，小心啊！你怎样对待别人，别人也会怎样对待你。'现在就是老百姓报复他们的时候了。您不要归罪于老百姓吧！只要您施行仁政，老百姓自然就会亲近他们的领导人，肯为他们的长官而牺牲了。"

讲解结束，金老先生要同学们谈谈自己的感想。

张大毛认为，大敌当前，邹国国民应该团结一致对外，要救援自己的长官。

车厚桥则认为，邹国国民应不应该救援自己的长官，暂且不论。邹国的政治腐败，老百姓民不聊生，像这样的统治就应该被推翻。不过十来岁的车厚桥通过课堂问答表达了自己对黑暗社会的痛恨。

少年时代的车厚桥在不断地思索着造成社会不公平的原因，和改造这个不公平社会的方法。金老先生无法解释这个原因，也无法指出改造社会的方法。尽管车厚桥后来还学习了《论语（上）（下）》《孟子（上）（下）》，还有《诗经》《尚书》《礼记》等课文内容。可他仍然在彷徨中不断地思索着。

一个深秋的中午时分，金老先生受邀去学生简玉坤家"打鹅盉"（类似于"打猪盉"，意思是去吃新杀的鹅肉），刚出校门，就看见路旁的青石河，溪水潺潺，他有所触动，就脱口而出了上联："涓涓小溪，岂能作浪？"这时，放学回家吃中饭的车厚桥这时正同路，看见了不远处的一个农民正在烧火粪①，他对用柴火媒的一点星火点燃了火粪堆，把土堆压的火粪草都燃着的情景，有感而发，张口答道："点点星火，可以燎原"。金老先生对车厚桥的速才和志向感到十分惊讶，于是，他力邀车厚桥陪伴他去简玉坤家"打鹅凁"。从此以后，金老先生只要外出，都尽量带着车厚桥。这个举动，大大提高了车厚桥在同学们中间的威信，也提高了他在青石河一带成人中的知名度。不少人都知道车明星的二儿子是一个很有前途的好少年。

1919 年 5 月 4 日，在北京发生了一场以青年学生为主，广大群众、市民、工商人士等中下阶层共同参与的，通过示威游行、请愿、罢工、暴力对抗政府等多种形式进行的爱国运动，是中国人民彻底的反对帝国主义、封建主义的爱国运动，史称"五四运动"。6 月 28 日，中国代表没有出席和会的签字仪式，这是五四爱国运动的一个胜利。在暑假前夕的红石岩书塾，车厚桥在课堂上听闻了金老先生关于"五四爱国运动"的传播，少年时期的车厚桥深受教育。限于条件，他不能亲自参加运动，但在他心里已经有了为祖国强大不受洋人欺辱而奋斗的愿景。

傅老先生行医收徒，厚桥冲口抢救伤者

少年时代，车厚桥是在家境逐渐衰微中度过的。他在面对动荡不安和民不聊生的社会时，常常仰天长叹，思考自己该为这个社会做些什么，经常和

父亲探讨"我长大干什么"这一个严肃的人生问题。父辈的种种经历，鞭策着车厚桥立志自立自强。车厚桥感觉到光读经论哲学、四书五经并不能改变命运。加上乡邻四里贫病交加、家破人亡的悲惨景象，令车厚桥产生了学医的念头。

1919年冬到1920年春，衣食困难的皖西人民又遭受瘟疫侵袭。东西淠河之间的三角地带，瘟疫更是猖獗。许多人家都病死了人，车厚桥的奶奶戴氏也患病去世了，车厚桥很悲痛。傅老先生的药堂和住宅，都住满了病人。

1921年春，车厚桥虚岁16岁，根据爷爷生前的嘱托，车厚桥要弃文学医。一般人是很难跟随名医傅老先生学习中医的，因为三姐是六安西南一带著名中医医生傅老先生的儿媳、再加上金老先生的推荐和车家的名气，车厚桥才得以跟随傅老先生学习中医学。中医学的理论与实践又称岐轩之术。医生学得了岐轩之术，就被称为国手。傅老先生的药堂挂着这样一副对联："五品天青褂、六味地黄丸"，横批是"悬壶济世"。傅老先生医术精、人品好。他收的诊费少、药价合理，对穷人是减少费用甚至是免费。许多疑难病症他都能手到病除，所以直到近百年后，还都有人在说："病人只要听到傅老先生所骑马的兜铃响了，病就好了一半了。"因为傅老先生经常骑着白马出诊。

车厚桥所学的中医，属于中国传统医学，是研究人体生理、病理，以及疾病的诊断和防治等的一门学科。它承载着中国古代人民同疾病做斗争的经验和理论知识，是在古代朴素的唯物论和自发的辩证法思想指导下，通过长期医疗实践逐步形成并发展成的医学理论体系。在研究方法上，以整体观、相似观为主导思想，以脏腑经络的生理、病理为基础，以辨证施治为诊疗依据，具有朴素的系统论、控制论，分形论和信息论内容。中医一般指中国以汉族劳动人民创造的传统医学为主的医学，所以也称汉医。中国其他传统医学，如藏医、蒙医、苗医等等则被称为民族医学。日本的汉方医学，韩国的韩医学，朝鲜的高丽医学、越南的东医学都是以中医为基础发展起来的。中医理论与传统文化结合紧密，国学程度差的人，是学不会中医的。

拜过黄帝像以后，再向傅老先生行过门生礼，车厚桥就是傅老先生的徒弟了。个别传授时，傅老先生首先向车厚桥介绍了中医学的历史："中医产生于远古社会，春秋战国中医理论已经基本形成，出现了解剖和医学分科，已经采用'四诊'法，治疗法有砭石、针刺、汤药、艾灸、导引、布气、祝由等。西汉时期，开始用阴阳五行解释人体生理，出现了'医工'，金针，铜钥匙等。东汉出现了著名医学家张仲景，他已经对'八纲'（阴阳、表里、虚实、寒热）有所认识，总结了'八法'。华佗则以精通外科手术和麻醉名闻天下，还创立了健身体操'五禽戏'。唐代孙思邈总结前人的理论并总结经验，收集 5000 多个药方，并采用辨证治疗，因医德最高，被人尊为'药王'。宋政府设立翰林医学院，医学分科接近完备，并且统一了中国针灸由于传抄引起的穴位紊乱，出版《图经》。金元以降，中医继续发展。明清以后，出现了温病派和时方派，逐步取代了经方派中医。在明朝后期成书的李时珍的《本草纲目》是享誉世界的药物学著作。明代龚廷贤的《寿世保元》和清代的《医宗金鉴》都是当时中医的集大成的划时代著作。"

傅老先生要求车厚桥首先熟背"药性歌诀"。因此每天天不亮，人们都能看见面目清秀的车厚桥在认真温习背诵着："……石斛味甘，却惊定志，壮骨补虚，善驱冷痹。破故纸温，腰膝酸痛，兴阳固精，盐酒炒用……"常人一般要两个月学习的"药性歌诀"，车厚桥 20 天就能非常熟练地背诵和默写了。学过了"药性"，傅老先生又要求车厚桥熟背中药"十八反""十九畏"。

俗话说："秀才学医，犹如笼中捉鸡（比喻有深厚国学文化基础的人学习中医不难，像在鸡笼里捉鸡一样容易）。"对于读了 7 年长学且非常聪明的车厚桥来说，这话一点也不假。在傅老先生的指点下，车厚桥学医进步迅速。

傅老先生还向车厚桥传授了中医基础理论。中医理论来源于对医疗经验的总结及中国古代的阴阳五行思想。其内容包括精气学说、阴阳五行学说、气血津液、藏象、经络、体质、病因、发病、病机、治则、养生等。早在两千多年前，《黄帝内经》的问世，就奠定了中医学的基础。中医具有完整的理论体系，其独特之处，在于"天人合一""天人相应"的整体观及辨证论治思想。主要特点有：认为人是自然界的一个组成部分，由阴、阳两大类物质构成，阴阳二气相互对立而又相互依存，并时刻都在运动与变化之中。在正常生理状态下，两者处于一种动态的平衡之中，一旦这种动态平衡受到破坏，即呈现为病理状态。在治疗疾病、纠正阴阳失衡时，把人与自然界看成是一个统一的整体，人的生命活动规律以及疾病的发生等都与自然界的各种变化（如季节气候、地区方域、昼夜晨昏等）息息相关，人们所处的自然环境不同及人对自然环境的适应程度不同，其体质特征和发病规律亦有所区别。因此，在诊断、治疗同一种疾病时，多注重因时、因地、因人制宜，并非千篇一律。认为人体各个组织、器官共处于一个统一体中，不论生理上还是病理上都是互相联系、互相影响的。因而从不孤立地看待某一生理或病理现象，头痛医头，脚痛医脚，而多从整体的角度来对待疾病的治疗与预防，特别强调"整体观"。中医学将人体看成是气、形、神的统一体，通过望、闻、问、切，四诊合参的方法，探求病因、病性、病位、分析病机及人体内五脏六腑、经络关节、气血津液的变化、判断邪正消长，进而得出病名，归纳出证型，以辨证施治原则，制定"汗、吐、下、和、温、清、补、消"等治法，使用中药、针灸、推拿、按摩、拔罐、气功、食疗等多种治疗手段，使人体达到阴阳调和（恢复人体的阴阳平衡）而康复。中医在使用药物来减缓疾病的恶化时，还能兼顾生命与生活的品质。此外，中医学的最终目标并不仅止于治病，更进一步是帮助人类达到如同在《黄帝内经》中所提出的四种典范人物，即真人、至人、圣人、贤人的境界。

在两年多的中医学习中，车厚桥比较全面地掌握了中医的系统理论，还掌握了"望闻问切"四诊法。除此以外，车厚桥还从傅老先生处学习了三种中医药治疗疾病的方法：一是中药疗法；二是针灸疗法；三是拔火罐疗法。在傅老先生的精心教导下，车厚桥的医学理论和实践知识进步很快。以致他后来参加农民协会告别医术时，傅老先生十分惋惜地说："一个好医生就这样糟蹋了。"当这句话传到车厚桥的耳朵时，他感慨地说："我很感谢傅老先生对我的教导。但是，医生只能救治单个的病人，但对于普天下受剥削受压迫的穷人来说，做医生可就无能为力了。"

1923 年秋天，临近中秋节的一天傍晚，车厚桥正坐在家门前小溪对岸的枫树下，温习中药的汤头脉诀："白虎承气古法程，膏黄甘竹知硝承，荷叶一角新加用，津液伤亡力能拯。……"突然，右前方传来呼救声。他急忙喊上父亲车明星，前往察看。

走近一看，原来是邻庄人刘绍本被毒蛇咬伤，他是路过车家楼下边的简冲口时踩上毒蛇的。父亲车明星听了刘绍本叔父刘公常的叙述，得知了事情的来龙去脉：

去年冬天，邻村落地岗人王小铲子因武德差（强奸民女未遂），被师傅开除回家。今年正月初二，他去给舅父拜年。宴席前的谈话中，舅父张汉卿问他将来有什么打算，王小铲子说要找事做。因是亲外甥，张汉卿在告诫他以后要"行为正"以后，就要王小铲子来自己家中帮忙。正月十五那天，王小铲子就正式做了副管家，主要负责张府的安全保卫和处理佃户拖租之事。中秋节前夕，王小铲子要去刘家老庄子看庄稼，决定租课数量。刘家老庄子属于青石河上保，地处龙门冲至落地岗的大道旁。王小铲子去刘家老庄子，是有自己的目的的。

三年前的 1920 年春天，王小铲子从龙门冲办完事回落地岗，途经刘家老庄子旁的大道时，看见了在路边地里挖猪菜（给猪吃的野菜）的刘绍如时，两个眼珠子一动也不动地盯着看，他被刘绍如的美貌惊呆了：这哪是布衣裙钗，分明是天上下凡的仙女。于是他淫心大发，就在路边调戏起刘绍如来。刘绍如虽然出身穷人家，可也品行端正，她瞪了王小铲子这个浪荡子一眼后，拎着猪菜篮子回家了。因为在人来人往的大路旁，王小铲子不敢造次，只得馋馋地流着口水回去了。

　　家住刘家老庄子的佃户肖恩，是麻埠齐山（现属金寨县）人，两年前，招赘到刘公让家做上门女婿，因为刘公让只有一个独生女——刘绍如。去年，刘公让不幸染病身故，今年春天，肖恩和刘绍如的儿子石蛋问世。肖恩家现有四口人：妻子刘绍如、岳母杨氏、儿子石蛋和自己。19 岁的妻子年轻漂亮、温柔贤惠，儿子壮实，岳母勤劳简朴、明理大度。虽然经常缺油短盐、日子过得艰辛，可也夫妻恩爱、家庭和睦而不缺温馨。

　　这个艰辛与温馨的局面随着王小铲子的到来被彻底打破了。王小铲子做了副管家后，志满意得，也确实安分了一段时间。可当他得知刘绍如家是舅父张汉卿的佃户时，邪念又起。议租课（"租课"在这里是佃农交给地主的地租，"议租课"是指地主和佃户商议交租的数量）本不是王小铲子分内的事，可他以"为大管家替轻、年轻人干事不累人"为名，揽到了来刘家老庄子"议租课"的活儿。这是他想要占有刘绍如的主要步骤。

　　8 月 14 日早晨，王小铲子带着两个随从从张家庄园出发了。不到上午 9 点，就到了刘家老庄子。在看完庄稼收成、议完其他几家佃户的租课后，中饭落在刘绍如家。刘绍如家租种的田块和庄里其他几家佃户租种的田块不在一起，庄稼收成还没有去看。

　　为了接待副管家王小铲子一行三人，刘绍如和母亲杀鸡宰鹅，肖恩则去龙门冲街上打酒买菜。

　　美味佳肴端上桌子后，肖恩陪着王小铲子一行三人吃喝玩起来。酒足饭饱以后，已是下午两点。酒量颇大的王小铲子装醉，他要肖恩陪着两个随从去看庄稼成色，自己却躺在刘绍如和肖恩的床上休息了。在此之前，肖恩的岳母带着外孙石蛋到屋外玩耍去了。

　　当肖恩陪着两个随从刚出门，王小铲子就嚷着要喝茶。不得已，刘绍如端着茶水进了房间。

　　一见刘绍如进门，王小铲子就跳起来抱住了她，满是酒气的嘴往刘绍如的脸上乱啃。刘绍如慌忙丢下碗，用力挣扎起来。王小铲子早有预谋，又是学武出身，刘绍如哪里是他的对手？一见此状，刘绍如大声呼救。王小铲子怕情况外露，一掌击昏了刘绍如。

　　母亲听到女儿的呼救声，急忙向家里跑。一进房门，只见王小铲子正在剥女儿的衣服，实施强奸。为了解救女儿，母亲随手丢下外孙石蛋，拿起放在房门旮旯的抬粪杠，向王小铲子扫来。王小铲子一见精心策划的好事被破坏，恼羞成怒。他使出"黑虎掏心"拳，当即一拳将刘绍如的母亲打得没有了声气。

堂屋里几个月大的石蛋，躺在地上哇哇大哭。王小铲子闻声出了房门，他一脚踏在石蛋身上，不到一分钟，石蛋也悲惨地离世了。

处理完姥孙二人，王小铲子又要闯进房门内对刘绍如施暴。

刘绍如家的异常声音引来了同庄子邻居的关注和探望。邻居们赶来以后，聚集在刘绍如和肖恩的房间，制止和谴责着王小铲子的暴行；有人赶去向肖恩报信。肖恩得信后，飞快地向家里飞奔。

一见岳母和儿子惨死，肖恩见状怒火万分，拿起柴刀就要和王小铲子拼命。可庄稼人哪是学武人的对手？肖恩被王小铲子一脚踢翻在地，昏迷过去。

刘家老庄子所有在家的邻居们都围拢来了。王小铲子见状，仓皇而逃。他的两个随从也从一旁溜回张家庄园去了。

刘绍如的叔父刘公常赶忙安排众人抢救，同时要自己的弟弟去傅家院子请傅老医生救治伤员。

正在刘家老庄子门前小河里钓黄鳝的韩仰渠，也赶来抢救。韩仰渠，原名韩存友，霍邱县孟集新汤人，在兄弟四人中，他是老三。由于家庭贫困，在父亲的带领下，举家逃荒来到西河口乡邵冲保张冲甲，以给大户人家"帮工"（即打工）为生。几年以后，他家靠租种地主一石八斗田过日子，并在路边上盖了两间草棚栖身。由于有钓黄鳝的绝技，农闲时节，韩仰渠就靠卖钓来的黄鳝补贴家用。三年来，因为钓黄鳝，他跑遍了西河口、龙门冲、独山、下符桥、三尖铺、麻埠、小七畈等地，许多人都认识这个会钓黄鳝的"小韩"。在钓黄鳝的行动中，他开阔了视野，接触了各类人物，了解了社会风情；同时，他变得更加憨厚、更加练达，他也更加对不合理的社会产生了痛恨。

在韩仰渠的"渡气"（即人工呼吸）下，肖恩嘴里有了出气。在邻居们的请求下，韩仰渠又给刘绍如度了气。不大一会儿，刘绍如苏醒了过来。可刘绍如的母亲和儿子却永远也醒不过来了。

当天黄昏，刘公常带着家门侄儿刘绍本去张家庄园讨要说法，在路过车家楼后，刚进入简冲时，刘绍本被土公蛇（一种毒蛇）咬了而不能行走，刘公常只得呼救。

两面都是急事，刘公常急得不知如何是好。

当车厚桥父子赶到时，刘绍本已经昏迷，刘公常急得满头大汗。面对现实，车明星提出了解决办法：让儿子车厚桥先用中草药抢救刘绍本，然后背着他去傅家院子找傅老先生治疗并服侍他；自己则陪着刘公常去张家庄园讨要说法。车明星父子的这一"救"一"陪"，使刘公常非常感动。事后不久，他就主动提出把自己的女儿刘绍青许配给车明星的二儿子车厚桥为妻，车明星很高兴地答应了。

经过抢救，刘绍如挽回了生命，可肖恩却被王小铲子踢坏脊椎而瘫痪不能起床，农活只能由刘绍如一个人去做。躺在床上的三年里，肖恩创作了歌谣《农人苦》：

> 穷人没田种，种田是穷人，
> 贫农生活穷人穷，（农友啊）痛苦一般同。
> 贫农种田庄，怕的是年荒，
> 还怕主人亲下乡，（农友啊）更怕催租粮。
> 辛苦一块田，死活又一年，
> 粒粒粮食血汗变，（娘啊）地主来吞咽。
> 主人的口味，天天要预备，
> 怕的主人来见罪，（娘啊）把咱押租变。
> 心惊眼又跳，鸡吵狗又叫，
> 果然来了两顶轿，（娘啊）主人和大少。
> 主人出轿门，叫声小庄人，
> 床铺与我扫干净，（庄人啊）要放大烟灯。
> 庄人笑融融，走进厨房中，
> 六安瓜片瓦壶冲，（娘啊）好敬主人翁。
> 莫嫌床铺窄，果子摆两碟，
> 叠酥蜜枣都买缺，（主人啊）寸金和白切。
> 大烟瘾过了，白炭大火烤，
> 老鸡老鸭可炖好？（庄人啊）精肉要酱炒。
> 庄人笑盈盈，主人你是听，
> 吃鸡吃肉我担承，（主人啊）都是主人恩。
> 吃了两三天，主人才发言，
> 今年课稻没给完，（庄人啊）给我朝家搬。
> 庄人一听说，吓得脸变色，
> 请了先生当说客，（主人啊）无稻把钱折。
> 我今向你说，就把钱来折。
> 这份田契有人写，（庄人啊）借贷加二百。
> 庄人听端详，急忙来圆场，
> 加点借贷又何妨，（主人啊）我尽快把钱慌。
> 主人忙分派，轿钱要两块，

课鸡二只随身带，（庄人啊）回家当小菜。

这段《农人苦》歌谣被车厚桥学会了。后来，当车厚桥把歌谣《农人苦》学说给刚回家乡不足半年的中共地下党员、独山"四高"教师吴岱馨听闻时，吴岱馨深受震撼，他把歌谣《农人苦》当作农民夜校的课文，以此来启发农民觉悟。他在歌谣《农人苦》的后面还加上了一段：

富人多狠心，这样待穷人，

大家努力来革命，（农友啊）同把政权争。

1929 年冬，摸瓜队队长冯孝山和副队长车厚桥给歌谣《农人苦》又加上了两段：

夺取政权来，建立苏维埃，

无产者联合起来，（农友啊）杀尽反动派。

杀尽地主们，就把田来分，

无衣无食不担心，（农友啊）大家喜盈盈。

正阳关张汉卿暴富，左家楼大财主行善

刘公常和车明星去张家庄园讨要说法，见到了庄园主张汉卿。

张汉卿，名崇浩，字汉卿，六安县龙门冲乡十八盘村左家楼人，是财产横跨六安、霍山、金寨三县，远近闻名的大地主、大山主，家有山场几万亩、田地近万亩，还有庄园三座、房屋 20 多处，金钱和财宝不计其数。

龙门冲西南十多里的左家楼，坐落在三县交界处的十八盘西冲山坳。这里是一个天生的高山盆地，群峰环绕，四面是悬崖，可望不可攀；盆地内田畈茵茵。左家楼的风水非常玄妙，是个荷叶地，地下暗河汹涌。荷叶平面上的庄园易守难攻，还有一条地下密道（荷叶竿）通向外面；日常进山只有一条登山石阶明路通行，路上有两座岗楼检查来人。张汉卿庄园到处是青山绿野，小桥流水，即使在炎热的夏天，晚上睡觉仍要盖被子，庄园空气清新，环境秀美，古树参天，流水潺潺，溪水清澈，奇山怪石，野生动植物随处可见，森林覆盖率达 90% 以上。除了左家楼这处庄园，张汉卿在霍山的青色冲大坪地、麻埠的齐山两地也建有坚固耐用的庄园。

张汉卿的起家很有偶然性。1904 年那年，他刚满 18 虚岁，即是在他结婚

的前一年，身上颇有些功夫的大刀会员张汉卿坐着竹排沿淠河直下，跑到寿州正阳关码头做搬运工去了。

正阳关是中华名关之一，古称颍尾，阳石，羊市、羊石城等，是一座历史悠久的古镇，早在东周中期已具雏形。正阳关在宋代名为"来远镇"，是寿州下辖的重要市镇，南宋时是宋金边界的贸易口岸。明代，朝廷见河南的正阳县是收取商人、船民赋税的好地方，就于明成化元年（公元 1465 年）六月在此设立收钞大关，直属户部管理，称之为"银正阳"，或"东正阳"。"正阳关"即因此得名。正阳关地处淮河、颍河、淠河三水交汇处，位于淮河南岸，上通沿淮重镇三河尖，下达淮河第一大港蚌埠。扼守淮、颍、淠三水之咽喉，是淮河中游重要水运枢纽，有"七十二水通正阳之说"。正阳关的码头就在淠河出淮河的交界处，地理位置十分优越。得水运之利，擅舟楫之便，商贩辐辏，市场繁荣，自古就是淮河中游重要的货物集散地。

也是该张汉卿走红运，一天码头清闲，河水荡荡，人烟寂寂。张汉卿独自一人歪在滩边晒太阳，一会翻过去，一会翻过来，煎饼子似的。

时值中午时分，忽然听得一条趸船上传来呼叫："张汉卿！下瓷器哟！"喊了多时竟无人应答，可那喊声却是不间断。张汉卿一惊，莫非就是叫他去下瓷器？平时邻居、家门只叫他的乳名张大发，亲戚朋友只叫他的名字张崇浩，只有大刀会友和同学叫他的字汉卿，为此他还请人雕刻了一枚"张汉卿"的私章。可在这离家二三百里地的正阳关，还从未有人叫过他的字。他几乎连自己的字也忘了。所以，有人在喊张汉卿就以为是有熟人来喊他干活，于是他一个鲤鱼打挺跃了起来。有活干就是大幸，就有钱挣，就能回家摆阔，就能顺利地娶一房媳妇。他疑惑地朝那个喊叫他的船老板奔去，说他就是张汉卿。船老板见他说是却摇头不信，游移片刻，他又问："你叫张汉卿？有什么凭据？"

这就使人莫名其妙了。有活就干，没活干就拉倒，还要什么凭据？他心里这样想，口中却没这样说，这正是他的聪明处。如果他把这话说了，那么他的未来就不会出现任何奇迹。人家既然这么问，肯定有他的道理。愣了一会，他说："我的确叫张汉卿，有私章作证。"他从贴身的衣袋里抠出一个牛角私章，吹了吹，往上面抹了一些儿口水，狠狠地往手板心里一戳，又把手伸给船老板辨认。船老板果然看见他手上模糊地现出三个字是张汉卿，就说："这一船瓷器是你半年前在景德镇定的货物，我们已经在这儿趸了三四天了，你都不来领，难道是怕出工钱？再耽误下去，我们要你赔大钱的。"然后，船老板拿出清单，带着他到船上把货一一点清，就催他赶快叫搬运工下货。

张汉卿如在云里雾中发了这么一笔财，身上激出了一身的冷汗，他一边把货发给寿县、六安、阜阳、亳州、蚌埠等城内各个瓷器店，一面暗暗打听那个真正的货主到哪儿去了。他把钱存放着也不敢使用，防备货主一出现，他就准备做个顺手人情，把钱全都归还给人家。终于有一天，他打听出真有这么个货主，只是那个张汉卿不是自己，而是皖西北界首人。界首的那个张汉卿早于两个月前因触犯大清刑律被砍了头，因他子女无成，又不得人心，得力的后台也遗弃了他，在界首的一些店子竟被土匪抢掠一空。据知情者传言，抢劫并非土匪所为，而是仇人干的。龙门冲的张汉卿因此去了一块心病，到正阳关北门的馆子里包了一桌席，请狐朋狗友们喝了一个半死，大醉三天，然后才辞了码头工，悄悄将银子换了银票，席卷而归。张汉卿就是这样一炮走红的。

接着，他就在当时的十八盘西冲山坳盖起了青砖大瓦屋楼房。大瓦屋十分豪华，在县城官窑买的砖瓦，从省城安庆请的院匠和掌墨大师，屋檐是飞起来的，檐角是翘起来的，梁上有雕刻，柱子也染了色儿。瓦屋大门朝东南，门口七步台阶，台阶下用卵石嵌成一个八卦图，进了门楼是滴檐，也是送客的止步之处，然后八个天井纵向排列，显得重重叠叠，给人以庭院深深的意境。一栋房子八个天井，这在六安县是绝无仅有的。不是说六安就没有人能建如此规模的房子了，而是人们不敢这么建。那时建房是有规矩的，"九"属皇帝所有，皇宫的建筑可能就与"九"有关；"八"属王爷所有，王爷们才有资格在一栋房子里建八个天井。平民要是建了八个天井，那还了得！可张汉卿不管这些，也不晓得这些，要想讲排场，就比照他在安庆、合肥、蚌埠看到或听到过的最大的房子修建。再者，那钱来得也太容易了，便不被他珍惜。好在这一建筑偏居深山，没有什么人晓得，也就没什么是非。等到后来官老爷们晓得了，这栋房子的主人就已经成为没人敢惹的人物了，巴结都来不及，哪个还要自找麻烦、自讨没趣呢！

为了保卫家产，张汉卿购买了钢枪、请了保镖，还让自己年龄最小的妹妹张腊梅加入大刀会学习武艺。由于天资聪明和刻苦训练，经过十年的锤炼，张腊梅武艺超群。

张汉卿的生日是1887年农历九月十五日午时，和蒋介石"四同（同年同月同日同时辰）"。他是个外表简朴憨厚、内里十分富裕精明的人，会用小恩小惠施舍佃户和邻居，掩盖阶级矛盾。每到年关来到，只要有过不了年的佃户和邻居来他家借钱过年时，不等来人张口，他就安排管家拿来一斗米（约30斤米）、一两块光洋施舍，让来人及其家人感恩不尽。佃户交租前，他让管家们去佃户租种的田地里实地查看，然后下达交租数量，这数字一般不大苛刻，佃户们都能接受。他的举动收到了效果：1950年镇压反革命时，在即将被镇压时的刑场上，居然有上百位翻身农民下跪为他求情，虽然他后来仍然被镇压（他自己主动要求镇压他，理由是：自己不被镇压，穷人们不敢分自己的五大财产）。直到今天，"张大善人"的称号还在老年人中间流传着。

张汉卿不惧当时的权势人物。抗战期间，霍山县戴家河保大地主徐宏枢，其女婿葛茂利是县长隆武功的秘书长，要仗势夺取他家在戴家河的一块土地。张汉卿对徐宏枢说："我俩也不用去打官司，我俩去东淠河岸边的羊丛山嘴向水潭里甩洋钱（光洋），一对一块地甩，谁的先完谁认输。我输了土地你拿去，地契我给你送来；你输了，就不要打那块田的主意。"经过一番思量，徐宏枢被他折服。曾任国民党桂系主力第七军军长的张淦，1947 年任国民党第三纵队司令，负责清剿我刘邓大军，因没有告诉张汉卿而砍伐了他家的杉树，在上告县、省无效的情况下，他脚穿龙头草鞋去了南京，"白天打灯笼"堵住了蒋委员长"御驾"告了御状，使得张淦被免职。

就是这样一个深谙世故的"人精"张汉卿，因为错用"匪人"王小铲子，在龙门冲地区搅起了涟漪直至狂风巨浪。

注释：

　① 火粪是农家肥料的一种，主要是给土地补钾。烧火粪就是在田地或路边把泥土弄成几垄，然后在土垄上放上庄稼秸草、柴草、干牛粪（这些火粪草不一定全要，一种、两种都行）后，再在其上堆上土，点燃草后，烟熏火燎垄土和堆土，草烧尽了，火粪就制成了。

第3章　九公古寺厚桥遇险

秋瘟流行厚桥采购药材，路遇暴雨前往九公古寺

1922 年秋天，六安西南部和霍山诸佛庵、燕子河等地秋瘟病流行，患者燥气咳嗽，一咳能尿湿裤子，一热昏迷不醒。许多病人云集龙门冲傅氏医馆求治。秋瘟病是燥暑二气，裹束人体不降而产生。傅老先生治疗秋瘟多用麦门冬汤方剂：麦门冬二两（60 克）、半夏三钱（9 克）、人参二钱（6 克）、甘草 1 钱五（4、5 克）、粳米二钱（6 克）、大枣十二枚。麦门冬汤里各味中药的作用是：麦冬半夏润燥开结，参枣米草补中生津。

因为患者太多，傅老先生的药房里人参告罄、甘草也即将用完；傅老先生本人又离不开。无奈之下，只得安排徒弟车厚桥和家人傅安前往六安城内求购。

八月初二刚吃过中饭，车厚桥和傅安就带着不少银两从龙门冲傅氏医馆出发了。虽然是农历八月初二（公历 9 月 12 日），天气还有些燥热，空中的乌云在不断堆积。一路上，他俩顾不得休息，直奔路程。沿着黄冲、油坊店、江家店、小管冲、郝集一线，向西淠河边进发。

在郝家集的茶棚里喝茶时，车厚桥只听得身后有牲口蹄儿响。只听得那牲口蹄儿的声儿越走越近，一直地骑进茶棚门前来，只见一个人骑着匹乌云盖雪的小黑马儿走到棚旁。把扯手一拢那牲口站住人就弃镫离鞍下来。这一下牲口正是正西面，和东面的车厚桥打了一个照面。

在店外的树荫下，摆着几张古老的方桌，桌旁摆着石板墩，桌上有筷筒和盛酒的角子，表示这里也是卖酒饭的。茅屋的右边敞开，有一个一字形的小柜台，柜上放着酒坛、卤野味和一些廉价的糖食点心。一面黄色的酒旗高挂着。进去向左拐，便有一个圆门，用布帘隔着，里边摆着两张方桌、几条长凳，这便是雅座了。雅座部分同外面是隔开的，只有一个小小的用长竹片夹成小方格的窗户，窗口高而且小，从里边望出去，只能望见大路上行人的头顶和草帽。

车厚桥重新留神一看，原来是一个绝色的年轻女子。只见她头上罩着一幅元青绉纱包头两个角儿搭在耳边，两个角儿一直的盖在脑后燕尾儿上；身穿一件搭脚面长的佛青粗布衫儿一封书儿的袖子不卷盖着两只手；脚下穿一双二蓝尖头绣碎花的弓鞋，大小约有四寸半（13.5 厘米）长。

车厚桥思考了一下，心里想道："这个年轻女子有点面熟，我怎么想不起来是谁了？可是亲友本家里我也见过许多的少年闺秀，从不曾见这样一个美人的相貌！"傅安见车厚桥呆望着，忙过来低声介绍说："这是张大财主张汉卿的小妹，名叫腊梅，很有一些功夫，喜欢独来独往。我们不要招惹她。"听傅安这样一说，车厚桥马上想起来了：这是他七年前的同窗，也是他的族姨。为了避免男女授受不亲，他站起身来对傅安说："把茶钱给了，我们上路吧！"

虚年 17 岁的车厚桥与傅安继续赶路，装着银圆的褡裢沉甸甸的。见车厚桥他们起身走了，张腊梅也骑上黑马跟了上来。过西淠河时，他们正好赶上同乘一只竹排。下竹排时，张腊梅抱歉地对艄公说，忘记带钱了，说着，她对车厚桥瞅着。见到此情，车厚桥便要傅安替张腊梅付了过渡钱。

下竹排以后，张腊梅谢也不道一个，就骑着黑马走了。

天空乌云翻滚，大雨就要来临，车厚桥他们急着赶路，也无心顾盼。上岸经过后冲以后，几声闷雷就在头顶炸响。紧接着，天空一片灰暗，人们看不到十步以外；狂风呼啸而至，吹得人们难以立足，眼见一场大雨将至。

为了躲避风雨，混混沌沌之间，车厚桥和傅安就快走慢跑地上了九公寨。九公寨在今天裕安区的独山镇、西河口乡与石板冲乡的交界处。原名九公山，是旧时的六安八景之一——"九公耸秀"的所在地。九公寨属于霍山山脉的北分支弧，主峰海拔高度为 349 米，九公山大小两峰、西施杠、八道岭等大小九道山脉构成"九山如龙"之势。九公寨始建于元代，有南北二峰，南峰俗称"小寨"，上有慈云寺；北峰俗称"大寨"，顶有九公庙，又名高峰寺，其二道大门楹联云："莫道淠乡仅看水，宜言此处可观山"。庙内供奉的主神是释迦牟尼佛，但另有一个"目连菩萨殿"，因而农历七月三十（月小为二十九日）是香会日。香会的活动方式有两种：有组织的烧香和自由的烧香。每年香会庙里的收入都有两三千块银圆。20世纪20年代，九公庙的主持是慧明和尚，武功高强。2015年，笔者在采访几位85～100岁的老人时，他们介绍道：慧明是细高个子，还是一个"飞毛腿"，庙里上午来客时，他去30里外的苏家埠买豆腐，回来不误中午烧菜；他能捞条木板凳当马骑，腿夹着板凳一跳能跳过丈把高的墙；他还能在20厘米宽的墙头上行走如飞……

即将到来的大暴雨把车厚桥与傅安逼上了九公寨的路。他们两个往东北而行。行了一程，车厚桥见到那路渐渐的崎岖不平，乱石荒草人烟稀少，心中有些担心起来，便说："怎么走到这等荒僻地方来了？"傅安答说："这是小道儿，哪比得上大道呢？你看那远远的不是有座大山岗子吗？那山岗子就是九公寨。"

他俩一路快走，两天前的庙会遗迹也无心去看，就想在暴雨前赶到庙里。豆大的雨滴落下来了，他俩一路在雨中紧赶紧走，连红纸雨伞既不敢打开怕被吹破；同时也顾不得打开。仓促慌忙之间，他俩紧走慢赶，终于赶到了九公寨大庙跟前。

山门上的"九公禅院"四个大字熠熠生辉。东边角门墙上挂着一个木牌，上面写着"本庙安寓香客及过往行客"。隔墙一望，里面银杏冲霄、松声满耳、檀香味浓。庙外有合抱不交的几株大树，树上挂着一口钟。挨门一间房里放着一张桌子一条板凳。桌上晾着几碗茶和一个钱笸箩，一个老和尚在那里坐着卖茶化缘。

车厚桥他俩正在喘气之时，风夹着雨星，像在地上寻找什么似的，东一头，西一头地乱撞着。路上行人刚找到一个避雨之处，雨就劈劈啪啪地下了起来。响雷一个接着一个，闪电在天空中闪着，风使劲地吹着，树枝被风吹得咔嚓咔嚓作响。雨越下越大，很快就像瓢泼的一样，看那空中的雨真像一面大瀑布！一阵风吹来，这密如瀑布的雨就被风吹得如烟、如雾、如尘。

暴雨把车厚桥与傅安逼进了九公寨，人不留客天留客。九公庙的知客僧走过来，接待了他俩。知客僧向车厚桥说："施主寻宿儿呀？庙里现成的茶饭干净，房子住一夜，随心布施不争你的店钱。"车厚桥刚点了点头还没说出话来，那傅安忙着抢过来说："好吧！"知客僧安排两个小和尚负责接待车厚桥他们。

恶庙凶僧见财杀人越货，古寺遇险腊梅出手相救

车厚桥进门一看，原来里面是三间正殿、东西六间配殿、东北角上一个随墙门里边一个拐角墙挡住了视线，看不见里面的院落。西南角上一个栅栏

门里，马棚、槽道俱全。那和尚便引了车厚桥和傅安向西配殿走去。两个小和尚帮着他俩把褡裢拿下来，往地下一放时，小和尚就觉得斤两沉重。那瘦和尚向着那矮和尚丢了个眼色道："你告诉当家的一声儿出来招呼客呀！"那矮和尚会意地应了一声。

去不多时，只见从那边随墙门儿里走出一个细高个子和尚，正是当家大和尚慧明，一只眼睛长的是三角眼，他假作斯文一派，走到跟前打着问讯说道："施主辛苦了！"当听到车厚桥介绍他俩是龙门冲傅氏医馆进药人，且路上没有遇到别人时，当家大和尚说道："施主！这里不洁净，两位请到禅堂里歇罢。那里诸事方便，也严谨些。"车厚桥一面答礼一面回头看了看那配殿里，原来是三间通连南北顺山墙的两条大炕铺也实在难以暂住，便同了那和尚往东院而来。

一进门，就看见是很宽敞的一个平正院落：正北三间出廊，正房东院墙另有个月光门儿，望着里面像是个厨房样子。进了正房东间有墙隔断堂屋、西间一通连西间靠窗南炕通天排插。堂屋正中有一张方桌、两个方凳子、左右靠壁子两张春凳。东里间靠西壁子一张木床挨床靠窗两个骨牌凳子。靠东墙正中有一张条桌。左右南北摆着一对小平顶柜子。北面却又隔断一层一个小门似乎是个堆零星的地方，屋里也放着脸盆架等物。那当家大和尚让车厚桥和管家在堂屋正面东西坐下来，自己坐在下横相陪。

就在他们聊天时，暴雨已经停了。正是八月初旬天气，一轮皓月渐渐东升，照得院子里如同白昼。当家大和尚慧明吩咐知客僧说："那两个进药的你们招呼罢。"知客僧笑嘻嘻地答应着去了。

只听慧明高叫了一声："三儿点灯来！"便有一个十五六岁的小和尚点了两根蜡烛来，又去给车厚桥他俩倒茶、打洗脸水。门外化缘的那个老和尚也来帮着穿梭似的忙着服侍。车厚桥和管家感到心里十分过意不去。

一时茶罢，紧接着端上菜来，四碟两碗无非是豆腐、面筋、青菜之流。那菜盘里又有两个盅子一把酒壶放在桌上。那老和尚随后又拿来了一壶酒来，壶梁儿上拴着一根红头绳儿递给慧明说："当家的，这壶是你老的。"慧明赔着笑向车厚桥与傅安道："施主，僧人这里是个苦地方，没什么好吃的，就是一盅素酒，倒是咱们庙里自己酿的。"说着站起来，拿着车厚桥面前那把壶满满地斟了一盅送过去。车厚桥也连忙站起来说："大师傅不敢当。"和尚也给傅安斟了一杯酒。随后用壶梁儿上拴着一根红头绳的酒壶把自己的酒也斟上，然后就端着盅儿对车厚桥和傅安说："施主请！"车厚桥和傅安端起盅子来虚举了一举就放下了。

让了两遍，车厚桥和傅安总不肯酒沾嘴唇。那和尚说："酒凉了，换一换罢。"说着站起来把那盅倒在壶里，又斟上一盅说道："喝一盅！僧人五荤都戒了，就只喝一口素酒。这个东西冬天挡寒、夏天煞水、走长路的还可以解乏。喝了这一盅我再不让了。"

那和尚一面送酒，车厚桥一面用手谦让说："别斟了，我是天性不饮，抵死不敢从命。"一时匆忙，手里不曾接住，一失手连盅子带酒掉在地下，把盅子砸了个粉碎，泼了一地酒。不料这酒泼在地下忽然间"嗤"的一声冒上一股火来。慧明登时变了脸说道："呸！我将酒敬人并无恶意。怎么你把我的酒也泼了，盅子也摔了！你这个人好不懂交情！"

说着伸过手来把车厚桥的手腕子拿住往后拧。车厚桥"哎哟"了一声不由得就转过脸去，口里说道："大师傅，是我失手，不要动怒！"傅安也跟着过来赔着笑脸解释。

那和尚更不答话，把车厚桥推推搡搡推到廊下，只把这只胳膊往厅柱上一搭，又把那只胳膊也拉过来交代在一只手里攥住，腾出自己那只手来，在僧衣里抽出一根麻绳来，十字八道把车厚桥的手捆上。见了这般做作，车厚桥就哀求说："大师傅不要动怒！你看在菩萨分上，怜我无知，放下我来，我喝酒就是了！"那和尚尽他哀告总是不理他，怒冲冲地走进房去，把外面袈裟甩了，又拿了一根大绳出来往车厚桥的胸前一搭，向后抄手绕了三四道，打了一个死扣儿，然后拧成双股往腿下一道道的盘起来，系紧了绳头。

这时，车厚桥突然发现窗外有人影一闪。那是张腊梅，不过车厚桥没有看清楚，不能确认。

接着对傅安也如法炮制。做完这一切，慧明便吩咐起来："三儿拿家伙来！"只见那三儿连连地答应说："来了！来了！"三儿手里端着一个红铜盆，盆里盛着半盆凉水，铜盆边上搁着一把一尺来长的牛耳尖刀。

车厚桥一见危险将至，忙运功准备对付。但他表面装得十分害怕，嘴里只叫："大师傅！可怜你杀我们两个，便是杀那些病人！"

那和尚睁了两只圆彪彪的眼睛，用手指着车厚桥道："呸！小子，别说闲话。你听着，我也不是你的什么大师傅，老爷是行不更名、坐不改姓、有名的苗条虎大王陈清的便是！因为看破红尘削了头。因见这座九公禅院有些风水，所以在这里出家作这桩慈悲勾当。像你这个样儿的我也不知宰过多少了。今日是你的天月二德。老爷家里有一点摘不开的家务，因此没有出去。你要静悄悄地过去，我也不耐烦去请你来了。如今你是肥猪拱门，我看你这片孝心怪可怜的，给你留个全尸，给你喝口药酒儿，让你糊里糊涂地死了，就完了事了。可是你的鼻子儿尖、眼睛儿亮，瞧出来了抵死不喝！我如今也不用你喝了，我要看看你这心有几个窟窿儿！你瞧那厨房院子里有一眼没底儿的干井那就是你的地方儿！这也不值得吓得这副嘴脸，二十年又是这么高的汉子。明年今日是你的周年，再见罢！”

说着，慧明两只手一层层地把住车厚桥的衣襟，“喀喳”一声只一扯就把大襟向后又掀了一掀，露出那个白嫩嫩的胸脯儿来。他便向铜盆里拿起那把尖刀，右手四指拢定了刀靶，大拇指按住了刀子的掩心，先把右胳膊往后一掣，竖起左手大指来，按了按车厚桥的心窝儿。

车厚桥的双脚已经积蓄着力量，准备等慧明靠近时突然爆发。

那凶僧瞄准了地方儿从胳膊肘儿上，往前一使劲对着车厚桥的心窝儿刺来。

车厚桥正要把右脚踢出的档口，只见斜刺里一道白光儿闪烁烁从半空里扑了来。凶僧一见就知道有了暗器了，料想一时倒退不及。他便起了个贼智把身子往下一蹲，心里想着且躲开了颈嗓咽喉，让那白光儿从头顶上扑空了过去，然后腾出身子来再作道理。谁想他的身子蹲得快那白光儿来得更快，“噗”的一声一把飞刀正中在左臂上。只疼得他“哎哟”一声咕咚往后便倒。“当啷啷”，手里的刀子也扔出了手。

那时三儿在旁边正呆呆地望着车厚桥的胸脯子，要看这回刀尖出彩。只听咕咚一声，他师傅跌倒了。他吓了一跳说：“你老人家怎么了？这准是使猛了劲岔了气了。等我腾出手来扶起你老人家来啵。”才一转身，猫着腰要把那铜盆放在地下好去搀他师傅。这个当儿又是照前“噗”的一声，一把飞刀从他左耳朵眼儿里打进去从右耳朵眼儿里钻出来。那三儿只叫得一声：“我的妈呀！”把铜盆扔了，“咕咚”一声也摊在那里了。那铜盆里的水泼了一地。

就在张腊梅暗放飞刀后进房之前，受伤的当家大和尚慧明逃出去了。他召集众喽啰前来围攻放暗器者。

张腊梅走进屋里，迅速松开了车厚桥和傅安，对他俩说：“快走。”他们三人刚走进院子，就听得当家大和尚慧明一声阴森森的声音：“看你们三个往哪儿跑！”

经过一番激烈搏斗，九公庙的和尚有两人死亡、三人受伤。车厚桥方面，傅安重伤身亡、张腊梅重伤、车厚桥轻伤，张腊梅和车厚桥逃走，银圆财产尽失。

当家大和尚慧明，团簸岩下的陈山洼人，原名陈清，幼入六安县九公寨上为僧，精通武术，后成为庙上主持；他的二哥陈乾士还是龙门冲“红学”的会首。七年以后的1929年冬，独山农民起义以后，九公山附近的群众也投入革命浪潮，菩萨的威风也为之扫地，香会遂告停顿，九公庙的收入严重缩水。慧明和尚不甘心他的利益动摇，那年冬天，便脱去袈裟换上军装，放下木鱼拿起了刀枪，居然当上了铲共队长，组织反革命武装与工农红军为敌，对苏区进行奸掳焚杀，九公庙变成了反革命大本营。1930年他当上了第三乡的铲共团团长，由于慧明和尚罪恶累累，于1932年春"48天苏家埠战役"中被红军捉住而伏法。到今天，数来宝《打到小陈清歌》还在皋西南地区流传：

六安九公寨，和尚作狗怪，一心要把农民害，一心要把农民害。

和尚小陈清，本是害人精，经常窜下乡去捉农民，经常窜下乡去捉农民。

农民捉来了，审打又吊烤，刑罚残酷真是受不了，刑罚残酷真是受不了。

刑罚受不了，被逼乱讲掉，要拿光洋性命才能保，要拿光洋性命才能保。

陈清狗良心，不问假和真，他把农民性命不当真，他把农民性命不当真。

红军来东征，他跑无踪影，撒下天罗地网到处捉陈清，撒下天罗地网到处捉陈清。

坏事都做尽，报应到时辰，处决了小陈清群众乐开心，处决了小陈清群众乐开心。

叫声同志们，大家要齐心，杀尽反动派，穷人才翻身。

当天晚上，慧明就安排亲信和尚清理了现场，九公庙里凶杀和打斗的痕迹全部消失。当龙门冲傅氏医馆向六安县政府告状时，经过慧明收买的赃官们，反说傅氏医馆栽赃陷害、污秽佛地。要是不撤回诉状，就要治傅氏医馆的"诬告"罪。

饱经世故的傅老先生选择了忍气吞声。同时他还要车厚桥压下怒火。作为徒弟和晚辈的车厚桥，表面上十分平静，可内心对慧明和尚的为非作歹和官府的肮脏腐败深恶痛绝，埋下了扫荡人间不平的种子。

仇恨的种子一遇时机是会发芽、成长、开花、结果的。

加入刀会保民争雄

第 4 章

争出路会道门纷起，为报仇车厚桥入会

中国历史上的民间，存在着大量的以准宗教（宗教异端信仰）为纽带的民间秘密结社——"会道门"，其日常活动表现为封建迷信和练功习武相混杂。道门诵经拜神，制造和传播迷信邪说，迷信色彩极为浓厚；会门最初是以兵器种类命名的，偏重吞符念咒，练功习武，据地自保。会道门形成于明代中后期；活跃和发展于清代；兴盛于北洋军阀时期和南京国民政府前期。在明清两代，封建帝王将会道门一概视为邪教，至民国时期，有的则挂上了宗教团体、公益团体或慈善团体的招牌：如老母会、九仙会、黄带会、大刀会、红枪会、小刀会、一贯道、归根道、先天道、九宫道、跪乡道、小黄门、天直门、混元门、老天门……这些五花八门的组织在 20 世纪中叶前广泛存在，它们流行于世，构成情况复杂。抗日战争时期会道门出现大分化，新中国成立后趋于衰亡。

会道门是带有宗教和封建迷信色彩的民间秘密结社，他们追求功利，要求"神力"服务于人的现实利益，关心世间的事物和自我安乐。根据社会现状，会道门还提出了一些名不符实、蛊惑人心的口号，如保境安民、扶危济困、抗匪反霸、反抗暴君、均匀贫富、平等贵贱、惩恶扬善、维护社会道德、抗击外族与外国入侵等。他们以道义经书作为纲领宣扬，以特异功能和封建迷信为蛊惑人心的手段，以治病救人与练武强身吸引群众加入，其目标是在

金字塔式的等级组织下，建立武装，以推翻现有的统治阶级、按照自己的理念建立政权。会道门的基本群众是农民。其上层头子为了敛财和筹集活动经费，巧立种种名目，成为疯狂搜刮道徒钱财的暴发户；在对门徒从精神和行动上严加管制的同时，自己却过着随心所欲、荒淫无度的生活。会道门在国家政权稳固时因为受到治理而衰弱，在社会问题纠结时（阶级矛盾尖锐、民族矛盾剧烈，统治阶级裂痕大）因统治阶级无力管制而发展兴盛。他们对统治阶级威胁甚大，起事时一呼百应，往往有翻江倒海之力。

绝大部分会道门根源于南宋绍兴年间创建的白莲教。历代的白莲教教首们，为了避免封建统治者的镇压、取缔，或为了敛财发家，便不断更改和增建新的教门，真可谓花样翻新，五花八门，这正如当时社会上流传的"讳言白莲，实际白莲"，于是便造成了一"道""会"多名，或多"道""会"重名的现象经常出现。在元、明两代，白莲教曾多次组织农民起义。流传到清初，又发展成为反清的秘密组织，虽遭到清政府的多次血腥镇压，但到了嘉庆元年（1796），白莲教大起义已发展成为嘉庆年间规模最大的一次起义。

"大刀会"属于白莲教的支派，俗名"金钟罩"，亦名"仁义会"；民间又称"圣道会"。大刀会最初的口号是"反清复明"，但在长期演变过程中逐渐变成了民间自卫性质的武装秘密组织，其基本口号是"自卫身家"。民国建立后，土匪军阀化与军阀土匪化更加剧了乡村社会的衰败与绝望。乡民因绝望而疯狂。北洋军阀统治下的皖西，天灾人祸连绵不断，土匪与溃兵到处流窜；政府无能力解决现实问题，却横征暴敛，不断盘剥乡村资源，造成灾荒不断、饥民成群；县及县以下各级政府（官员多由土豪劣绅充任）纯粹成为一架税收机器，"拉兵夫、要钱粮是县长的两大职责"。在民国期间的乡村，官民、贫富的矛盾一直在不断地升级。大刀会以防盗匪、反恶霸、抗官兵，反对贪官污吏为目的，在某种程度上代表了农民的利益。1927年初，大刀会在山东、河南、安徽、苏北一带最为盛行，会员有几十万人，成为名副其实的民国时期最大的民间社团。

大刀会分为红、黄、蓝、白、黑诸派，其最基层的组织是村会，设立会长、排长率带徒众，再高一层是大会，内设督办（会长）、教师、参谋、结拜兄弟等。而大刀会的会规却充满了血性、疾恶如仇：第一，不敢为非作恶，如为非作恶，炮打穿胸；第二，不敢采花折柳，如采花折柳，炮打穿胸；第三，孝顺父母，敬重师长；第四，地方有事，合力对付；第五，每日功课，虔力奉行。从积极意义上说，这些信条促进了社会道德的发展。

大刀会成员多使用大刀、红缨枪等武器，每人胸前挂一个肚兜，20岁左右的年轻人佩红色的，30岁以上的佩白色的，这些肚兜必须是会员亲手缝制，切忌妇女，据说一经妇女接触，就没有灵效了；当然，女会员的肚兜是自己缝制的，不过女会员的数量很少。大刀会里有一种相当普遍的咒语，虽然它也充满着通常含糊不清和模棱两可的语言，但它避开了专门的宗教性内容。

每隔一个月，大刀会便有一次会议，叫作"过场"，"过场"都在夜间举行，气氛异常庄重。首先是请诸神，接着就要"画符"与"吃符"。吃过符后，便要开始最危险的"排刀"，就是用磨得明亮锋利的大刀砍排刀人的肚皮。当时，排刀人把身子仰起，肚子拼命地鼓得像一个打足了气的皮球，一口大气也不敢喘，因为心中确信有神保护，所以看着大刀沉重地朝自己的肚皮上砍，心中也不恐惧，说也奇怪，用那样又快又沉的大刀，猛砍那样薄的肚皮，却不能砍破（严禁模仿）。

在九公寨死里逃生的车厚桥带着对黑恶势力的痛恨和对练好武艺防身的向往，瞒着父母和傅老医生，偷偷地跑去加入了大刀会。他常常借口"家里有事，需要晚上回家"的理由，离开傅老医生的医馆，去参加大刀会的活动。

1922 年 12 月 21 日（农历冬月初四），尺把厚的积雪覆盖在六安县西南山区。青石河上保的金家大庄子人来人往，络绎不绝。大刀会的邱裕庭老先生在这儿开堂收徒。经过介绍和一定的仪式，车厚桥成了邱老先生的"学生"。

反帝义士颠沛流离，刀会武师指导厚桥

皖西的大刀会是由山东经皖北而传入的。皋西南的大刀会师傅邱裕庭老先生是英山县（此时属于安徽省管辖）人，1922 年他 45 岁。18 年前，他参加了晚清安徽的四大教案之一的"张正金教案"的反帝斗争。

清同治五年（1866），天主教和基督教到处扩建教堂，开始在皖西地区境内广泛传播宗教，对皖西人民进行精神上的奴役。除正常的宗教活动外，还利用办学校、医院进行传教；怂恿宗教徒进行不法活动，挑战政府权威，欺压普通百姓；因而激起了人民的反对。在 20 世纪初的皖西霍山，发生了反洋教的激烈斗争，领头的义士张正金（霍山县古佛堂九龙井人）于 1907 年 3 月牺牲。这场影响深远、历时三年（1904—1907）的反帝、反封建、反洋教斗争，被列为晚清安徽的四大教案之一。

作为张正金的 48 位结义生死兄弟之一的邱裕庭，张正金逃难到英山时，就在他家居住和活动；在两次进占霍山县城、两次抗击清军进剿的战斗中，邱裕庭都和张正金并肩战斗。张正金牺牲后，邱裕庭为躲避追捕而逃亡淮北。

1907年春末，在皖北亳州，邱裕庭成了"大刀会"总教师赵天吉的关门弟子，跟随年过古稀的赵天吉四处奔波。在赵老师的指点下，邱裕庭的武功精进许多。后来，为了使邱裕庭在武术上有更大的造诣，赵天吉把他介绍到山西太谷学习"形意拳"。邱裕庭师从形意拳宗师车毅斋学习车氏形意拳十分认真，很得车毅斋的赏识。除了秘功外，尽得真传。和车厚桥家一样，车毅斋也是来源于江右车家。

1910年夏，邱裕庭由于武功高强，就成了大刀会的武术教师。接着，他就按照大刀会总舵的安排，来到皖西南发展大刀会。

20世纪初，大刀会开始在六安、霍山传播，以谢应龙、夏云峰、梅广恩、鲁品三、王竹池、秦华轩等人为首领，他们在六安四乡八镇158保，扎香堂、收门徒。开堂子的称"先生"，当徒弟的称"学生"。1922—1923年，拜过师的谢应龙、夏云峰、秦华轩等在六安、霍山两县乡村建立大刀会组织。首先是由先生设香堂招学生，然后学生又设香堂招学生，就是通过这样的传递链在乡村传播。据载：时"六安东桥头集一带大刀会发展会众达5000多人，霍山下符桥的龙井冲一带大刀会会众达1000多人"，可见扩张之迅速。

1923年冬天，六安、霍山大刀会再次兴起，参加大刀会的多数是破产农民、失业的手工业者、流氓无产者，少数是贫农和中农，其口号是："打富济贫，各保身家！""打倒军阀，改良政治，复我民权！"

清末民初的皖西南山区，由于农耕社会生存条件差造成了民风彪悍、再加上土匪猖獗、官府贪鄙软弱，所以有着浓厚的乡村自治的传统。土豪财主们都有自己的私人武装；同时受当年李鸿章淮军办团练的影响，各乡镇都有本地乡绅出资创办的民团。而对于社会底层的劳动者们，则是刘关张结拜成风，或者加入各种会道门组织。希望借助这些集体的力量，在黑暗混乱的世道里能够苟活下去。大刀会的那种歃血为盟、诛杀贪官污吏土豪恶霸的豪迈场面深深激励着车厚桥。于是，有武术根基的车厚桥在乡邻们的影响下，开始学习武艺。大刀会的成员多为农民。简冲的乡邻简玉坤、简玉山两兄弟和车厚桥就是大刀会的会友。他们经常在一起切磋武术、交流心得。在有空闲的白天，车厚桥和会友们就习武。晚上，邱裕亭老先生就教导车厚桥他们如何做人和安身立命。在他的教导下，车厚桥逐渐懂得了反对帝国主义的道理，立下了消灭人间不平现象的雄心壮志。

山庄里的会友们经常在一起谈文论武，探讨如何反抗官府的欺压和狙击土匪的骚扰，这都鼓励着一心想学好武艺的车厚桥去认真学习。这样一来，他学医的劲头就降低了。傅老先生虽然很不满意，可他倒也理解车厚桥的举动。

邱裕亭老先生教学严谨，他教导车厚桥说："学武要专心，首先要练习打坐。"邱老先生要车厚桥首先学习张三丰的《打坐歌》并进行练习。练习了一段时间，车厚桥已经逐渐沉稳。接着，邱裕亭老先生向车厚桥传授了车氏形意拳的刀法。车氏形意拳刀法与刀术主要有：刀术操练基础功、五行刀单练功、六合八卦刀单练功、形意五虎刀、形意缠丝刀、形意麟角刀、形意双刀、五行刀对练功、六合八卦刀对练功。邱老先生教授车厚桥的主要是形意缠丝刀。

5 月的一天，邱裕亭老先生去车家楼检查车厚桥的车氏形意拳刀法练习情况。出了傅家院子，邱裕亭向西北方向的车家楼走来。不到 3 里地，就看见车厚桥正在两人合抱粗的枫树下练武。车厚桥手持一把大刀。配合着脚下的步伐辗转腾挪间游走在这片空地上。手中的大刀舞得是嗡嗡作响。刀起刀落间带起一片残影。看到徒弟的进步很大，邱裕亭不禁叫起了好来。这一叫好声让正在练武的车厚桥听到了。于是，车厚桥停下了手中的大刀，把手中的大刀放到了一旁，拿起手巾擦了擦额头上的汗水走了过来，毕恭毕敬地对邱老先生说道："师傅，您来啦。"

在过去一段时间里，关于形意刀的刺法、剁法和劈法，邱老先生对车厚桥的指点也很到位。这次，又纠正了车厚桥"比较偏重劈砍的力度和速度而忽略了起刀的速度和在适当时候止刀"的缺点。车氏形意刀练法的理论基础是神形合一。通过邱老先生的传授，车厚桥领略了"神形合一"的精髓。由于有爷爷教导的基础，车厚桥在邱老先生的悉心教育下，去掉了浮躁，从基本功开始，刀法进展迅速。经过两年的学习，车厚桥的刀法纯熟、轻功了得、可以随意地倒立走路，平常三五个人绝对不是他的对手。

1924 年底，车厚桥学医期满。由于条件限制，他不能从事医生职业。车厚桥经世时，家中仅存房屋九间和少量山、田。为了维持全家人的生活，车家又在龙门冲增开一间小商店，并继续经营竹木堆场。从弃文从医到医武同学，虽然略显幼稚，但是却体现了车厚桥穷则变、变则通、通则达的灵活思维，足以说明车厚桥脑子转得快，善于开动脑筋，勇于寻找自己的出路，为以后的戎马生涯奠定了基础。在龙门冲经商期间，车厚桥经常受到地方豪绅、地痞流氓、官府强盗的欺压和盘剥。他对这个罪恶的社会充满了愤恨。在大刀会学习了武术以后，有些功夫的车厚桥渐渐地就可以得心应手地对付一些地痞流氓了。

就在车厚桥业余专心习武时，六安太平集大刀会发动了声势浩大的起义。作为大刀会青年一代精英的车厚桥，也参加了这次大刀会起义，作为六安三区的一个青年头目，他冲锋在前，按照统一布置，他率队从西南面包围六安，还参加了攻占霍山县城的战斗。

大刀会"横扫贪官污吏、改良政治、复我民权"的轰轰烈烈场面，给车厚桥展示了一个"暴力革命推翻黑暗社会"的路径。

车厚桥参加选拔赛，大坪地勇胜张大毛

1926 年冬，大刀会总堂决定扩大大刀会组织。扩大大刀会组织，首先需要武术教师。于是，总堂要在齐山大刀会与龙门冲大刀会的新秀中选拔武术教师。齐山大刀会的新秀是张汉卿的儿子张大毛，他的老师是小姑张腊梅。龙门冲大刀会的新秀是车厚桥，他的老师是邱玉亭。张腊梅和邱玉亭的武功差得不太多，可二人年龄差别很大：邱玉亭接近 50 岁了；可张腊梅才 24 岁，还是个大姑娘。他俩的徒弟张大毛和车厚桥都是 1906 年生，年刚 21 岁，张大毛还比车厚桥大三个月呢。

比赛地点设在张汉卿家的三大庄园之一——霍山县青色冲的大坪地。比武是靠真本领的。谁想玩假都不行，总堂派来了裁判和公证人，台下还有那么多观众，群众的眼睛是雪亮的。虽然车厚桥不认识公证人，但司仪请他出来的时候，邱玉亭和张腊梅都毕恭毕敬地行礼，所以车厚桥知道他是个很有身份的人，公证人 40 岁左右的年纪，穿着很得体，整个人非常有精神，眼神也非常犀利。

上场之前，张家的家人分别给两位选手端上了两碗"六安瓜片"茶水。喝完茶，两位选手就上场了。看着十分自信的张大毛，车厚桥心里在想："有自信是好事，但连自己对手是什么样的实力都不知道就过分自信，那是愚蠢。"

比赛场地在临时搭建的木台子上，四周用绳子围起来。当司仪在把场面话和比赛规则说完后，就宣告比赛正式开始，以后没他什么事情了。裁判员接手后把车厚桥和张大毛招近身边说了一些规矩，如不准攻击面门、裤裆之类。裁判员就说了几句话，随即让双方各退开五步，热身时间两分钟。

两分钟一到，裁判员一招手，站在中间，做了一个开始的手势，比赛开始。张大毛首先攻击，拳头比车厚桥想象中要快许多，步子很快，"呼"的一拳过来几乎就把车厚桥打中了。

车厚桥很是心惊，张大毛这家伙真不是吃干饭的，难怪那么嚣张……

刚闪开，张大毛的拳头又砸过来，这一拳夹着一股凌厉劲风，车厚桥不

敢去挡，继续闪开，他这人很灵巧，自小爬山爬树练就的。连续闪过四五拳，三几脚，车厚桥都没有找到反击机会，擂台下面开始发出嘘声！但没办法，车厚桥真的不敢贸然发起进攻，因为张大毛这家伙打的就是连招，怎么闪他都能快速跟上，速度快得让人应接不暇。

终于，防守慢了一秒都不到，车厚桥中了一拳，中的是右边肩膀，他感觉自己半条手臂都麻了，同时也感到自己比往常行动慢了不少。心想道，可能自己喝的茶水里被下了药。

幸好中拳的那一刻他也一脚踹中了张大毛的膝盖骨，不至于一个人吃亏。如果不是因为这一脚，他至少要多中两拳。还是那句话，张大毛拳头速度非常快，台下都看得不太清楚，只知道他们短兵相接了，顿时爆发出轰动的声音。就在这时候，裁判却让他们分开，现场一点声音都没有，因为张大毛摔倒之后再也无法爬起来，只会瞪眼睛，那会儿时间还没有到，裁判没有打断比赛。

一想到这家伙那么阴险，竟然在茶水里下药，车厚桥就满肚子怒火，他把张大毛提起来放在角落里，连续煽了张大毛七八个巴掌，然后抓住张大毛的一条手臂，往右边移动，到了中间后往绳子的另一边用力一送，张大毛撞上绳子后又弹回来，等待他的是车厚桥一个强力飞踹。

"嘭"的一声，张大毛直接飞出擂台，把临时搭建的休息室通道砸个稀巴烂，然后他再没有爬起来，已经昏迷过去。

安静，非常安静，观众甚至忘记了喝彩，由车厚桥把张大毛踹出擂台那一刻他们就开始魔怔，等裁判去看完张大毛回擂台后举起车厚桥的手，现场才又爆发出各种轰动的声音。有的甚至冲上台，尤其是邱玉亭带来的龙门冲会众，甚至抬起车厚桥抛了几下，反正场面非常混乱，邱玉亭让他们放下车厚桥，最终车厚桥才得以下来。

车厚桥若无其事地对大家笑了笑，连忙靠近邱玉亭，他的腿开始发软，一只手扶住邱玉亭的肩膀，脑袋又开始发晕，邱玉亭没有介意，因为徒弟得胜而激动，非常激动，就连车厚桥掰过他的脑袋他也不介意，车厚桥小声说："师傅，我不行了，张家在茶水下了毒，快带我去找傅老先生。"

邱玉亭有点不敢相信地看着车厚桥。但他马上醒悟过来，扛着车厚桥飞快地离开了，龙门冲的会众也随之离开。

虽然自己的侄子兼爱徒张大毛被打败，可张腊梅还是从心里佩服车厚桥这个曾经被自己救过的青年。后来，车厚桥和张腊梅的交情匪浅，来往频繁，虽然有着名义上的师徒关系，但他们还都是年轻人。

这一战，车厚桥大名在外。可让大家不明白的是，他为什么要师傅扛着带走。

这一战，使车厚桥成了大刀会的武术教师。

大刀会反击红学，车厚桥迎战张锐

民国时期，皖西除了大刀会以外，红学（红枪会）也是势力比较强的农村会道门组织。"红学"也叫真武道，与白莲教也有渊源关系，旗帜为杏黄色，上有"真武神道"四个大字，内部还有大玄门、九龙道等分支。"红学"的组织者利用未被人们所认识的气功科学，团聚了渴望求温饱、求自由的广大民众。"红学"的入道条件是：一是农民有 5 亩地以上者，二是商人有 50 元资本以上者，三是大家公认为好人者。雇工和穷人虽系好人，但因没时间练功，更无钱交纳"红学"捐款，皆不准许加入。到后来，不管你是否入道，只要是在红学活动地区的居民，都要交纳"红学"捐款。入道者用清水洗净手脸及上身，跪在祖师牌位前自述一生经历，众人公认不是坏人，大师兄才让盟誓入道。誓词除默念道规外，另加"如若不遵道规，愿受炮打穿心而死的惩罚"等誓言。

"红学"的神坛一般设在一所较大的房子内，八仙桌上供着真武大帝的木牌位，供桌上摆着斗大的石头香炉，内插拇指粗的大香，两边点着大红蜡烛，各种供品垒得层层叠叠，地上摆着一些用麦秆拧成的草墩儿，供徒弟练功跪拜之用。"红学"建立后，"大师兄"要显露其"法术"。传说的功夫有：一尺多长的青石条，用手掌一砍两截；徒弟练功用的青砖，他拿在手中略一运气，砖头立即粉碎；还能赤裸上身，让几个徒弟用明晃晃的红缨枪尽力去刺，也伤不着其皮肉；还有的会使几把飞镖，指哪打哪，百发百中。"大师兄"对练功的弟子要求很严，每晚必须到"红学"练功。山里的青年人平时都爱舞枪弄棒，看了"大师兄"的功夫，也都折身拜服，盟誓入学。各村"红学"设总指挥一人，队长、书记（即秘书）各一人，会徒完全服从于立学之大师兄指挥。1914 年一、二月间，白朗起义军转入皖西地区流动作战，"红学"会首以打贼兵保家乡为号召，进行了"红学"大合团，为统一指挥演习、示威、作战提供了方便。各村"红学"会首以就近地域自行联合，推举地方上有威望的人物充任团长。凡有"红学"的各个村庄，有事难以处理，便呈请团长决断。各团之间不相统属，有事可邀请相助。

"红学"内部组织不甚严密，基层单位为"馆"，负责人为"学东"，内部有"进师""传师"，多为地主、富农分子担任，受封建势力直接操纵，封建迷信为其主要特色。传师又称"开师""老师"，对各馆统治关系并不大，传学后平时到馆里为道众"装功"，乱时为之联络指挥。红学的仪式，主要有吸收会员与传授法术两种。吸收会员神秘而庄严，传授法术则是宣传"刀枪不入"思想，以此吸引信徒，提高士气，以利战斗。

龙门冲红学的神坛就设在龙门冲上街的大庙里。1926 年以后，龙门冲饥民纷纷吃地主豪绅的大户。为了抵抗农民革命，龙门冲"红学"会首陈乾士号召村村建立"红学"，强迫各户都要有人参加，所用经费按地亩摊派，哪户没有人参加，就择地亩出双份"红学"捐。因此，龙门冲"红学"很快地发展壮大，"红学"变成了压迫民众的工具。有的会首利用群体的力量，报私仇、泄私愤。此外，吸毒、贩毒、赌博、敲诈、勒索等不良现象也不断出现，从此"红学"反官府抗捐税的士气渐渐消沉，逐渐沦为保护地主利益的反动会道门组织和武装。

20 世纪 20 年代，霍山县但家庙人朱体仁[①]和六安郝集许大圩的许建堂跟随六安县龙门冲人陈乾士学习"红学"。朱体仁的祖父朱永恭和父亲朱一贤是六安盐商，1902 年冬天迁居到霍山县舒家庙的白云冲（今但家庙镇观音岩村白云冲村民组）。1904 年，母亲鲍氏生下了三儿子朱体仁，1906 年生下了小儿子朱本顾。因为家庭富有，朱家就竭力培养人才。

朱一贤的四个儿子（鲍氏1898 年生的本儒、1900 年生的本涛）先由盐行的张镖师传授武功，到了上学的年龄再入学堂读书，同时还练习武艺。张镖师对朱家的三儿子朱体仁十分钟爱，传授武功时，格外精细些。后来，因为盐行需要张镖师，他才离开。张镖师离开白云冲时，在征得朱家同意后，将朱体仁介绍到在龙门冲做红学会首的大师兄陈乾士处继续学习武艺，并加以历练。

在龙门冲，以邱玉亭、车厚桥为代表的大刀会维护的是穷人的利益，因为大刀会会员多是穷苦人。以陈乾士、许建堂为代表的红学维护的是富户的利益，因为红学成员多是富人，最少也是自足户。因此，大刀会和红学发生冲突是不可避免的。因为陈乾士帮助乡长戴云三砸青铜碑霸占公田，并害死大刀会堂主黄家勇及其女儿，大刀会奋起反击红学。大刀会人多势众，取得了冲突的胜利。

为了挣回脸面和打压大刀会，陈乾士、许建堂决定：勾动六安警备营，斗倒大刀会。得知消息以后，西河口乡公所（此时，龙门冲乡已经并入西河口乡）把大刀会和红学的头目约到一起谈判。谈判的结果是：双方都不借助外力，两派都派出自己的青年精英进行对决，若大刀会胜了，红学不得再来滋事；若红学胜了，大刀会要磕头谢罪。

1926年清明节那天，阳光明媚。龙门冲集镇下街头1200米、回龙寺庙前1000米的龙门冲河的河滩上，聚集着大批人群。

大刀会在西面，有一个简单的看台，西看台的四周是大刀会会友，有好几百人，肩上扛着大刀，他们的上身是清一色的白老布褂子，但下半身的裤子可就各式各样了，大多数人的裤子上都打着补丁；大刀会的领头人是邱玉亭和张腊梅，将要下场比武的是车厚桥，他一身白色衣裤，英俊潇洒。

红学在东门，有一个比较讲究的看台，红学的领头人是陈乾士和许建堂，跟随的会众有几十人，他们是清一色黑衣黑裤，大部分人握着梭镖，最后一排扛着土枪；红学参加比武的是朱体仁，在一身黑色衣装的衬托下十分俊俏威武。

北面是裁判台，有四名和尚拿着哨棒站在裁判台前面第一排，第二排是六安警备队和霍山自卫队的持枪士兵；台上端坐着六安警备队团长夏云峰，霍山自卫队队长秦华轩，他俩都是皖西帮会的老会首，是这次比武的裁判；夏云峰和秦华轩的中间端坐着一个和尚，他是回龙寺的住持，住持大和尚是公证人。南面是观众席，是一般人观看比武的地方，有一条细绳拦在前面，与长方形的比武场隔开，观众席紧挨着龙门冲小河，平沙滩上一无所有。

首先比的是轻功，双方都毫无悬念地攀上了埋在地上的二尺粗的毛竹竹顶。四层楼房高的竹顶直径只有5厘米，不要说是成人登顶，就是挂一个2千克重的物品也会弯曲。朱体仁和车厚桥就是有那样的轻功，硬是在上面停留了十秒钟。大刀会会友与红学会众都掌声给予鼓励。比轻功，朱体仁和车厚桥不相上下，秦华轩大声宣布结果："比轻功双方是一平！"

第二场是比枪法。在众人的注视下，朱体仁和车厚桥都是十发十中，朱体仁击中了十个茶盅，车厚桥打碎了十个酒壶嘴。夏云峰大声宣布结果："比枪法双方是一平！"

比枪法以后是第三场。第三场是刀剑对拼。为了打败大刀会，红学头领陈乾士解下了挎在腰里的宝剑，递给了朱体仁，并嘱咐他用宝剑砍下车厚桥的人头，让大刀会彻底臣服红学。看见朱体仁提着宝剑下场子，邱玉亭要求第三场对拼暂停一刻钟："我没有宝刀送给徒弟，但我有几句要紧的话告诉他。"

在征得了裁判夏云峰与秦华轩、公证人回龙寺住持的同意以后，邱玉亭把车厚桥带入自己一方观台的后面，现场教授车厚桥几招刀术。邱玉亭在舞了几招以后，停了下来。只听邱玉亭问道："厚桥，你看清楚了没有？"车厚桥道："看清楚了。"邱玉亭道："都记得了没有？"车厚桥道："已忘记了一小半。"邱玉亭道："好，那也难为了你。你自己去想想罢。"车厚桥低头默想着。过了一会，邱玉亭问道："现在怎样了？"车厚桥回答道："已忘记了一大半。"

张腊梅失声叫道："糟糕！越来越忘记得多了。邱老师，你这路刀法是很深奥，看一遍怎能记得？请你再使一遍给厚桥瞧瞧罢。"邱玉亭微笑着说："好，我再使一遍。"提刀出招，演练起来。众人只看了数招，心下大奇，原来第二次所演练的，和第一次使的竟然没一招相同。张腊梅叫道："糟糕，糟糕！这可更加叫人糊涂啦。"邱玉亭画刀成圈，问道："厚桥，怎样啦？"车厚桥应道："还有三招没忘记。"邱玉亭点点头，收刀回归座位。车厚桥在西看台背后缓缓踱了一个圈子，沉思半响，又缓缓踱了半个圈子，抬起头来，满脸喜色，叫道："这我可全忘了，忘得干干净净的了。"邱玉亭道："不坏，不坏！忘得真快，你这就请红学神剑指教罢！"说着将手中的木刀递了给他。

车厚桥躬身接过木刀，转身向广场中间走去，面向朱体仁说道："朱英雄请。"张腊梅抓耳搔头，满心担忧。刀剑刺杀比赛宣布开始后，朱体仁猱身进剑，说道："有僭了！"一剑刺到，青光闪闪，发出嗤嗤声响，内力之强，实在难以比拟。众人凛然而惊，心想他手中所持莫说是宝剑，便是一根废铜烂铁，在这等内力运使之下也必威不可当，"神剑"两字，果然名不虚传。

车厚桥左手刀诀斜引，木刀横过，画个半圆，平搭在宝剑的剑脊之上，劲力传出，朱体仁的宝剑登时一沉。朱体仁赞道："好刀法！"抖腕翻剑，剑尖向他左臂刺到。车厚桥回刀圈转，"啪"的一声，刀剑相交，各自飞身而起。朱体仁手中的宝剑这么一震，不住颤动，发出嗡嗡之声，良久不绝。这两把兵刃，一是宝剑，一是木刀，但平面相交，宝剑和木刀实无分别，车厚桥这一招乃是以己之钝，挡敌之无锋，实已得了车氏形意刀法的精奥。要知邱玉亭传给他的乃是"刀意"，而非刀招，要他将所见到的刀术招数忘得半点不剩，才能得其神髓，临敌时以意驭刀，千变万化，无穷无尽。倘若尚有一两招刀法忘不干净，心有拘囿，刀法便不能纯。这意思秦华轩、回龙寺住持等高手已隐约懂得，张腊梅却终于逊了一筹，这才空自忧急了半天。这时只听得广场之中嗤嗤之声大盛，朱体仁剑招凌厉狠辣，以极浑厚内力，使极锋锐利剑，出极精妙招数，青光荡漾，剑气弥漫，广场四周的众人便觉有一个大雪团在身前转动，发出蚀骨寒气。车厚桥的一柄木刀在这团寒光中画着一个个圆圈，每一招均是以弧形刺出，以弧形收回，他心中竟无半点渣滓，以意运刀，木刀每发一招，便似放出一条细丝，要去缠在宝剑之上，这些细丝越积越多，似是积成了一团团丝绵，将宝剑裹了起来。两人拆到二百余招之后，朱体仁的剑招渐见涩滞，手中宝剑倒似不断地在增加重量，五斤、六斤、七斤……十斤、二十斤……偶尔一剑刺出，真力运得不足，便被木剑带着连转几个圈子。

朱体仁越斗越是胆怯，激斗三百余招而双方居然刀剑两锋不交，那是他生平使剑以来从未遇到过的事情。对方便如撒出了一张大网，逐步向中央收紧。朱体仁连换六七套剑术，纵横变化，奇幻无方，旁观众人只瞧得眼都花了。车厚桥却始终持剑画圆，旁人除了邱玉亭外，没一个瞧得出他每一招到底是攻是守。这路车氏形意刀法只是大大小小、正反斜直各种各样的圆圈，要说招数，可说只有一招，然而这一招却永是应付不穷。猛听得朱体仁朗声长啸，须眉皆竖，宝剑中宫疾进，那是竭尽全身之力的孤注一掷，乾坤一击！

车厚桥见来势猛恶，回刀挡路，朱体仁手腕微转，宝剑侧了过来，"嚓"的一声轻响，木剑的剑头已削断六寸，宝剑不受丝毫阻挠，直刺车厚桥胸口而来。车厚桥一惊，左手翻转，本来捏着刀诀的食、中两指一张，已挟住宝剑的剑身，右手半截刀向他右臂斫落。刀虽木制，但在他形意神功运使之下无异于钢刃。朱体仁右手运力回夺，宝剑被对方两根手指挟住了，犹如铁铸，竟是不动分毫，当此情景之下，他除了撒手松剑，向后跃开，再无他途可循。只听车厚桥喝道："快松手！"朱体仁一咬牙，竟不松手，便在这电光石火的一瞬之间，"啪"的一声响，他一条手臂已被木刀打落。朱体仁不肯松手，伤臂前的五根手指仍是牢牢地握着宝剑。车厚桥见他如此勇悍，既感惊惧，且复歉疚，竟没再去跟他争剑。

朱体仁走到陈乾士身前，躬身说道："老师，学生无能，甘领罪责。"陈乾士对他瞪了一眼，然后对着西面的大刀会看台朗说道："今日瞧在大刀会小车老师的脸上，放过了你们大刀会。"说完左手一挥，道："走罢！"他的手下部属扶着朱体仁，排成双路纵队向龙门冲河的对岸走去，有序撤退。

大刀会的会众欢呼起来，有几个人抬起了车厚桥，向空中甩去。

1926年夏天，许建堂领受陈乾士之命，要对车厚桥的竹木行（堆场）收取"红学"捐，车厚桥对这种敲诈行为断然拒绝。于是，冲突又是不可避免地产生了。陪同许建堂的朱体仁为了化解矛盾，提出：如果车厚桥能手撑地倒立行走1里路，就不收取他的"红学"捐，车厚桥想了一想，同意了。在众目睽睽之下，车厚桥手撑地倒立行走，从龙门冲下街头一直"倒走"到上街头，竟然达到两里（1000米）路。这很令朱体仁佩服，也令在场所有人佩服；同时也使"红学"书记许建堂感到胆战心惊。后来，朱体仁成了车厚桥的革命战友。

1926年夏末，虚年21岁的车厚桥与虚年22岁的刘绍青按照父母之命结婚成家了，这在当时是非常晚婚的。当时流传的一首山歌很能说明问题："十七十八大丫头，站在郎前不知羞，人家十六十七婆家去，养的儿子能抓周（即过一岁生日）。"刘绍青，身高接近一米六，身躯丰腴，胖胖的圆脸上带着个双下巴颏，性情温和。

不过，前来喝喜酒的张腊梅，内心是酸溜溜的。

结婚满月后，刘绍青就随着丈夫车厚桥在龙门冲集镇上打理生意。由于车厚桥的大刀会事务和商业外出事务都很多，看门守店的事情主要是刘绍青操作。

麻埠镇赌徒寻死，车厚桥施救收徒

齐头山，又叫齐云山，一般简称为齐山。位于金寨县的麻埠镇（1932 年前属于六安县的七区），与六安、霍山隔山相望，以产六安瓜片闻名，其最高峰海拔 804 米，常年气雾缭绕、云烟氤氲。

麻埠镇南北长，东西狭，一条穿街小河自北向南流入西淠河。镇内有北大街、中大街、南大街 3 条主要街道，宽约 4 米，石块铺砌，是商业中心。另有顺河街、新街、西门街、花桥街等。街侧房屋多为砖木小瓦平房，间杂一些假二层带阁楼的建筑，市容整齐、古朴。麻埠镇周围地区以出产茶、麻著名。商业也以经销茶、麻为主，兼营山区竹、木、扫帚等土特产。民国时期有大小茶、麻行 30 余家，春季营茶，秋季营麻，每年 4 ~ 10 月生意兴隆。该镇手工业以推光漆木器最为有名。新中国成立前后，这里非常繁荣，吃喝嫖赌盛行，曾有"小上海"之称。所以，有"初到麻埠，衣冠堂堂，离开麻埠，花的精光；恋恋不舍，回头望望；下次有钱，还来逛逛"的歌谣。

1926 年初秋，车厚桥在麻埠救了一个寻死的赌徒。

这个寻死的赌徒就是张秋苟。他是一个 26 岁的破落户子弟，住在离这里五六里远的、齐云山下的齐云村。张秋苟的父亲原是一个自耕农，在齐云一带是以吝啬起家擅名的：后来抛弃了本业，就在麻埠镇上开了一间小杂货店，人们号为"扯脚店"的，竟然积蓄了许多钱财；接着，又开起了茶行。张秋苟 22 岁那年，在刚结婚后的两个月内，他的父亲和母亲相继去世。于是，张秋苟把田地、山场交给岳父管理，自己亲自到麻埠街上做茶叶生意。

张秋苟既占有他父亲的遗产，又具有无巧不沾的个性，对于经济的收入，感到十分轻易而丰裕，所以对于金钱的重视度，没有他父亲那么见钱如命，那么郑重而宝贵。他在 23 岁那年，便由轻视金钱的心思，演变成挥金如土的事实，与几个堕落的朋友，日夕堕入赌博场中徘徊。

"久赌神仙输"。三年以后，就在张秋苟被逼投河自尽的傍晚，他遇到了贵人——车厚桥。

车厚桥在前去大刀会齐头山香堂传授功夫时，发现了投河寻死的张秋苟。车厚桥首先救起了奄奄一息的张秋苟，又在张秋苟磕头保证再不赌钱时，帮助他还清了赌债。

张秋苟家的生活出现了良好的转机。紧接着，追随车厚桥的张秋苟参加了大刀会，后来，作为车厚桥徒弟的张秋苟还参加了赤卫队。

不过，流氓无产者若不脱胎换骨，关键时刻，还是会坏事的。

注释：

①朱体仁（1904—1929）。1927年夏天，舒传贤回到家乡开展农民运动，创办"学术研究会"，朱体仁是研究会的第一批会员，不久就加入了中国共产党。并先后当选为中共霍山特支委员，中共六安中心县委委员、执行委员、军委主任和霍山县游击大队大队长。1929年4月，相机打死了龙门冲"红学"头子陈乾士，缴了匪徒的枪。和刘淠西、冯孝山领导了"诸佛庵兵变"。独山暴动前夕，朱体仁被六安中心县委任命为独山暴动副指挥，他和游击大队在暴动的全过程中起了重要作用。独山暴动的成功震撼了国民党统治者，当局派来大批武装疯狂屠杀暴动参加者，中共的基层组织受到严重破坏。为了恢复党组织，提高群众斗志，保护群众的斗争积极性，中心县委派体仁同许希孟、吴才才到毗邻独山的郝家集，召集六安县第三区积极分子开会，他们仅用7天时间就把各级群众组织整顿就绪。10月16日，朱体仁等3人在郝家集一成衣店内商谈工作，敌自卫团得到情报后，派100多士兵围住郝家集，朱体仁等被堵在成衣店内，无法撤出。在敌兵冲进成衣店后，朱体仁拔枪打伤两名敌兵，自己连中数弹，壮烈牺牲。

革命潮起加入农协

共党诞生组织工农奋斗，国共合作掀起革命浪潮

就在车厚桥开始学医的那一年 7 月，中国发生了一桩惊天动地的大事——中国共产党诞生了。中国共产党的成立，给灾难深重的中国人民带来了光明和希望，给中国革命指明了方向。在党的领导下，皖西革命运动在蓬勃开展着。

1922 年初春，皖西的舒传贤①、周新民等在安庆组建"安徽社会主义青年团"。秋天，六安三农学校、城关第一高小以及应时成立的以许继慎②、宋伟年、杨溥泉、胡苏明③、周范文为骨干的"旅外同学会"，在沈子修④、朱蕴山⑤、光明甫、刘希平、钱杏邨等人的支持下，与黄烟、扛抬工人一起发起"驱骆运动"，赶走反动县知事骆通，打垮以前清翰林王晥香为头子的"十三公团"封建势力的进攻，夺取教育领导权，促进了六安民主运动的高涨，迫使反动政府在半年内接连撤换了四任县知事。10 月，燕子河马克思主义学习小组的成员刘仁辅领导西镇地区的佃农，同地主阶级开展反转庄维护"永佃权"的斗争，迫使县衙门做出了维持"永不夺佃"的裁决。

1923 年 2 月，六安城关烟工在工人刘同兴领导下，再次举行"挂铇子"斗争，麻埠、流波礓等集镇烟工起而响应，经过 20 多天的联合斗争，迫使出资方把工人每月的工资再由 7200 文增加到 8000 文。5 月，六安学生联合会的主持下，再次掀起抵制日货运动，各商店自动不进不售日货。秋天，霍山在

芜湖二农学习的学生王燮回乡组建国民党，以第一高小校长黄子山、第四高小教员张景昆为常务委员，设机关于第四高小，把马克思学说、列宁小史编入正课，"提倡工农专政"，"以共产党寄托于国民党"。10月，六安"进化书局"在城关古楼开办，附设石印店，销售和翻印各种进步书刊；霍山学生和市民千余人游行示威，反对县知事崔祥青为扩充反动武装而增加捐税和抽取教育经费；六安、舒城等地学生进行了反对曹锟贿选大总统的斗争。

1924年，在共产国际的帮助和撮合下，国、共两党以"党内合作"的形式实现了第一次合作。国民党"一大"实际上确立了联俄、联共、扶助农工的三大政策，成为第一次国共合作的政治基础。在中国国民党第一次全国代表大会上当选为中央执行委员和候补委员的41人中，有共产党员李大钊、谭平山、于树德、毛泽东、瞿秋白、林祖涵等10人，约占总数的四分之一。大会还通过了接受共产党员和社会主义青年团员以个人身份加入国民党的决定。这次大会标志着第一次国共合作正式形成，改组后的国民党成为工人、农民、城市小资产阶级和民族资产阶级四个阶级的民主革命联盟。这次大会对中国新民主主义革命具有重大意义，成为新的革命高潮的起点。

1924年夏天，陈绍禹（即王明）在金家寨组织在外地学习回乡度假的学生，成立豫皖青年学会，讨论学术问题，宣传马克思主义，组织学生运动，利用寒暑假，一年两次召开会议；到1925年，会员发展到100余人。夏天，六安烟工在工人丁大和尚的领导下，又一次举行"挂铇子"斗争，结果每人每月工资再由8000文增加到8300文。冬天，六安籍党员王绍虞、团员周范文寒假回乡，以胡苏明在六安开办"进化书局"为据点，联络地方知识界，召开青年会议，各乡来城参加的青年有60多人，会上成立了六安青年协进会，以"研究学术，促进民法"为名，在西门外紫竹林小庙多次集会，学习和宣传马克思主义。

1925年，霍山籍团员徐育三[6]从安庆回乡，在黄栗杪第二高小建立马克思主义学习小组。7月14日，霍山工商界通电声援五卅运动，诸佛庵的工人、居民和学校师生集会游行，并将县自卫队大队长王瑞之开设的"广丰和"号商店里的日货全部砸烂。同日，六安召开千人大会，成立沪案后援会，黄烟工人捐出多年积蓄的300元公款，居民捐出417块银圆，全数汇给上海支援五卅运动，毛坦厂镇也成立了外交后援会，领导"三罢"斗争和募捐活动。冬天，六安在上海、杭州、芜湖等地读书的党、团员从秋天开始，先后回到六安，成立了中共六安特别支部，王绍虞任书记，他们在城西横街子租了谢新典的房子，成立了"六安青年木器实业社"，以经营宁波式的木器为掩护，从事工农运动。

1926 年 2 月，在黄埔军校入党的许继慎回六安县土门店探家。经过考察了解，介绍其弟许希孟⑦和王子久、李童入党，建立中共土门店小组，许希孟任组长，并分工到郝家集一带，王子久和李童去苏家埠、西河口一带做群众工作，发展党员。1926 年春，六安籍共产党员罗亨信从安庆回到苏家埠，在第三高小组织马克思主义学习小组。他又于 1927 年夏在苏家埠镇上成立青年研究社，参加的有 70 多人，学习陈独秀、谭平山、鲁迅等人的文章。5 月，中共安徽地方执行委员会在安庆成立，到年底，安徽地方执行委员会所属党员有 20 多人，其中皖西的有李竹声、方真、王季禹、裴济华、薛卓俊、陶久仿、方英、宋伟年、谢硕、罗亨信等 10 多人。

第一次国共合作的形成，极大地推动了中国民主革命的进程，开创了中国革命的新局面。在皖西，主要包括以下几个方面：

1. 地方党、团组织得到发展。1925 年秋冬，中共六安特支成立；1926 年 2 月，中共六安土门店小组和中共霍邱乌龙庙总支分别成立；1926 年 2 月，寿县团委成立。从 1925 年到 1927 年，皖西在上海、南京、芜湖、安庆、武汉入党的达 30 余人。皖西党组织在发展壮大中继续抓紧马克思主义的学习和宣传，通过各种渠道输送人员出去学习，培养各方面的人才，以迎接革命高潮的到来。

2. 军事、政治人才的培养。1924 年到 1926 年，皖西先后有 83 人分别参加黄埔军校一至四期的学习。他们在北伐战争中冲锋陷阵，立下赫赫战功。1926 年 10 月，为了培训革命干部，左派临时省党部在武汉黄土坡举办安徽党务政治干校，主任先为寿县的高语罕，后为霍山的沈子修，首届学员 120 人，其中有霍邱的廖杰吾、台贯一，六安的桂伯炎等，培养了大批骨干。

3. 农民运动人才的培养。从 1924 年 7 月起，广州农讲所在共产党人彭湃、罗绮园、阮啸仙、谭植棠、毛泽东相继主持下，在广州连续举办了六届农民运动讲习所，为包含皖西在内等 20 个省、区培训了 700 多名农运骨干，有力地促进了全国农民运动的开展。1926 年 5 月 3 日，毛泽东主持的第六届广州农民运动讲习所在番禺学宫开学，9 月 11 日结业。安徽经薛卓汉办理参加学习的有 16 人，其中有六安县的翟其善、施先明，霍山县的张有印，霍邱县的刘亚白等。秋天，为了帮助北伐军，武汉国民政府举办了农民运动讲习所。接着大别山区不少县的农民协会都举办了农运骨干训练班，接受了毛泽东的农民运动思想。训练班一结束，农运骨干马上回乡组织成立农民协会。10 月，参加第六届广州农民运动讲习所学习的 16 人由上海大学党组织分配回省工作，组成安徽省农民运动委员会，除驻会工作的 3 人以外，其余 13 人各回家乡开展农民运动。皖西各县纷纷建立农民协会，组织农民自卫军，向土豪劣绅和贪官污吏进行斗争。

4. 中共帮助国民党组建地方党部。1926 年 1 月，国民党中央委派共产党员朱蕴山、薛卓汉、周范文和国民党左派人士光明甫、周松圃、沈子修、常恒芳、史恕卿、黄梦飞 9 人，在安庆市孝肃路 168 号组成左派国民党安徽省临时党部执行委员会，光明甫、朱蕴山等任常委，柯庆施任秘书长，其中皖西籍的朱蕴山为驻会常委，沈子修任组织部长，薛卓汉任农民部长，周范文任青年部长，常恒芳任妇女部长，直属广州国民党中央委员会领导。北伐军攻克武汉后，国民党安徽临时省党部（左派）迁往汉口。1927 年 3 月初，临时省党部随北伐军返回安庆，随即成立安徽省党部，同国民党顽固派进行了针锋相对的斗争。在国共合作和即将北伐的形势下，分布在全国各地的共产党员和国民党左派合作，纷纷为国民党组建下级党部。1926 年冬，国民党安徽省临时省党部决定，正式委任黄子山、张景昆、杨蔚轩、秦维纲、赵辅仁为霍山县党部委员暨县政府重要职员；委任涂行健、刘子寿、李景轩等 7 人组成国民党六安县党部筹备委员会。早在 1924 年 6 月，国民党左派和共产党人就联合组建了国民党英山县党部。

5. 国共两党领导六霍起义和太湖起义策应北伐军。1926 年 9 月下旬，沈子修与朱蕴山等回到霍山、六安，策划并举行了六霍地方民军起义。秋天，常恒芳同周新民、宋伟年等到太湖，成功策动了旧桂系军阀马济部团长陈雷率部起义；陈调元派兵追击，起义部队转移到湖北黄梅县独山镇；不久，六霍起义、太湖起义的部队都被编入国民革命军第 33 军。

吴岱馨回家乡建立党组织，皋西南传马列农会迎北伐

1925 年 6 月 14 日，国民党中央政治委员会第十四次会议决定将原大元帅大本营改组为国民政府。次日，国民党中央执行委员会全体会议通过，由代理大元帅胡汉民于 27 日发布改组政府令。1925 年 7 月 1 日，第一届国民政府宣告成立，国民政府宣布它的职责是履行孙中山遗嘱，对外废除不平等条约，消灭帝国主义势力；对内开展国民革命运动，消灭军阀势力。为此，积极整顿内部，实现了军政、民政和财政的统一。随后在广州国民政府的领导下，国民革命军通过第二次东征、南征，先后消灭了陈炯明、邓本殷为首的地方割据军阀势力，统一了广东革命根据地，为北伐战争创造了有利条件。

此时的国民党势力，还远在南方的两广。

此时的皖西，共产党人正在组织农会，准备迎接北伐。

西淠河在流出了麻埠（响洪甸）以后，在裕安区的独山镇范围内的河道，就像一个"水舀子"。底子在西北，口面向东南。通水冲河从西南方的"舀子把"流向东北方"舀子底"的独山大桥（桥那头就是独山镇），注入西淠河。通水冲河发源于响洪甸（麻埠）镇西南的笔架山，和落地岗一山之隔。笔架山的西南背面是落地岗，山的东北面是通水冲河的发源地——黑洼冲。通水冲河直接发源于黑洼冲的一个深不可测的山洞里，好像是河水穿山而过，故名通水冲。通水冲河畔有一个山清水秀的吴家庄，20 世纪初诞生了不朽的革命者——吴岱馨[⑧]。

1912 年，吴岱馨从私塾转入六安县立高等第四小学堂学习；1919 年以优异成绩考入安徽省立第三甲种农业学校（朱蕴山先生于 1918 年在六安创办的）；1921 年春，吴岱馨转学去芜湖安徽省立第二甲种农业学校读书；1922 年在"二农"加入中国社会主义青年团；1923 年加入中国共产党。1926 年，党组织根据周恩来同志"关于各回家乡，建立党组织"的指示，为充分利用党员的家庭，社会关系有利条件，农村党员必须回家乡发展农运工作。党组织决定派吴岱馨回到家乡。

1926 年春天，淠河上的汛期比往年来早。就在此时，年轻的布尔什维克吴岱馨回到了吴家大院。回家的第二天，吴岱馨就和党组织接上了联系。

按照党组织和家庭的安排，一个星期后，吴岱馨就和进步女青年同时又是表妹的赵运清结了婚，并且是按照旧风俗结的婚，因为地下工作需要掩护。

结了婚以后，党组织决定派吴岱馨到六安独山"四高"学校任教师。吴岱馨利用学校为阵地，以教师的公开身份，开始在独山、西河口、龙门冲、石婆店等地积极组织秘密农会并先后吸收四高教师王萧雄、鲁蔚生，农会骨干余道江（王义中）等入党，介绍进步学生窦克难、窦朝忠、罗亨信等多人入团。为后来六安县的学生运动和山区独山、郝家集等地轰轰烈烈的农民运动培养了领导骨干。

与此同时，吴干才[⑨]、冯先卓、冯先林等进步知识青年从外地返回家乡西两河口、独山等地，举办贫民学校，建立农民协会，秘密传播马列主义。

皖西农运势如雨后春笋，拥护北伐厚桥带路送信

从清末到民国，政权更迭、官府腐败、民族屈辱和天灾人祸给人民带来了无穷的灾难。当时皖西农村的发展趋势和全国一样，农村处于完全破产、

地主阶级迅速地走向"劣绅化"。代理政府基层权力的大地主，可以肆无忌惮地行使自己的权力。代收税赋、征发壮丁、土地买卖、盘剥农民、放高利贷这些手段，都足以使破产的、土地集中的农村，产生数量更大的失业农民。

在中国共产党的指引下，皖西农民的革命运动，如雨后春笋，茁壮成长。随着中共党组织在皖西的不断发展壮大，农民运动不断深入发展。

1926年春，中共六安特支在涂家公馆举办民众师资训练所，专门培训农民运动骨干；经过3个多月培训的同志分赴城郊农村，建立农民夜校，并在城东的十五里小庙、城北的九里沟、城西南的关田畈、大锹畈等地，分别成立农民协会。中共土门店党小组和从外地回乡的党员周狷之、吴干才也在苏家埠、独山一带开办农民夜校，建立农民协会；同时，党员桂伯炎、袁继安等在金家寨、古碑冲、七邻湾一带开办农民夜校或识字班，发展农协会员1000多人，引起了敌人的注意。春天，共产党员周狷之在白浒圩、苏家埠一带开展农运，利用大寺庵创建"农民夜校"，成立农民协会，成立大寺庵党小组，介绍农协骨干入党。夏天，霍邱的乌龙庙成立了农协小组。

就在此时，车厚桥率领大刀会会友在李晴峰[①]、于昆伯的引导下参加了第一次国共合作时期的六霍起义。

1926年9月下旬，常恒芳被广州国民政府任命为安徽宣慰使后，委派沈子修为国民革命军皖西中路司令，会同共产党员朱蕴山等人回皖西联络地方民军组织六霍起义。由于消息泄露，霍山县警备营营长沈子成（沈子修胞弟）和戴汝成被陈调元的第二混成旅旅长马祥斌捕杀。为响应北伐战争，霍山县警备营和六安县麻埠等地的民军在李晴峰、陈龙普、于昆伯的领导下毅然举行民军起义（六霍起义）。起义军因遭到军阀部队和反动地主民团的围攻，经过霍山回头岭激战后，撤退到邻近的罗田县僧塔寺策应北伐军的北伐。

回头岭激战之中，国民革命军皖西中路司令沈子修给六霍起义军撤退的命令就是车厚桥负责送达的。在送信途中，遇到的一桩难事，充分表现了车厚桥的智慧。

在霍山县城接受了"命令送到回头岭"任务后，车厚桥把命令缝在衣服里，就出发了。经过紧走慢赶，从霍山城赶到迎驾厂，来到黑石渡木桥前。桥上禁止行人从迎驾厂往黑石渡方向行走，见到此情，车厚桥只得停下来了。

黑石渡木桥有500多米长，初冬的河水也有200多米宽，深处有2米多，要跋涉是不可能的。桥上，敌人的一个哨兵正端着钢枪来回走着。怎么过桥呢？车厚桥躲到一棵大树后仔细观察。天气很冷，哨兵每隔一段时间就进屋换人。一个哨兵进去了，过一会儿，另一个哨兵才出来。可是，这么短的时间内，谁也来不及跑过桥去。车厚桥想啊想啊，突然有了主意。

不久，一个哨兵又转身进屋了。车厚桥从迎驾厂一侧迅速冲到桥上。屋里的哨兵快要出来了，车厚桥猛一回身，假装慢悠悠地向迎驾厂方向走。哨兵看见车厚桥，大声吼道："不准通行！快回去！"车厚桥装作不情愿的样子，回过身来，向黑石渡方向走去。

就这样，车厚桥巧妙地过了桥，并飞快地通过了落儿岭、土地岭，把命令送到了李晴峰手里，出色地完成了任务。六霍起义军撤退到湖北罗田以后，车厚桥回到了家乡，在龙门冲及其周围地区继续巩固和发展大刀会。

北洋军阀为了对抗国民政府的北伐，除武装抗击外，还对辖区内的革命火种采用武力扑灭。1926 年冬，安徽驻军第二混成旅旅长马祥斌封闭了六安青年木器实业社，党、团员从六安城转移。这一年，霍山、霍邱、寿县各地和商南（今属金寨）的农协组织都有发展，并联合起来进行政治、经济斗争。

十粒米丢了穷人一条命，车厚桥带领刀会入农协

1926 年秋冬时节，中共地下党员冯孝山[①]和几个同志到龙门冲、杨冲、青石河一带开展地下工作——组织农民协会。由于大刀会发展迅速，深入了社会的各个层面，就使得党组织发展农协会员工作进展缓慢。

冬月的一天，冯孝山和妻子翁翠华夫妻俩路过一个山坳，听见远处传来哭声。他们循声过去，只见一个 30 岁的妇女匍匐在一座新坟前痛哭。旁边还站着一位鬓发斑白的老婆婆和一个四五岁的小女孩。冯孝山走上前去，向他们询问情况，那女的一看是两个猪贩子，便不经意地诉说了事情的来龙去脉：哭坟的年轻妇女的丈夫是大刀会员，隶属于车厚桥的堂口，拥护北伐军，婆婆是北伐军袁家声师长的舅家表妹。受邱玉亭老师和母亲的双重委派，前往罗田与表叔袁家声取得联系。回来后，积极为北伐军收集情报，不幸为六安警备营（直鲁军阀控制的皖省六安县管辖）捕获。由于保守秘密拒绝招供而惨遭杀害。冯孝山把这个情况向吴岱馨做了汇报。他俩经过分析后认为：大刀会还保留着一定的革命性。

在多事之秋的 1926 年农历十月，红石岩大刀会武术老师兼点传师邱玉亭回英山了，临走前，他把自己的职务交给了自己的爱徒车厚桥。同时，车厚桥还担任了清石河上、下保的大刀会堂主。邱玉亭老师离开龙门冲以后，使得车厚桥心里空落落的，失落感很大，做事提不起兴趣。由于管理不到位，一些大刀会会员的行为有些放纵。为此，车厚桥对手下的大刀会会员进行了

整顿。经过两个月的整顿和历练，车厚桥已经能熟练地掌管清石河上、下保的大刀会了。

家住杨冲的会员杨二哥有好几次没有来大刀会了。不少会员都在车厚桥那儿责怪他。腊月二十一的晚上，正在大家议论之时，杨二哥的弟弟杨三（也是大刀会会员）流着眼泪赶到了香堂。他向堂主和会员们讲述了哥哥的悲惨遭遇：

下午，乡村路的一头晃动着一高一低两个身影，那是杨二哥带着不满7岁的儿子狗娃去给地主老财交年租，再过两天就是小年腊月二十三，北风早已把路边的树吹成了树雕，阵阵寒风窜进父子俩那单薄的衣衫咬着他们的肉，狗娃红萝卜似的小手拽着爹的破衣角，杨二哥被肩上那袋子粮食压弯了腰。

"没白天没晚上干了一年的活儿，到头来还得把仅有的这袋子口粮充当地租交给地主老财，这年可咋过？"杨二哥一边喘着粗气一边发着愁。

"爹，我饿！"狗娃使劲拉了拉爹的衣角说。

"让你别跟着来，你偏要来！"二哥有些怒气。

狗娃咽了口水，懂事地不再说话了。

地主家门前交租的穷人排了长长一队，管家薛四正一边过着秤一边翻着账本，地主恶霸、三区税务所长许大济穿着一件羊皮大衣，手拄龙头拐杖，坐在一旁的太师椅上眯着眼。

"杨二，你今年的租子准备够了吗？年初老爷可是救济了你种粮，租子要加倍的。"薛四阴声尖调地说。

杨二哥赶紧满脸堆笑着答道："准备够了，准备够了。"边说边过了秤，解开口袋将大米倒在粮堆上。

狗娃看着那像小山一样的粮堆，眼睛睁得大大的，心想：这么多粮食够俺和爹娘吃好几年的，假如有一碗，妹妹也不会饿死啊！想着想着小手不由得伸了出去。

"你这个小杂种！都偷到老爷头上了！"薛四话音未落，秤杆儿已重重落在狗娃手背上。许大济也已离开太师椅，冲到跟前，抢起拐杖向狗娃身上打去。瘦小的身躯怎能架住这雨点般的棍棒，狗娃早在地上蜷缩成一团。

"老爷饶了他吧！他还是个孩子呀……"杨二哥扑通跪在地上，死死抱住恶霸许大济的腿哀求道。

"哼！要不是看在你老子的份上，今天非好好教训教训你这个小野种！"恶霸许大济终于停下高举的拐杖。

杨二哥跪爬到满身是血的狗娃身边，抱起已奄奄一息的儿子，跟跄地回家去了。回到家里，狗娃娘从丈夫手里接过孩子，孩子已经断气了，"孩子，你倒是醒醒啊！你可是娘的命根子呀！"狗娃娘撕心裂肺的哭声传出很远：

> 儿再也听不见娘声音，
> 儿再也不能睁开眼睛；
> 娘擦干儿身上的血，
> 娘掰开儿的小手。
> 那里面还有十粒稻米，
> 是儿孝敬爹娘的……

就在这个时刻，冯孝山带了四升米走进了杨二哥的家。不用做什么思想工作，老实怕事的杨二哥再也不老实怕事了。他主动要求加入了农民协会。冯孝山答应了他的要求。

听了杨三的血泪控诉，车厚桥和会友们义愤填膺，他们要为杨狗娃报仇。作为大刀会的堂主，年仅 21 岁的车厚桥除了要带领大家为杨狗娃报仇，还要找农民协会的麻烦，因为农民协会挖了大刀会的墙角。

在车厚桥带去两块光洋的慰问金去杨二哥家时，要杨二哥回归大刀会，并要杨二哥转告农民协会的冯孝山，大刀会"请"他去大刀会香堂了结此事，日期是 1927 年的正月十六。

发展贫苦农民杨二哥加入农民协会惹出了麻烦，冯孝山马上向吴岱馨进行了汇报。吴岱馨马上开会研究对策。与会人员普遍认为，要发动农民和封建势力斗争并支援北伐，必须使车厚桥靠近并参加农民协会。这首先要接受车厚桥的挑战并战胜他，其次是使他靠近共产党。中共地下组织经过分析认为：在皋西南众多股大刀会中，势力最大的便是青石河上、下保的车厚桥那股。

中共地下组织详细地调查了他的情况：此人学生出身，家庭生活不差，师从名医傅老医生学了几年医，通四书五经，武功好，为人正直，侠肝义胆，经常为穷苦人打抱不平；他很有谋略，有时还玩弄一些小把戏骗人（如他在睡觉时，把包有红绸的手电筒悄悄放在薄被下拧亮，周身放射红光，造成神光罩体的假象，或睡时把舌头伸得老长，故意让会徒们看见，说他是蛇龙现身。这些技巧使他名声大噪，从者云集）；他倾向革命，曾带领大刀会友对抗封建统治阶级。经过分析，党组织认为可以把他争取到革命队伍中来。会议研究了相应办法。

就在正式比武决斗之前的腊月二十七，又发生了一件事情：大刀会会员与农会会员因为利益问题发生纠纷，一个大刀会会员在械斗中受重伤。得知消息后，冯孝山马上前往事发地调查处理。经过了解，这个大刀会徒是穷苦人，家里一贫如洗。这件事对冯孝山触动很大：大刀会虽然受到了地主阶级的利用，有时做了反对农民协会的事，但大部分会徒是被蒙骗的受苦人，对他们应改变斗争的方针和策略。因此，冯孝山立即着手调整工作方法。对大刀会的上层人物，他通过书信陈述利害，晓以大义，敦促其猛省；对下层一般会徒，则首先做好他们父母及亲朋好友的工作，并通过他们来规劝其弃暗投明。考虑到大刀会自恃实力强大，不会轻易就范，也适度地给以必要的军事压力。

1927年正月初八，在杨冲与红石岩结合部吴家院子北面的山头附近，大刀会会徒100多人，向农民协会进攻。冯孝山率农民协会会员们打了个漂亮的伏击战，除了死伤数人，还活捉了会徒30多人。经过查询，从中找出车厚桥的堂舅，把他放了回去，让他给车厚桥捎信。车厚桥回信表示愿与农民协会谈判合作。双方商定，由冯孝山到车厚桥的驻地谈判。

大家担心车厚桥摆"鸿门宴"，劝冯孝山不要去，冯孝山心中也没有底，但想到这是争取联合大刀会的有利时机，纵是刀山火海，也要去闯一闯。地下党的领导很为他担心，坚持要派吴岱馨领队，朱体仁（此时已在霍山加入农民协会，中共地下党的发展对象）"保驾"。

因为门派之争，在"红学"时，朱体仁和车厚桥就有"过节"。这次，朱体仁以共产党（大刀会称为"黑杀党"）的名义前来，车厚桥不能不有所戒备和布置。他把朱体仁等人的到来看作是登门寻衅闹事。为了显示大刀会的力量，车厚桥邀请了齐山大刀会实际首领张腊梅前来助阵。

第二天清晨，车厚桥和张腊梅二人各自在房中穿戴好后，来到堂子外面的场院上散步。打过招呼后，车厚桥悄声对张腊梅说："今日之事凶险，若杀朱体仁不成，你不可顾及他人，只顾逃命。"张腊梅完全没料到他会对自己这样说，回过身，双眼充满柔情，说道："倘若你也不幸落难，我也要自顾自地逃命吗？"

车厚桥十分郑重地说："是，万不可因为救我而搭上你的性命。"

张腊梅表情也郑重起来，眼神坚定，说道："你若战死，我必定不能独活，车厚桥、张腊梅是双飞客，是任何人代替不了的。再说，整个九尖头周围几十里目前还没有人能挡得了你我的合力，更何况还有你的左膀右臂吴百好和戴元能⑫，你我四人还拿不下一个朱体仁吗？"

车厚桥听她说的也有道理，此时也无后路可退，说道："既然这样，我们定能毙了那朱体仁。"

上午，冯孝山和吴岱馨、朱体仁一行三人来到了车厚桥的大本营——青石河上保的金大庄子，随行的是20多个"摸瓜队"队员，一色的黑衣黑裤。

刚抵达山门，只见手持大刀长矛的会徒们早已摆列成阵，如临大敌。彼此寒暄几句后，双方在空场上的石桌旁落座。

西侧，车厚桥的会徒虎视眈眈，呈半圆形摆开；东侧，冯孝山的"摸瓜队"也威风凛凛，呈弧形列阵。双方队伍首尾相近，刀枪相对。再向外就是被俘的会徒家属，他们哭天抢地地向农民协会要人。

东侧的弧形阵里，冯孝山与车厚桥居于中心，朱体仁在阵外站立。互相打过招呼以后，坐在冯孝山旁边的吴岱馨站起来，一气讲了这样几层意思：一是俘虏安全，他们的家属尽可放心；二是农民协会与大刀会多是穷苦出身，不应互相残杀；三是揭露了地主豪绅及其警备营残害百姓、欺骗愚弄大刀会的事实，介绍了风起云涌的革命形势和农民协会日益强大的情况，指出只有联合起来，战胜敌人，老百姓才有好日子过，大刀会徒也才能有出路。

话音刚落，会徒和家属们直称讲得好，是这么回事。于是，车厚桥邀冯孝山进房单独细谈。

车厚桥先开口道："冯孝山啊，经吴老师这一说，我真动心啦。我和师傅糊里糊涂地打了几年保境安民的旗号，结果是顺了地主豪绅，害了老百姓，伤了我们的和气，对不起你啊！"接着，车厚桥又说："我也难啊！靠富人大户，你不放我的人；靠你们，警备营又会掉转枪口打我们。你说我该怎么办！"

"关键不在于放不放人，而在于路走得对不对。救国救民不也是你的初衷吗？你与农民协会配合，正是为了解救穷苦人民免遭涂炭。再说，你有刀枪，我们也有刀枪，只要我们联合起来，大家还怕什么呢！"冯孝山说。

车厚桥兴奋了，一拳打在桌子上说："好，联合！你放人吧。"

"放人！""说话算数？""姓冯的从不骗人！""拿酒来！"一时间，会众杀鸡做菜，摆桌上酒，冯孝山、吴岱馨、朱体仁与他们（车厚桥、张腊梅、吴百好、戴元能）同桌共饮。应车厚桥的要求，冯孝山按大刀会的习俗与之同喝鸡血酒，并对天盟誓："皇天在上，黄土在下，如有违约，天惩地罚！"

盟誓前，朱体仁与大刀会的两大高手吴百好和戴元能进行了武艺对垒，结果，朱体仁以一敌二，取得小胜。接着，朱体仁又与张腊梅对垒，略逊一筹。

此后，农民协会和车厚桥的大刀会开始携手合作。

为了进一步启发教育车厚桥，冯孝山和他连续谈了三天三夜。车厚桥这时真正明白了，只有跟着共产党，才能推翻这不公平的社会压迫。车厚桥采取与农民协会合作以后，为我党争取大刀会创造了有利条件。在车厚桥的带动下，阎志新、楼东才、简从宽、吴清宏等大刀会骨干纷纷加入了新成立的农民协会。

为了动员更多的大刀会会员投向革命，在车厚桥、冯孝山、朱体仁的参与下，吴岱馨等编写了题为《枪会革命歌》的歌谣。内容如下：

叫一声，枪会朋友们，
住那黑暗里，哪晓得世界上革命起，忙忙碌碌自管做苦力。
枪会学友们，穷苦的工农，一年到头总是没饭吃。

想起来，堪叹我穷人，真正好伤心。
为什么苦辛勤，还是不聊生，算来算去令人多烦闷。
枪会朋友们，穷苦的工农，老老小小着急真难混。

自己埋怨命运不如人，脱胎投错门。
只见那富人们，百事不担心，游手好闲样样比人胜。
枪会朋友们，穷苦的工农，世界哪有这样不平等？

富人家他有钱，不缺吃和穿，
依官势压穷人，鱼肉我乡间，骑马坐轿穿绸又摆缎。
枪会朋友们，穷苦的工农，贪心不足还要我出捐。

土豪劣绅他本是白吃白穿，
到转来还不是压迫我百般，苛捐杂税一月出几遍。
枪会朋友们，穷苦的工农，这个世界必须要推翻。

到如今处处起革命，土劣着了惊。
压迫我们办枪会替他把命拼，无衣无食他却不过问。
枪会朋友们，穷苦的工农，赶快醒悟起来闹革命。

土劣们压迫咱穷人，火热水又深。
这时候穷人赶快起来闹革命，调转枪口杀掉那豪绅。
枪会朋友们，穷苦的工农，杀尽豪绅就把土地分。

我们工农都是一家人，个个要觉醒。
那豪绅和军阀，到处杀穷人，阶级我们要分清。

枪会朋友们，穷苦的工农，共产党是穷人的大救星。

你们看土豪劣绅居心何残忍，带领着清乡军皂白不用分，
奸掳又焚杀，抢劫闹纷纷。
枪会朋友们，穷苦的工农，勒捐勒罚就是要人命。

可怜我穷人们缺油又短盐，那里有钱缴杂捐。
民团捆我夫来要我身，土豪挖地皮来要拆房。
枪会朋友们，穷苦的工农，要把我们逼上死路行。

叫一声，枪会朋友们，
快快找出路，再不要替豪绅牺牲了命，共产革命各国各省各县有，
枪会朋友们，穷苦的工农，加入共产党一定能出头。

土劣们倒运临身要用我们来保命，
我们工农要知道，土劣是敌人，倒转枪头杀得干干净。
枪会朋友们，穷苦的工农，杀净豪绅衣食不担心。

工农大家齐了心，都来闹革命。
共同努力向前进，来把政权争，工农兵士实行专政，
枪会朋友们，穷苦的工农，土地革命不日就完成。

　　1926 年冬至 1927 年初，北伐革命军节节胜利。关于以支援北伐为主要目标的农民运动，不仅在湖南与江西两省发展迅猛，就连偏僻之地的皖西地区也如雨后春笋般蓬勃发展。根据党的指示，共产党员冯孝山、王少赞、卢光元、黄大海等同志到车厚桥的家乡——龙门冲红石岩一带秘密开展农民运动工作。他们和广大农民谈心交朋友，进行了艰苦细致的宣传工作，龙门冲一带很快成立了农会组织。在党的教育和帮助下，车厚桥带领受他影响的大刀会友一二百人集体加入了农民协会，接受党的指导。

注释：

　　① 舒传贤（1899—1931），字揖堂，名公甫，化名夏唯宁，安徽省霍山县但家庙镇舒家庙村人。皖西革命根据地的主要创始人。1919 年考入安徽省立第一甲种工业学校，积极参加和领导学生爱国运动，曾当选为安徽省学生

联合会会长。1921 年 10 月，舒传贤在安庆组织社会主义青年团，负责团的工作。在共产党组织尚未在我省建立之际，青年团实际上是安徽青年和学生运动的领导核心，为中共安徽地方组织的建立奠定了基础。1922 年秋，舒传贤留学日本，1926 年回国，同年加入中国共产党。1927 年前后，他担任安徽省总工会委员长、中华全国总工会执行委员、安徽省临委工委书记等职，1929 年任中共霍山县委书记，当年中共六安中心县委成立时又当选为书记。同年 11 月，他参加并领导六霍暴动取得胜利。1930 年 1 月 20 日，新合编的中国工农红军第 33 师归六安中心县委直接领导，这是鄂豫皖苏区创建的第三支红军武装。随后，舒传贤创建了 2000 多人的六霍独立第 1 师，配合红军作战。他主持召开了所辖六县及 33 师党的联席会议，对皖西革命斗争起到了重要作用；会后，舒传贤亲自组织了由四五万人参加的暴动，创建了皖西革命根据地。1930 年秋，"左"倾路线严重影响到皖西地方组织，舒传贤与之展开了坚决斗争，并为保存革命力量、反对军事冒险做出了积极贡献。1931 年他任中共中央鄂豫皖分局委员兼组织部长。与时任霍山县苏维埃妇女主任的妻子陈清如同时在"肃反"中被秘密错误杀害。新中国成立后，两人均被追认为革命烈士。

② 许继慎（1901—1931），汉族，安徽省六安市人，中国工农红军早期杰出将领，军事家。先后参加黄埔军校两次东征，并历任工农红军叶挺独立团队长、营长和团参谋长，在任中国工农红军第 1 军军长、鄂豫皖特委委员、红 11 师长时在鄂豫皖根据地时期取得双桥镇大捷等一系列胜利。1931 年 11 月在"白雀园大肃反"中被诬陷以"改组派""第三党""反革命"等罪名，杀害于河南光山白雀园，时年 30 岁。1989 年 11 月，经中央军委确定，许继慎被冠以"中国人民解放军军事家"的称号，2009 年许继慎被评为"100 位为新中国成立做出突出贡献的英雄模范人物"。

③ 胡苏明（1897—1980），原名胡本树、胡澍，后改为胡苏民、胡苏明，张家店胡大湾人，中共六安特区委员会首任书记。1927 年秋，六安白色恐怖严重，特区委转入地下，省委决定组织农民暴动。因讨论暴动时机问题，胡苏明与中共中央巡视员尹宽发生意见分歧，被宣布开除了党籍。抗战期间，胡苏明受中共六安县委的委托，出任国民党张店区区长，积极开展抗日活动。1938 年后，胡苏明先后在六安县中、省教育厅、省立三临中，省立六安中学、凤阳农校、六安农校、黄山林校等处从事教育工作。1947 至 1949 年胡苏明在任六安中学校长时，与中共皖西三地委第二书记唐晓光频繁联系，配合地下党工作人员做六安上层人士的统战工作，为党搜集情报，动员省中、县中一大批师生参加革命，开办"皖西公学"，为革命输送人才。作为安徽省最有

影响的教育家、书法家之一，胡苏明历任安徽省书法学会副会长，金石学会副会长，晚年转任安徽省文史馆馆员，从事文史资料研究工作。1980 年病逝，享年 83 岁。

④ 沈子修（1880—1955），原名全懋，安徽霍山县凡冲乡人。早年毕业于清朝两江师范学堂。1907 年参加同盟会，开始革命活动。1911 年在南京积极响应辛亥革命。民国元年至民国七年在安徽公学、安徽法政学校工作期间，积极参加反军阀、反列强斗争。民国五年夏，与朱蕴山、刘希平等策划安庆讨袁起义，事败，被通缉。民国八年至民国十二年在六安省立三农任校长，参与领导教育界声援五四运动，抵制日货，支援安庆反倪（嗣冲）反三届省议会贿选、驱逐省长李兆珍等斗争。民国十五年 11 月，受广州国民党中央指派，与朱蕴山等回皖组建国民党安徽省临时党部，任执行委员兼组织部长。为响应北伐参与策划皖西起义，事败后去武昌任国民党安徽省党务干校校长，延请李立三、李达、恽代英、邓演达等人来校讲授工、农、青运及三民主义。抗战期间，参与组建安徽省民众总动员委员会，支持抗日救亡运动。民国三十六年，任安徽省教育会长，省政府顾问。次年参加中国民主同盟，任安庆市分部主任委员，不满蒋介石独裁统治，积极参加爱国民主运动。新中国成立后，历任华东军政委员会文教委员会委员、中国民主同盟中央委员、皖北支部主任委员、皖北区各界人民代表会议协商委员会副主席、皖北人民行政公署副主任、皖北行署土地改革委员会委员等职。1952 年，当选为安徽省人民政府副主席，省政协副主席、民盟安徽省副主任委员。1955 年 12 月，病逝于任内。

⑤ 朱蕴山（1887—1981），安徽六安市金安区东河口镇嵩寮岩人。早年考入安徽巡警学堂参加光复会，进行反清活动，曾参与徐锡麟刺杀安徽巡抚恩铭事件。朱蕴山是著名的中国政治活动家，杰出的爱国民主人士，中国共产党的亲密朋友，革命的坚强战士，参与筹建农工党，是民革的主要创始人和领导人之一。中国人民政治协商会议第五届全国委员会副主席。

⑥ 徐育三（1905—1930），原名徐先智，1905 年生，霍山县蔡铺人（今属金寨县渔潭乡），皖西革命根据地和红四方面军创始人之一。1923 年考入安庆法政学堂，1926 年去广州农民运动讲习所学习，1927 年初加入中国共产党。大革命失败后，徐育三回到家乡，秘密从事建党工作，积极从事农民运动，组织农民武装。1929 年 1 月任中共霍山县委委员。1929 年 10 月，徐育三任西镇暴动总指挥。同年 11 月，徐育三率领赤卫军起义，攻占燕子河至漫水河一带。横扫西镇方圆百余里，西镇暴动取得辉煌胜利。西镇暴动胜利后，徐育三任西镇游击队总指挥，西镇游击队上升为安徽省第二游击纵队时，徐

育三任纵队队长。接着，他又带领赤卫队攻打道士冲。1929 年 12 月 16 日，徐育三又率领西镇游击队驰援桃源河武装起义，并参与建立英山、霍山边界革命根据地。1930 年 1 月，中国工农红军第 11 军 33 师建立时，徐育三任该师 107 团团长。他同 33 师广大官兵一起，克英山，占霍山，收衔前，身先士卒，屡建奇勋。5 月初，在西两河口战斗中，为了援救战友，壮烈牺牲。

⑦ 许希孟（1903—1929），原名许绍贤，六安县石堰乡土门店人。1926 年春，许希孟经其胞兄许继慎介绍加入了中国共产党，曾入武昌农民运动讲习所学习，结业后与周狷之等人一起，在家乡开展农运工作。至 1928 年，他先后发展 20 多个农会会员，建立了戚家桥乡农会、中共戚家桥乡党小组，还组织了一支农民"别动队"，开展了秘密镇压豪绅地主的斗争。1929 年元月，许希孟被选为中共六安县委候补委员，多次组织领导了数百名农民群众向大地主开展"扒粮"斗争。1929 年 10 月，中共六安中心县委决定，在许希孟任区委书记的三区独山举行武装起义，许希孟是起义的组织者、领导者之一。11 月 8 日，独山农民起义取得成功，建立了皖西第一块红色根据地。1929 年 12 月 16 日，许希孟冒雪在郝家集开秘密会议时不幸被捕，英勇就义于独山。

⑧ 吴岱馨（1902—1931），号韵香，化名李希圣、胡一军等，六安县独山区通水冲人。1927 年 8 月，中共六安特区委员会成立，吴岱馨当选为特区委候补委员，并在改组后的国民党六安县临时县党部任宣传部长，国民党实行"清党"后，吴岱馨再次回到"四高"任教，暗中在独山、西两河口、石婆店等地继续从事农运工作。1929 年 11 月，吴岱馨参加了独山农民起义。1930 年春，六霍赤卫师成立，他被任命为赤卫师政治部主任，随六霍赤卫师转战皖西山区。5 月，六霍赤卫师全歼了落地岗郭茂德反共队；7 月，袭击了驻大埂店的许建堂反共队，偷袭了驻同兴寺的朱孟功反动民团；8 月，被地方反动武装一千余人围困于龙门冲，吴岱馨受到当地群众的掩护，化装突围去上海。1931 年春，中共中央派吴岱馨任合肥中心县委宣传部长。由于叛徒出卖，中心县委遭破坏，吴岱馨又一次脱险回到皖西苏区，参加了中共皖西北特委领导的教导第 2 师工作。是年 9 月，第 2 师在湖北英山的洗马畈与国民党军队发生激战，吴岱馨在战斗中英勇牺牲。

⑨ 吴干才（1904—1930），原名吴维桢，化名林笑天。安徽六安市裕安区西河口乡人。1926 年加入中国共产党。1927 年任中共六安特区委员会委员，参加和改组国民党六安县党部，并任委员。1927 年 10 月，吴干才接受组织指派，出任六安县教育委员会常务委员。不久，奉命在六安县立第四高级小学任教员，以此做掩护，秘密开展革命活动。1929 年，吴干才担任中共六安中心县委委员。11 月中旬，吴干才来到独山，贯彻县委决定，积极准备，

迎接河口、独山、郝家集一带农民武装暴动。独山暴动后，吴干才被任命为六安中心县委常委兼组织部主任。12 月 16 日，吴干才等 3 人在郝家集的住处被敌人包围。面对百余武装敌人，他们英勇还击，终因势单力薄被捕。随后，敌人又将吴干才、许希盂两人押往独山。一路上，吴干才高呼口号。到独山后，吴干才和许希盂同遭敌人杀害。

⑩ 李晴峰（1874—1950），名晓山，号光国，出生于霍山县太平畈乡的一个农民家庭。公元 1902 年考中秀才，不久秘密加入了同盟会。辛亥革命成功后，1912 年当选霍山县临时议会议员。为适应新形势，他虽年近 40 岁，仍考取为培训行政官吏而创办的法政学校（初建时名江淮大学）政治科学习 3 年。袁世凯死后，因反袁有功，被民国政府任命为内务部主事。各省重选众议院议员，晴锋先后当选后补议员、议员。后来，他先在家乡创办淠源学校，后同好友黄艮甫等在上土市创办狮山中学，并任董事长。安徽省第三甲种农业学校成立后，应沈子修校长之邀，任校总务主任兼教员。1927 年，为支援国民革命军北伐，同沈子修组织以"三农"师生为骨干的民军，并受编为国民革命军第 33 军第 1 师第 3 旅第 1 团，他任上校团长，沈子修任党代表。在同军阀军队激战时，他们身先士卒，士气大振，连战皆捷，蒋介石却下令退却，他愤而辞职。不久赴含山任第二科科长，县长离职期间，代行县长职责。鉴于北伐成果为蒋独占，他登报申明脱离国民党，回乡隐居，不问政事。抗日战争期间，曾出任县参议会议长。中华人民共和国成立后，拥护人民政府，1950 年 5 月病故家中。

⑪ 冯孝山（1902—1930），又名冯小田，谱名冯先旺，家住六安县西河口乡冯家院子，出身中农兼商贩家庭，1926 年春天，娶同乡潘叉村农家女翁翠华为妻。因弟兄们多分家居住，仅有湾地一二亩，经济拮据，后来瘠薄的湾地也卖了，靠开个猪行维持生活。1926 年夏，在共产党员吴干才、吴岱馨、冯先卓、冯先琳等人的影响和教育下，冯孝山参加了农民协会，不久又加入了中国共产党，从此走上了革命道路。曾任龙门冲摸瓜队队长、三区摸瓜队队长、三区赤卫队队长、红 33 师 106 团团长。1930 年 5 月 1 日，在攻打西两河口民团的战斗中，溺水牺牲。

⑫ 吴百好和戴元能，均是裕安区西河口乡红石岩村人，革命烈士。

第6章 投身北伐萧县受伤

北伐军受援皖西民众，车厚桥参加独立二团

在中国共产党正确领导的影响、推动和组织下，1926年6月5日，国民政府通过了出师北伐案。7月4日正式发表了出师宣言。9日，国民革命军在广州誓师北伐。12日，共产党中央发表了《中国共产党对于时局的主张》，号召巩固联合战线推翻国内军阀和帝国主义在中国的反动统治。

北伐战争打击的直接对象是北洋军阀吴佩孚、孙传芳和张作霖三个反革命集团。国民革命军出师时共8个军，约10万人。兵分三路从广东向北挺进。到1926年底，北伐军先后占领了湘、鄂、赣、闽、皖、浙等省的全部或大部分地区，打垮了吴佩孚的主力，歼灭了孙传芳的主力10余万人。1927年初，北伐军进入江苏，威逼沪宁。这时，北伐军已发展到20个军，拥有25万人。

1927年1月27日，以豫军暂编第1混成旅与鲁军一部合编为第33军，寿县籍辛亥革命元老柏文蔚就任国民革命军第33军军长，召集淮上军旧部和江淮民军，袁家声任副军长，常恒芳任党代表。下辖：第1师，袁家声任师长；第2师，张克瑶任师长；另辖两个独立旅，由岳盛宣、陈雷分任旅长。在初编时，六安、霍山、英山的民众武装两千多人编为第1师第3旅（旅长张滔），其中六霍起义部队编为第3旅第1团（团长李晴峰；第3团副刘溇西[①]后调至第1团任团副）。第33军第1师第3旅于1927年3月11日进入霍

山城，并向皖北攻击前进。1927年3月，北洋军阀皖军第2旅马祥斌在六安宣布接受三民主义，该部暂编为第33军第5师。

北伐战争是第一次大革命的高潮，在皖西，也把工农运动推向了一个新的高潮。北伐军在皖西各地派出政治工作人员张贴标语，组织演讲，成立群众团体，打击土豪劣绅，扶助工农群众，进行减租减息。33军第1师政治部和国民党六安县党部联合召开群众大会，处决、惩罚反动分子。霍山县在军民联欢大会后，赶走了反动县知事王建常，没收土豪劣绅财产。

北伐军挺进到皖西，得到了人民的大力援助。霍山、六安两县的国共两党以县党部名义动员群众组织宣传队、运输队、担架队和慰劳队，随军作战。组建地方武装，配合作战。各地的农运组织也公开进行活动，"打倒贪官污吏、铲除土豪劣绅"的口号就惊天动地。各地工人、农民争先恐后地当向导，提供情报，踊跃参军、支援前线。因为农会会员能做向导、做侦探、做挑夫、烧茶做饭、洗补征衣，33军的军官们还有不少人给予赞扬，并有很多人说农民协会的好话。一时间，皖西地方与33军相处融洽。向往国民革命的车厚桥，积极带领农会会员们组织担架队、运粮队支援北伐战争，被国民革命军第33军赞扬为"支前模范"。

1927年3月23日，北伐军攻占南京。4月12日，蒋介石在上海发动"四一二"反革命政变。4月18日，蒋介石在南京另立南京国民政府，与武汉国民政府对峙，宁汉分裂。此时的皖西地区，国共两党关系还未破裂。蒋介石在反革命政变中，大肆搜捕并屠杀中国共产党党员和国民党左派。由于北伐军第33军抵制蒋介石的反动行为，仍与共产党保持中立态度，故此时六安革命形势未受大的影响。

4月中旬，正当国民革命军第33军与第1军等部准备会攻徐州之际，北洋军阀袁家骧、张敬尧等部陷六安。33军又回师皖西，与第7、44军和暂编第6军等部10余万人合围六安。敌军袁家骧、张敬尧部从六安突围而去，逃往淮北。

1927年4月，叶开鑫率湘军两师开赴六安驻苏家埠，北伐革命军33军第1师第4独立旅岳相如部进驻六安，在北伐军中工作的共产党员黄铁民、宋伟年等也随军进六安城，趁此时机，党又把分散在上海、芜湖等地六安籍的党团员派回，在这时期，除已回家乡开展工作的吴干才、吴岱馨外，尚有周猯之②、胡苏明、储克圣、蔡蕴珊、王立权、桂伯炎、吴曙光、罗亨信、毛正初等20余人被召回六安，组织发展党团员，成立农会。至此，全县已有党团员30多人。他们协助成立了国民党六安县临时县党部，吴干才、周猯之、吴岱馨等共产党员也参加了其中工作，吴岱馨还担任了六安县党部宣传部长，由于国共合作，关系处得较为融洽，吴岱馨积极进行北伐宣传，还发表了联合宣言，拥护孙中山的"联俄、联共、扶助农工"三大政策。北伐军进入霍邱时，国民党县党部从商会和妇女会等组织中挑选出 200 多人，为大军烧茶做饭，洗补征衣；派进步人士王振武和共产党员李克农，到接受改编的直鲁联军张宗昌的第 39 师，分任政治部主任和秘书，以加强思想政治工作还征召先进青年组成国民自卫军先遣队第 3 支队，共计 200 多人枪，共产党员郑伯甫任支队长，王振武兼任副支队长。8 月，中共六安特别区委利用驻皖的国民革命军第 33 军，与中共统战关系尚未破裂的条件，推动国民党六安县党部发表改组宣言，经国共两党协商，改临时县党部为中国国民党六安县执行委员会（即县党部），内设常务委员及组织、宣传、训练、青年、农工、商民、妇女等部和秘书处、监察委员会，实行公开选举，中共六安特区委书记胡苏明被选为国民党县党部书记长，共产党员周狷之、桂伯炎、吴干才、罗亨信等当选为县党部委员。

为了更好地支援北伐军，六安县还新组建了第 33 军第 2 独立团（100 多人枪，朱蕴山的胞弟朱衡山任团长，离开六安后得到补充和扩编）随军作战，车厚桥曾随军参战。由于受到共产党员的带动，他作战勇敢，深受长官赞扬，被褒扬为"北伐先锋"。

冲锋在前车厚桥受伤，清党令下共产党遭惩

"四一二"事变后，处于分裂状态中的宁汉两方，各自为战。为了巩固地位，蒋介石决定继续北伐，制定了肃清江北、攻占徐州的计划，兵分三路：中路军以李宗仁为总指挥，左路军以何应钦为总指挥，右路军以白崇禧为总指挥。南京方面组成的三路北伐军，5 月下旬克蚌埠，进逼徐州。此时包括鲁西南、苏北、皖东北在内的徐州地区控制在北洋军阀奉系麾下的直鲁联军手里。

1927（民国 16 年）年春，直鲁联军进驻砀山城，夏天，国民革命军冯玉祥部攻占砀山县。因此，在北伐军攻打徐州时，徐州的西北、西、西南、南、东南都是北伐军的控制区；仅有东至北的小半圆是直鲁联军的控制区。

徐州古称"彭城"，为华夏九州之一，自古便是北国锁钥、南国门户、兵家必争之地和商贾云集中心。陇海、京沪两大铁路干线在徐州交汇，作为中国第二大铁路枢纽，徐州素有"五省通衢"之称，战略地位十分重要。

徐州属于华北平原的东南部，除了中部和东部存在少数丘岗外，大部都是平原；地貌大势为西北高、东南低，由西北向东南缓缓倾斜。因此，要攻占徐州，必须要先攻占西面的萧县。年近四十的侗族将领王天培担任攻打萧县的总指挥，而主攻萧县的是国民革命军第 33 军。

萧县城关龙城镇西南的丁里镇，有一块高地，是直鲁联军在萧县的屏障。攻下高地之后，北伐军可以直指萧县县城。只要攻占了萧县，徐州就可一鼓作气拿下了。为此，直鲁联军褚玉璞部拼命抵抗。

1927 年 5 月 31 日，国民革命军第 33 军的第 1 师在袁家声师长的指挥下，浴血攻击，队伍损失三分之一的人员。上午，第 1 师损伤过半，主攻旅丧失战斗力。在西南方面总指挥王天培的严令之下，第 33 军军长柏文蔚把独立 2 团编入第 1 师第 3 旅 1 团，由 3 旅 1 团团长李晴峰指挥。因为独立 2 团是新编成的部队，在团副刘浬西的建议下，李团长平时只让他们担任侦察和警戒任务。

5 月 31 日下午，3 旅 1 团在李晴峰团长指挥下，拼命进攻 4 个小时，夺得了直鲁联军的部分阵地，可部队伤亡惨重，只得退下休整。不得已，柏军长让李团长把独立 2 团当作正规部队使用。夜里，车厚桥带领 3 个战士完成了夜摸敌情的任务。

6 月 1 日，车厚桥他们排担任了坚守丁里高地堵击敌人的任务，车厚桥左手负伤。就在直鲁联军准备发动第 9 次进攻的时候，代理排长车厚桥把四个班长召集到一起，开了一个短会，部署反攻。具体就是趁敌人攻到阵地前被打蒙时进行反攻，并乘胜追击，直捣萧县县城。

车厚桥的安排成功了。6 月 1 日傍晚，车厚桥他们随其他北伐军一起，攻进了萧县县城。在萧县县城的巷战中，车厚桥再次受伤，是冯孝山拼死相救，才使他脱离死亡危险。

1927 年 6 月 2 日晨，国民革命军第三路前敌总指挥王天培部路经萧县县城去攻占徐州时，县城军民郊迎二十里，并在南书院举行了欢迎会，赠送给官兵大批慰问袋。

6 月 2 日，国民革命军攻占了徐州，与直鲁联军相持于鲁南。

在李晴峰团长心里，已经准备在车厚桥伤愈后破格提拔他为连长。

就在此时，王天培和柏文蔚接到了蒋介石的命令：第 33 军第 2 独立团有不少共产党在活动，应予以严惩。

接到命令，王天培和柏文蔚都很为难，他俩经过协商，决定就地遣散第 2 独立团。就这样，北伐英雄车厚桥和来自六安的老乡们一起返回了家乡。不久，徐州战事出现反复，回师皖西的第 33 军把车厚桥送回家乡治疗和养伤。

注释：

① 刘淠西（1904—1932），原名刘裕乾，化名楼伯希，霍山县诸佛庵镇桃源河村人，是霍山县第一届县委委员、霍山党组织及皖西革命根据地的创始人之一。他参加过黄埔军校、中央农民运动讲习所及中央干部训练班学习，发动了诸佛庵兵变，在皖西向国民党反动派打响了第一枪，拉开了六霍起义的序幕。1929 年 10 月任中共安庆中心县委书记，1932 年 2 月在国民党安庆饮马塘监狱英勇牺牲。

② 周狷之（1903—1930），安徽省六安市裕安区苏埠镇陵波村百浒圩人，汉族，出生于地主家庭。1926 年加入中国共产党。受中共党组织的派遣回六安深入苏家埠、独山等地佃户家、长工中秘密开展革命活动。后在大寺庵办起六安西南乡农民夜校，秘密组织农民支部和乡农民协会。1927 年 3 月，代表国民党六安临时县党部，出席了在安庆举行的第一次国民党安徽省代表大会，4 月当选为中共六安特区委员会委员。又以国民党县党部委员兼民运部长的身份，开展庆祝北伐胜利的宣传活动，处决县衙门无恶不作的差头邓宏发和土匪王寿廷，惩办了依附北洋军阀而大发横财的伪商会会长和一些大土豪。不久和邹同祁、施先明、吴保才一起，领导六安城关黄烟工人开展罢工斗争。1928 年底，他组织一支农民武装别动队（又叫"摸瓜队"）。为了筹集经费购买武器，他变卖了一个小庄园和 3 亩田地。后另组革命武装赤卫队、游击队。1929 年 7 月，参与制定举行秋收起义、成立六霍暴动总指挥部的计划，并当选为中共六安中心县委常委（后兼宣传部长）、六霍暴动总指挥部政治部主任。同年 11 月参与领导六霍暴动，并任六霍行动委员会政治部主任。1930 年初代表中共六安中心县委，多次赴合肥、寿县、霍山、霍邱、英山等县巡视指导工作。3 月作为六霍党和根据地的代表，出席了鄂豫皖边区党的会议。7 月任六霍前方办事处主任，在武装护送下，连续冲破敌人 3 道封锁线，进入六安白区开展工作。7 月 29 日在北门一带检查布置工作时，被叛徒出卖，不幸被捕。9 月押至六安老衙门前。高声朗诵绝命诗："头颅抛千触，风雨撼孤舟；宁为革命死，不作阶下囚。"高喊"中国共产党万岁""打倒国民党反动派""打倒蒋介石""苏维埃运动万岁！"从容就义，牺牲时年仅 27 岁。

领贫民荒年吃大户

农会变身准政权，三区农会最活跃

农会又称农协或农民协会。中国最早的农会产生于清末时期。1924 年国民党中央执行委员会公布农民协会章程，要求解散旧农会、设立新的农民协会。第一次国共合作实现后，国共两党达成共识：在国民军北伐的同时，在农村暂不进行土地改革，但地主的土地仍要实行减租减息。孙中山的既定方针是：要实行耕者有其田，但不能用暴力从地主手中抢夺土地。在 1926 年 12 月之前，苏联代表按照共产国际当时的方针，认为中国仍然处在资产阶级民主革命阶段，中共需要尽力与国民党合作，因此国共双方都严守共识，只要求地主减租减息，没有以暴力手段来没收地主的土地权。曾担任过农民运动讲习所所长和全国农民协会总干事的毛泽东，于 1927 年 1 月 4 日至 2 月 5 日到湖南五县实地考察农民运动，对农会的暴烈行动有生动的叙述，并予以高度赞赏。

随着北伐军的胜利进军和国共合作的暂时维持，中国共产党组织领导下的农民协会在皖西生气勃勃地开展着活动。1927 年 3 月底，安徽省农民协会筹备委员会成立，寿县籍共产党员薛卓汉为委员长；接着，省总工会筹备委员会成立，霍山籍共产党员舒传贤为委员长。在共产党和国民党左派的领导与推动下，皖西各地的工会、农会组织如雨后春笋，会员迅速增加。

1927 年夏天，胡苏明受党组织的指派返回六安家乡。8 月初，根据省临委指示，利用当时六安的特定历史条件，在六安城关西门外紫竹林小庙里成立了中共六安特区委员会（直属中央、代号陆平），胡苏明同志任特区委书记，周狷之、吴干才、储克盛、桂伯炎等五人为委员，吴岱馨、蔡蕴珊两同志为特区候补委员，领导六安、霍山、霍邱、合肥等四县工作；同时还成立了共青团六安特支（代号"陆富英"）。在中共六安特区委领导下，成立了六安县第一届总工会，主席高凤池，工人纠察队长吴宝才，胜利地领导了六安黄烟工人45天大罢工斗争，逮捕了六安商会会长、大地主王筱邺、董复初，罚款3000元，充作六安特区委的活动经费，游斗了土豪劣绅高子舞，掀起了六安民主革命运动的新高潮。

1927年7月20日，中共中央发出农字第9号通告，明确指出农民协会已经"不是一种职业组织"，而是"农民政权"。其主要职能是：掌握行政权，控制司法权，建立农民武装，推翻族权和神权，成了拥有绝对权力的"新的政权形式"。不久，《中共中央农字第9号通告》和"八七"会议精神传达到皖西，为了贯彻会议和通告精神，根据省临委安排，六安籍返乡的共产党员同本地共产党员一起，积极开展革命活动。中共六安特区委决定，凡在县城没有住家和职业等掩护条件的党团员，一律各回其住家农村，开展农民运动，并在农民协会骨干中建党，只留有掩护条件的党团员在城区开展工作。这一举措促进了马克思主义和六安革命实际相结合，知识分子与工农大众相结合，使党在六安找到了土地革命中农民这个主力军、农村这个主战场。在中共六安特区委员会领导下，独山、毛坦厂、苏家埠、东、西两河口、河西等地建立了党组织，并举办农民夜校，建立劳动联盟（后改为农民协会）。中共六安特区委委员桂伯炎等到金家寨、七邻湾等地组织农民协会，发展党组织。

从特区委成立到10月份，皖西地区在中共特区委领导下，开展了轰轰烈烈、如火如荼的工农革命运动。

1927年10月，国民党安徽省党部"清党委员会"成立，实行武力"清党"——以暴力手段清除国民党内的共产党和国民党左派。国民党安徽省"清党委员"毛子敬、李鸿斋、王述曾等来到六安主持"清党"，拼凑各种反动组织和武装，在城市调查共产党机关，在乡村破坏农协，到处搜捕共产党人，六安政治形势开始恶化，白色恐怖开始出现。根据斗争策略的需要，中共六安特区委员会决定，将胡苏明的国民党县党部书记长职务让给国民党人涂行健担任。紧接着，国民党六安县党部就明令解散北伐期间组织起来的农民协会。中共六安特区委适时组织在国民党内部工作的共产党员有秩序地撤退到农村，并及时把工作重心由城镇转入农村。至月底，特区委建立三个支部，有党员44人。

吴岱馨根据中共六安特区委决议，再回独山"四高"①学校当教师。当时，四高学校的党团员们开始领导独山三区农会，赤卫军、少先队、妇教会等进行抗租、抗税、抗债斗争。吴岱馨在四高学校，积极开办平民夜校，吸收独山木工四十余人学习，提高他们的文化和阶级觉悟，后来他们都成为独山暴动的一支先锋队。吴岱馨在六安"四高"农民夜校给农民讲课时，拆起了穷（繁体字写作"窮"）与富两个字。吴岱馨指出：穷字和富字，两个字都有宝盖头，人和人本应一个样，可这个富字，让财主家多了一口田，再不饿肚子。这穷字，是让土豪劣绅王八蛋们把咱们压得弓起了腰！咱穷人只要把田从地主手里夺回来，不就挺直了腰杆子？不就由穷变富了吗！吴岱馨讲革命，拆了两个字，通俗易懂，被农友们迅速接受。为了揭露剥削阶级的罪恶，六安"四高"农民夜校还教唱了一首题为《太阳一出照九州》的歌谣：

太阳一出照九州，无产阶级不自由。

有钱的孩子把书读，无钱的孩子割草喂牛，再聪明也是落后。

有钱的住着高楼屋，无钱的住着矮屋头，进出门弯腰低头。

有钱的吃着鱼和肉，无钱的吃着菜无油，可怜怜咽不下喉。

有钱的穿着缎与绸，无钱的穿着衣破褴褛，可怜怜遮不住羞。

有钱的老婆好几个，无钱的老婆一个也没有，可怜怜无儿接后。

在吴岱馨、吴干才、王甭雄、王义中等广大党团员的艰苦努力下，三区独山、西河口、龙门冲、郝家集等地的农会、赤卫队、少先队、妇救会、"摸瓜队"等组织如雨后春笋、日新月异地发展壮大，使三区农民运动成为当时皖西和六安最成熟、最活跃的地区之一。

正在想着如何为家乡父老造福、走好人生路而犹豫不决的车厚桥，在吴岱馨、王甭雄、冯孝山等共产党员的教导下，找到了属于自己的出路——对，干革命！

在"四高"农民夜校里系统学习了中国共产党的政治理论后，车厚桥如梦初醒，原来这才是他苦苦追寻的新世界。在党组织的启发教育下，他终于明白了革命的真谛。他决定不惜抛头颅、洒热血，决心一定要为革命工作添砖加瓦。

皖西农民运动风起云涌，厚桥领众进行生存斗争

农民运动究竟怎么搞？一开始谁也不知道。人们心想只要是造反，把过

去的制度全部推翻就是了。于是当共产党员在皖西发起农民运动时，群众压抑多年的仇恨像火山一样爆发了。

北伐战争时期，各地纷纷成立新农会，取代地主宗族把握乡村的权力。贫苦工农联合各界群众打击不法地主、土豪劣绅和反动官僚，按其罪恶大小，分别采取吃大户、清算罚款、戴高帽子游街、组织审判，对个别民愤极大的恶霸，则召开群众大会宣判死刑。革命风暴席卷城乡，人民扬眉吐气，反动势力威风扫地，初步显示了党领导下的工农运动的伟大力量。这一来搞得乡里大乱，土豪劣绅纷纷外逃。但更多的豪绅依托警备营和自卫团与农民协会对抗。

"吃大户"是旧社会在非正常时间里的一种自我调节的手段，是没有东西吃的、快要饿死的人的最后的临时性的不得已的一种不是方法的方法。因为这样做可以延缓死亡。吃大户的许多人本就是老实巴交的农民，平常见人头都不敢抬，可是跟人到了大户家里渐渐地就放开了手脚，直至后来见猪杀猪见牛杀牛，能吃的吃了，能烧的烧了，唯恐落后于人。"吃大户"也叫"杀猪出谷"，意思就是冲进土豪劣绅家中，将猪呀鸡呀杀了吃掉，将粮食都搬走。"杀猪出谷"是运动起来的农民常用的方式。在皋西南，车厚桥也带领农民弟兄们这样做了。

1927年2月，正是车厚桥参加北伐军前夕，春荒当头、青黄不接，许多农民家里闭锅断炊。车厚桥的表叔金鸣中家的一位佃户被活活饿死。因为穷，这户人家无力出丧，只好找到了东家求帮忙。没想到金鸣中不仅没有任何救济，还声称要把土地收回。任凭佃户家属再三磕头请求，金鸣中却无动于衷。这时，一位曾经上过农民夜校的人建议佃户去找金鸣中的表侄车厚桥，听说他经常救济农民，也许由他从中说和，东家会帮忙。见到农民有难，车厚桥立刻来到了表叔家中，请求对方安抚死者家小。谁知，车厚桥为佃户减租的事情早已让金鸣中大为不满，看到他来求情，更是气不打一处来，要将车厚桥赶走。车厚桥看到了表叔的为富不仁，又见到死者家中茅屋倾斜，妇孺围着死去的家人哭泣，决心为他们讨回公道。他把自己身上仅有的5块大洋交给死者家属后，便召集金家的佃户，说："明天我亲自带你们去金家，讨回你们的粮食。"有车厚桥打头阵，佃户们就有了底气。第二天一大早，车厚桥便带着百十位农民来到了表叔金鸣中家，要求他为死去的佃户办丧事，还要开仓放粮，接济断炊农民。见金鸣中还在犹豫，一些农民便开始杀猪宰羊，开仓抢米，并在金家连吃三天，最终还得到东家减租的承诺。

地主开明不开明，举动会大相径庭。当车厚桥带领红石岩、龙门冲地区饥民去左楼张汉卿庄园吃大户时，张汉卿和张腊梅还主动支起了大锅，让饥民们吃了顿饱饭，还安排了几个家人并请了十几位饥民帮助煮饭烧菜；然后再给 200 多名饥民每人三斗稻谷带走。饥民们望着空仓满意地走了，张汉卿家也免除了一场灾难。可饥民们哪里知道，他们挑空的仅仅是张汉卿在左楼的外仓，地下的内仓里粮食更多。可从此以后，张汉卿"大善人"的名号就开始流传在外了。

在车厚桥参加北伐军期间，他的大刀会堂口由张腊梅代为管理。商店由妻子刘绍清打理。治伤养伤期间，由妻子照料生活；堆场仍由父亲车明星运转；自己则全力投入到农民夜校的学习中。7 月底，他的伤已基本痊愈。伤愈以后，他带领大刀会会员积极参加农民协会的各项斗争。

1927 年夏天，皖西大旱，田地龟裂，又正是青黄不接、粮食奇缺的时节。地主却乘机囤积居奇，高抬谷价。在党的领导下，车厚桥召集了龙门冲地区农协骨干开会，决定发动农民迫使地主开仓平粜。他派人同当地土豪、国民自卫队小队长王小铲子交涉。王小铲子不仅拒绝，还把稻谷运往六安、霍山等地牟取暴利。车厚桥得知这一消息后，和朱士勤（中共地下党员，革命烈士）一起率领数百名农民带着锄头、稻箩等，连夜赶赴龙门冲阻止稻米起运。王小铲子见农民人多势众，被迫开仓平粜，其他地主也就不敢再闭粜。这是六安西南地区历史上一次有名的"平粜阻禁"斗争。

1928—1929 年，皖西发生特大旱灾。田禾枯萎，赤地百里，夏粮颗粒无收，独山一带村庄的灾情更为严重。灾荒连年，米贵如金，银票变纸，老百姓九死一生。当时皖西农民唱出过《安庆吃赈去》的山歌，相当地直白：

> 农夫种地不见钱，城里富翁吃不完。
> 哎呀，龙翻身，虎长叹，
> 山连水，水连山，农户家家断炊烟。
> 走走走！锄头莫离手，
> 哎呀，先吃六安县；
> 哎呀，二吃六安州；
> 哎呀，再吃安庆府！

随着共产党地下组织的迅速发展，在六安的独山、龙门冲、西河口、麻埠、徐集等地的许多村庄，以及霍山、英山、霍邱等县，都建立了党的外围组织"穷人会"，对外称"杠子会"。其实，在六安三区，有不少村庄的"杠子会"就是大刀会的堂口变化的，这个变化，车厚桥做了大量的转变工作。因为，"六安有农协百分之九十都是大刀会"[②]。

"杠子会"，顾名思义就是穷人家做红白事、盖房子互相帮工，"打伙抬日头过山"。在旧社会，穷人家办理婚丧大事，要人没人，要钱没钱，真是愁死愁活，实在困难。而村里主管红、白事的"总管"，大都是地主豪绅或封建族权人物。他们不顾穷人疾苦，往往大操大办，挥霍浪费，大搞封建旧俗，逼得穷人家不得不借债、卖地，而导致卖儿鬻女，倾家荡产。党组织为了减轻穷人负担，帮助穷人渡过难关，积极组织穷人参加"穷人会"。凡穷人家办红、白事，即有"穷人会"办理，不请地主当"总管"。在"众人帮一人"的口号下，大家互助互济，主动登门帮忙，事情办完就各自回家，不吃饭招待，不请客送礼，一切从俭。这就大大减轻了穷人的负担，不用再为操办红、白事而担忧发愁。此外，穷人家盖房子、收割庄稼也是如此。只要给"穷人会"说一声，大家就会自带工具，齐来帮工，一不吃饭，二不要工钱。由于"杠子会"维护了穷人的利益，受到了广大穷人的拥护，因此当时就有许多穷苦农民踊跃参加"杠子会"。到1928年上半年，仅龙门冲一地就有会员200多人。皖西地区多是林区，粮食本来就缺乏；天气一般是三年两头旱，种庄稼的收成就成了问题，要是歉收了，佃户就去找地主的管家，借粮食度饥荒。农民协会建立以后，农民协会及后来的"杠子会"会员就开始有组织地"借粮"乃至"吃大户"了。

在中共地下党发动饥民斗争的第一次会议上，胡苏明、王逸常、舒传贤、周狷之等领导者要求每个党团员、农协会员至少串连5至6户穷人参加行动，其结果，一串连，远远超过了这一计划。饥民吃大户的社会基础多么雄厚！广大贫民缺粮少穿，家无隔日之粮，甚至终日断炊，只得靠乞讨活命。凶恶的饥魔旱魃吞噬了无数穷人的生命，而地主豪富却趁灾荒之机，大放批桩粮，即夏借一斗，秋还二斗，进行高利盘剥。穷人为了度荒活命，也只得忍痛借贷。1928年春荒里弥漫着饿死者的尸臭，皋西南地面上第一支饥民队伍出动了，先是数百人，直至几千人。以麻幌为号旗，带足了筐篓布袋收米簸箕，老弱病残前头走，妇女儿童紧挽倚，少壮人马稍后跟，共产党员中间挤（身份当时保密）。在锅碗瓢勺的磕碰声里，在滚滚尘土的裹挟之中，饥民大队呼呼啦啦一路前行，逢大村即进，见富户便停，要的是一碗糙米饭。到了财主家大门口，先是一阵叮零咣啷的快板喧嚣、敲打，待东家开门相迎时，众人静下来，有牙齿伶俐的汉子高叫道："去年是兔年，年成乖得很，穷人难活命，借粮肯不肯？"念罢，老妇、少儿一片哀吟，一见这阵势，饥民甭说吃粮，就连人都想吃，哪个财主动作敢怠慢些？借粮斗争的胜利，使穷人认识到，团结就是力量，斗争才能生存。在独山、龙门冲、西河口等地的借粮斗争中，车厚桥不是领导者就是组织者。

1928年又是大旱，年关将到，穷人家缺粮少钱，而地主财东又天天催租逼债，穷人过年就像过"鬼门关"。龙门冲的党组织为了使穷人安然度过年关，决定发动"穷人会"开展一次借粮斗争。经研究，斗争目标选定为地主詹文玉家。

一过腊月二十，"穷人会"派代表与詹文玉进行协商：因穷人过年没粮吃，过不了年关，要求开仓借粮，借秋还秋，借麦还麦，不得高利盘剥。詹文玉诡称仓内存粮不多，不肯答应借粮。"穷人会"坚持进行说理斗争，多次与之进行交涉，但詹文玉狡猾顽固，拒不答应穷人借粮。

腊月二十九，年关来临，被激怒了的劳苦农民数十人，在共产党员车厚桥（1928 年夏秋之交入党）的带领下，手持砍刀、斧头、棍棒，肩担粮袋、箩筐蜂拥而至，冲进了詹家大院，向詹文玉提出了最后"通牒"，如再不答应借粮要求，群众就要动手抢粮。詹文玉见群众来势汹汹，众怒难犯，吓得战战兢兢，被迫答应开仓借粮。于是，"穷人会"每户都借得了粮食，总算度过了这个年关。从这次借粮斗争胜利以后，"穷人会"只要向某一富户提出借粮，富户就顺从地满口答应，不敢违抗，要几斗，借几斗。富户们都无可奈何地哀叹："穷人起式子了，不借给就会出大乱子！""穷人会"借粮斗争的胜利，打击了农村地主豪绅的气焰，扩大了党在农村的影响，大大鼓舞了群众的士气，使农民认识到：只有在党的领导下，团结起来进行坚决斗争，才是穷人唯一的出路。

独山区各乡各村也开展了分粮吃大户的斗争，共叫地富拿出上十万斤粮食。这些粮食除分给贫苦农民外，又在街上支起大锅，让周围穷人都来吃，这就是所谓"吃大锅饭"。当时流传着这样的歌谣：

> 民国十七年，田地接着旱。
>
> 庄稼都枯死，穷人受熬煎。
>
> 上天没有路，无吃又无穿，
>
> 打尽白花杪，榆皮都吃完。
>
> 多亏共产党，前来搭救俺，
>
> 分粮吃大户，生活没困难。

经过这一系列斗争，广大农民知道了只有跟着共产党走，才能摆脱贫困，走向幸福之路，于是纷纷要求入党。不少村建立了党支部，并且成立了地方武装——赤卫队，他们打恶霸，斗土豪，抗捐税，夜聚明散，活跃在皖西各地。

龙门冲当时有钢枪、土枪六七支，土炸弹上十枚，土炮一门，大刀、长缨枪数百把。武装起来的赤卫队员们，在车厚桥的布置下，白天站岗放哨，夜晚同宿一处，轮班打更。他们吃大户，夺地主枪支的举动，打掉了恶霸地主的威风。流传在大别山区的《扒稻歌》就充分表达了劳苦大众的这种感情：

十八年，天大旱，豪绅地主粮满圈。

斗米价，四五块，我们穷人真可怜：

忍饥挨饿去耕田，交了租稞就没钱；

男孩吵，女孩哭，腰中一摸真可恼；

活着不如死了好，饿死不如拼死好。

团结起来把粮扒，为度命只有去抢他！

由于皖西早期共产党人的深入参与，吃大户行动旷日持久，先后进行了两次发动，波及范围进而扩大到周边四个县，投入斗争的饥民最多时达3万余人，可谓久吃不散。传统的情况发生了质的变化。吃大户风潮实际上已经按照党组织的计划，转变为实质上的饥民暴动。

在此期间，中共中央立即做出《关于全国灾荒与我们的策略的建议》，毫不留情地提出不还租、不纳税、不还债等15个行动口号，并决定动员广大的农民群众，在斗争中把这些口号提高，决议要求各级党组织成立抗粮、分粮、抢粮团和吃大户团，使这些组织变成农民委员会或游击队的组织，一直引导他们到革命，对于已经有的各种自发的灾民组织，党必须加入，取得斗争的领导权。

皖西的这场吃大户的斗争从1928年春荒始，其高潮一直延续到1929年夏收为止。以此为发端，彻底拉开了共产党人在皖西地区同旧势力殊死搏斗的序幕。许许多多老实巴交的贫苦农民在这场运动中逐步转变为闹革命的战斗者。千百年来沿袭不动的地主与农户的雇佣关系被打破打乱。相当一部分农民承认并信赖了共产党暴力革命的力量，有的人入党入团，有的人加入农会、妇女会、少年先锋队。骨干青壮年拿起了武器，成为赤卫队员。他们比祖先们闹哄哄的农民起义前进了一大步，冷兵器换成了真正的钢枪。

车厚桥带领"穷人会"的会员们，在"饥民吃大户"以及后来土地革命的斗争中冲锋在前，得到了广大贫民的拥戴。

注释：

①"四高"，六安县立第四高等小学的简称，始建于民国初年，占地面积1625平方米，面阔7开间房屋，上下两层，通高6.8米。建筑结构形式为五架梁穿斗式。屋面岳瓦作底，小青瓦覆盖，麻条石墙基，青砖墙体，二斗一卧，弓式马头墙。正面墙为仿欧式，背面低层装格窗。二层铺木地板，板壁

外墙，走廊外置木栏杆。"四高"是我党地下活动重要场所。共产党员和共青团员鲁蔚生（校长，以下为教师）、吴岱馨、詹少伯、余靖邦、王鼎熊、王承新、谢正新、王耀轩等分别担任校长和教员。1929 年 11 月 7 日起，"四高"就成为独山暴动的策划地和指导六霍起义革命活动的指挥所。1981 年 1 月，"四高"旧址公布为县级文物保护单位，9 月公布为省级文物保护单位，2006 年 5 月 25 日公布为国家级重点文物保护单位。

②《巡视六安中心县委工作报告——关于经济、政治、党的组织和群众斗争 1930 年》，见《六霍起义》第 114～115 面。

第8章 厚桥领头打击豪绅

厚桥受命组织赤卫队伍，土地革命打到土豪劣绅

"打倒土豪劣绅"是大革命时期的一个口号，也是土地革命时期的响亮口号。从传统国家走向现代国家，就是要使政治参与程度能够达到社会底层，所以，打倒土豪劣绅是历史的必然。中国传统国家或者说近代前国家的特点，是皇权不下县，基层社会由士绅阶层统治，国家权力只能达到县一级。近代国家是政治权力彻底整合社会的产物，要求政治权力直达每一个社会个体，政治权力能在此基础上对社会实施动员。要构建近代国家，传统的横亘于官民之间的士绅阶层就成了构建近代国家的最大阻碍，就成了革命的对象，于是打倒土豪劣绅就成了大革命和土地革命中响彻入云的口号。在构建近代国家的过程中，就必然要求粉碎士绅阶层，剥夺他们对基层社会的统治权，士绅阶层就必须整体性地被打倒。于是就出现了大革命中的"有土皆豪、无绅不劣"情况，这虽然不完全是事实，但却是革命的必然，是近代化过程中的必须。因此可以说，孙中山的"耕者有其田"的政策和共产党"打土豪分田地"的土地革命政策都顺应了历史发展的潮流。

蒋介石发动了"四一二"反革命政变之后，中国革命进入了低潮，但是这没有动摇车厚桥等人对共产党领导的中国革命必胜的坚定信念。在党的引导下，车厚桥他们积极投入土地革命斗争。

开展土地革命必须有武装支撑。1927年10月以后，在冯孝山和车厚桥的

带领下，独山、西河口、龙门冲等地的农民协会日益壮大。为了充分开展农民土地革命，也为了震慑土豪劣绅，各地农会以骨干分子为主，建立了农民武装——"摸瓜队"。皋西南"摸瓜队"由党员和农民协会小组的骨干分子组成，每队十人、二十人不等，有少量的武器，与敌人展开秘密的武装斗争。一方面镇压罪大恶极的反动头子；另一方面通过"摸瓜队"筹措革命经费，把从地主恶霸那里搞来的钱，接济贫苦农民、买纸印传单和买枪支等。他们在党的领导下，活跃在六安三区的山林与河湾的青纱帐中。

1927年的春种时节，皖西地区落下了一场透雨，这场比油还贵重的春雨一下子把人们从去年的干旱愁绪中解救了出来。然而六安江家店的乡民们望着湿漉漉的田地却既高兴又发愁：高兴的是今年在下秧的关键季节老天慈悲，下了场"救命雨"，有了下秧水，总算是有了点希望；愁的是穷苦人家几个月都不见粮食了，哪有种子下种？没有种子，再好的下秧水也只能是干瞪眼。

江家店南边不远处的山里有一个楼坊冲，冲顶的山坳里有一座庙，庙里存有历年香火布施的稻子三万多斤。乡民们计议再三，决定去庙上向主持和尚告知艰难，借出庙里的存粮作为种子，以解燃眉之急。楼坊冲庙的最大施主是江家店的顾豪绅，他理所当然地也就成了庙会的会长，庙里的粮食也归他经管。乡民们找顾豪绅央求商借种子，顾豪绅却以"庙里的东西是不能随便动的"为借口，说啥也不肯相借。后经不住众人的再三缠磨，口里虽答应，却提出了一个条件：必须有可靠的中间人担保才行，到时候还不上粮食，要拿担保人是问。

北伐战争时期的江家店农民协会主任江蓝天痛快地答应给乡民们做担保人。他当即在乡民的借据上签名按了手印，终于借出了稻种一万多斤，言明春借一斗，秋还斗半。乡民们把种子播在了地里，满怀希望地期盼着秋后能有个好收成。谁知老天绝人，入夏时节，旱情较前一年更为严重，整整一夏连个雨星子也不见，炎炎烈日晒得地皮龟裂，禾苗枯死殆尽。到了秋后干旱仍是持续不断，颗粒无收，大批灾民纷纷外出逃荒乞讨，市面上粮贵人贱，卖儿鬻女者到处都是，真是哀鸿遍地，饿殍塞野。到了年冬，顾豪绅却派人向江家店的百姓讨还借粮。众乡民再三乞求，表示来年一定还清，顾豪绅却是丝毫不松动牙口。

顾豪绅一向视楼坊冲庙的粮食为己有，百姓不能归还庙中的粮食，就好比剜了他的心头肉。腊月二十九，他凭借地方民团武力，派人到山坳里将担保人江蓝天家以及江氏家族的30多头牛，另有吴姓、李姓人家的70余头牛，共一百多头牛强行赶走，以抵偿群众所借的粮食债务。借粮的乡民得知此事后，愧疚不已，觉得是他们连累江蓝天受损，便纷纷去找顾豪绅讲理，说：

"粮食是我们借的，由我们变牛变马来偿还；我们还不上，还有我们的儿子还，不能拿江蓝天的牛抵我们的债，不能让好心人又帮忙又受损，请顾老爷把牛还给江蓝天吧。"顾豪绅说："当初借粮时是立有字据的，上边明明白白地写着要是还不上由担保人负责偿还。你们要是把牛赶回去，我拿什么给庙里交代？"

乡民们要不来牛，只好怀着愧疚的心情来和江蓝天报信。在江蓝天的策划下，乡民们夺回了耕牛。顾豪绅没想到自己"闭着眼睛都看不上的穷鬼们"竟如此胆大，气得差点背过气去，一个劲地骂："一帮穷鬼，简直是刁民，反了你们了。"这边骂边召集家丁和民团共数十人，由其长子顾和华带领，去追被赶走的耕牛。

半夜三更时分，顾和华带人追至江家店正南十多里的楼坊冲时，已接近牛群。江蓝天料到顾家必定会来追赶，早已做好了准备，将人员分为两部：一部分人赶着牛快速回去，一部分人随江蓝天留下堵击追兵。

顾和华赶上后，仗着自己人多，对着江蓝天他们大喊："快把牛留下，万事皆休，要不然，你们一个也别想活命。"见对方不理不睬，顾和华下令开枪示警，双方随即对射起来。江蓝天的弟弟江进忠见顾家人多，心想"擒贼先擒王"，抬手要枪杀顾和华，江蓝天急忙止住："不要伤人命。给他们点厉害看看，把他们吓住不再追赶就行了。"江进忠点点头，乘顾和华举枪射击时，甩手一枪打中了顾和华拿枪的手臂，对面的枪声立即稀落了下来。

顾豪绅派走长子顾和华后，越想心里越慌，在家坐卧不安，怕儿子追赶江蓝天有失。他放心不下，便骑了匹白马随后赶来。顾家的庄丁正在与江蓝天的人酣战，忽听身后有响动，以为是中了江蓝天的埋伏，恐怕腹背受敌遭夹击，慌忙掉转枪口向来人射击，顾豪绅应声倒在了自己人的枪下。顾和华的右手臂受伤后，明白对方只是警告自己，不想出人命把仇结得太深，于是心里害怕起来，不敢再打下去，只得带人向回撤退。归途中发现一个身穿长袍马褂、头戴瓜皮帽的人在地上趴着，心里隐隐有一丝不祥之感，慌忙翻过身来一看，原来是自己的老父躺在血泊中，早已一命呜呼。顾和华悲痛万分地抬回了父亲的尸体，明白父亲是稀里糊涂地死在了自己人手里，做了屈死鬼，但这话却不能明说，而是把账记在了江蓝天头上。自此，顾家和穷人们结下了深仇大恨。

江蓝天带领乡亲们把牛群赶到家后，安排各家的牛归各家，让乡亲们过年。江蓝天知道顾家绝不会就此罢休，于是找来平日里对脾气的几个弟兄共商对策，他说："顾家肯定要来找我们报仇，反正把顾家给惹下了，我们不干也不行了。为了活命，只好对着干了。舍得一身剐，敢把皇上拉下马。只要我们豁出命来，顾家就不能轻易灭了我们。"李占魁等几个好友纷纷表示："大哥，事情是大家一起惹下的，有福同享，有难同当，我们听你的，你说咋干就咋干。"

话虽这么说，江蓝天还是担心明枪易躲，暗箭难防，谁也说不准顾家什么时候会找上门来，与其被动挨打，不如主动出击。于是他卖掉了在江家店的房屋田产，将妻儿老小分头安置在锅棚店、十八盘的亲戚家，自己则带七八个兄弟，活动于双尖、猴子尖交界的山区地带，走上了劫富济贫、武装游击的道路。得到这个消息后，党组织就派龙门冲"摸瓜队"的车厚桥队长前去猴子尖和江蓝天取得联系，要把他带领的武装转化为我党领导的武装力量。

顾家为借粮一事，经济上受到了损失，又有亲人死伤，为了复仇，常找江蓝天交锋，但始终未能占到便宜。顾家家族中一位长者觉得冤冤相报，终无好果，也曾劝顾家小辈捐弃前嫌，不要再妄动干戈，但顾豪绅的小儿子顾小六等人认为父仇不共戴天，不可不报，复仇之心总是不死。

按照党组织指示，车厚桥和冯孝山经过努力工作，使江蓝天带领的武装全部加入了龙门冲赤卫队。

车厚桥担任龙门冲农民协会的"摸瓜队"队长时，只有十几个人，仅有钢枪 1 支，其余为土枪、大刀、长矛等原始武器。就是凭借这些原始简陋的武器，龙门冲"摸瓜队"先后对吴亦良、金鸣鳌、金鸣中、詹文玉、唐先五、张汉卿等地主采取了贴票罚款、杀猪出谷、缴枪烧帐的办法给予惩处；对具有破坏性极强的土豪劣绅、地痞恶棍李占全、王莺、许大昌、许大济、汪老三、戴云三等，则就地枪杀示众。"摸瓜队"的武装行动，使得土地革命在皋西南山区里轰轰烈烈地开展起来了。

殷家老岩海拔 412 米。他的东面是匡冲，匡冲有一个地主恶霸，名字叫吴亦良。他仗着自己有钱有势，勾结官匪周黑头，杀死农会会员喻友权的父母，并肆意欺压百姓，百姓对其痛恨至极，纷纷把吴亦良的罪行反映给赤卫队。

车厚桥根据群众意见，决定严惩吴亦良。

吴家庄园背山面溪，实砌的"三六九"青砖墙非常坚固。赤卫队的火力差，匡冲距龙门冲和江家店都不远，自卫队来支援很容易。打吧，难有胜算；不打吧，吴亦良会更加猖獗，受苦受难的穷人没有希望。经过一番思考，共产党员车厚桥决定还是打，但要讲究方法。

为了伸张正义和保卫农民协会，在夜幕的掩护下，车厚桥带领赤卫队员和农会会员 200 多人，带着自制的土炮，包围了吴家庄园。

在翻墙而过准备打开吴家庄园大门的赤卫队员被吴亦良的家丁打倒后，

车厚桥果断命令：土炮抵近庄园大门，开炮轰击。只听得"轰"的一声，庄园大门被打得稀巴烂。杀害赤卫队员的凶手被炸死。在轰门之前，吴亦良带着金银细软从暗道逃跑。这一仗，打死了地主爪牙1人，缴获钢枪1支，土炮1门，还击退了自卫队的增援。松明火把照耀下，车厚桥带领赤卫队打开了吴家粮仓赈济灾民，分粮150多石。

仓皇出逃的吴亦良找了中间人来讲情，送来了1200块银圆的罚款，并且保证再也不敢欺压乡民。由于大规模暴动还没有开始，车厚桥代表赤卫队接受了吴亦良的请托。从此，回到家的吴亦良规规矩矩，不敢有什么不利于农会的举动。殷家老岩下面的农会活动从此蓬勃地开展起来了。

贴票罚款筹措革命经费，镇压恶霸打开斗争局面

为了筹措革命经费，龙门冲"摸瓜队"在车厚桥的带领下，积极对土豪劣绅进行"贴票"。本文所指的"贴票"含义，与"绑票"相近，就是把勒索钱财的通知用隐蔽的方式送给有钱人，让他（她）们把钱财送到预定地点，让勒索者得到。不过"绑票"比"贴票"更暴力。

1927年深秋的一天凌晨，地主老财唐先五起床后，准备叫上两个长工去挖红芋。当他开大门时，发现大门后有一张字条，字条上面插着一把匕首。字条上面写着：

财主唐先五，把你手里的800块光洋，借我用用。请于明天天黑前送到你今天要挖的红芋地旁边的橡子树边平石板下。不要声张，不然会惊吓你家人的。

知名不具

看到这张字条以后，年近50岁的唐先五感觉不得了了。在当天和第二天大半天，他坐立不定，举止失措。在和丫鬟升级的老婆商量了以后，在第二天太阳还未落山之前，唐先五把光洋送到了指定地点。

在简冲冲脑，车厚桥看到"摸瓜队"队员带回的800块光洋，会心地笑了。

1927年初冬，土豪张汉卿的大儿子张大毛从外地经商回来的路上，经过喻家老庄子时，在皂角林被"摸瓜队"截住了。

　　刚入皂角林，只见一个大汉，面蒙黑巾，手持两把板斧，喝道："此树是我栽，此路是我开，要想从此过，留下买路财，牙崩半个说不字，你来看我手中的家伙不吃斋。在下混世魔王，你们快快留下钱财，否则就别想从此处过。"此人正是阎志新，他身后是同样装束的楼东才、简从宽两人。

　　张大毛下了轿子，把行李交给了管家，准备动手，这时，冯孝山端着钢枪出来了："不要抵抗了，乖乖地跟我们走。"见到钢枪，张大毛停止了抵抗。他知道，自己遇到了共产党的"摸瓜队"。

　　轿夫抬着空轿子飞快地逃走了。"摸瓜队"总队长冯孝山嘱咐龙门冲"摸瓜队"队长车厚桥把罚款单交给管家，带给了张汉卿。

　　出乎意料的是，张汉卿比贴票罚款的 2000 块光洋多交了 1000 块。也许是张汉卿为了博取"摸瓜队"的好感而故意表现出来的姿态吧。收到罚款后，"摸瓜队"把张大毛完好无损地交给张腊梅带回。

　　可惜的是，张腊梅在护卫侄子张大毛回左楼的路上，被界首的那个张汉卿的儿子收买的刺客截击，张大毛和管家被杀死，不敌刺客攻击的张腊梅负伤逃脱。

　　为了脸面，张腊梅掩盖了真相，说张大毛和管家是被共产党的"摸瓜队"所杀。因此，张汉卿对共产党的"摸瓜队"衔恨终身，他的小儿子张小毛为此坚决反共，1950 年被镇压。

　　掩盖了真相以后，张腊梅对车厚桥深感有愧，她准备以后补偿他。

　　一更时分，天空里布满一块块的疙瘩云。月亮从云块里钻进钻出，好像在故意跟人们开玩笑似的。"摸瓜队"的同志们在队长冯孝山的带领下，踏着忽明忽暗的月光走出一条道沟，鸦雀无声地进入一片密密的松林。他们要在这里开会。张亮根据队长的命令，先派人和龙门冲街的农会会员取上联系，而后又对松林四周的岗哨设置作了一番周密部署，冯孝山到任后的第一次会议，便准备开始了。这是一次支部会议。应当参加会议的，总共五个人：周狷之、冯孝山、车厚桥、张亮、韩仰渠。现在，韩仰渠还没来到。

　　"摸瓜队"决策层寒冬腊月天气在野外开会，这个作为会址的松林中，有四棵高得出眼的古松。四棵古松之间，有个石桌。石桌的四面儿，还都设有石凳。孝山他们三个人坐下后，张亮请示周狷之道："咱等不等老韩同志？"周狷之没有立即回答。他透过松枝望了望天空的星辰，又屏住气听起四外的动静。四外里，鸡不叫、狗不咬，只有松林在发着轻微的涛声。这时，冯孝山的脸上渗出一层淡淡的、不易被人察觉的焦急神色："天到这时了，怎么还没来呢？"他自语了一句，又问张亮："你跟他怎么约定的？"张亮皱皱眉头："若按约定的时间，该来了。"车厚桥也有点不安地插嘴道："是不是路上……"他说了个半截话，便将话头收住了。这显然是对韩仰渠的担心。

正说话之间，韩仰渠在农协女会员刘宏如①的帮助下甩掉"尾巴"来到了会场。他们五个人马上就如何和反动势力进行斗争开展了讨论。

会后不久，车厚桥听说七区麻埠驻驾湾保保董苏永亮，在保里作威作福，鱼肉乡里，严重阻碍当地农会发展，车厚桥便与王润生、王耀轩、韩仰渠、张亮等五人，身藏短枪乔装打扮成赶集的农民，来到苏永亮的布店。车厚桥从门外发现，苏永亮正坐在店中，于是车厚桥灵机一动，和王润生跨进店中，假装买布，乘苏永亮转身取布之际，车厚桥一手揪住苏永亮的领口，一手用枪抵住苏永亮的胸口。这时，一旁的弟弟苏永周见事不好，大声呼喊，跟在车厚桥后面的矮个子——韩仰渠同志，立即开枪将苏永周打死。随后，将作恶多端的苏永亮押至通水冲镇压。从此，麻埠（响洪甸）一带的农民运动也迅速开展起来。

随着地方反动势力被"摸瓜队"一个个就地消灭，"摸瓜队"的战绩大大鼓舞了当地百姓，农会组织迅速壮大，并发展了一批新党员。越来越多的人加入到"摸瓜队"的队伍中来，以一种星火燎原之势点燃皖西大地。此时，六安三区"摸瓜队"已经发展到了拥有二十来人、五六支钢枪的队伍。1927年底，以"摸瓜队"为基础组建了赤卫队。

铲除西河口国民自卫队队长、六安三区情报组长王莺的战斗颇具戏剧色彩。

1928年1月22日，是1927年的除夕。农历年三十的傍晚，龙门冲赤卫队，在冯孝山队长、车厚桥副队长的带领下，来到了陶冲附近的半岸冲，住在山上的荫蔽棚——烧炭棚里。

那年冬天，少雨少雪，让人干手干脚的，便于行动，可是也冷得出奇，滴水成冰。早晨，山雾沾在衣服上，一转眼，就变成了许多细小的小冰珠子，闪闪发亮。汩汩流淌的溪水，也会变成冰块。赤卫队员们每人上身一件短棉袄，下身一件夹裤，外套一双山袜子，这样打扮，翻山越岭很利索，可是，一没有任务坐在棚子里，不烤火，冷气就直咬得人脚趾头疼。

那天，赤卫队员坐在棚里面边烤火边闲谈，火光映得大家脸上一闪一亮的。大概是应时节吧，同志们你一句我一句地尽说些各地过年的风俗习惯。正说得热闹起劲，哨兵掀开草帘，领进来一个满脸络腮胡子的老头，手挎一只竹篮。李先忠②一转脸，伸着脖子瞅着进来的人，立刻迎了上去，笑嘻嘻地喊声："大姑爷（即姑父，他也是李先忠未来的岳父）"。马上，同志们也欠起身来同陶大伯打招呼，陶大伯连忙放下篮子，拿出几斤野猪肉和两瓶酒，说是特地送来给赤卫队员们加犒过年的。恰巧那天轮到李先忠执勤，车厚桥副队长便笑着对他说:"先忠啊,感谢你大姑爷他老人家的关心,我们过肥年啦!——你去把菜弄好,九点钟吃年饭,来得及吧?"李先忠点点头答应了,提过篮子钻到另外一个烧炭棚里去了。李先忠的姑父陶老汉凑到冯孝山队长和车厚桥副队长的跟前,碰了碰两位队长的胳膊肘子,冯队长抬头看了看姑又瞅了瞅车副队长,三个人便一前两后地走出棚子。

没几分钟工夫,大个子冯队长回到了烧炭棚里,往两堆火之间一站,拍了拍双手说:"不要散扯啦,同志们,有任务!检查武器!"赤卫队员们马上站起来,各拿各的枪支和大刀,并仔仔细细地检查了一遍,接着冯队长命令道:"集合!"赤卫队员们便整整齐齐地站在炭棚旁边的一块空地上,听候队长说明任务,作行动指示。冯队长站在大家面前,铿锵有力地说:"刚才大姑父来说,王莺回河口过年了,我们干他去,掏他的老窝!"冯队长瞅了瞅车厚桥副队长,车副队长接着说:"同志们,我们请王莺上山吃年饭,怎么样?"大家被车副队长诙谐的话逗得笑了起来。

"报告!"杨中行③忽然闷声闷气地喊了起来。"狗日的王莺,去年事变后的十月里,他带领警备旅搜山,到处追捕我父亲(农民协会小组长),又把我家娘抓去,吊打得死去活来,说我家个个是共产党,一个不能留。要求队长,抓到了他,要交给我。"

一提到王莺,怒火就从每个人的心窝里冒出来。王莺,这只恶狗,是地痞恶霸,担任西河口国民自卫队队长、六安三区情报组长,他到处搜集我们的情报,还时不时带领部下到处搜捕共产党人、赤卫队员和农协会员。王莺找不到革命同志,就吊死他们的家属,吊打他们的孩子,村里谁家摘一点茶叶、卖一点毛竹、打一点粮食,王莺就带着部下来把它抢走,谁要出来说半个"不"字,就马上被吊起来,说你是"共匪"。这会儿说要出发去干掉这只恶狗,为人民、为革命斩掉这只凶神恶鬼,赤卫队员那一个不浑身是劲!?那一个不心情舒畅!?又加上杨中行那么一提,大家几乎不等下达命令就想拔腿下山了。

"我们是穷人的队伍、革命的先锋,我们要为穷人拔掉眼中钉、肉中刺!同志们,我们就以今天晚上的行动来作为给穷人的拜年礼物吧。车副队长,杨中行领先,走!"冯队长的话刚一落音,赤卫队员便开始行动。年三十的上半夜是月黑头,赤卫队员们凭着路熟,翻山越岭抄着小路走。

王莺这只恶狗敢于在西河口大摇大摆地过年,是有依仗的。他以为望江寺、官塘兵营里的自卫队,离他都不足 3 里地,可以作为他的救命星。赤卫队打蛇就要打七寸,要干掉王莺,就暂时不惊动自卫队。于是,赤卫队员们就绕点弯路,从半岸冲出发,经小管冲、烂泥冲、张冲,直插南岳庙。在通过郝集南边时，车副队长带领赤卫队员们先埋伏在竹园里，看看碉堡上有无动静，埋伏了十分钟，一点动静也没有，大家便爬起来，继续前进。尖兵后面两丈多远，冯队长带领大家跟进。忽然，江大愚用手指捣了捣冯队长的脊梁心，他便知道后面有了情况。冯队长回头一看，只见南面龙门冲河出口到漈河的地方，有个火星子正向赤卫队员们所在的方向移动。冯孝山队长和车厚桥副队长带领大家马上以田埂和枯茅草棵为掩护，埋伏下来了，静等这场意外战斗的到来。

那个火星子越来越近了，看清楚了，原来是一只灯笼，移动在赤卫队员们埋伏的田埂上。就着灯笼光，隔着茅草棵子，车副队长看清了那个提灯人是个自卫队员，车副队长一个箭步抢上去，一枪托子把他打倒在田埂上，他翻身一滚，滚到那边田里去了，恰好一班长埋伏在那边，伸手把他抱住，冯队长、车副队长和杨中行马上围上去，把枪对准他。这时，冯队长压低了嗓门命令："带到田畈里去！"大家便押着俘虏走过去。

这个俘虏是泡鸭子屎，捞不上手，他以为赤卫队员们要枪毙他，一到田畈上，吓得就跟牛屎堆一样地瘫下去了，牙齿直打颤，连声求饶："我干这一行是为了混一口饭吃，饶了我吧，我们无冤无仇……"其实，赤卫队是要盘问盘问他，杀他干什么呢？

"坐起来，不杀你，好好地讲，你来干什么？"听冯队长这么一问，他才就地坐起来，嘴里像不能吃辣椒的被辣得嘘气一样，断断续续地交代情况。他是望江寺兵营里的值星兵。赤卫队出动时，有暗探告诉他们说陶老汉上了山，因此，他们的小队长派他来报告队长王莺，叫他当心。冯队长一听到这里，截断了他的话："好啊，你跟我们一阵（一道行动），你给王莺送个信，叫他开门。办得到，给你路费，让你回家过快活年；不干，今天晚上是年三十，你算是整头整脑的，一天都不缺！"

那个家伙爬起来，点头答应了。赤卫队把他押到王莺的家门口。门口还有烧剩的香火，残烟袅袅，这说明它的主人曾经祈求门神来保佑他。真巧啊，门神来了，就是那个自卫队员。车副队长和杨中行把他推到门前，掏出两块光洋递在他的手上。那个自卫队敲门了："嘭，嘭嘭嘭！嘭，嘭嘭嘭！嘭，嘭嘭嘭！"一会儿，赤卫队员们听到门里有脚步声，心里既紧张又高兴。"吱"的一声，门开了，一道手电筒光照到那个自卫队的脸上，同时冒出来一句公鸭腔："他妈的，深更半夜有什么情况吗？"

"有——队长，有人找你！"那家伙话未落音，一侧身，隐到黑暗里去了。赤卫队员们趁那家伙答话时，一拥而上，把枪口对准王莺。杨中行早已窜到王莺背后，夺下他的手电筒；江大愚一把抓住王莺的后衣领；车副队长扭住王莺的双手，把他推出大门："走！请你上山吃年饭！"一进烂泥冲口，赤卫队员们就送王莺追随灶老爷上西天去了。

大约夜里十点钟光景，冯孝山队长和车厚桥副队长就带领赤卫队员们回到了烧炭棚里。李先忠迎头就问："怎么样？"当车厚桥副队长把情况告诉他时，他快活得乱蹦，立刻端出几碗香喷喷的野猪肉，提出两瓶酒，兴高采烈地说："同志们，宰头肥猪过年，趁热喝口传杯酒，就吃年饭啦！"

实现苏维埃誓言终生奋斗，接受党领导扩红勇斗民团

第二天是 1928 年农历正月初一，早晨，吃过长寿面的车厚桥，用饱蘸墨水的毛笔，面对当时国内革命斗争的严峻形势和家乡如火如荼的农民运动时，豪情满怀地振臂一挥，写下了"要为实现苏维埃中国而奋斗终生"的誓言。

1928 年元月，吴干才当选为中共六霍县委委员。此时各地地主、恶霸纷纷组建保卫团。中共六霍县县委决定，为了掌握武装，为武装暴动做好准备，派人打进保卫团。吴干才遂打进了郝家集保卫团并任董事，积极开展兵运工作，使保卫团的人员实际上成了农协武装的别动队，时常在夜晚开展"摸瓜"活动，有力地打击了反动势力，大长了农民协会的威风。车厚桥的"摸瓜队"经常配合吴干才的"摸瓜队"活动，积极开展武装斗争。

保卫团又叫自卫团，其主要成分是被地主阶级收买的大刀会和红枪会，主要负责区、乡、保的地方治安。夏云峰担任六安、霍山、霍邱三县自卫团总团长兼六安县自卫团团长，秦华轩担任霍山县保安团（霍山不叫自卫团而叫保安团，又叫民团）团长。六安县的警备营是地方武装，属于六安县政府管辖。

1928 年这一年，顾豪绅的次子顾小六率领江家店民团除了处处与农民协会作对外，还经常祸害老百姓。一天下午，顾小六骑着白马率领江家店民团的三个团丁闯进了楼坊冲村，一顿乱枪后，见人们吓得四处躲藏，便凶巴巴地踹门踢户，见鸡捉鸡、见粮抢粮，还不由分说地把吴万银家那条油光发亮的大牯牛给抢走了。楼坊冲村再一次遭受了民团的洗劫。

民团们抢够了，便用牯牛驮上东西大摇大摆地出村向东走去。途经龙门冲河吴冲口段的时候，迎面碰上了从油坊店回家的吴万银。吴万银是车厚桥、简玉山的大刀会同学，倒立走路的本领仅次于车厚桥，人称"倒走路"。吴万银鼻梁上架着一副眼镜，这是一副祖传的水晶石头眼镜，两条黄铜硬腿儿擦

磨得明光瓦亮，为防不慎掉下摔碎，戴时他总是用一根黑色丝带套在头顶。"倒走路"见来人拉着自家的牯牛觉得很是纳闷，张口刚要问，顾小六却一眼看中了他戴的石头眼镜，二话不说顺手摘下来就自己戴上了。"倒走路"扑上去想夺回来，却被团丁用枪管顶住了脑门子。好汉不吃眼前亏，只得忍气吞声，眼睁睁地看着团丁把自己的心爱之物夺去。

回到家，"倒走路"越想越气：眼镜事小，大牯牛被人抢走可是要命的事，一家人的指望就断了。想到这，他不顾一切地抓起墙上的老土枪就向民团追去。追到江家店时候，天已经黑了。土匪们在村口农户何国乡家打完尖（吃能饱肚子的便饭），便爬到他家的土炕上呼呼大睡。

吴万银见机会难得，抄起一条杠子向屋里的民团冲去，想在不声不响中结果了团丁，却被何家人死死地拦住：何家怕"倒走路"势单力孤，万一失手惊醒了民团，全家人的性命都要搭进去，那可就跟着遭殃了。吴万银只得愤愤作罢，狠狠地瞪了一眼睡死的团丁，离开何家来到红石岩枪手简玉山家，商定次日到车家楼请上车厚桥，三人共同对付民团。

次日一早，吴万银、简玉山二人跟踪民团一路悠出了七八里地，来到黄冲的时候，正碰上从猴子尖回来的车厚桥。车厚桥也感到二人虽武功、枪法不错，但不摸对方底细，对付三个团丁确无把握，万一失手就一切都晚了。于是便答应做帮手，随即匆匆赶回家（车厚桥在龙门冲的商铺）去拿枪。临走时再三嘱咐二人不要轻举妄动，一定要等自己来了再动手。

顾小六带着三个团丁一进黄冲便走到冲外的寡妇家鬼混去了，留下一个团丁放哨，另外两个躲到树荫下睡觉去了。

"倒走路"吴万银一见动手的机会来了，早忘了车厚桥的嘱咐，让简玉山盯住放哨的团丁，自己悄悄绕到了树下，用枪顶住了一个团丁的脑袋。简玉山见"倒走路"得手，"叭"的一声放到了放哨的团丁，吴万银紧跟着也扣动了扳机。

两杆枪却只听到了一声枪响——吴万银的枪在生死关头卡了壳。两个并未睡熟的团丁被枪声惊醒，翻起的当儿两把快枪同时开了火，吴万银哀号了一声"天哪"，便重重地栽倒在稻场旁。团丁还不解恨，拔出腰刀照着吴万银的后背捅去。另一名团丁的子弹擦着简玉山的眼睛飞过，打伤了他的一条肩膀，血流不止。简玉山见吴万银失手被杀，双手抱头一辘辘躺到地上装死。披着衣服的顾小六要团丁再上前补上几刀，远远地车厚桥的枪响了，子弹带着顾小六的头皮飞了出去，又一个团丁被打死。顾小六不知道来了多少人，丢下两具同伴的尸体，慌忙用白马驮上同伴跑了。

车厚桥见两个伙伴负了重伤，心里懊悔不已，带上闻声赶来的简玉坤，一路追击顾小六，想寻找机会为同伴报仇。快追到江家店时，车厚桥远远一枪将顾小六背上的长枪打成两截。民团一见如此厉害，顿时丧了胆，扔下抢来的东西就跑了。

吴万银和简玉山伤好以后，都参加了龙门冲赤卫队，还参加了独山暴动。

1928 年夏天，河南土匪李老末部流窜皖西，杀人越货，对人民危害极大。在三区党组织的领导下，车厚桥以保卫家乡的名义，抗击了土匪，扩大了赤卫队规模。

注释：

① 刘宏如（1909—1936），女，革命烈士。安徽六安人。1928 年参加西河口妇女会，开始上农民夜校学习文化，积极参加农会抗租和扒粮斗争。1929 年 11 月，独山农民暴动时，她参加站岗、放哨，保卫新建立的工农革命政权。1930 年春参加红 33 师宣传队，动员青年参军参战，争取土地革命战争彻底胜利。1931 年加入中国共产党，编入红军医院当护士。1932 年参加苏家埠 48 天大战的战场救护工作，经常上前沿阵地抬担架，并向白军士兵喊话宣传。10 月，随医院转战川陕革命根据地。1935 年参加长征，曾两次过雪山草地。1936 年，在四川省丹巴战场上壮烈牺牲。

② 李先忠（1909—2010），安徽省六安市独山镇西河口乡龙门冲人。曾用名李贤中，1927 年参加革命工作，1929 年 10 月参加中国工农红军，1932 年 2 月加入中国共产党。土地革命战争时期，任"摸瓜队"和赤卫队分队长、鄂豫皖红 1 军战士、中央教导 2 师班长、红四方面军第 4 军 10 师排长、红 25 军 74 师连政治指导员、红 12 师 35 团组织股股长、营政治委员、红四方面军供应部兵站站长。参加了六霍起义、鄂豫皖革命根据地第一至第四次反"围剿"、川陕革命根据地反三路围攻、反六路围攻和红四方面军长征。抗日战争时期，任八路军第 129 师军法处审讯员、县政府军事科长、八路军第 129 师 385 旅 13 团营政治教导员、太行军区第四军分区供应处政治委员。参加了百团大战、关家垴战役。解放战争时期，任中原野战军第 2 纵队 11 团政治委员、桐柏军区供应部副政治委员、陈留军分区副政治委员。参加了挺进大别山、淮海战役。中华人民共和国成立后，任中国人民解放军广西军区钦州军分区副政治委员、政治委员，中国人民解放军广西军区桂林军分区政治委员兼地委书记。参加了广西十万大山剿匪战斗。曾荣获"模范干部""战斗英雄"称号。1955 年 9 月被授予大校军衔，荣获二级八一勋章、二级独立自由勋章、二级解放勋章。1988 年 7 月被中央军委授予中国人民解放军二级红星功勋荣誉章。离休以后搬到合肥，在安徽省军区干休所休息，享受副兵团级

待遇。因病于 2010 年 2 月 16 日在合肥逝世，享年 102 岁。另一说李先忠是霍山县舞旗河王家畈公社斑竹园大队人，查有实据。

③ 杨中行（1910—1988），安徽六安县西河口乡石湖村杨家院子人，1910 年出生。1928 年参加革命，1930 年参加中国工农红军。1932 年加入中国共产主义青年团。1935 年转入中国共产党。历任少共川陕省委秘书长、川陕省苏维埃政府秘书长、红四方面军独立 1 师 2 团政委。参加了鄂豫皖、川陕苏区反"围剿"和长征。1937 年入延安抗大学习。后任陕甘宁边区政府保安处警卫营连指导员、八路军留守兵团关中军分区保安 1 团政委、陕甘宁晋绥联防军组织部干部科副科长。解放战争时期，任吉林军区警 1 旅政治部副主任、主任、独立 1 师政治部主任、10 纵政治部组织部部长、47 军政治部副主任。参加了辽沈、平津、宜沙等战役。1951 年参加抗美援朝，任中国人民志愿军 47 军政治部副主任、50 军政治部主任、50 军副政委。获朝鲜二级国旗勋章、二级自由独立勋章。回国后，历任 50 军政委、沈阳军区装甲兵政委。1955 年被授予少将军衔。获二级八一勋章、二级独立自由勋章、一级解放勋章、一级红星功勋荣誉章。是第五届全国政协委员。1988 年 10 月 26 日在沈阳逝世。

回龙寺山路打伏击

第 9 章

受夜校教育信念渐坚定，扩革命队伍策反李恒祥

1928 年春夏之交，冯孝山和车厚桥率领三区赤卫队 20 多人和一部分农协会员，利用早市，化装赶集，袭击了驻扎在西两河口大王庙的杨帮带民团，打死打伤数人，缴枪数支，杨帮带率领民团溃逃。车厚桥他们向当地的土豪劣绅筹集了一批军用布匹和食盐，以供革命需要。

车厚桥向冯孝山提交物资时，也提出了自己长期以来的愿望——加入中国共产党，为人民奋斗一辈子。冯孝山把车厚桥的愿望向组织做了汇报。

6 月 22 日是农历端午节，车厚桥到独山"四高"暂时当上了古文教员，这是吴岱馨通过校长鲁蔚生聘任的。白天，车厚桥是老师；晚上，他作为建党积极分子，是工人夜校学员，接受党的理论、知识教育，即党校系统教育。经过几个月的学习，车厚桥的阶级觉悟大大提高，共产主义信念逐渐坚定。

7 月 25 日那天，随保卫团驻扎在麻埠的李恒祥①去独山办公差，不想却在火神庙遇见了表哥车厚桥。火神庙没啥出奇，庙门外的银杏树却是独山一景，它粗得要三个人拉着手才能围一圈，高十多丈，树叶金黄的时候，傍晚里能把火神庙楼都耀得光亮。可是，已经连续半个月了，银杏树上冒着黑烟，黑烟大得全独山人都能看到。其实不是银杏树遭了火灾，是莫名其妙地飞来大量的蚊虫，黑乎乎一片出现在树冠上空，一会儿旋成草帽状，一会儿又扯出几个条状，远看像是烟雾。这烟雾每天生一次，每次有两锅旱烟工夫才消失。

李恒祥跑去看稀罕，忽然觉得有人戳他腰，他"唰"地转过身，盒子枪就举了起来，一看，却是表哥车厚桥。表哥家里还算殷实，几年来一直在龙门冲做生意，好长时间没见了，突然见到，人还是那么俊朗，只是多了一副眼镜，又有着几分儒雅。表哥说他一个多月前已经到独山四高当教师了。李恒祥也说他现在住在麻埠镇，所部属于保卫团第二团队，团长是张季荃，他已经是个排长了。两人一文一武，去了一家小酒馆喝酒，临分手，李恒祥说："以后有啥事就说，我给你摆平！"

当时，国民党六安地方政府，为了防共、反共，镇压革命力量，组建了大批地方武装。其中驻扎在皋西南部的保卫团有 3 个团队：第一团队活动在三区独山，团长杨松山（即杨润田，别名杨帮代），有枪 200 余支；第二团队活动在七区麻埠，团长张季荃，有枪 200 来支；第三团队活动在六安、霍山两县交界的流波磖一带，团长朱孟功，有枪近 200 支。另外在六区金家寨驻有汪东阁的商团，有枪 150 多支。这些保卫团是由警备营扩编而成的。除了保卫团和商团以外，国民党还在地方上组织了"国民自卫团"。自卫团有两个纵队，活动在六安东、南两面的是第一纵队，纵队总指挥是张泽霖；活动在六安西、北两面的是第一纵队，纵队总指挥是高子舞。大、中等地主还有护庄队和持枪的家丁。国民党地方武装的主要任务是同人民作对，扑灭革命火种。

按照约定，车厚桥真的每逢星期天就来找李恒祥。但车厚桥每次来都没有什么事，只是来喝酒，还送给李恒祥一本书。李恒祥识字不多，没有要书；他看上了车厚桥一条宽牛皮腰带；车厚桥便取下腰带递给了他。从此以后，系上了皮腰带的李恒祥，褂子就老敞着，再别上枪，走路时身子还向前倾着。

李恒祥很好奇城里的事，车厚桥就说国家现在军阀割据，四分五裂，一切都混乱着，无论城乡都是穷人受苦受累，地主资本家享福。李恒祥说："这我知道，谁有枪谁就是王。"车厚桥又讲省城和县城里的年轻人都上街游行，反黑暗，要进步，军警和学生经常发生流血冲突，好多人就去投奔汤家汇。李恒祥说："是不是有共产党的那个汤家汇？"车厚桥说："是共产党的汤家汇，那里有苏维埃政府。"李恒祥说："镇党部整天喊着防共的，这到底是咋回事？"

……

在车厚桥的教育和启发下，李恒祥带着二愣拖枪参加了赤卫队。

回到营地，车厚桥组建了赤卫队第三小队：李恒祥、杨二哥、杨三哥、二愣、吴万银、郭英；小队长吴万银，副小队长李恒祥。不久，党组织把三区各乡的赤卫队统一改编为区赤卫大队。

以弱胜强智调保卫团走山路，
巧设埋伏车厚桥尾击回龙寺

回龙寺位于龙门冲镇东北 1.5 千米处的龙门河北岸，此处山形状如龙体，蜿蜒向东。与该山东侧的一座高山遥相呼应。传说，龙门河北岸龙山向东生长较快，东侧的一座高山向西生长，不久两山将会相连，连体后，龙门河被拦腰堵住，龙门冲将变成一片汪洋大海。雷公见此情，果断处置，将龙山辟开，东侧高山也随之大面积崩塌（后取名崩山嘴了），消除了隐患。后人为了祈祷平安，在龙门河北岸龙山修建一座寺庙，故取名回龙寺。寺庙在新中国成立后被拆除，材料用来建设龙门冲高等小学，现仅存遗址。至今民间仍流传着"雷打崩山嘴，吓坏回龙寺"的民谚。

成立赤卫大队以后不久，就传来了胜利的消息。1928 年夏，驻扎在六安县西河口的国民党保卫团的一个排到回龙寺"清乡"。所谓"清乡"，就是国民党地方武装到地方捕杀共产党员和农民协会骨干。当时由于蒋介石政权未稳，地方政权也不统一，各地兵匪一家，公开抢劫绑票，一些豪绅地主造谣说共产党、农民协会"勾结土匪""抢劫煽乱"。中共地下组织根据这些情况，为防止敌人的谣言在群众中造成混乱，决定乘机打出农民协会的旗帜，组织农民协会，团结广大农民建立农会组织，进行反匪防盗、保家自卫。驻扎在西河口的国民党军队为了扑灭革命火种，在今天西河口乡一带大肆捕杀共产党员和农民协会会员，并且借机抢劫群众财物、中饱私囊。

刚接到韩仰渠从西河口送来情报，车厚桥就在第一时间集结了赤卫队员，部署作战计划，保护家乡的老百姓。车厚桥鼓励赤卫队员要沉着、勇猛，坚决打好公开成立赤卫队以来的第一仗。

简冲的赤卫队营地里，车厚桥主持召开敌情分析会，会议开到深夜。此时，虽是初夏季节，但到了深夜，仍是寒气袭人。然而，队员们心里像揣着一团火，群情激奋，气氛热烈。车厚桥说："同志们，我们这支枪支短少、弹药不足的队伍，怎样才能消灭这股武装齐备、枪弹充实的敌人？这个仗怎样打？请大家谈谈自己的想法。"队员们各抒己见，有的说，要发动当地群众参加战斗；有的说，要出其不意，攻其不备，对敌人来个袭击战。三个臭皮匠，顶个诸葛亮。经过大家出主意、献计谋，最后，车厚桥决定打伏击战，并作出具体部署：由车厚桥负责选定伏击地点，李恒祥和胡志修负责发动当地的骨干群众，隐蔽在山林高处呐喊助威。安排停当后，这支赤卫队便连夜分头行动。

红石岩的农民协会闹得越来越厉害，震动了周围的反动势力。西河口乡乡长汪大胖子为了镇压农民协会，更重要的是巴结上司，点齐了一个排的保卫团兵力，准备杀向龙门冲、红石岩（青石河上保已改名红石岩保）、十八盘地区。

汪大胖子出兵，一是抓住农民协会骨干，绥靖地方，得到土豪劣绅的奖赏；二是除了能抢掠钱财，还能得到农民协会骨干家庭的赎金；三是巴结上司，在官场上找到靠山，为此他要把红石岩的美貌妙龄女桃花抓到送给国民党正规部队的旅长潘善斋。他本是一个官瘾很重的人，一心想当官，满脑子都是升官发财的念头。此前他已得到过确切情报，说是桃花曾在山里出现过。他料想这山里只有王小梅是和桃花一块儿逃难来的。两人又是好姐妹，桃花既在山里出现，那她一定就是藏在王小梅家。谅桃花不过是一个女流之辈，能翻起多大的浪？到时候，领人将桃花围住，再用自己那三寸不烂之舌好言劝慰，不怕她不屈从。到时候，自己带回桃花，将她交给潘善斋，替潘善斋完成这桩心愿，必定会更受潘善斋的重用。自己也可以步步高升，前途必定会大大的有。弄得好时，还会当个县太爷，升堂审案，那是何等的风光无限。想到此时，汪大胖子不禁屁眼缝里都笑出声来。

第二天一大早，汪大胖子骑上了高头大马，带着这排保卫团、还点了七八名乡兵，一同向山里进发。汪大胖子得意扬扬，一路上颐指气使，好像捞了个司令官似的，把他扬气的不得了。

打旗兵高举着青天白日满地红的旗子，走在队伍的前头。汪大胖子紧随其后。进了山，他更是神气十足，与众人说说笑笑。见了乡民，还要狐假虎威地吓唬几声，每当看见乡民急忙躲避、落荒而逃的样子，他便开心地哈哈大笑。暗想道：自己带了这么多的人，又打着保卫团的旗号去到红石岩，村里人一定会吓得屁滚尿流；到时候，自己抓农民协会骨干和桃花岂不是易如反掌？

汪大胖子一行是沿着"西河口→林家河→柳冲→黄大庄→江家店→油坊店→龙门冲→孔家行→傅家院"一线进入红石岩的。晌午时分，一行人终于来到了红石岩。红石岩并不大，坐落在山谷中，村里也只有十几户人家。汪大胖子带人直撞进村内，什么人也没有见到，什么东西也没有捞到。气愤之下，汪大胖子指挥保卫团士兵放火烧了几户农民协会骨干家的房子。然后，狼狈地撤退了。

袭击是指对不备之敌突然实施攻击的作战行动，是基本的进攻方式之一，常常趁目标不注意或无特别防范之处进行攻击。在敌众我寡的情况下，车厚桥带领赤卫队员们经常打得就是袭击战。汪大胖子一行到来的当天早上，天刚蒙蒙亮，山里还笼罩着一层薄薄的雾气。车厚桥要吴万银和李恒祥组织农民协会骨干和群众撤退进深山密林中，自己则率领赤卫队员们在回龙寺附近埋伏，伺机打击敌人。

龙门山上，树木葱郁，鸟语花香，呈现出一派夏意浓浓的景象。山林的洼地深谷，更显得格外静谧清新。这里山高林密，地形复杂，便于隐蔽，是个易守难攻、适合打伏击战的地方。车厚桥率领的 20 多个赤卫队员就埋伏在回龙寺附近的险要之处，他们带着五支钢枪、土枪和大刀、长矛；山的高处则隐蔽着冯孝山带领的 50 余名农协会员，他们带着斧头和棍棒。

山雾刚刚消退，太阳已有一竹竿那么高。乘着山雾来这儿埋伏的赤卫队员和农协会员已等待了一个多时辰。他们的心儿很焦急。正在这时，观察哨跑来报告：汪大胖子一行沿着河边向龙门冲过去了。赤卫队员们一听，顿时着急起来。车厚桥安慰大家："不要紧张，我们有办法对付汪大胖子。"

车厚桥派人请来冯孝山，商议着应对之策。结果是：在汪大胖子一行返程的时候，把他逼进赤卫队的包围圈。这个任务由车厚桥带领 4 位赤卫队员完成，冯孝山带人继续形成包围圈。

汪大胖子指挥保卫团士兵撤退后，在孔家行吃了中饭。饭后，他们准备预行旧路，从龙门冲返回西河口。他们整队出发时，吴家院出冲口的大路上，传来了几声土枪的枪声。汪大胖子害怕遇到袭击，和保卫团排长商议改道，从回龙寺直插油坊店。

下午 1 点多钟，汪大胖子一行来到了回龙寺附近。山路的远处就隐隐约约地出现一溜黑影，渐渐地由小变大，越来越近，越来越清楚。赤卫队队员们屏声静气地数着："一、二、三……"正好 45 个人。白狗子穿着黑皮，歪戴军帽，斜挎着枪，优哉游哉地向这边走来，为首的一个高个子白狗子，带着河南口音哼着黄色小调，后面几个白狗子听后发出阵阵狂笑。有的在心里想着遇到赤卫队如何保命、有的在盘算如何用抢劫来的老百姓财物去挥霍、有的想着回去如何报功、有的在想着如何侮辱女人……他们做梦也未想到自己已经钻进了赤卫队布下的伏击圈，成了瓮中之鳖。

敌人正在山路上穿行之时，跑步返回的车厚桥猛地举起短枪，大喊一声"打！"霎时，土枪声、钢枪声响成一片。这时，埋伏在山上的群众也齐声呐喊："打得好，打得好。""缴枪不杀！缴枪不杀！"白狗子们被这突如其来的袭击打得晕头转向，惨叫着连滚带爬地躲到路边的石包后面负隅顽抗。

此时，车厚桥紧紧地盯着大个子白狗子，当他从石包后面刚刚露出头时，车厚桥用枪朝他一点，"砰"的一声，那个大个子白狗子的脑袋开了花。接着，李恒祥也用枪朝一个白狗子一点，"砰"的一声，那个白狗子应声倒地。其余的白狗子见势不妙，边开枪边撤退。这时，车厚桥一挥手："冲啊！"顿时，赤卫队员像猛虎一样向敌人冲去，白狗子吓得扔下枪支弹药仓皇逃跑了。

战斗只进行了半个多小时便胜利结束了，收获颇丰。除了打死一名白狗子班长、打伤一名副排长外，还缴获长枪2支，手榴弹26枚，子弹300余发，而我赤卫队队员和群众却无一人伤亡。赤卫队队员高兴地扛着战利品回到简冲大本营。这时已是夕阳西下，红色的霞光洒满了大地。

由于提前摸清了敌人清剿的消息，巧妙逼敌改变行军路线，又埋伏于敌人必经之地的山道两旁树林草丛之中，这就是赤卫队初战获胜的客观条件。车厚桥这种"风声鹤唳、草木皆兵"的作战方法，被乡邻们广为赞扬。凯旋之后，在返回龙门冲的路上，赤卫队员们欢呼雀跃。

这一仗，赤卫队按照车厚桥的部署，从敌人尾部伏击敌人，利用敌人因地形不熟、林深路窄、不知对方兵力的特殊优势，虚张声势，吓得敌人如惊弓之鸟。初战告捷，有力地打击了敌人的嚣张气焰，极大地鼓舞了赤卫队士气。

这次龙门冲回龙寺袭击战，是龙门冲赤卫队的第一次较大规模的战斗，也是一次以弱胜强的战斗。这次战斗锻炼了部队，提高了保卫红色割据地的能力。

战后，对于全体赤卫队员，车厚桥进行了政治教育和必要的军事训练，如对编班站岗的训练，还教歌：

> 站岗哩要小心，
> 枪支子弹不离身，
> 随时随地准备好，
> 保护同志打敌人。

为了发动群众抗击敌人的清乡，车厚桥创作并经吴岱馨修改的《反对土劣清乡歌》流行在六安三区。《反对土劣清乡歌》是用"苏武牧羊调"演唱的：

> 真可恨啊，土劣最狠心，拿出多金银，勾动白色军。
> 到我乡杀我人，逐户挨家清；
> 同志逃在外，屋子被他焚；
> 压迫我民众，绳锁入他营；
> 土豪劣绅反动走狗实是逞威能。

同志转回程，组织赤卫军；

打土豪，捉劣绅，反动要肃清。

没收他土地，分给我穷人，

扛起枪杆子，保卫我百姓；

他虽逃在外，终久无处存，

无产阶级工农兵士个个都欢迎。

党旗下厚桥庄严宣誓，挑重担上任赤卫队长

经过实际斗争的锻炼，车厚桥的思想日趋成熟。1928 年夏秋之交的 8 月，经吴岱馨和冯孝山介绍，车厚桥光荣地加入了中国共产党。

在"四高"教师王鼐雄②的住处，鲜艳的中国共产党党旗挂在墙上。车厚桥和鲁蔚生两位新党员在吴岱馨、冯孝山、王鼐雄三位党员的带领下，用低沉有力的声音，整齐地唱着《国际歌》。

在王鼐雄简要地介绍了车厚桥和鲁蔚生的基本情况后，吴岱馨带领两位新党员进行入党宣誓，冯孝山和王鼐雄陪誓：

我志愿加入中国共产党，拥护党的纲领，遵守党的章程，为共产主义事业奋斗终生、严守机密、服从纪律、牺牲个人、阶级斗争、努力革命、永不叛党。

宣誓结束后，在一声"同志"呼声中，五双大手紧紧地握在一起。

车厚桥立下了为共产主义事业奋斗终生的誓言，从此，他更加勇敢地战斗在"为人民翻身解放"的第一线。

三区七乡的赤卫队是在"摸瓜队"的基础上发展起来的，由冯孝山担任队长，车厚桥任副队长。回龙寺袭击战以后，党组织认为车厚桥可以独当一面了，就任命车厚桥同志担任赤卫队队长，把冯孝山调到中共六安县委工作。

车厚桥担任队长以后，积极开展对敌斗争，大力发动群众，壮大革命队伍。当地的妇孺儿童们也纷纷为赤卫队站岗放哨，侦察敌情，传递消息。

注释：

① 李恒祥，六安县西河口乡红石岩村人，革命烈士。

② 王鼐雄（1894—1930），六安县郝集（六安市裕安区西河口乡官塘村

申家林村民组）人。出身地主家庭，幼读私塾，曾是清末太学生，结业后在家乡开办私塾。后在芜湖赭山高中毕业。在校加入中国共产党。1927 年受党组织派遣，回六安家乡进行秘密革命活动，以教师职业做掩护，先后在六安师范、第四高等小学、郝家集从事发展党团组织和建立秘密农民协会活动，受过他教育的学生绝大多数都加入了革命，如革命烈士舒雅荃、伍继文、窦克难、余佩芬等。在他的带动下，胞弟王维成、儿子王小羴先后参加革命。1929 年他任中共六安三区委员，参加六霍起义组织发动工作，后在暴动指挥部担任政治宣传工作，任三区苏维埃主席。1930 年 5 月，六霍赤卫师初步成立，他和吴岱馨去赤卫师政治部工作，时师长车厚桥、政委周狷之、政治部主任吴岱馨、政治部副主任王羴雄；7 月，六霍赤卫师正式成立，师长车厚桥、政委张如屏、政治部主任吴岱馨，王羴雄任赤卫师参谋长。农历九月，赤卫师在龙门冲被六安县自卫队优势兵力包围，在分散突围战斗中，他于殷家老岩下的冷水冲，因眼睛高度近视（患眼疾）又掉了眼镜，行动迟缓，被敌逮捕，先在家乡郝集捆绑示众，后押解到六安县城割头，惨遭杀害。牺牲前，王羴雄大声说："杀了我王羴雄，你们杀不掉共产党，再过 20 年，我小个子王羴雄又来了。"断头前，他高呼"共产党万岁"口号。

发展壮大阶级队伍

第 10 章

壮大阶级队伍，发动妇女革命

劳苦大众要翻身解放，就要在党的领导下组建并不断扩大阶级队伍。

1928 年 4 月，中共六安县委会议在六安城紫竹林尼姑庵召开，会议分析了当前的政治形势，做出两点决议：1. 为了壮大革命力量，发展革命运动，争取大刀会群众加入农民协会组织。2. 积极发展党的组织和农协组织。

4 月 26 日，中共六安县委召开会议，对以夏云峰为主要头目的大刀会的政治地位、性质、派别进行了分析，决定派共产党员打入到大刀会里去，广泛开展群众工作，以打击少数，争取多数，发展农运。

5 月 1 日，中共安徽省临委致信六安县委，指示要"在城市工人及乡村农民贫民群众中加紧作土地革命及建立苏维埃政权等宣传"，"若果工运、农民、刀会工作做得好，则可联结鄂东及阜阳，建立苏维埃割据的局面"。5 月，李老末（即原任应岐第 12 军第 4 混成旅旅长李尚武）大股土匪万余人，自称建国军，从豫南进袭六安、霍山、霍邱等地，到处烧杀抢掠，群众多遭掠杀，危害极大。对此，中共六安县委召开扩大会议，研究斗争策略，根据周狷之的建议，决定：1. 宣传土地革命政纲，使民众认识共产党的政治主张；2. 反对由于军阀混战和豪绅阶级剥削所造成的土匪骚扰；3. 在乡村把农协的旗帜揭出，号召农民自卫，取得大部分的农民群众；4. 同志尽可能地到匪的下层群众去工作。结果使许多沦为土匪的农民摆脱出来，参加农民协会。

6月，党中央要求广泛宣传土地革命，争取大刀会的群众。六安党组织在争取大刀会群众参加农民协会和参加土地革命的工作中，取得了显著成绩。这方面，车厚桥付出了很大的精力和艰辛的劳动。党组织对车厚桥的工作非常赞赏。截止 1928 年 10 月底，全县已建立四个区农协，二个独立乡农协，会员 1530 人（内属霍山地区的有一个区农协，会员 260 人）。11 月，六安县农民协会成立。主席田崇原，副主席王义中①。

1928 年秋天以前，作为建党积极分子、赤卫队副队长和大刀会老师的车厚桥，他积极执行党的决议。

在此期间，党的组织又吸收了不少新鲜血液。中共六安地下县委规定吸收党员的标准是："甲、过去无反动言论者；乙、能吃苦耐劳者；丙、有阶级觉悟者；丁、现在积极参加工作者；戊、能服从组织者"，还规定："注意在业的手工业工人及雇农、店员"中发展党员，对知识分子入党从严要求。把在斗争中涌现出的有阶级觉悟、工作积极、遵守纪律的先进分子吸收入党，增加党的新鲜血液。入党以后，车厚桥以更加饱满的热情地为党工作着。不久，他就担任了龙门冲党支部的副书记（书记冯孝山）。在大力铲除地方反动势力的同时，还进行着农民协会的发展巩固工作，同时把符合入党条件的同志带进组织的大门。

为了提高农友们的阶级觉悟和文化水平，车厚桥和同志们办起了农民夜校。关于如何办学，车厚桥指出：农民的道理是对的，乡村小学校的教材，完全说些城里的东西，不合农村的需要。我们现在要大办农民夜校，因为农友们非常热心开办这种学校，认为这样的学校才是他们自己的。夜学经费，可以提取迷信公款、祠堂公款及其他闲公闲产。只要我们长期坚持，农友们的文化程度就会迅速地提高，革命的自觉性也会迅速地提高。

妇女联合会是各族各界妇女在党的领导下，为争取妇女进一步解放而联合起来的社会群众团体。1926 年底，六安三区成立妇女解放协会。在北伐军进军皖西时，县妇协组织了妇女慰劳队，洗衣队，为北伐军送茶水，洗衣缝补，侦探军情。1929 年秋，利用"姐妹会"秘密串联发动了不少妇女参加农民武装独山暴动。在传统的农业社会中，女性是政治的绝缘体。在共产党革命的过程中，共产党将女性解放与政治解放相结合，动员占总人口半数左右的农村妇女参与革命，这是共产党革命胜利的关键步骤之一。当时，妇女组织的任务是：领导和发动广大妇女反帝反封建；主张男女平等，妇女独立，妇女参政，妇女有继承权；反对封建迷信，反对女子缠足，反对买卖婚姻，反对找童养媳；教育动员妇女参加革命斗争，参加生产和苏区经济建设，参加政治，文化学习；培养妇女干部和维护妇女在政治上、经济上的权利。

在车厚桥的指导下，六安三区龙门冲乡妇联会的同志们一心扑在农运和妇运工作上，积极宣传革命道理，农民运动的意义，妇女的地位和作用，用革命道理启发妇女觉悟，以实际行动帮助妇女摆脱封建的束缚。经过辛勤的 ，忘我的工作，热情地宣传，这个乡的妇女特别是青少年妇女，很快提高了觉悟，大胆走出家门，踊跃参加妇女组织开展的各种活动，积极支援赤卫队的工作，出色地完成了上级交给的各项工作任务。正如中共中央 1930 年 12 月 10 日收到的《舒传贤关于六安中心县委工作情况给中央的报告》所指出的那样：

"六霍两县的妇女对革命的认识非常之坚决，最好的要算霍山东北区、三区、六安的三区和六区等处，妇女对革命的热诚和努力较男子强之。在六安三区、霍山东区的妇女，在未暴动以前，在残惨的白色恐怖以下，妇女任交通侦探等工作，并参加武装斗争，夺取敌人的武器，英勇异常。及至建立苏维埃政府时，他们成群结队地去庆祝苏维埃政府成立，并染红鸡蛋给代表吃，就是在金家寨、闻家店、大化坪、新店河各处的妇女，都勇（踊）跃的参加大会，并组织洗衣、做鞋、交通、侦探等队，他们拥护红军格外至诚。如他们自动的集中鸡蛋与鸡鸭给红军吃，替红军做布草鞋送给红军。当红军至霍山时，正当赤区米粮缺乏之际，有许多妇女向富农讨米（即乞丐）集中起来送给红军，他们并给（组织）宣传队、慰劳队到红军里去安慰他们。"[②]

为了不四面出击，车厚桥在一次妇女工作会议上指出：目前我们对农民应该领导他们极力做政治斗争，彻底地推翻地主权力。并随着开始经济斗争，准备根本解决贫农的土地及其他经济问题。至于家族主义、迷信观念和不正确的男女关系之破坏，那是政治斗争和经济斗争胜利以后自然而然的结果。要是现在用过大的力量生硬地勉强地从事这些东西的破坏，那就必然被土豪劣绅借为口实，提出"农民协会不孝祖宗""农民协会欺神灭道""农民协会主张共妻"等反革命宣传口号，来破坏我们的农民革命运动。

在农民势力占了统治地位的地方，信神的只有老年农民和妇女，青年和壮年农民都不信了。农民协会是青年和壮年农民当权，所以对于推翻神权，破除迷信，是各处都在进行中的。夫权这种东西，自来在贫农中就比较弱一点，因为经济上贫农妇女不能不较富有阶级的女子多参加劳动，所以她们取得对于家事的发言权以至决定权的是比较多些。这些年，农村经济益发破产，男子控制女子的基本条件，业已破坏了。最近农民运动一起，许多地方，妇女跟着组织了乡村女界联合会，妇女抬头的机会已到，夫权便一天一天地动摇起来。

在旧社会，劳动人民所受的苦难是罄竹难书，劳动妇女的命运更是苦上加苦，她们除了受阶级剥削压迫外，还要受封建礼教的压迫。正如《妇女要努力革命歌》里唱的那样：

> 女同胞，受压迫，令人难忍，
> 旧礼教和道德，将你缠紧。
> 讲三从和四德，锁住弱身。

因此，要改变劳动人民、劳动妇女悲惨处境只有革命，只有斗争，只有推翻人吃人的旧社会。

作为一个三餐不继、命运多舛的贫家女，钱耀西要被逼着嫁给傻子了。她深深地感叹着老天的不公。她拉开蒙在头上的被子，又狠狠地捶了几下，深深地吸了一口气，眼神坚定了起来。经过一番思考，她决定不嫁给傻子，她要改变自己的命运，于是她想到了农民协会。钱耀西的脑海里又转过了她曾经看到过的农民协会活动的热烈情景，她想起了赤卫队副队长车厚桥在夜校里对她的教育，于是心里就有了主见——她决定走出这个无聊的家门，投入到轰轰烈烈的革命运动中去——参加了农民协会的妇女会。

1927 年冬，钱耀西在车厚桥的指导下，组织了杨冲村的妇女斗争了打童养媳的苏恶霸，使得那个童养媳能够顺利地离开地主老财家，嫁给邵冲陈家的小伙子。正像同一首歌谣写的那样：妇女们必须要努力革命，推翻这旧社会才得以翻身。

麦收季节，在母亲的掩护下，钱耀西参加了冯孝山和车厚桥召开的农民协会会议。一天晚上，钱耀西深夜回来，没一点睡意，脸上流露出少有的喜色，凑近母亲耳旁，悄声说："妈，你说那些土豪劣绅，该杀不该杀？"

母亲对女儿这个问话感到很惊讶，可是一想起往事，使她顾不得去管女儿为什么这样问，只是愁苦地叹口气说："那些冤死的人是该死的吗？唉，会有那么一天?!"

"妈，会有。会来到的！"钱耀西很有把握地说。

母亲想前想后，心里有些明白，可又有些糊涂。她不自觉地又抬眼望望女儿去的地方；那儿是一望无际的在夏风中翻腾的山草和树木，一点别的动静也没有。她像为女儿的事放了心，可又像有一种更大的不安情绪在压迫着她，使她觉得心里更加沉重了。

一天，钱耀西和母亲在离家不远的钱家大坡的东山坡上收割小麦。钱耀西又离开农活场开会去了。

母亲看看天，天上大块的白云，在慢慢聚集起来，转变成黑色。一阵夏风从山头刮来，刮得那麦叶儿和母亲的头发一起飘拂起来。母亲全身一阵紧张，她预感到，一场暴风雨就要降临了。

"怎么，老婶子走了吗？"当钱耀西回到会场——长满各种一人多高的草木的山洼里，七八双担心询问的眼睛看着她，正在说话的车厚桥，代表在座的每个共产党员的心情，问了一句。

钱耀西朝大家笑笑，点点头，就在舒雅荃旁达坐下来。舒雅荃看样儿比钱耀西还小些，长着一对水灵灵的灰色眼睛，两个圆脸腮老是红润润的，说起话来翻动着薄嘴唇，和喜鹊叫差不多。她抓住钱耀西的胳膊，急急地问：

"西姐，你给大婶说了吗？"

"还没有呢。"钱耀西又转向车厚桥说：

"我是想，先告诉她，她一定怕的不行，闹不好还坏事。我等天快黑了再对她说，她一准会答应我的。嗨，我妈就是心软，我要求她什么，她都会答应的。"

车厚桥看着钱耀西充满自信的神气，也赞同地点点头。他说：

"耀西这样打算也对，老人是容易受惊的。这婶子是个好人，我想她会答应的。"

"是啊，一百个错不了！"一个粗声粗气的声音，很信服地说。那是吴百能。

龙门冲党支部书记冯孝山对车厚桥说："老车，这事就按原来的打算办吧，我们家和钱耀西妹家是掩蔽地。你再往下说别的吧！"

"好。"车厚桥的脸上变得严肃起来，口气加重地说起来……

1928 年冬，车厚桥介绍了钱耀西（女）加入了中国共产党。在革命斗争中，钱耀西逐渐成长，她先是担任交通员，后来担任了苏维埃三区七乡（龙门冲）妇女会主席，和翁翠华③、赵运清、刘绍青、舒雅荃④等一起带领广大妇女们开展革命。

西河口乡江店村江店小街上有一位面匠师傅舒益林，忠厚老实、勤劳善良。家里只有一个独女舒雅荃被送往驻驾湾的家族私塾，跟随本族的舒二先生读书。由于舒雅荃天资聪明，学习认真，成绩好，很受私塾老师喜爱。舒雅荃上学后，母亲又生下弟弟和妹妹。随着家庭人口的增多，单靠父亲做手艺已不能养家糊口，就租种了地主陈福龙的 3 亩 8 分地，一家人起早贪黑地劳动，可到头来还得借债度日。因为地主陈福龙的逼债，父亲舒益林因积劳成疾、气闷伤肝，得病去世。舒雅荃只得中断学业，回家帮助母亲干活、料理家务。

地主不干活却有万贯家产，自己的父母累死累活地干，到头来还是一无所有。这人间的不平，令舒雅荃迷惑不解，她渴望着一种新生活的到来。独山暴动胜利后，舒雅荃的家乡响起了"打土豪、分田地"的呼声，看到平时作威作福的恶霸逃的逃、躲的躲，而受苦受难的穷苦百姓，个个喜气洋洋起来开仓放粮，一条通向光明的路在舒雅荃的面前展现。16 岁的舒雅荃看到大人们组织起来了，于是也将儿时伙伴们串联起来，在乡农协会的指导下，成立了儿童团，担任了站岗、放哨、盘查可疑行人的任务，为赤卫队站岗放哨。不久，舒雅荃被推选为儿童团团长。

此后，舒雅荃就成天和翁翠华、赵慧媛、余佩芬、车厚桥、叶子雅等一起走乡串户开展革命宣传工作。由于舒雅荃读过书，有文化，再加上接受了一些新思想，所以不仅会写，还会演讲。她经常和伙伴们在村头树下为乡亲们演说，舒雅荃演讲时，人们总是越听越有味，听者也越聚越多，舒雅荃活跃在乡亲们中间，深为乡亲们所信任。1929 年 11 月，红色根据地建立，各级成立苏维埃政府。她加入了中国共产主义青年团后不久，当选为龙门冲乡苏维埃妇女主任。1930 年初，带领群众做军鞋，捐献粮食，慰劳红军。她经常白天在外工作，夜晚回家，在昏暗的油灯下飞针走线，赶做军鞋。

受几千年封建礼教束缚的母亲，看到舒雅荃经常在外面跑，翁翠华、赵慧媛、余佩芬、车厚桥、叶子雅、严子力等又经常不断地到家里来，认为女孩子大了，整天和年轻的男男女女在一起，怕坏了门风，忍痛于 1930 年春，将年仅十六七岁的舒雅荃送到双峰乡长竹林村的婆家。舒雅荃在婆家过不惯童养媳的生活，且惦记着工作，想念伙伴们，就成天吵着要回娘家，以实际行动冲破封建礼教的束缚。在此期间，车厚桥曾多次派女交通员钱耀西到舒家大庄，向舒雅荃的母亲宣传革命道理，使得母亲逐渐理解并支持女儿参加革命工作。舒雅荃在婆家只蹲了 18 天，就由其母亲请俞老姑娘接回娘家。回家当天，碰巧余佩芬、钱耀西两人都在，她们和舒家姐妹们一见面，都高兴地流下了眼泪。

从婆家回来后，舒雅荃就投入到龙门冲乡苏维埃的妇女工作中去。她四处宣传、动员，要广大妇女放足、剪短发，起来废除封建买卖包办婚姻，争做自己命运的主人。1930 年 3 月，经车厚桥同志的介绍，舒雅荃光荣地加入了中国共产主义青年团，入团后的舒雅荃，更是从严要求自己，时刻铭记团旗下的誓言："我自愿加入中国共产主义青年团，服从组织，严守秘密，积极工作，为革命头可断，血可流，决不向敌人屈服！"不久，她被选为独山区少共区委执行委员。同年冬，担任六安新集区苏维埃团委书记。

扩大红军打坏蛋，分田分地建政权

苏区群众具有浓厚的宗教、乡土观念，参加地方武装，在家乡保卫自己，许多人十分积极，但离开家乡参加红军被不少人视为畏途。皖西老人回忆："农民想的是打土豪分田地，即便拿了枪，也只愿意在本地活动，不愿远出，也不愿意当大红军。"这种说法，在当年的一份报告中得到证实："一般农民乃至一般党员，若叫他在本地当赤卫队，打团匪土匪，他为着保卫自己还很勇敢，一说到调他去当红军，他就不愿意。"但是，扩大主力终究是红军的必由之路。如果没有主力红军的建设，仅仅愿在家门口作战的武装，难逃乌合之众之讥……

皖西革命根据地建立以后，建立了正规红军——红33师。为粉碎国民党军对鄂豫皖苏区的军事"围剿"，创建、巩固和捍卫革命根据地，党和苏维埃政府大力开展扩大红军运动，组织动员苏区的青壮年男子参加红军，壮大革命武装力量，与敌人进行革命战争。通常意义上的扩大红军，是指在扩大赤卫军、少先队、地方红军、主力红军并举的前提下，从地方武装中逐步抽调人员去扩大巩固主力红军，这是中国的红色政权能够得以存在和发展的重要条件。扩大红军工作，是苏维埃政府最基本的和最经常的工作任务之一。

为了保卫和发展根据地，六安三区赤卫队队长车厚桥还兼任共青团的青年干事，负责"扩红"工作。动员青年参加红军成为共青团的一项主要工作，各级团组织开展了热烈的多种形式的竞赛活动，在根据地掀起了参军参战的热潮。许多团支部整个支部的团员参加了红军，更多的模范少先队整排整连整营整团来到红军部队。各地还选送了大批团干部到红军中去做政治工作。作为青年干事，车厚桥的扩红方法很简单，他对任何人都是同样的一席话："你们本身都是穷人，红军就是为穷人的，可是光靠我们这几个人怎么行，大家一起干才行，你们要是不参加，以后还要受压迫。红军吃得好，穿得好……"车厚桥在扩红时就唱《当兵就要当红军》歌：

当兵就要当红军，处处工农来欢迎，打倒土豪分田地，要耕田来有田耕。
当兵就要当红军，处处工农来欢迎，红军上下都一样，没有哪个压迫人。
当兵就要当红军，处处工农来欢迎，买办豪绅反动派，杀他一个不留情。

这么一说一唱，一转身的功夫，就有七八个人跟着车厚桥来了。后来，车厚桥和战友们学聪明了，采取了更加高级的扩红方法。当地的社会名流有很多并不买国民党的帐，红军找到名气比较大的又稍微开明一点的人，跟他们讲起革命大道理显得轻松得多。这些人只要有几个被说通了，就能带动一大批人参加红军。

在皖西苏区组建红33师时，车厚桥积极配合106团团长冯孝山，把独山区赤卫队里政治觉悟高、军事技术过硬的队员输送到正规红军里去；在1930年中，车厚桥和同志们一起共为红军部队输送了600余人的兵员，有力地促进了红军主力的发展。

车厚桥他们扩大红军的许多措施，保证了皖西苏区初期红军队伍的飞速扩大，兵员也相对充足。被扩充到红军中的战士家庭可以享受到以下优惠待遇：一、红军及家属免纳土地税；二、红军子弟免费读书；三、红军所分的土地有人代耕；四、红军战士牺牲后，烈属可得到抚恤金和免费劳动力；五、给军属供养最稀罕的商品盐、火柴和大米等。对于不参军的农民并不是承受了更多负担那么简单。对于不积极参军的翻身农民，或者在军队不积极表现"开小差"者，苏区政府采取了各种方式刺激他，使其在民众中颜面扫地，甚至在家里也无法立足。当然，妇女在"扩红"工作中也发挥了巨大作用。诸多的苏区女同志被组织了起来，她们中的"耻笑队"专门用来对付那些被发动了三次仍没有"入红"者，他们中的"反逃兵突击队"则负责打击那些开了小差的丈夫。因为没有革命的武装，革命就不能胜利，必须动员广大劳动群众参加工农红军，拿起武器去战胜反动派。车厚桥和吴岱馨、王萧雄他们编唱了大批"扩红"歌曲，《扩大红军十劝夫》就是其中一首。歌曲唱道：

你若是有心人，赶快去革命。

你是青年人，若不革命难活成，贪生怕死不是我的情人哎咳哟！

参加红一军，拼命保卫苏维埃，保卫苏维埃，就是保自身哎咳哟！

做个有志人，踊跃参军去革命，夺取政权才可以享太平哎咳哟！

参加红军上战场，打倒军阀国民党，为穷人谋解放。

三区赤卫队长车厚桥和他的同志们为发展壮大阶级队伍付出了大量细致艰辛的工作。到今天，皖西苏区还流传着这样一首《扩红谣》，就是车厚桥他们编写的：

老乡们，听我言，人穷胆大志不短。

莫赌钱，莫烧烟，跟着红军去造反。

老乡们，听我劝，拿起梭镖保家园。

不怕打，不怕杀，要学红军当好汉。

老乡们，齐心干，参加红军打坏蛋。

打军阀，斗豪绅，分田分地建政权。

根据六安中心县委的指示，皖西的各级苏维埃政府就把扩充赤卫队常备队当成了首要任务。一时间涌现出许多的扩红妇女和扩红姑娘。苏维埃政府把这项光荣又艰巨的任务交给女孩去做，也有着一定的便利条件。

乡苏维埃妇女会主任钱耀西，1912 年出生，1930 年虚年 19 岁。她长着一双会说话的眼睛，一条粗黑的辫子甩在腰间。那些日子，她脚不停歇地专找那些男孩说话。尽管工作做了不少，进展却不大。为此，她向自己的革命领路人车厚桥讨教来了。

1930 年 6 月下旬，在闻家店军事干部培训班学习的车厚桥，向教员请了两个小时的假，接待了钱耀西。车厚桥向钱耀西分析了形势：在扩红中，年轻力壮的男人们都义无反顾地参加了赤卫队。他们的目标只有一个——保卫苏维埃，保卫到手的胜利果实。他们参加赤卫队是死心塌地的。此时的青壮年能参军的都走了，有的牺牲在保卫苏维埃的战场上，有的仍在队伍中战斗着。村里还剩下一些十七八岁的半大小子，革命到了紧要关头，扩红工作就到了这些准男人身上。

听到这里，钱耀西偏着头问车厚桥："怎么做才能使他们自愿而又愉快地参加赤卫队呢？"车厚桥慢条斯理地指出："除了思想工作之外，你主要要考虑他们想着什么，需要什么，并且帮助他们解决才行。"

根据车厚桥指点的思路，钱耀西她们积极地开展了扩红工作。当时村子里的大街小巷贴满了鲜亮的标语：保卫苏维埃，人人有责。村头村尾，一派热火朝天的革命氛围。在区苏维埃和赤卫队的统一部署下，在车厚桥的指导下，三区赤卫队得到了充实和提高。在车厚桥学习结束回到原岗位的时候，三区赤卫队的阵势已经很喜人了。

注释：

① 王义中，本名余道江（1897—1931），六安县西河口乡郝家集人。1927 年 2 月，余道江在共产党员周狷之、吴岱馨等人的教育影响下，参加了农民协会，采取走亲串友的方式发展农协会员，组建农民赤卫队，积极投入农运工作。1928 年 6 月，余道江加入了中国共产党，担任三区区委书记兼区农协主席。1929 年春，余道江领导三区农民开展了春荒"扒粮"斗争。10 月，中共六安中心县委成立，余道江当选为中心县委常委兼农委书记。11 月 7 日，余道江和吴干才、许希孟等人得悉农协会员何寿全被捕的消息后，立即

赶到独山进行紧急磋商，于次日发动了独山农民起义。11 月 17 日，他又参与指导了赤卫军攻打麻埠的战斗。1930 年，余道江率领独山、龙门冲一带的农民武装，协同红军作战，有力地支持了红一军东征皖西。1931 年 5 月，六安县苏维埃政府成立，余道江当选为县苏维埃政府主席，在苏区全面开展土地改革，举办经济合作社，使六安苏区呈现出一片经济繁荣的景象。1931 年秋，张国焘在皖西执行"左"倾错误肃反路线，余道江被诬陷为"改组派"杀害于麻埠，时年 34 岁。

②见《六霍起义》第 194～195 面。

③翁翠华（1898—1935），女，安徽省六安市西河口乡人，出身农民家庭，18 岁与同乡农民冯晓山结婚，在冯晓山的教育和影响下，于 1928 年加入中国共产党，担任第三区第十二乡妇女协会主任和县委交通员。1929 年 11 月 7 日，独山农民起义前夕，时任中共六安县委委员的翁翠华奔赴独山，沿途下达"转书"，动员农协会员到独山参加起义，并组织妇女参战支前，起义胜利后，翁翠华及时深入各乡，指导妇女积极参加基层苏维埃政权建设。驻六安的国民党军陈耀汉旅在地主武装配合下，向起义区域发动了疯狂"围剿"，翁翠华的家乡遭到焚烧洗劫。在中共六安中心县委的安排下，翁翠华率领三区游击队同敌人展开了针锋相对的斗争，配合车厚桥先后镇压了反动民团头子冯克礼、冯克志等人，狠狠打击了反动派的嚣张气焰。当冯晓山率领红 33 师第 106 团打回三区时，翁翠华不分昼夜串连农友，恢复了农民协会、妇女协会等组织，并配合红军活捉了反共地主武装头子熊同斋和罗小来等。丈夫冯晓山英勇牺牲后，翁翠华强忍着失去亲人的巨大悲痛，继续为皖西苏区的建设战斗着。1931 年 5 月，她当选为中共六安县委妇委书记、皖西北特委妇委委员。1935 年，翁翠华病逝于家中。

④舒雅荃（1913—1932），女，安徽六安市裕安区西河口乡江店村人。1928 年投身革命，后担任苏维埃少年先锋队（即童子团）队长。1929 年底，加入中国共产主义青年团。不久，当选为龙门冲乡苏维埃妇女主任。1930 年初，带领群众做军鞋，捐献粮食，慰劳红军。四、五月间，毅然在婚后不到 20 天，以实际行动冲破封建礼教的束缚，回到乡苏维埃。不久，被选为独山街少共区委执行委员。同年冬，担任六安新集区苏维埃团委书记。1931 年加入中国共产党。1932 年 6 月，蒋介石发动第四次反革命"围剿"，她随红 25 军机关在东、西莲花山区及苏家埠一带，与敌人周旋。后红 25 军被迫撤离根据地，她和部分地方人员留下坚持斗争。不久，被敌围困在山里，粮食断绝。同年 10 月的一天夜晚，她趁黑摸下山来寻找红军和粮食。不料，被反共队逮捕，杀害于凤凰山脚下。

车厚桥受命造武器

相家冲援建秘密兵工厂，作红娘厚桥笑订娃娃亲

开展土地革命需要武装斗争支持，而武装斗争是需要武器的。1928 年，车厚桥遵照组织安排，在霍山县的小七畈组建秘密兵工厂，1929 年冬，又受命制造土炮。

1928 年秋天，地下党在六安县龙门冲乡邵冲保苦竹冲甲的彭家冲（今天霍山县黑石渡镇柳树店村止马冲村民组的彭家冲，又叫橡子冲、相家冲）设立了一个秘密兵工厂，除打造大刀外，主要是制造土枪和修理枪支。止马冲是六安、霍山两县的花保。所谓"花保"是指两县的土地、人口互相交错。

相家冲是止马冲的一个大叉冲，有三四里（2000 余米）路长，相家冲的小溪水流入止马冲的小溪里。相家冲的冲口很窄，在树荫的遮蔽下，根本看不到里面。冲内几间草房兵工厂的里面，到处是一派热闹的景象。兵工厂的外面，由十几个儿童组成的童子团，他们手拿梭镖、长矛，正在为兵工厂站岗放哨。这时，山冈上传来了一阵悠扬的歌声：

"十月里来炉火旺，赤卫队员们真是忙，真呀真是忙。

劳苦大众要翻身，大家齐心打土豪。

举起大刀和长矛，势把那反动派消灭光。

迎来工农得解放，得呀得解放……"

113

那些正在忙碌的赤卫队员们听到这优美动听的歌声，不由得劲头十足，他们古铜色的脸上也洋溢出喜悦之光。

负责秘密兵工厂事务的车厚桥经常来这里指导工作。他的姑妈居住在和秘密兵工厂只隔两道山冈——西峰寺下平坦冲的潘家院。他来兵工厂的理由是看望姑妈，但他又不在姑妈家待着。

小七畈秘密兵工厂坐落在深山老林，原料和产品的运输是一件麻烦事，赤卫队（摸瓜队）队长车厚桥思来想去，觉得把这个艰巨的任务交给吴清发比较合适。为了完成这个任务，吴清发想尽了办法，还是不得要领。

吴清发，男，1905 年出生，六安县龙门冲乡青石河上保吴家院甲人。家庭有父母，有妻子儿女，还有哥嫂、侄男侄女。由于家庭人口众多，山场土地少，生活逐渐走向贫困。1926 年，为了维持家庭生活，大哥清宏只得去霍山县黑戴乡小七畈下保柳树店甲租种吴氏家族公众的土地（今黑石渡镇柳树店村柳树店小街背后的田地），职责是每年为挂老坟的家族人等提供香烛纸钱、爆竹祭品，还要为他们提供饭餐（老坟酒）和住处（为远道而来的人，吴氏家族公众原有两间草棚）。除此之外，每年还要向吴氏祠堂交几石租稻或舂好的米，而且是随要随到。吴清发个子不高，人称"吴矮子"，性格随和，为人憨厚。大哥搬走后，家里的生活重担就落在他的肩上。种水稻、挖山地、扛毛竹、抬大树，还有家里家外的各种杂事，一天到晚忙个不停。尽管他和全家人一年忙到头，日子还是很艰难。他时时盼望着自己的命运有所改变。谁关心什么，谁就能了解什么。就在吴清发希望改善自己境遇和命运的时候，吴家院子山后车家楼的车厚桥于 1927 年夏天在家乡组织了农民协会，在车厚桥的介绍下，吴清发这位 20 多岁的青年也成了农会会员。在党的领导下，他投入了翻身求解放的斗争。

正巧这时，在柳树店租种吴氏家族公众土地的大哥吴清宏因为性格刚强，忍受不了当地地主豪绅的欺压，回到老家吴家院子，不愿意再去柳树店。这让父亲很为难，无奈之下，只得让吴清发去替换。这正中吴清发的下怀。送租课去龙门冲，可以在装糠、稻、米的口袋里夹带武器成品；扛毛竹回柳树店，可以夹带武器原料。担子虽然蛮重，这对于热爱革命工作的青年吴清发来说，根本不在话下。

20 世纪 50 年代，为革命做出了贡献的吴清发老人，因病去世。他有儿女辈 5 人，孙辈 10 人，曾孙辈几十人，其中有不少人接受了高等教育，为社会主义现代化建设贡献着力量。他的小女儿吴伯英在本书成时年满 81 岁，除了视力弱外，身体和精神都很好，上述内容，就是根据她的回忆整理而成的。

兵工史编辑部编辑的《兵工史料》杂志第十五辑，刊载了题为《皖西苏区霍山县小七畈村秘密兵工厂》的文章。文章从另一个侧面真实地记载了小七畈村秘密兵工厂运作的情况。文章如下：

　　1927 年秋天，湖北省黄（安）麻（城）起义成功，消息传到皖西，霍山的共产党员，农会会员及农民群众受到很大的鼓舞，强烈要求尽早举行武装暴动，到了 1928 年秋天，群众的情绪同群众的觉悟都有了极大的提高，要求举行武装暴动的情绪也更加高涨，如同浇上一堆汽油的干柴，一个小小的火星，也会引起冲天大火，皖西农民暴动的条件更加成熟，在皖西及时举行武装暴动，便顺理成章地摆到党组织的工作日程上来。既然是武装暴动，武器是必不可少的，当时武器的来源或者是打土豪时没收地主老财的护庄武器，或者是通过关系从国民党部队中买武器，通过这些办法搞到的武器还不能满足农民暴动的需要。于是，有人提出办兵工厂，自己制造武器的想法。党组织经过讨论，认为办个兵工厂是解决武器问题的好办法，便把办兵工厂的任务交给了夏在国、马启发两个共产党员。

　　办兵工厂，谈何容易。不要说办厂，兵工厂是什么样子，奉命办厂的夏、马二人连见都没见过，真是白手起家，困难重重啊！他们一方面设法寻找会修枪、造枪的师傅，一方面找厂址，找工人。因为党处在地下，兵工厂应该选在不易被敌人发现的地方，夏在国、马启发二人跋山涉水，经过比较，最后才把厂址定在霍山县诸佛庵区戴家河乡小七畈保止马冲的一个叫相家冲的岔冲。因为这里群众基础好，四周皆山，浓荫蔽日遮天，交通闭塞，不易被敌人发现。同时诸佛庵区民团团总又是共产党员刘淠西，在这里办兵工厂，便于得到刘淠西的领导、指导和暗中保护。厂址定好后，又从村里 38 户人家中，挑选了刘守民、刘守成、彭光祖、彭德华、彭德升、彭德从、夏在华、陈玉生、陈玉然 9 个青年人一道办厂，两个人领着几个小青年几天就把作为厂房用的 3 间草房盖好了。

　　这边刚把厂盖好，从湖北请来的两位铁匠师傅带着风箱、铁锤和几件手工工具也到了，群众把筹集到的粮食、蔬菜和原料送来了，兵工厂就这样因陋就简地办了起来，兵工厂在修理损坏了的枪支同时，又通过关系弄来了元钢，手工操作用板钻打通做枪管，其他零部件则先锻打成型，再细加工，做成土枪和马拐子枪，在办厂不到两个月的时间里，就修好了一批土枪和步枪，兵工厂也就立住了脚。可是，形势越来越紧张，工厂办不下去了。为了保存好兵工厂的设备和工具，以便日后形势好转后，继续生产武器，夏在国、马启发请示了党组织后，决定停办兵工厂，先送走二位师傅，又叫几个青年人挑着工具送到李运忽家藏起来，兵工厂也就停办。第二年秋天，六（安）霍

（山）暴动就胜利了，兵工厂修理和制造的武器起了很大的作用。

为了增进革命友谊，车厚桥还做起了媒人。在他的介绍下，吴清发和陈玉然结成了儿女亲家——吴清发的大女儿许配给陈玉然的独生儿子，这两个孩子当时都不足 10 岁。

走近小七畈秘密兵工厂的外围，车厚桥每次都能在相家冲口外的稻田边、大路旁、山边上，看到一个小女孩在那挖野菜；在小河边、山坎里，看到一个小男孩在那砍柴。问女孩，你怎么天天挖野菜？女孩答：家里喂了两头猪，她要天天挖野菜供应它们；问男孩，你怎么天天砍柴火？男孩答，父亲要种田、打短工，家里的烧柴自己包了。老在这个地方遇到小女孩和小男孩，车厚桥觉得这里面大有秘密，因为兵工厂外围 300 米都有岗哨。

一天下午，车厚桥和冯孝山在约定的时间里翻山越岭来到相家冲口外，为了弄清小女孩和小男孩的秘密，车厚桥让一次也没有来过的冯孝山走在前面，自己则隐蔽在山下的止马冲小溪边。大个子冯孝山走近相家冲口时，挖野菜的小女孩大声叫起来："有蛇啊！有蛇啊！好大的蛇啊！"砍柴的小男孩一听，忙抬头一看，只见冯孝山的双脚已经跨进了冲口，他接口大声喊起来："仙妹让蛇咬了！仙妹让蛇咬了！仙妹让蛇咬了！"喊过之后，小女孩和小男孩就不再吱声了。

趴在止马冲小溪边的车厚桥，看到小女孩甩掉装野菜的竹篮，拿起小铲子，飞快地赶往相家冲；与此同时，砍柴火的男孩拿着砍刀也飞快地赶往相家冲。

等车厚桥跃出河埂赶上他们时，已是相家冲内一里路光景的路段。小溪里，冯孝山的身上骑着五六个儿童团员。旁边，小女孩正在剥胖柳树皮，小男孩正用胖柳树皮捆冯孝山的双手，还准备捆冯孝山的双脚。

车厚桥赶到跟前，小女孩歪着头喊道："车叔叔，我们抓到了一个坏蛋！"小男孩抬起头喊道："车叔叔，我们抓到了一个大个子坏蛋！"车厚桥很诧异自己被认识，自己却不了解兵工厂的两位小哨兵。

车厚桥给冯孝山解了围。满身湿透的冯孝山十分高兴地赞扬了警惕性高、智勇对敌的儿童团员们。吃晚饭时，揭开了谜底的车厚桥在说起下午的事情时，认为革命事业后继有人，尤其对在兵工厂外围 600 米以外的两位小哨兵非常满意。高兴之下，就给小女孩和小男孩做起了媒人，吴、陈两位父母当即应允，两家开起了"娃娃亲"。接着，车厚桥、冯孝山和秘密兵工厂的同志们满意地喝上了订婚喜酒。后来，小女孩和小男孩成人后结婚成家，生活很惬意。

赤卫队土炮杨冲轰敌人，简冲脑厚桥制造檀树炮

1929 年秋天，吴岱馨、吴干才、王鼐雄、窦克难、王义中、车厚桥等经常活跃在西河口、龙门冲、冷水冲、通水冲、九公湾等地积极发动群众，建立党团组织，建立妇救会、农协会，组织妇女学习文化，做三新鞋，送茶送水，慰劳赤卫队员家属，劝郎当红军等，他们先后发展党员 44 人，团员近 30人，为党的地下活动做出了积极贡献。

1929 年 11 月中旬末，根据六安中心县委的指示，在独山暴动总指挥朱雅清①、党代表高中林②及黎本益③、张如屏④的领导下，冯孝山、王鼐雄、车厚桥率领三区游击队、赤卫队 2300 多人，从攻打麻埠前线撤出战斗，退至龙门冲一带休整。

麻埠国民党驻军朱孟功部、汪东阁商团和国民党六安驻军陈耀汉⑤旅的两个团气势汹汹地杀向苏区。陈耀汉的独立第 1 旅全旅兵力达到 1 万人以上。除此之外，还有其他国民党地方武装和地主武装，如李德钰（霍山人）、侯爪子（石婆店人）、云队长、吴老四（外号吴扒皮，杨冲人）纷纷带领所部向刚刚诞生的苏区举起了屠刀。

一时间，六安三区乌云翻滚，腥风血雨。从独山到郝家集，从西河口到龙门冲，白匪所到之处，都遭到了焚烧、洗劫和杀戮。

三区赤卫队在队长冯孝山和副队长车厚桥的带领下，针锋相对，进行了英勇的保卫战。

一天，一小股白军民团流窜到杨冲村里，被冯孝山和车厚桥率领的 200多名赤卫队包围在村头靠河边的一座孤零零的柴屋里，民团有 20 多人，仗着一挺轻机枪，牢牢地封锁了屋前的扇形开阔地，赤卫队虽人多势众，但是武器太劣，全是梭镖、大刀、棍棒，有火药的猎枪、土枪也就几十杆（此时有钢枪的赤卫队员由王鼐雄率领抗击国民党正规部队去了），几次硬冲，除了伤亡严重外没有任何效果。赤卫队长冯孝山恨得把手指甲都扣进了土墙，流出一缕缕鲜血，但还是一筹莫展。

眼看天就要黑下来，冯队长担心敌人会趁着夜晚突围，正在焦急中，车厚桥的大哥车厚存却拽着冯队长的衣角说："队长，我搞了门大炮来，我们用炮轰他。"

冯队长气得头都不回："车厚存，开不得玩笑，我们连把像样的钢枪都没

有，哪来的大炮？"冯队长的愤怒是可以理解的，连他自己手中都只拿着一把老旧的土造毛瑟手枪，根本不相信车厚存会弄来什么大炮。

车厚存眨巴着眼："真的，水围子我表叔家的后山洞里有门长毛（即太平军）时留下的大炮。"

冯队长求胜心切，也顾不得思考更多，就叫了四个人跟着车厚存去抬炮。

车厚存说的太平天国大炮确有其事，这里头有个不为人知的秘密。据说太平天国起义军陈玉成的一支残部被清军打散后躲藏到山里，车厚存表叔的先祖也是太平天国（清代咸丰、同治年间，皖西是太平军和捻军的根据地，也是太平军、捻军同清军作战的主要战场之一）起义军的一分子。后来，他们变刀戈为犁锄，在此定居下来耕农织布。不过70年来他们一家一直对此事讳莫如深。

在车厚桥副队长的指挥下，车厚存和四个赤卫队员哼哧哼哧地把太平天国大炮抬到赤卫队和民团对峙的一堵泥土胸墙前，说是大炮，实际上在民国时代已经算是一门土炮了。炮身有两米八长，青铜铸造，和同年代的滑膛炮的差别是，这门19世纪的大炮是太平天国起义军缴获清军的进口洋炮，射程远而准。炮身的五分之二处还有左右两个炮耳，可以架在木框上调整射角。

冯队长打量着这门绿锈斑驳的土炮，怀疑地问："这玩意还能使吗？不会一开炮就炸开了吧？"

车厚存坚定地回答："队长，你放心，我表叔教过我，肯定能用。不过就是炮弹都锈坏了。"他用脚拨拉着几个像小西瓜式的圆炮弹。

冯队长不高兴了："你这不是给我添乱吗？没炮弹，烧火棍比这土炮都管用，费那么大劲把它抬来干什么？"

车厚存咧嘴一笑："队长，你别急，我有办法。"他把两颗炮弹往怀里一兜，一溜烟跑回村里，在一家的铁匠铺里拿了个凿子，把圆炮弹顶部有道裂纹处撬开，倒出里面潮湿变质的火药，把从邻家炮仗店里找来的火药灌进去，又问小表姑要了口铁锅和菜刀，小表姑问拿去干吗用，车厚存边跑边高声叫着，"打白狗子，等下你就明白了"。他匆匆忙忙跑回来把铁锅砸碎塞进炮弹里，把卸去柄的菜刀用大锤砸成两段，卡在炮弹的缺口上，捧着炮弹兴高采烈地回到阵地。

太平天国大炮的口径足有240毫米，这也是车厚存后来再也没有用过的比这更大口径的一门铜铁炮。车厚桥选择的炮位是几棵大树下的土墙，正好避开民团踞守屋子的窗户视角。几个赤卫队员在副队长车厚桥指挥下，帮忙把大炮架在矮墙缺口，用石头垫牢。冯队长看着车厚存熟练地把一桶黑火药不断灌进炮筒里，用一根前头缠着布的木棍把火药捣实，又再次重复这个动作，然后把西瓜式的炮弹小心地放进炮口滑到炮膛底部，队长有点担心，"这就是你的炮弹，能行吗？"车厚存自信地说："这是做鞭炮用的黑火药，比枪药炸性低，我姑爹（姑奶奶的丈夫）说过，这洋炮结实，所以要多灌点。不然打不烂那些狗民团。"

冯队长是个谨慎的人，为了以防万一，他让其他队员在车厚存点火前撤出 20 米远，嘱咐车厚存用根一丈多长的竹竿绑着檀香，先把檀香点着，再用点着的檀香去给土炮点火。

点火前，赤卫队员还都看到了车厚存在点火前奇怪的举动，他先半跪在炮前，嘴里念念有词。队长和赤卫队员们离得远，谁也不知道他念叨什么，只有车厚存自己知道，这是他从姑爹那里继承下来的开炮仪式。

他准确地点着了炮尾部的火药引线，赤卫队员都不约而同地捂住了耳朵，看着导火索塞塞窣窣地烧到炮膛里，一声巨响，一道火光，炮弹直奔柴屋而去，咔嚓嚓，哐当哗啦，把柴屋墙壁打出一个斗大的窟窿。但却没有很大的爆炸声。正当大家怀疑土炮的作用时，窗户里伸出一支用白裤衩做的白旗，一个带着哭声的民团士兵的声音："红军爷爷，别开炮了，我们投降！"

冯队长害怕有诈，大喊："先把你们的枪扔出来，举着手走出来！"

民团听话地照办了，车厚桥副队长和赤卫队员们一致欢呼，端着各式各样的武器冲上前去。

队长摸着车厚存的头走进柴屋，看见那个最猖狂的机枪手歪躺在墙角，他的脑袋不偏不倚地被车厚存装在圆炮弹里的菜刀削去半个，露出豆腐样白花花的脑浆。

"队长，这些俘虏怎么办？"一个赤卫队员问。

"穷苦出身的站一边，教育一下放走，其他的关起来"，赤卫队长豪爽地一挥手。

当那些被放走的民团俘虏低头丧气从赤卫队旁走过时，举着白旗最早出来投降的士兵瘦猴偷窥一眼赤卫队，他怎么也不敢相信凭这样简陋的武器能打仗，他鼓起勇气问车厚桥："长官，你们的炮在哪里？我能看一眼你们的新式大炮吗？"

车厚桥骄傲地答："那是我们红军的军事秘密，哪能随便让你看？"

瘦猴边走边和另一个俘虏窃窃私语，脸上露出一副难以置信的神态。

赤卫队虽然消灭了一小股民团，但是仍然难以挡住白军的进攻。

这时，六安中心县委要组建正规红军——红 33 师，冯孝山队长带领政治觉悟和军事素质较高的赤卫队员和有点像样的武器到流波磹去了。车厚桥带领赤卫队艰难地抗击敌人的进攻，可是太平天国大炮给他们助了威。

车厚桥用太平天国大炮打败民团的事很快传遍周围几个乡，让邻村的工农武装都非常羡慕。龙门冲苏维埃乡公所内，各乡的赤卫队长正在聚集开会。一个魁梧的黑大个子站起来："老车，听说你们搞到一门太平天国洋炮，威力特大。太不够意思了吧，好东西只留给自己用。"

众人纷纷开腔附和。

"哈哈，大家不要起哄，我明白你们的意思，不就是要我借炮支援你们吗？好说，大家都是姓的一个姓——姓苏，叫苏维埃，在一口锅里吃饭。我车厚桥今天在这里撂下一句话，哪个队要借大炮，开口说一声。"车厚桥爽快地承诺。

"哈，这才是你车厚桥说一不二的本色。"黑大个子笑容满面。

"唉，先别给我戴高帽。我有个条件，丑话说在前，借炮可以，但人和炮要完整无缺地给我送回来。谁要是让我的大炮没有了，我可和他没完。"车厚桥攥起拳头故作吓唬人的姿势。

大家起哄："老车，你就放一百个心吧！"

木匠铺前的空地上，大白天，烈日高照，身上的汗衫都是汗渍的车厚桥正摆弄着木制轮毂，然后和三个赤卫队员青筋毕露地使劲把土炮架上两个大木轮当中的横杠。土炮炮身两边的炮耳正好卡住木杆，还可以调整射角。车厚桥乐滋滋的左看右看，试着推动一下，装上轮子的土炮像模像样，机动方便多了。车厚桥赶过一头牛，将套在牛头的绳索与土炮的轮子相连，翻身骑上牛，拍着牛臀部，公牛拉着炮走动起来，两个赤卫队员笑嘻嘻地跟着。

一天，挂着苏维埃政权牌子的赤卫队队部，队长车厚桥正在看一张字条，旁边站着两个外乡来的赤卫队员，车厚桥看完纸条后，爽快地喊正在门外使劲擦拭土炮的弟弟，"车厚斋！"

"到，队长有啥事？"车厚斋麻利地站着门槛上。

"又有你的任务了，六区来借我们的大炮攻打白军，你和他们一起去吧！"

硝烟弥漫，车厚斋带来的土炮口冒着青烟，对面地主武装的白色小高层碉堡出现一个大窟窿。赤卫队员举着红旗和刀枪呐喊冲锋。

车厚斋学着哥哥车厚存的样，每次开炮前仍然保持他姑爹传下来的开炮仪式，总是在装完炮弹后，半跪着举着胸前的十字架，念念有词。然后一炮就命中目标。邻乡邻区的赤卫队员有的人好奇地问他，"车家兄弟，你每次打炮前都举着十字架在念叨什么？这是干什么用的？"车厚斋神秘地一笑，闪烁其词地说："这是我打炮的秘诀，举十字架是瞄准。"

冯孝山队长带人走后，车厚桥升任了六安三区的赤卫队队长，保卫三区苏区的任务就落在了车厚桥带领的赤卫队身上。

　　三区赤卫队的武器经过冯孝山的挑选后，更为不像样子。为了更好地打击敌人，应六安三区区委要求，六霍总暴动指挥部决定，派冯先卓[⑥]到车厚桥的赤卫队来帮助他们试制土炮，增强赤卫队的军事力量。1929年12月的一天，冯先卓带着一个十一二岁的小姑娘上路了。这个十一二岁的小姑娘银盆大脸，身高一米五左右。她就是冯先卓的内侄女——汪荣华[⑦]，一位苏区的儿童团员。

　　在冯先卓的指导下，车厚桥队长带领赤卫队队员制造了土炮。

　　在简家冲脑的赤卫队营地里，左右两个小叉冲各有一个"红军洞"。左边的山冲不长，只有300多米。"红军洞"的山洞坐落在悬崖峭壁上，车厚桥带领简玉坤、李先忠他们，抬来大石块，砌成石坝拦住山涧，再在山涧上铺石块，山水可以从铺着石块的平面下流淌。石坝高于平面三尺，可以作掩体。山洞的上方是一堵高达10米的且和平面成90度的石壁，石壁上面的"板咽喉"和"花咽喉"（两种野生葡萄）藤藤垂下来，覆盖着石壁和洞口。石洞是天然的，不大，只有2米多深、2米多宽、1米多高，加上洞外部分，可以栖息六七个人。石壁上还垂着一根红藤制作的绳子，危机中，赤卫队员可以攀缘石壁，然后从密林里撤退。山洞对面有两棵名贵的树木——肉桂，2014年冬天，这两棵肉桂树都已经有两人合抱粗，高度超过16米。

　　左边的"红军洞"主要是为了保卫右边的赤卫队营地和武器库的，因为这个"红军洞"的前面有一个小山隔断大路对山洞的视线，而站在"红军洞"前面肉桂树下的哨兵，却可以观察到前面和山冲的冲脑和下面的来路。负责这个"红军洞"防卫的是赤卫队小队长简玉坤，简玉坤的家就在简家冲上部，离左边的"红军洞"不过1500米远。不论晴雨，赤卫队的哨兵们都在树下站岗放哨。

　　右边的山冲很长，有1600多米。"红军洞"的山洞坐落在右边山冲左面，离右边山冲的出口不过400米，这个"红军洞"不小，是土石混合结构，深六七米、高两米多、宽三四米。这儿是赤卫队的大本营，可以栖息二三十人，1927—1928年，冯孝山就常住在这里，开展革命工作，发动群众。1928—1929年，冯孝山和车厚桥常住在这里，组织"摸瓜队"和赤卫队，开展革命武装斗争。从这个"红军洞"向冲里走60多米，还有一个人工挖成的山洞，是赤卫队的仓库。右边山冲的出口，是一户姓肖的人家。住处是三间附一柜头的草房，石砌的根基前沿有1米多高。户主肖老汉一家生活贫困，是坚决拥护革命的一家。红军时期，肖老汉一家为了革命、为了红军，全家被国民党反动派所杀，房屋被烧光。站在劫后仅存的肖家屋基上，你不能不被先烈们的革命事迹所感动。我们能够告慰先烈的是：那个人压迫人、人剥削人的不公平社会已经被推翻，人民已经当家做主。

右边的山冲是竹海，遮蔽着赤卫队的营地和武器库。在冯先卓的政治指导和肖老汉的技术指导下，在赤卫队员们的操作下，车厚桥他们开始制造土炮了。在那个人工挖成的山洞旁，车厚桥带领同志们在洞前用树枝搭建了一个工棚，四周用竹片竹丫做围墙，上盖茅草、松枝作瓦片，以遮挡风雨。

赤卫队员们找来了长得笔直的檀树，锯成一段段长两米的圆筒原木。再把圆筒原木打开，把它的内部掏空，形成圆筒空腔，再用铇子铇光。大家把铇光的圆筒空腔檀树用红藤绳或生铁圈捆紧，放在桐油里浸泡20天，再拿出来晒干。土炮筒制成后，再在后面加一个圆形厚铁板，作为土炮筒的后门。用材质坚硬的木料做成炮架子，支撑炮筒。做完这一切，土炮就制成了。

在制作土炮时，车厚桥身先士卒，积极解决制造过程中出现的问题；他还要同志们精雕细琢，一丝不苟。一个多月过去了，10门土炮制成了。加上原来的那门太平天国大炮，三区赤卫队共有11门土炮。

然后，赤卫队就到处搜集炮弹。他们的炮弹很简单：熬土硝、捻木炭粉、收集小块的钉铢废铁、生铁片。可这在当时也是困难重重。可这些困难对在党的领导下的赤卫队员来说，又算得了什么？

车厚桥他们制作的土炮又叫长龙，用火点燃发射后，有很大的杀伤力。据当时参战的流散红军说，用土炮轰击敌人时，"轰！轰！轰！"一阵土枪土炮，直打得山摇地动，烟雾弥漫。自己的耳朵也震得"嗡嗡嗡嗡"地响了好几天。

两军阵前，那几门土炮可出尽了风头，"嘭！"的一声巨响，"哗啦啦"铁砂、钉齿、破犁铁片，由烟火裹着，扫出去就是一大片，那个气势，确也是惊天动地的，白狗子常常被打得鬼哭狼嚎。

土炮试射时，六安中心县委书记舒传贤同志亲临现场考察。野地里，车厚桥和赤卫队员装填好炮弹后，再点燃火索，装上轮子的土炮发射炮弹时猛地哆嗦一下，舒传贤和赤卫队员看着炮弹径直飞向远处自制的木靶，虽然没有打中，但也在离靶子几米处爆炸。土造炮弹的碎片把靶子击出了许多洞孔。

任务完成后，舒传贤、冯先卓和汪荣华带着太平天国大炮和一门土炮走了。关于那两门炮，中共六安中心县委决定：交给红33师使用，车厚桥的赤卫队还要派去一名炮手，舒传贤书记指名要车厚存去。好在赤卫队里已经培养了新的炮手——车厚斋。后来，车厚斋在赤卫师里又培养了一个班的土炮手。

注释：

① 朱雅清（1900—1931），原名朱本涛，因母亲姓鲍而化名鲍益三，霍山县但家庙镇舒家庙人。1927 年在家乡舒家庙参加"学术研究会"，积极组织和恢复农民协会，组建人民武装，组织群众开展借粮、扒粮、"五抗"等一系列革命斗争。1928 年 7 月，他发动霍山东北乡农民扛着土枪，举着长矛，背着大刀在舒家庙小街上举行示威游行，反对河南土匪李老末欺压百姓、横行乡里的罪恶行径，从而掀起霍山农民运动的高潮。不久，他当选为中共霍山县委委员。1929 年 10 月，中共六安中心县委任命他为独山暴动总指挥。11 月 7 日，他按中心县委的统一部署，率领六安三区农民暴动大军打垮独山自卫团，攻下独山镇。皖西苏区初步形成后，他一直为巩固和发展皖西苏区努力工作。1930 年，当选为中共六安中心县委委员。1931 年 2 月，任中共安徽省委巡视员，负责巡视西皖北的工作。4 月，他与黎本益、方英、薛英等组成中共皖西北特别委员会。因抵制张国焘的极"左"政策，被以"改组派"的罪名秘密杀害。新中国成立后，人民政府授予"革命烈士"。

② 高中林（1906—1932），原名方运炽，化名方英、高中林、高钟灵，安徽省寿县人。1923 年秋加入中国共产党。年冬组织成立了安徽省第一个党组织——小甸集特别支部，直属党中央领导。后以教书为掩护，开展革命活动。1926 年冬，前往苏联莫斯科中山大学学习。1929 年由于革命工作需要，将妻、子留在苏联，以"第三国际"东方特派员身份回国，改名方英。赴上海担任中共中央交通局秘书，不久接任外交科主任一职。1929 年 9 月 5 日，指定为中央高级训练班教务主任兼支部书记，主持第三期训练工作。不久以中共中央巡视员的身份，到安徽各地视察、指导工作。11 月 8 日成立独山革命委员会暴动总指挥部，任总指挥和党代表，领导独山农民暴动。1931 年 2 月被推选为中共安徽省委书记（未到职）。在巡视皖北期间，决定建立皖北（寿县）中心县委，组织瓦埠暴动，成立皖北红军游击大队。4 月，担任皖西北特委书记，领导六安、霍山、英山、霍邱、固始、赤城等县工作。创办《火花》《红旗》两种刊物，并亲自担任编辑委员。另外，还编印了《告国民党士兵书》《告红枪会群众书》《反包围会剿告群众书》等 10 多种宣传品。5 月 12 日，被选为中共鄂豫皖分局委员。6 月下旬，被选为鄂豫皖苏区第一次党代表大会主席团成员。7、8 月间，皖西北特委改为皖西北道委，他担任道委书记。领导了巩固发展皖西革命根据地的斗争和支援红军的反"围剿"作战。不久被张国焘批评为对肃反工作抓得不力，又强加给他"改组派"罪名，撤销其职务。1932 年 11 月，红四方面军西进川陕，在入川途中，不幸因病牺

牲于途中，时年26岁。革命烈士。

③黎本益（1904—1932），霍山县大化坪镇铁岭村梅林坪人，字谦斋，号受吾，又名定国、益群。1922年10月考取了上海大学。1925年，在党的安排下，他进莫斯科东方大学，系统地学习和研究马列主义著作。1928年受第三国际的派遣，黎本益回到阔别数年的祖国。1929年秋冬，他和朱体仁被六安中心县委任命为独山暴动副总指挥，协助总指挥朱雅清领导和指挥独山暴动。皖西苏区形成后，黎本益为苏区的巩固和发展倾注了全部心血，尤其是在立三路线后，他为皖西苏区的恢复做出了积极贡献。1931年4月17日，皖西北特委成立时，他当选为特委委员兼军事指挥部主任，后又任禹城县委书记。在张国焘的极"左"路线统治鄂豫皖苏区的日子里，为了苏区的巩固和发展，他置个人安危于不顾，尽自己的最大可能保护身边的同志。1932年以后，率部转战在鄂豫皖广大苏区，多次粉碎国民党反动派对苏区的反革命"围剿"，为恢复和巩固鄂豫皖革命根据地做出卓越的贡献。后随红四方面军撤出鄂豫皖苏区，在去川陕的途中英勇牺牲。

④张如屏（1907—1983），名保德，安徽省长丰县杨庙乡人。1924年加入中国共产主义青年团，1925年入黄埔军校第六期学习，同年转为中共正式党员。蒋介石发动"四·一二"反革命政变后，他因嫌疑遭到逮捕。1929年出狱。1930年3月，任红1军3师18团党代表。7月任六霍赤卫师政委。瓦埠暴动失败后，奉命回故乡建立合肥、寿县两中心县委秘密联络站，任联络员。1932年5月任正阳关特委书记，恢复和建立正阳关特区组织。1934年春，任红军皖北游击大队政委。1935年任皖西北特委组织部长、皖西北游击师政委。1937年8月赴延安抗大学习。1938年奉中共中央陈云指示，和曹云露一起回到安徽开展抗日工作。成立"中共安徽工委"，任组织部长兼统战部长、抗日游击大队政委。不久，回到延安，入马列学院学习。1940年到中共中央军委总政治部组织部任干部科长。1942年调任晋绥军分区武委会副主任。1945年秋，任吉黑军区政治部组织部长。1946年2月，调任合江省军区政治部主任。次年9月改任中共合江省委常委、秘书长兼社会部长。民国三十八年4月，奉命组织南下工作团，并任支队长、政委，到达江西后任省委委员兼袁州地委书记、军分区政委。1952年调中南局军政委员会任人事部第一副部长兼机关党委副书记。1953年改任中南行政委员会民政局长。1954年任武汉水电学院院长、党委书记，成为该学院的创建人之一。1958年，当选为湖北省委委员。"文化大革命"时期遭到迫害，身心受到极大摧残。打倒"四人帮"后，任湖北省第四届政协副主席，1981年增选为第五届全国政协委员、常委，武汉水电学院顾问。1983年8月病逝。

⑤陈耀汉（1889—1949），谱名陈超万，字子杰，山东阳谷县人，原来在菏泽"省立六中"教书。在民国初年军阀混战的年代，民国初年加入北洋系直鲁军阀褚玉璞部，在其军队某部任参谋长。1927年投靠北伐军，所部先后被编为国民革命军先遣军独立第3师。1929年，陈耀汉的独立第3师缩编为独立第1旅，陈耀汉任旅长。1930年3月扩编为新编第26师，陈耀汉任师长；后改编为陆军第40师；1931年4月10日，改编为陆军第58师，陈耀汉任师长，下辖第李延龄第172旅和张镜明第174旅两个旅四个团，该师参加过对鄂豫皖苏区和红四方面军的第三、第四次"围剿"和对坚持鄂豫皖苏区斗争的红军的全面"清剿"等作战。该师于1935年4月13日至16日在湖南省桑植县陈家河、桃子溪地区战斗中，被贺龙、任弼时指挥的红军第2、第6军团歼灭。战后，该师被裁撤，番号取消。陈耀汉被免职回到原籍，任国民党山东省政府委员、中将（1936年1月18日晋升）参议。1932年他出资3300多元在家乡阳谷县安乐镇创办"山东省立第四职业学校"，1945年2月退役，寓居上海，1949年上海解放时病死上海。

⑥冯先卓（？—1931），安徽省六安市独山镇人，出身中农兼商贩家庭，与兄弟冯先旺、冯先林、冯先义4人先后参加革命。大革命时期，幼读私塾、小学、中学，并在读书时就接触了马列主义。1927年考入上海复旦大学读书，当年加入中国共产党。1928年受党组织派遣回六安以教师职业为掩护，进行秘密革命活动。1929年11月参加六霍起义，1930年在六霍总暴动指挥部政治部工作。1931年1月编入中国工农红军第4军11师31团任团政治部主任，后调任红4军11师组织部部长，参加了鄂豫皖革命根据地第1至3次反围剿斗争，1931年秋，因拥护许继慎而受株连，被错误路线（肃反扩大化）杀害。

⑦汪荣华（1917—2008），女，安徽省六安市裕安区西河口乡郝家集人。出生于一个贫苦农民家庭，1929年冬参加革命。受姑父冯先卓和革命气氛的影响，汪荣华幼小的心灵播下了革命火种，她和男孩子一样，打土豪、分田地，站岗放哨，干得十分起劲。1931年，独山区青年掀起了参加红军的热潮，村里的青年都踊跃参军，少妇送郎当红军，父母送子上战场，人们都以参加红军为光荣。汪荣华毅然报名参加了红军，当时她只有14岁。参加红军后，汪荣华先是被分配到红12师政治部宣传部妇先队工作，后又调往英山县少共妇女部工作。1932年，蒋介石对鄂豫皖进行第四次"围剿"。反"围剿"失败后，汪荣华才撤离英山县转入红11师从事医务工作。1934年，又调任省委少共妇女部当巡视员。第二年春天，又调任省苏维埃邮政局副局长。汪荣华随红四方面军主力参加了25000里长征，两次翻越雪山，三次穿越草地；

1935 年 6 月中旬，一、四方面军在懋功胜利会师，刘伯承与汪荣华在会师中相识，并成为中国十大元帅之一刘伯承的夫人。1936 年 12 月入党，历任八路军 129 师随营学校青年队教员、供给部政治处指导员、直属政治处组织干事、司令部供给处党支部书记兼分支委员，晋冀鲁豫军区司令部军政处干部科参谋，西南局干部子弟学校教员，高等军事学院秘书，刘伯承同志秘书，中央军委办公厅顾问等职，在革命战争年代，她出色地完成了各项工作任务，为中国革命和解放事业做出了积极贡献。2008 年病逝。

助力推动皖西首义

第 12 章

传情报厚桥夜奔新店河，伏后山帮助击杀陈乾士

1929 年 1 月，中共六霍县委撤销，六安、霍山分别成立县委，属于省临委领导。中共六安县委书记邹同礽，有党员 132 人。至 8 月有 5 个区委，24 个支部，240 多名党员。中共霍山县委成立于东北乡肖家冲召开的全县第一次党代会，舒传贤任书记，有党员 70 人，9 月发展到 232 人。

4 月 1 日，中共六（安）霍（山）两县党的联席会议，提出了"春荒斗争计划"，根据这个计划，六安县的新安集、南岳庙、独山、龙门冲、毛坦厂等地都开展规模壮阔的反春荒斗争，斗争的结局绝大多数是以农民的胜利而告终。

5 月 1 日，中共六霍军事委员会成立，舒传贤兼任军委书记，下设组织、训练、枪械、交通各部及士兵运动委员会和游民无产阶级运动委员会，组成一支 32 人的特务队，军委初有短枪 10 支，长枪 30 多支，负责镇压或打击当地反动分子，筹集枪款，组织赤卫队，鼓动群众斗争。

1929 年 4 月下旬，龙门冲赤卫队队长车厚桥得知了龙门冲"红学"头子陈乾士要去霍山县的新店河镇压农民协会的消息时，他在请示了上级后，马上向中共霍山县委通报了详细情况。在随后的返回途中，车厚桥又来新店河向中共新店河地下党支部书记郝修德通报了"龙门冲的反动会道门红学头子陈乾士即将来新店河镇压农民协会活动"情报。

　　车厚桥在中共霍山县委驻地东北乡肖家冲出发，经"雨檀岗—三尖铺—下符桥—圣人山—移洋湾—彭家畈—李家冲—张家洼—上石堰—客人河—陶家湾—董家畈—小两河口"一线，赶往新店河。由于是夜行，他十分小心谨慎。在张家洼，他发现后面不远处有一个身材不高的人在尾随，一直跟到了上石堰。躲在山边一看，昏暗的月光下身材不高的人像是一个未成年人。为了了解情况和方便擒拿，车厚桥顺着杜家冲河堤下行；为了安全起见，车厚桥边走边歇，反正天大亮时到新店河就行。

　　那个未成年人却没有再尾随了。未成年人上了柳塘庄方向的山坡，跌跌撞撞地沿着"黑羊冲—二郎庙—金鸡岭"一线，提前来到了小两河口。疲惫无力至极，随便找了个路边草堆钻进去休息了。朦胧之际，他发现有人在拨拉他的头。睁开眼睛一看，发现一个中等偏上个子、长方形脸的青年人在注视着他。那个青年人见他醒来，用六安口音问他为什么钻在草堆里睡觉。看到和蔼可亲的青年人，未成年人李明功①向他诉说了他经历的一切。

　　听了李明功的诉说，那个青年人把他带到了新店河街上的油条店，请他吃了一顿早餐。原来请李明功吃油条的那个青年人是龙门冲赤卫队队长车厚桥。这个未成年人是谁呢？

　　他叫李明功，家住霍山县小七畈下保周家冲甲。由于是"花保"，他家的户籍在六安县河口乡邵冲保观音寺冲甲。由于给富户放牛时丢了牛，李明功不敢回富户的家，也不敢回自己的家。他跑到父母的坟上，大哭一场；也没有和家人告别，就向西北方向逃走了。走到天明，13岁的李明功来到了新店河下街头的小两河口，想到自己身无分文，也不敢找人家投宿，就钻到路旁的一个稻草堆里。此时正值仲春时节，因为有稻草遮身，倒也不觉寒冷，只是稻草根触及皮肉，戳得皮肤生疼。幸亏走得困倦已极，忍耐了一会，也就悠然入梦。

　　正在李明功吃油条之时，有两个青年人也来到了油条店。一见到车厚桥，两个青年人中的一个就笑着打招呼说："车兄什么时候到的？怎么不到家里坐坐？"

　　车厚桥答道："刚到，我正准备去郝兄家讨扰。"只见他一扭头，对着另外一个青年人打招呼："刘兄也过来了，一起去郝兄家坐坐吧。"另外那个青年人点头同意了。后进来的两个青年人是在新店河做地下工作的郝修德②和刘伯驹③。郝修德家居住的石门沟紧靠十八盘的小南京，是两县的边缘地区。

　　李明功在屋外放哨，车厚桥他们三人在屋里聚会。会上，车厚桥首先通报了"龙门冲的红学头子陈乾士即将来新店河开堂子办红学、镇压农民协会活动"情报；然后进行了分析：如不及时消灭这股"红学"，这伙自诩为刀枪不入、水火不惧的匪徒，将会牵制诸佛庵民团起义。他们决定：继续互相通报情况；制定应对之策；确保民团起义成功。

车厚桥离开后，李明功就留在新店河，参加农民协会的学习、工作，经过一段时间锻炼，然后就担任六安、霍山两县的地下交通员工作。

中共霍山县委委员、霍山县诸佛庵民团团总刘湆西在民团中的活动，引起了地主豪绅的极大不安，他们纷纷要求新上任的县长甘达用采取措施。甘达用上任时就想把全县民团控制在自己手里，苦于找不到借口，不便下手。民国十八年春末，国民党军 39 军（军长刘和鼎）56 师（刘和鼎兼师长）桂正远旅进驻霍山，甘达用决定依靠这支军队，以收缴枪支为名，把民团控制起来。

得知消息后，以舒传贤为书记的中共霍山县委决定，赶在国民党动手之前，举行诸佛庵民团起义，建立革命武装。为了保证诸佛庵民团起义的顺利成功，舒传贤以国民党霍山县党务指导委员会的名义，调东北乡民团队长、共产党员朱体仁到诸佛庵附近的戴家河乡任民团队长，协助刘湆西开展起义的准备工作。

面对风起云涌的农民运动，为了给自己壮胆，以震慑开始觉醒的农民，新店河的地主豪绅们从毗邻的六安县龙门冲请来自称"刀枪不入，水火不惧"的反动会道门"红学"。1929 年 4 月 29 日，龙门冲"红学"头子陈乾士率领徒众 30 多人，气势汹汹地经"十八盘—小南京—石门沟—双河口—花园山"一线，来到了新店河。清一色的黑衣黑裤，20 人举着大刀列成两路纵队走在前面，4 个背着钢枪的人护卫着挎盒子枪的会首陈乾士走在中间，10 个人扛着土枪走在最后。在一身黑色衣装的衬托下十分气派威武。陈乾士此行的目的是在新店河开堂收徒，扩充反革命势力。

"红学"徒众杀气腾腾地来到新店河街上，气焰十分嚣张。"红学"驻在新店河，对周围的农民造成巨大的心理上的压力，对即将举行的诸佛庵民团起义产生了不利的影响。

新店河距诸佛庵 15 里，同诸佛庵、戴家河呈鼎足之势，并能相互牵制。这伙匪徒不除，起义会受到挫折，为此，舒传贤要求刘湆西、朱体仁先解决掉这股匪徒。为了不打草惊蛇，朱体仁认为对"红学"宜智取。因朱体仁同匪首陈乾士有旧谊，就先去新店河摸清情况，相机行事。为了解决这股匪徒，朱体仁单枪匹马两次去新店河，在同陈乾士叙旧时了解了匪徒的实力。

5 月 1 日，郝修德安排李明功通知车厚桥带人来支援朱体仁的行动。当天晚上，接到通知的车厚桥就带领了 5 位武艺高强的赤卫队队员埋伏在新店河街的后山上。

5月2日清晨，朱体仁带着一个班民团从大路来到新店河，陈乾士看见朱体仁带来的团丁，个个精神抖擞，真以为是朱体仁怀念旧交。言而有信，亲自带兵来配合自己的行动呢！便十分高兴地对团丁们说："兄弟初次来到新店河，人生地不熟，请弟兄们多多照应。俗话说，在家靠父母，出外靠朋友么！为了给弟兄们接风洗尘，兄弟备了菜、酒，请弟兄们痛饮一杯。"说完，便吩咐徒众陪着团丁们喝酒去了，自己则同朱体仁来到新店河小学校的校园内。

酒席之后，朱体仁用计处死了狂妄的反动分子陈乾士。

随着两声枪响，从新店河两边山上冲下来了两班团丁。原来在朱体仁带着一个班从大路来新店河的同时，另外的两个班则兵分两路，从两边山上隐蔽运动到新店河街后，听枪声为号，冲进街内配合朱体仁带的一个班，不费一枪一弹就把陈乾士的30多名"红学"徒众解除了武装，消除了诸佛庵侧翼的威胁。

"红学"的三当家和书记长许建堂两人负隅顽抗，被车厚桥一行包围。激战中，"红学"的三当家被车厚桥击毙；许建堂负伤逃窜。

完成任务以后，车厚桥他们还协助新店河党组织打了两家土豪。

刘湑西举行诸佛庵兵变，车厚桥带队援皖西首义

朱体仁带着民团分队离开了新店河，此时，他的心情轻松愉快。他想着党下命令把这支民团队伍从敌人的营垒中拉出来，投入工农革命，革命也一定会马到成功的。想到这里，他的步子迈得更大更快了。

5月2日下午，刘湑西便按照同朱体仁商订好的计划，向县长甘达用报告，"红学"要缴民团的枪，被民团缴了械。几乎就在甘达用接到刘湑西的报告的同时，新店河的地主豪绅们也来县城状告刘湑西指使朱体仁打死陈乾士，缴了"红学"的械，要求对刘、朱二人严加惩处，地方才得以安宁。

甘达用以为这下抓住了刘湑西的把柄，便决定派胡月斋、秦纶阁和戴启明3人带兵于明天（5月3日）去诸佛庵摘刘湑西、朱体仁的兵权，并伺机逮捕二人。甘达用的决定被县民团训练部部长、共产党员陈法汉（霍山县落儿岭人，1929年9月任中共霍山县第二届县委委员）得知后，他马上派在县政府任职的共产党员刘伯驹连夜把这个消息通知刘湑西的同时，还派人到东北乡去报告舒传贤，请舒传贤派人接应。

打死陈乾士后，朱体仁立即赶到东北乡，向舒传贤报告事情经过，为了

保存革命力量，舒传贤指示诸佛庵民团立即起义。正当刘淠西和朱体仁商讨如何按照舒传贤的指示准备举行起义的时候，刘伯驹连夜从县城赶来，把甘达用派胡月斋（队长）、秦纶阁（班长）、戴启明（副班长）3 人率自卫队来诸佛庵接管民团的消息报告给刘淠西，要刘淠西、朱体仁做好应急准备。朱体仁高兴地说：“来的越多越好，来多少我们收拾多少。”

接到陈法汉的报告，中共六霍军事委员会书记舒传贤立即派冯孝山、翁子扬带领霍山县东北乡赤卫队的十几个人到诸佛庵配合刘淠西、朱体仁的行动，同时派人通知车厚桥带领龙门冲赤卫队前来支援。

当天（1929 年 5 月 3 日）下午，胡月斋等 3 人带领自卫队一个班 12 人，在多云的天气下，出霍山西门，沿着“永康桥—凉亭—双桃树—戴家河—孙家石塘—黄泥畈—五丫树—龙须坳—深山—放马滩”一线，步行 40 多里抵达诸佛庵。期间，他们先坐船渡淠河、后涉水过深水河。

为了保障诸佛庵民团起义队伍的安全撤退，受党组织之命，车厚桥带领三区赤卫队埋伏在诸佛庵北面的谌家畈、蔡家冲两地，把守着诸佛庵——龙门冲的交通咽喉。

从傍晚到深夜，在刘淠西指挥的酒肉兵的不断冲击下，酒醉的胡月斋、秦纶阁、戴启明 3 个人一会儿工夫就睡得像头死猪一样。刘淠西急忙返回局子，看见一切都已准备就绪，一向沉着、镇静的刘淠西，在这千钧一发的时刻，却怎么也抑制不住内心的激动，工农大众没有自己武装的教训够多了，建立工农自己的武装，是多少革命者梦寐以求的，这个愿望马上就要变成现实，党和同志们盼望的这一天终于来到了，一支崭新的工农武装就要诞生了，他的心怎么能平静下来呢！此时此刻，他似乎有千言万语要向同志们倾诉，可是他，什么没有讲，同朱体仁、冯孝山两人交换了下目光，得到了肯定回答后，立即命令开始行动，革命的团丁迅急跳下床直奔岗楼拿出武器弹药；东北乡赤卫队员踢开房门，收缴了自卫队的枪支、子弹，两支队伍齐奔向东岳庙后面的树林里集合。

俗话说：“二十一二的夜里，月亮从半夜升起”。农历三月二十四的下半夜（5 月 4 日黎明前），月亮初生，刘淠西看着月光下站得整整齐齐的起义者，异常高兴地说：“同志们，从现在起，我们就是革命的武装了。大家要时刻记住，我们是为劳苦大众打天下，为大多数人谋福利的。你们就是霍山县也是安徽省的第一支革命游击队，朱体仁是你们的队长，他带领大家在六（安）、霍（山）边境打游击，大家都要准备为革命立新功。”简短的几句话点燃了人们心头的烈火，大家情绪空前高涨。刘淠西拔枪向宁静的夜空打了几枪，宣告起义成功，也是为游击队壮行色。

朱体仁带着这支革命武装迎着晨曦走去，投入了新的艰苦的斗争！

在龙门冲和诸佛庵交界的小干见，车厚桥队长带领三区赤卫队迎接了参加诸佛庵民团起义的同志们，并帮助他们在龙门冲十八盘的芮草坪（海拔522米）和小南京一带安排了宿营地和训练场所，解决了他们的衣食问题。

揭开六霍起义序幕的诸佛庵民团起义是皖西首义，其影响是深远的。两天以后，商南（现属金寨县）立夏节暴动举行。

参加诸佛庵民团起义的同志们，在后来的六霍起义中发挥了巨大的作用。

注释：

① 李明功（1916—1932），霍山县革命烈士。1929年4月参加革命工作，1929年冬，参加了新店河暴动和龙门冲暴动；1930年随六霍赤卫师活动，参加了柳树店击溃霍山县保安团的战斗。后来，他参加1932年7—8月，红四方面军攻打麻城战斗（陡坡山战斗），8月下旬，身为少共国际团二连（连长秦基伟，开国上将）排长的李明功冲锋陷阵，全连98人牺牲，全连只剩7人，但保住了阵地。为了人民的解放事业，李明功光荣牺牲，年仅17岁。新中国成立以后，人民政府为李明功颁发了烈士证书。

② 郝修德（1909—1932），霍山县黑石渡镇印墩冲村石门沟村民组人，中共早期党员，是西乡黑石渡、新店河、戴家河等地中共地下党组织的主要创始人。出生于一个小康家庭，曾在广州农民运动讲习所和设在武汉黄土坡的安徽党务政治干校学习。1927年大革命失败后的夏秋之交，他和张德信等从外地回家乡进行革命活动，继续从事宣传马列主义，发展扩大组织活动。1927年10月至1928年1月，任中共霍山县支部西乡分支部书记；1928年1月至6月，任中共霍山县特别支部西乡分支部书记，帮助建立了小七畈地下兵工厂；1928年7月至1929年1月，任中共霍山县特别区委西乡支部书记；1929年1月至9月，任中共霍山县西乡特支书记，策应朱体仁击毙龙门冲"红学"头目陈乾士，支持刘湝西发动诸佛庵兵变；1929年9月至12月，任中共霍山县西乡特支（由西乡区委改组成立）书记，和刘白驹、刘毅等发动诸佛庵、石家河、黑石渡、小七畈一带农民暴动，使这一带都变成了苏区；1929年冬，带领新店河赤卫队支援龙门冲暴动；1929年12月至1930年4月，任西乡区委（西乡特支再次改为区委）书记。1930年1月至9月，任霍山县第七区苏维埃政府主席，下辖6个乡苏维埃，机关驻诸佛庵一带。1930年9月至1931年9月，担任霍山县军区总指挥（"平反昭雪通知书"记载），1931年9月在诸佛庵因张国焘"肃反"扩大化（罪名"改组派"）而被杀害，年仅23岁。1982年平反昭雪。

③ 刘伯驹（1898—1930），字长钊，号骏捷，化名叶茂如、孟丹色，霍山县桃源河西石门人，幼年读私塾，后入霍山县第四高等小学，博学多能，晓音律、擅戏曲、精篆刻、工书画，正、草、隶、篆均遒劲隽拔，所绘人物肖像情态逼真、栩栩如生。1921 年，刘伯驹考入安徽省甲种农业学校蚕桑科，在校时参加了马克思主义研究小组，并投身于学生运动。1924 年，因家庭困难而辍学，到霍山城内模范小学教书。1925 年，任黑石渡县直第四高等小学教员，与校长张静峰、教师张景慧、刘毅等秘密进行马列主义宣传活动，1926 年加入中国共产党，同共产党员刘毅、郝修德等负责在新店河、戴家河一带建立中共党组织和组织农民协会等工作。大革命失败后，刘伯驹一度打入国民党霍山县清党委员会任干事，成为党在敌人营垒中的内线，为我党提供了不少情报，使从事地下工作的同志，能及时采取相应对策开展活动。1929 年春末，刘伯驹帮助刘淠西先发制人、成功地组织领导了兵变。1930 年1 月，在刘伯驹和郝修德等人的发动下，诸佛庵、石家河、黑石渡、小七畈一带的农民暴动取得了胜利，并建立了霍山七区委和苏维埃政府，他任区委书记兼区苏维埃主席。同年 5 月，刘伯驹受命任游击师独立营营长，率部队与敌人周旋。立三"左"倾路线贯彻到皖西，皖西苏区丧城失地，损失惨重。为重新树立起群众的信心，中共党组织派伯驹和刘毅带 30 多人回乡做群众工作。在途中同敌遭遇，伯驹被捕入狱。在狱中，刘伯驹坚贞不屈。1930 年 9月 6 日，刘伯驹在县城西门外英勇就义。

第 13 章　龙门冲夜袭王小铲

王小铲出任小队长，自卫队猖狂欺百姓

王小铲在被舅舅张汉卿撵出张家庄园后，为了逃避惩罚，在外边飘荡了几年。虽然没有什么发展，却也混了个国民党党员的身份。1927 年的夏天，他又回到了皖西老家。

一到家，他没有在家里好好歇歇脚，就马上去投靠杨帮代。杨帮代是国民党驻独山的民团头子，王小铲一投靠他，因为有武艺和国民党党员身份，就被他委任了一个副官的职务。王小铲子依仗着自己是个民团副官，到处欺压百姓、欺男霸女。

1928 年夏，为了镇压人民反抗，杨帮代民团在龙门冲设立了反动局子，派王小铲出任国民自卫队小队长，所部有一二十人枪。

王小铲的国民自卫队小队住在龙门冲上街头的护林岩庙①，自卫队进驻时就驱走了和尚。王小铲子把护林岩庙作为镇压革命、欺压人民的反动据点，为了安全，王小铲的国民自卫队在护林岩庙的四周挖了一道水沟，水沟岸上围一圈铁丝网，进出必须通过吊桥。这个据点的位置较高，大路上有什么风吹草动都看得清清楚楚。

在王小铲匪部所在地，土豪劣绅们的气焰十分嚣张，更加猖狂地向农民催租逼债，收缴苛捐杂税。王小铲据点里的白狗子，经常成群结队出来打掳，见鸡抓鸡，见猪抢猪，还喜欢到处寻找大姑娘、小媳妇。搞得周围百姓提心

吊胆度日，姑娘们赶紧都嫁到婆家去，年轻妇女大多躲进了山里。

离龙门冲20多里的独山，驻扎着国民党六安县杨帮代的自卫大队，有200多人。他们眼睁睁看着王小铲子带领国民自卫队小队的白狗子出来奸淫抢掠，不但从不过问、任凭他们为所欲为，还在人前人后支持王小铲子。

群众痛骂国民党自卫队"吃老百姓的冤枉粮"，龙门冲的老百姓对王小铲子怨声载道，纷纷要求赤卫队除掉王小铲子这条毒蛇。

赤卫队攻敌约内应，龙门冲夜袭王小铲

在齐头山、龙门冲一带从事革命活动的车厚桥，这时已是赤卫队的队长。他把群众的要求向中共六安三区区委书记许希孟做了汇报。

许希孟和赤卫队的领导们经过研究后决定，将攻打王小铲子的任务交给车厚桥去完成。他对车厚桥说："这个仗，我们先不动用大部队强攻，要巧取。龙门冲的情况你最熟悉，这个任务就由你们赤卫队去完成。记住，我们的武器不加馊，不能打硬仗，只能打巧仗。"

当天，车厚桥就带着两个赤卫队员到龙门冲附近的车家湾找党组织了解敌情。晚上，在车厚桥的亲自参与下，龙门冲党支部开了个支部会。大家一听要打龙门冲据点，就像炸开的油锅，提供了很多情况。一提到怎样巧打，大家却愣住了，议论了好久，也想不出一个满意的办法。

支部书记程跃亭②，吧嗒吧嗒地大口抽烟，喷出的烟雾塞满了整个房间，把一盏菜油灯也弄得昏暗了。最后，他磕了磕烟锅，望着车厚桥说："老车！仗要怎样打那是你们带兵人的事，我们不内行。要把情况搞清楚，我们还可以想个办法。我们湾里有个人，摸黑路很有点本领，又会挖窟窿，是不是叫他摸到白狗子住的庙上去看一看，再下决心？"

"真有这样一个人吗？"车厚桥灵机一动，立即追问。

"有！"

"你说说看，他能进得去吗？"

"嘿！你不晓得，由于赤卫队的活动，天一黑白狗子们就不敢出来，只有几个哨兵四处游动。"

"水沟、铁丝网怎么过？"

"那……那……"程跃亭哽咽了半天说不出个所以然来，最后说："我看把那人找来，他会想出办法来的。对了，那个会挖窟窿的人的老婆被王小铲

子糟蹋过，他本人现在正在给自卫队烧饭。"

第二天，支部书记程跃亭把那个会挖窟窿的人找来了，为了报辱妻之仇，他同意把两个赤卫队员带进王小铲子的据点侦察敌情。

下午，三个人侦察回来了，那个会挖窟窿的人见了车厚桥，就把胸脯一拍，说道："我把你们的兄弟带进去，杀不了白狗子杀我的头！"

车厚桥队长问他水沟、铁丝网怎么过，他说了一套办法，车厚桥仔细捉摸了一下，认为可行，同意照他的主意办。为了防止万一，车厚桥又让党支部准备两架结实的梯子，同时叫那个会挖窟窿的群众准备挖窟窿的工具。当天晚上，车厚桥就回九尖头，向区委做了汇报。

中共六安三区区委书记许希孟听了车厚桥的汇报后，认为办法很好，他对车队长交代："为保证秘密行动的安全，一定要安排好武力掩护，以应付可能突然发生的情况。"

第二天下午，车厚桥带一个连从九尖头出发。他们在途中吃了晚饭。吃过晚饭，车厚桥领着部队继续前进。天黑时到达龙门冲，车厚桥把部队隐蔽在据点南边的山包上担任掩护，由党代表王霭雄指挥。

夜深了，云隙里露出朦胧的月色，四野里一片寂静。车厚桥他们出发了，赤卫队员袁成汉与陈大国各带一支钢枪和一捆手榴弹及两床棉絮，跟在那个会挖窟窿的群众的后面，向龙门冲逼近。

他们顺着山间小道，摸到白狗子据点附近的林子里，只见一个端枪的哨兵在庙门前慢悠悠地来回走动，不时地注视着北边路上的大桥。

下半夜，一片漆黑，赤卫队悄悄地绕到庙后山下，把4床棉絮往壕沟水面上一铺，轻轻地涉过去了。再把湿漉漉的棉絮搭到铁丝网上，踩着棉絮进了据点。旋即他们又摸到庙后头，正准备挖墙，却发现了两个现成的洞口。原来是那个会挖窟窿的群众天黑时挖的。他们爬进去一看，十七八个白狗子正围着桌子唧哩哇啦地分什么东西。袁成汉、陈大国各他们相互点了点头，等待着车厚桥队长那边的消息。

按照那个会挖窟窿的人的指点，车厚桥带着李先忠找到了王小铲的住处。一到地点，车队长一脚踢开房间门，就挺着大刀向床上砍去。还没有等砍到，就听到从床上射出了一发子弹。由于弯着身子，子弹没有打着他，可打着了后面的李先忠的肩膀。车队长见状怒不可遏，双手把大刀一旋，王小铲的右手和脑袋就与身体分家了。

枪声就是命令，袁成汉与陈大国马上将两捆手榴弹同时拉开弦，扔了进去，"轰"的一声巨响，屋内的十七八个白狗子被炸成了肉酱，只有在庙门口站岗的那个哨兵跑掉了。

埋伏在后面小山包上的党代表王箫雄，听到一声巨响后，再也没有听到枪声，知道车队长他们成功了，立即率领战士们赶去，帮助他们收拾战利品。赤卫队突击龙门冲据点，歼灭王小铲子的国民自卫队小队，共 21 名白狗子，缴获长短枪 21 支（其中被炸毁 13 支，短枪 1 支），子弹若干。赤卫队只有李□负了伤，其他人完好无损。

当他们回到九尖头时，兴高采烈的群众已为他们做好了热气腾腾的饭菜。

早饭后，车厚桥率部迎着初升的太阳，踏着薄薄的霜冻，离开了九尖头，又去进行新的战斗。

红色风暴席卷皖西，流波起义厚桥献计

皖西的战略地位十分重要，瞰制鄂豫皖赣四省，威胁武汉、南京。如果在这里建立一块根据地，并和鄂豫苏区连成一片，就能同湘赣两省苏区隔江相望、互相支持，将会对国民党政府造成巨大威胁。为此，中共中央和安徽省委以及六安地方党组织举行了多次会议，决定及时把政治斗争与武装斗争相结合起来，举行工农、兵士暴动，建立苏维埃政权。

根据"八七会议"决议，在 1927 年 10 月与 1928 年 7 月，省临委两次指令六安党组织举行武装暴动。六安特区委和六安县委根据主客观情况，认为暴动条件尚未成熟，提出延期举行暴动的建议。于是，中共安徽省临委和六安党组织将意见分歧报请中央决断。1929 年 3 月 11 日，时任中央政治局常委、军事部长的周恩来在上海召开专门会议。参会的有安徽省临委书记尹宽、六安县委书记王逸常和熟悉六安情况的许继慎、柯庆施等同志。周恩来对六安党组织延期暴动的意见给予肯定，并提出抓紧做好暴动准备的要求。至此，六安党组织抵制"左"倾盲动斗争取得了胜利，使革命避免了不应有的损失。

1928 年皖西大旱，六安、霍山等地粮食大面积歉收，秋季几近颗粒无收；军阀混战，津浦路受阻，山区特产销不出去；加之地主豪绅盘夺剥削、民团地痞仗势欺压；还有地主奸商们乘机囤积，哄抬物价，逼租逼债；造成皖西人民衣不遮体、食不果腹、民不聊生，挣扎在死亡线上。六安县委（又称六霍县委）抓住"官逼民反"这一时机，掀起了抗租抗债的高潮，激发了农民群众的斗争勇气，为武装起义做着准备工作。

1929 年春，六霍县委做出了开展春荒斗争的决定。根据这一决定，六安、霍山两县党组织领导农协会员在农村中开展了声势浩大的春荒斗争，广大农

民扛着扁担，挑着箩筐，拿着大锹、锄头、土枪等简陋武器，潮水般地涌向地主庄院，向地主阶级展开了借粮、扒粮斗争。周狷之、吴岱馨、吴干才、吴宝才、许希孟、车厚桥等同志在六安的戚桥、西河口、郝家集、独山、尚家庙、南岳庙、新安、毛坦厂、横塘岗、龙门冲、落地岗等地扒粮数百余次，分粮数千石。舒传贤、王亦良等同志还带领霍山东北乡的300多名扒粮群众开展了斗争。春荒斗争大大锻炼了干部的组织和领导才干，提升了农民的斗争勇气和阶级觉悟，壮大了农协的力量。到了1929年秋天，这里的赤卫队、妇女队、少先队、担架队都组织起来了。

1929年5月3日的霍山县诸佛庵民团起义拉开了六霍起义的序幕后，红色风暴席卷皖西。

5月6日立夏节，中共商南党组织发动了武装起义，成立了中国工农红军11军第32师。

5月17日，中共六安县西北乡区委王绍周、王星亮、匡克元、姚仲海等领导了六安六区徐家集武陟山农协会数千人举行武装暴动。车厚桥与冯孝山曾带领三区赤卫队奔驰百里进行支援。

5月19日，先期打入南庄畈六保联络自卫团任团长的共产党员袁皋甫和教练何子凡（黄埔四期学生、共产党员）在中共六安县委委员桂伯炎、袁继安的领导下，率部起义成功。组成六安六区游击队。20日，这支游击队配合红32师首克金家寨，击溃汪东阁民团200多人。

1929年5月20日下午，红32师98团的2个班在团长肖方的率领下，由六安六区金家寨来到了流波磑（原分属六安、霍山两县）西面的一个山冲里，和流波磑农民赤卫军、冯孝山与车厚桥率领的六安三区赤卫队回合了。在吴江、黄安仁、肖方和冯孝山的共同主持下，召开了流波磑暴动会议，曾照布、陶光明、车厚桥、红32师的两位班长等出席了会议。会议决定：红32师的2个班和流波磑农民赤卫军攻打朱孟功自卫团，六安三区赤卫队负责解决流波磑乡公所。

关于暴动时间，有人认为早晨好，有人认为晚上好。正在争执不下时，车厚桥提出了自己的看法："不管是早晨，还是晚上，对敌人突袭都是好机会。但是，我们也要想想自己方面的事情，我们的力量来自三个方面，除32师老大哥打过仗外，流波磑赤卫军和三区赤卫队都没有打过什么正规的仗。战场上出现了和事前预料到的情况不一致时，怎样对付？敌我混战时，怎样分清敌人与自己人？敌人又是分成自卫团和乡公所两块，假如相持不下时，麻埠敌人前来支援，我们怎么应对？根据以上情况，我认为，在敌人即将吃中饭时发动进攻最好，一是出人意料，使敌人猝不及防；二是敌人饿着肚子是维持不了多长时间的。"会议经过仔细地分析研究，采纳了车厚桥的建议。

5 月 21 日凌晨时分，流波礁赤卫军和三区赤卫队在中国工农红军第 11 军 32 师的配合下，分南北两路隐蔽地接近了流波礁。晌午时分，吃了饱饭的红军战士和赤卫队员进入了进攻阵地。

朱孟功自卫团力量是 1 个排，有长短枪 30 多支，近 40 人，战斗力较强；自卫团驻地有 20 多人，流波礁乡公所有自卫团的士兵 12 个和乡丁 10 个负责保卫。

太阳当空，就在家家户户要吃中饭的时候，三路大军突然从东、西两面的山冲里涌出来，分两路包围了驻守在东岳庙的自卫团和十字街心的乡公所。经过短暂战斗后，趁乱逃跑的乡长陈云德被车厚桥活捉，起义队伍毙伤敌 10 余人，敌人 10 多人突围逃跑，缴获敌人 10 多支枪。5 月 22 日，在流波礁召开了有千余人参加的群众大会，枪毙了陈云德，成立了流波礁农民协会和流波礁游击队。陶光明任农会主席，吴江任游击队长，下辖 3 个分队，共 60 余人。会后，举行了游行示威。1929 年六霍起义后的冬天，在流波礁成立了霍山县流波市郊区苏维埃政府，主席周庆昌，后为江求洁、柳月桂，辖 6 个乡苏维埃政府。

注释：

① 护林岩庙，占地面积 2.5 亩，建于明朝末年，长年有和尚打坐做法事。新中国成立后用于公房，后被用于龙门冲公社驻房办公，后拆除重建，为原龙门冲乡政府办公场所，现存有庙宇古松柏三株，2012 年经维修改建为六安市咏徽茶叶公司使用。

② 程跃亭，六安县人，龙门冲起义的领导人。革命烈士。

红潮澎湃厚桥奋进

第14章

中共建立中心县委，积极筹备六霍起义

1929 年 7 月，中共六安、霍山两个县委在六霍交界处豪猪岭古庙里召开了第三次党员代表大会，中央巡视员王步文同志出席了这次大会并作了重要讲话。为了统一领导和组织发动即将举行的六霍大暴动，会议决议：成立六霍总暴动指挥部，舒传贤任总指挥，领导六霍两县人民组织秋收总暴动。遵照党中央的指示，这次会议决定成立中共六安中心县委，领导六安、霍山、霍邱、寿县、合肥、英山等六县工作，并决定六安的独山、西河口、龙门冲，霍山的闻家店、漫水河等地举行秋收起义，引导农民开展武装斗争。

8 月 5 日，中共中央巡视员高中林在豪猪岭主持召开六安、霍山、霍邱、寿县 4 个县党的联席会议，集中讨论武装暴动问题，要求各地党团组织积极发展农民运动，做好秋收起义的各项准备。并决定成立中共六安中心县委，上报党中央批准。8 月 17 日，中共中央批示同意以六安为中心，成立中共六安中心县委，与中央建立经常的联系。

9 月，在中共六安县委的领导下，独山、郝家集一带三、四千农民开展抗税抗租抗债斗争，打击地主豪绅。因没有武器，遭到敌人正规军陈耀汉独立旅的镇压，牺牲 100 多人。六安三区的赤卫队遭受了不小的损失。血的教训使车厚桥他们惊醒：穷苦人要掌握自己的命运，一定要尽快地拿起枪来，才能和剥削阶级进行斗争。

10 月 6 日，在高中林的主持下，中共六安中心县委在六安地区郝家集附近的老母猪岭召开了六县党代表大会。大会根据中央指示，正式宣布中共六安中心县委成立，选出舒传贤同志为六安中心县委书记，选出周狷之（兼宣传部长）、吴干才、吴岱馨（为中心县委宣传干事，并和施先明同志一起处理中心县委日常工作）、王义中、杨季昌（兼组织部长）、吴宝才（兼工委主任）、桂伯炎、翁翠华（妇女部长兼农委主任）、范在中、朱体仁（担任军委主任）、谢为法、袁继安等 12 人为中心县委委员，并决定一、三、五区委书记为中心县委候补委员，江承新为青年部长。中心县委机关设在三区郝家集。

选举结束之后，舒传贤就六霍暴动问题进行了布置。六霍起义是以六安、霍山为中心区域，以农民暴动为主体与民团兵变相结合的一系列武装起义的总称。六霍起义以北面的独山暴动、南面的西镇暴动为基础，是土地革命战争初期继黄麻起义、商南立夏节起义之后，在鄂豫皖边区爆发的一次大规模武装起义。

中共六安中心县委经过研究决定：首先在基础最好的独山地区组织农民举行秋收起义，具体日期为 11 月中旬，夺取独山地区地方武装的 600 多支枪，建立红军和苏维埃政权。

与此同时，国民党反动当局也积极活动，在六安、霍山两县的各区、乡（镇）扩编"国民自卫团（又称民团）"，坚决与人民为敌。

为保卫和发展农民协会的胜利果实，按照"武装革命"的要求，必须以革命的武装严厉地打击反革命的武装。中共六安中心县委的决定下达后，各级党组织热烈响应。三区赤卫队副队长兼龙门冲赤卫队队长车厚桥积极地为即将到来的六霍起义做战前准备。

首先是武器准备。在准备起义的日子里，六安三区的农协会员们都秘密地开始了紧张的准备工作。除了小七畈秘密兵工厂运来的武器外，车厚桥他们还在龙门冲、郝家集、西河口、独山等地的山洼里，安排几盘铁匠炉昼夜不停地锻造着，正在为秋收起义打制大刀、长矛。

其次是训练和战前思想工作。龙门冲属于六安县三区独山，敌人统治力量先天薄弱。在中国共产党的正确领导下，农民运动在龙门冲一带迅猛发展，农会普遍成立；车厚桥领导的赤卫队对敌作战英勇、屡战屡胜，也扩大成为一支 200 多人的队伍。为了使起义胜利多一份保障，车厚桥不但指挥钢枪队员们擦好枪，还指挥赤卫队员们边磨刀边练习刺杀。为了保证起义胜利，车厚桥还进行了思想工作。

赤卫队员们在磨刀的间隙谈笑着："汰！这次看谁的大刀先开荤！"小伙

子张宜爱赤裸着一只手臂，举起大刀，做个劈刺动作，对赤卫队队长车厚桥表态说："干吧……痛快！"齐勇带领一些少先队员、童子团员们正在制作红缨枪。在翁翠华的带领下，徐为浚、余佩芬、钱耀西、刘绍青等人率领妇女会员们绣红旗、做袖章、缝粮袋、做军鞋、备干粮。真是人人摩拳擦掌、个个跃跃欲试，秋收暴动如箭在弦上，一触即发。

独山暴动提前发生，厚桥献策释疑解难

独山，犹如天外飞来的奇峰，巍然屹立于一小片平原之上，又环抱在峰峦叠嶂的群山之中，长流不息的西淠河从它的西面来，又向它的东南方逶迤而去。因山得名的独山镇，是一座古老而秀丽的山乡集镇。从大的方面来说，独山位于六安、霍山、金寨、霍邱四县交界地区，背山面河，地势险要，独山扇形平原是水陆大通道、山货集散地，素有"大别山门户"之称，历来为兵家必争之地。由于国民党反动派的统治、豪绅地主阶级的剥削压迫，使得独山的农民和商贩纷纷破产，老百姓的生活十分痛苦，许多人家卖儿鬻女，家破人亡。国民党六安县政府为了防止人民反抗，派出警备营（国民党六安县的地方武装）的一个排，由反动分子、排长魏祝三率领，进驻独山镇街南面的马氏祠堂。这帮家伙到处欺压百姓，无恶不作。特别是他们那一副见到豪绅就赔笑、见到穷人就讥笑、见到姑娘奶奶们就调笑的丑恶嘴脸，真是令独山人民愤恨透了。

正当独山起义紧锣密鼓、利箭待发时，一件意外的事发生了。为了应对意外的事件，独山秋收暴动提前发生了。

11月7日（农历十月初七日）晚上，月儿高高地挂在天上，六安三区二乡农协会常委兼秘书何寿全同两个女会员李齐仙、盛荣秀，在独山街东湾开完会回家的路上，被警备营士兵抓走了。如果敌人就照按花名册逮捕农协会员，党和农会组织就要遭到重大破坏，整个计划就要流产，革命将会遭到严重挫折。

在此最紧急关头，六安中心县委决定立即起义暴动。

在东距西淠河 800 米、东南距西河口 2400 米、西北距独山 3000 米的地方，有一个农村集镇——郝家集。郝家集交通便利、地形复杂，六安中心县委机关就住在这里。在中心县委值班的常委周狷之，接到蒋全忻送到的吴干才亲笔信后，在派人紧急通知中心县委书记舒传贤以后，连夜赶到独山四高

学校的平民夜校里，召开会议，和同志们一起分析形势、研究对策。

出席独山暴动紧急会议的有中共六安中心县委委员、三区区委委员及农协负责人，他们之中有：周狷之、吴干才、许希孟、吴岱馨、王义中、朱体仁、王鼎雄、江承新、詹少白、鲁蔚生、余朝铎、陈溪胜、马金路、施先民、艾伟、周文玉、龚家珍、王绍虞、刘性诚、蒋全忻、刘铁成、王月贤、余在海、郭仲西、谢正新、车厚桥、冯孝山等 100 多人。

在得知"胡立轩保释何寿全希望落空"的消息后，许希孟把头转向了周狷之："狷之同志，四高的平民夜校学员大多数都是年轻力壮的木工，有 40 多人，号称'四十把板斧'，独山镇上有党员同志 40 多人，我们有一百多支枪，另外大刀会的一些人也被车厚桥同志争取过来了，加上下层群众一起，可以组织一支四千人的赤卫队，我想事已至此，我们必须马上动手。"

对于是不是马上暴动，周狷之、吴干才、吴岱馨、王义中都陷入了沉默之中，离计划的起义时间还有近十天，准备工作还不成熟，贸然行事会暴露目标，造成不可估量的损失，必须慎重考虑。

见几位领导不说话，参加会议的同志议论纷纷："魏祝三不就是一个排的人吗？我们可以轻而易举地端掉他，独山离六安有六七十里地，魏祝三就是搬救兵也来不及！"大家的意见比较集中一致，概括起来就是：我们有百把支快枪，有 2000 余人的农协会会员，与大刀会被争取过来的下层群众合在一起，可以组成一支三四千人的赤卫队；有三四十名党员做骨干，可以带领群众战斗；事已至此，怕也不行，反正不是鱼死就是网破，砍头不过碗大个疤，有祸也就那么大！魏祝三不就一排人吗？我们可以打掉他；独山离六安有七八十里路，我们马上行动，他连搬救兵都来不及。因为农友被捕，花名册被夺，三区农友愤怒已极，都已做好了一切准备，只要一声令下，马上就可以暴动。

由于情况危急，大家都排除了按原计划暴动的可能性。周狷之和参加会议的中心县委吴干才、吴岱馨、王义中等和三区区委书记许希孟及农协负责人一致果断决定：提前于 11 月 8 日举行独山暴动。

周狷之看了看在座的人员，准备做出决定。这时，吴干才站起来说话了："今天下午，朱孟功保卫团的一个排开到了独山南头驻扎，就怕朱孟功部与魏祝三相互策应。"

吴干才的话不无道理，在座的又是一愣。在讨论这个具体事项时，大家对 11 月 7 日当天新进驻独山火神庙的朱孟功部一个排如何处置产生了分歧：大部分同志认为，把起义的赤卫队员分为两拨，一拨对付魏祝三，另一拨对付朱孟功。但这样做会分散兵力，失去重点。

参加会议的三区摸瓜队队长兼龙门冲赤卫队长车厚桥站了起来，他建议道："独山驻军，有魏祝三和朱孟功部各有三十人枪，应作分化工作，我们的目标是魏祝三，所以应该争取朱孟功部中立，以孤立魏祝三。只有这样，才能保证速战速决，在六安敌人援兵未到之前取得胜利。"

会议采纳了车厚桥的建议，决定争取朱孟功部中立，并派车厚桥同志负责这项工作。

"我们要马上行动救出何秘书！"与会的群众群情激昂。周狷之也深受感染，他一拍桌子："同志们，农友被捕，名册被搜，枪不能交，又无钱款保释何寿全同志，我代表县委决定，马上起义，具体实施工作，由许希孟同志和三区区委负责！"

周狷之的话音还没有落下，全场响起了热烈掌声，周狷之站起身，握住了许希孟的大手："希孟同志，这次全靠你了！"

许希孟激动地紧紧拉住周狷之："狷之，请你和传贤以及县委放心，我会圆满完成任务的！"

会议决定凡三区各乡 18 岁至 45 岁的农协会员一律携带武器、红旗，上午集合，下午行动，凡三区共产党员，共青团员全部深入到暴动群众之中，带领群众一起战斗。暴动由三区区委和区农协负责组织，做好一切准备。指挥部设在独山四高学校。口令为"得、胜"二字，由蒋全忻同志按时传达口令，并将独山起义提前的决定派人送信到霍山，向中心县委书记舒传贤同志报告。

独山起义决定获准后，吴干才、吴岱馨、许希孟、王义中等同志连夜在独山艾冲的清水塘山坳里，召开全区 15 个乡农协负责人数百人的起义动员大会，吴干才宣布六安中心县委关于独山暴动的行动计划、周密安排和要求，立即派人下"转书"，于 11 月 8 日拂晓举行独山暴动。

对于保卫第三团队朱孟功部，由车厚桥带领杨用山和绰号叫许六指子两位同志，去争取他们中立，慑于起义群众的声威，朱孟功部的排长当即允诺保持中立。

起义队伍围攻马氏祠，暴动胜利追击魏祝三

1929 年 11 月 8 日拂晓，15 个乡的数千农协会员手持鱼叉、钢锥、大刀、长矛、大锹、锄头、土铳、钢枪等武器从四面八方像爆发的山洪一般，浩浩

荡荡地涌向独山镇，然后隐蔽在附近的山间、竹林和庄稼地里，等待蒋全忻同志下达口令。

下午3点，蒋全忻到各处传达口令，暴动群众像潮水般涌向独山镇四高学校。四点开始行动，独山的党团员都分散在起义群众之中，队伍的前锋是独山四高贫民夜校的工人学员，由詹少白、江承新、吴岱馨等负责，徒手拉着一些豪绅地主走在前面，借着豪绅地主出面以"保释何寿全"为名，以接近马氏祠堂魏祝三驻地。学校的教师学员王鼐雄、董道友、余朝铎、吴清江、杜明章等走在暴动队伍的前面，中间是大刀队和手拿大锹、锄头、鱼叉、钢锥、土铳等武器的农协会员，后面是10支钢枪压阵。

队伍一边行进，一边喊口号。那明晃晃的大刀寒光闪闪，那乌油油的钢枪威风凛凛，那激愤的口号震天动地，那雄壮的队伍不见头尾。这队伍像涌进的激流，这激流中的口号与呼喊声，像滚滚松涛，似阵阵惊雷，铺天盖地，直接向马氏祠堂压过去。几个豪绅地主头戴西瓜帽、身穿长袍马褂，生怕警备营开枪打死他们，一路走一路喊着："魏老总交释何寿全，吾等不胜感激之至！""吾乃独山米行老板，叩请魏大人……""我是独山商会……""我是独山茶行……"把几个豪绅地主拉在暴动队伍前面，并不是指望他们保释出何寿全来，而是考虑防备魏祝三突然动武。他们走在前面，就是魏祝三想动武也会有些顾忌。这是周狷之和车厚桥商议出来的巧计。

马氏宗祠建筑始建于清朝中期，清同治十一年（1872年）重建，建筑面积373平方米。马氏宗祠为三开间四进，地坪高度逐渐递增，前一进高7.1米，两边便门上方分别阳刻"礼门""仪路"。正门为扇面墙，墙上做圭脚砖雕，两稍间封护檐，用砖制斗搭出挑。后殿看方雕有双龙戏珠、耕读图等。1929年前后为国民党独山警备营（自卫团）魏祝三部驻地。

起义队伍到了马氏祠堂门口，走在最前面的教师学员直冲大门。吴清江一个箭步冲到门口。独山警备营门口的哨兵见一下子来了这么多人，一边上前阻拦，一边大声地问："干什么，你们干什么？"

"干什么？我们是来保人的，快把你们昨天抓的人给我们放出来！"共产党员董道友一边递过保释书，一边说。

"你们保人怎么来了这么多人？难道你想造反吗？"

"废话少说，赶快放人，今天，我们既然来了，你们放也得放，不放也得放！"说着，大家手挽着手，一起向前挪步。哨兵见状，正准备拉动枪栓，董道友见了，不由分说，手起刀落，哨兵的头颅顷刻滚落在地，另一个哨兵也被涌上来的群众乱刀捅死。

院内的敌人见此情景，马上慌忙关门，因为来人多，挤住了大门，就是关不上。有人立即跑进去向魏祝三报告去了。"报，报告队长，我们被农匪包围了，来了好几千人，他们还杀了我们两个兄弟！"

"他妈的，真的是反了，反了，快，快上屋顶！"魏祝三挪动着肥胖的身体，吃力地向屋顶爬去。等他爬上屋顶一看，只见四周满是黑压压的人群，里三层外三层，把警备营围了个水泄不通。

屋顶上的敌人朝天放了一阵子枪之后，起义队伍被迫退到门房隐蔽，敌人趁势将大门关上。魏祝三见起义队伍仍然不肯退去，心里开始有些着慌了，他连忙招了招手，说："你们暂时不要开枪，等看看再说！"

起义队伍看见屋顶上站起一个人来，他用双手握着嘴边，大声地喊："农友们，兄弟们，你们不要闹事，我们负责放人就是，你们从哪个湾来的，就回到哪个湾里去，遇事好商量！"

"不行，你们光放人还不行，得把枪全部给缴了，我们才肯回去，不然你们再来抓人怎么办！"

半夜时分，在万人起义群众的怒吼声中，魏祝三无可奈何地被迫释放了何寿全（用竹筐从墙头上吊下来），交回了农会花名册，又交出了十几支钢枪，但拒不交出全部枪支，起义群众与警备营的冲突更加尖锐，斗争情势越发紧张。

这时，独山东北的南岳庙姚子厚民团赶来增援，镇压起义群众，更加激起了起义群众的无比愤怒。

冯孝山、车厚桥率领赤卫队员奋起还击，英勇作战，在琵琶地先阻击后反击，打垮了南岳庙姚子厚民团，毙敌四名，缴钢枪十余支，激战中，我起义队伍中的秦占奎、王宏熬、王思尧、蔡之岚、闻之斌、姚得艮、秦篾匠等九位农民壮烈牺牲。

被困的魏祝三警备营，见起义群众越战越勇，越战越强，便纵火焚烧房屋，一时间，独山镇上空浓烟滚滚，火光冲天。魏祝三趁群众救火之机，率部突出重围。车厚桥带领部分起义队伍追击魏祝三。

在援军接应下，魏祝三免于被歼，他带着部下仓皇逃命，连夜向苏家埠方向逃窜。

慑于暴动群众的强大声威，又经过争取工作，再加上车厚桥安排的200多名大刀队员的包围，朱孟功部一排人在火神庙内紧锁大门，严守中立。

九日拂晓前，驻火神庙的保卫三团朱孟功部也偷偷地溜走了。

愤怒的起义队伍高呼"血债要用血来还""打倒军阀"的口号，一鼓作气，以排山倒海之势，勇猛拼杀，迅速占领了独山镇，打响了六霍起义全面爆发的第一枪。

区赤卫队厚桥负责，群团工作大力开展

　　红旗飘飘，凯歌阵阵，宣告独山起义胜利了！全镇上下一片欢呼，载歌载舞，喜庆胜利。11 月 9 日，独山起义胜利的第二天，中共六安中心县委和二、三、五区负责人在独山举行会议，六安中心县委书记舒传贤同志主持会议。会议决定成立三区工农革命委员会（后来改为六安县苏维埃政府），下设政治部、总指挥部、总参谋部、财政部等负责政治、军事、财政等一切事宜，任命鲍益三同志为六霍起义总指挥，朱体仁、黎本益两同志为副指挥，高中林同志为党代表，周狷之、吴干才两同志为总指挥部负责人，处理日常事务工作，吴岱馨同志为指挥部宣传干事，负责政治宣传工作。

　　会议决定，把枪支集中起来，编成每队 12 人的 6 个游击大队。三区成立了以冯孝山任队长的游击队，拥有 70 多人，十几支钢枪。

　　会议还决定，从农协会员中挑选出一批骨干组成一支 2300 多人的赤卫队，王鼐雄任队长、车厚桥任副队长（负责常务工作），负责保卫苏区的全面工作。在独山、郝家麻等十五个乡镇，沿淠河布防，站岗放哨。东至苏家埠、西河口，西至麻埠附近，几十里都成了赤区，皖西第一块苏区根据地诞生了。

　　皖西赤卫队分为常备队和预备队两种，由县苏维埃政府赤卫委员会指挥。常备队脱离生产，由苏维埃政府供给给养，其成员较纯洁，组织严密，配有步枪、土枪等武器，在本地战斗力较强。它的组织系统是：县设团（也叫独立团），区设营（有的也叫战斗营），乡设连（有的也叫钢枪队）。预备队平时不脱离生产，在军事紧张时参加作战或担任防务等，主要使用大刀、长矛、梭镖等武器。年龄 16～45 岁、身体健壮的工农群众均可参加赤卫队。其主要任务是保护革命组织，肃清反动派，维护赤区治安，帮助游击区红军作战，夺取敌人武装等。

　　会上，六安中心县委还决定进一步发动群众，以独山起义为开端的武装起义继续深入与扩大；附近各区，临近各县立即响应独山暴动，纷纷举行起义。

　　会议还决定六安中心县委机关由郝家集迁往龙门冲街道的护林岩小庙里。

　　11 月 12 日上午，20000 余人在独山隆重集会，热烈庆祝独山起义的伟大胜利，深切追悼在独山起义中英勇牺牲的 9 位烈士，愤怒声讨反动军阀和豪绅地主的滔天罪行。中共六安中心县委书记舒传贤，委员吴干才、吴岱馨、

王义中、许希孟等同志参加了大会，三区区委书记许希孟在大会上讲了话。会后，20000 余人举行了声势浩大的示威游行，群众高呼口号："血债要用血来还！""打倒军阀""为死难同志们报仇""打倒帝国主义""推翻豪绅地主的反动统治！"口号声此起彼伏，震撼山镇，响彻云霄！显示了独山起义群众的伟大力量和巨大声威！大会先后进行了 5 个小时。车厚桥和队长王萧雄一起，带领广大赤卫队员参加和保卫了这次大会和示威游行。

万名群众聚会后，六安中心县委立即召开扩大会议，决定暴动起义的队伍应该乘胜向西进攻麻埠，向东夺取苏家埠，以进一步扩大战果，拓宽活动的区域，并以此为基础，在独山和西两河口地区建立起一块稳固的革命根据地。会议决定：暴动队伍一旦打下麻埠后，就正式建立工农民主政府。

11 月 16 日，六安六区七邻湾、古碑冲、南庄畈一带农民群众，响应中心县委号召，在桂伯炎等同志领导下，举行了武装起义。起义群众于七邻湾成立了革命委员会。同时，六安六区游击大队在红 32 师配合下，举行了流波礄起义。

独山暴动胜利以后，在六安县三区成立了工农革命委员会和 2300 余人的赤卫队，淠河以西的绝大部分农村皆成为苏区。当时，在三区农村的广大地区，到处流传着歌曲《打倒土豪劣绅》：

> 霹雳一声震哪乾坤哪（震哪乾坤哪）
> 打倒土豪和劣绅哪（打倒土豪和劣绅）
> 往日穷人矮三寸哪（往日矮三寸哪）
> 如今是顶天立地的人哪（如今是顶天立地的人哪）
>
> 天下的农友要啊翻身哪（要啊翻身哪）
> 自己当家做主人哪（自己当家做主人）
> 一切权力归农会啊（权力归农会啊）
> 共产党是我们引路的人哪（共产党是我们引路的人哪）
>
> 粗黑的手哇掌啊大印哪（掌啊大印哪）
> 共产旗帜照人心哪（共产旗帜照人心）
> 鸟铳梭镖握得紧哪（梭镖握得紧哪）
> 坚决革命向前进哪啊！！

除了赤卫队工作以外，三区工农革命委员会还委托车厚桥同志开展童子团、少先队、妇救会等群团工作。车厚桥队长根据革命斗争的需要，和政治部一起，提出了童子团、少先队、妇救会的任务和要求等，这在当时的革命活动中都起到了不可磨灭的积极作用，鼓舞着广大青壮年，少年儿童踊跃参军，积极参加火热的革命斗争。

（甲）独山苏维埃明确童子团的六大任务是：一、站岗放哨送信，盘查行人；二、禁止赌博、抓住受罚；三、禁止童养媳、专卖婚姻；四、禁止缠足、裹小脚；五、破除迷信、打菩萨；六、慰问、优待红军家属。

（乙）独山苏维埃妇救会的"三要三不要"："三要"：妇女要经济独立；文化要进步；政治要平等；"三不要"：妇女不要缠足裹小脚；不要穿耳；不要包办婚姻。

吴岱馨同志还亲自写词作曲，编写了《苏维埃童子团团歌》。歌词是：

1. 冲、冲、冲，大家向前冲！冲、冲、冲，大家向前冲！

2. 来来来，大家一起来杀！怕什么，三教徒，洋走狗，对准那吃人的反对派，我们劳动童子团做先锋！我们是劳动童子团做先锋！

3. 冲冲冲，大家来猛攻！冲冲冲，大家来猛攻！

4. 来来来，大家来把路开！打垮那黑暗的旧世界，建设那美好的新世界，我们劳动童子团做先锋！我们劳动童子团做先锋！

苏区到处流传着童子团歌曲《苏维埃童子团团歌》《推到民国》《劝郎当红军》等，革命的歌声在皋西南回荡。

六霍起义连片举行，龙门暴动厚桥主持

独山起义的胜利歌声到处嘹亮，独山起义的胜利红旗到处飘扬。独山起义犹如一支火炬在布满干柴的六霍土地上点燃了熊熊的革命烈火。

独山起义后，六安中心县委书记舒传贤、霍山县委书记喻石泉、霍山县委委员吴仲孚等人立即赶到了燕子河，与早在西镇工作的共产党员伍淑和等人开会，具体研究部署在西镇举行暴动的问题。

西镇是安徽省霍山县西南部山区的统称，包括现在仍属霍山县的漫水河区、大化坪区一部分和原属霍山、后属金寨县的燕子河、闻家店一带，纵横100余里。西镇在暴动前，被刘佐庭为首的刘、郑、孙、王四大姓豪绅所把持。"豪绅势力比全霍任何地方豪绅都要稳固，他们在政治方面有西镇事务所，在军事方面有西镇自卫团，在经济方面有西镇经济维持会。"他们横行乡里，左右县府，俨然是一个独立王国，对群众实行极端残酷的统治。经过西镇党组织和党员长期艰苦的工作，人民反压迫、反剥削的要求日益增长，为西镇暴动打下了基础。

会议认为，党在西镇举行武装暴动的主观条件和客观条件都已基本具备，时机已经成熟，起义可以马上举行。

从11月19日开始，到12月初，西镇暴动在红32师的支援下，取得了完全的胜利。暴动范围由闻家店、燕子河扩大到深沟铺（后名古佛堂）、黄栗杪、上土市、杨家河、包家河、高山铺、太平贩、道士冲、新铺沟、烂泥坳等地，方圆百余里完全被农民武装占领，各乡都建立了苏维埃政权。赤卫队所到之处，豪绅地主纷纷逃到县城。反动派绝望嚎叫，"西镇、南乡数十保竟陷入共匪势力范围之中"，"霍西半壁，变为赤区"。六安中心县委十分重视巩固西镇暴动的胜利，把西镇作为皖西根据地的中心来建设。暴动后不久，在漫水河成立了霍山县第五区苏维埃政府，在闻家店成立了霍山县第六区苏维埃政府。霍山县委于暴动后统一了军事指挥，把游击队扩充到360人，分为60个小队，由徐育三任总指挥，"并派多数同志担任群众组织和宣传工作"。西镇革命政权的形成和军事力量的增加对反动派威胁极大。"当时独立旅因兵力薄弱未敢深入，后西镇残余自卫团勾同英山自卫团，侵霍边境三次都被打退，而城内自卫团进驻道士冲，吃酒打牌毫不戒备，遂被红军打败。自卫队死8人，伤7人，而红军得长枪17支，衣服用具多件，且彼方总指挥秦华轩亦受伤败回城内。"①

在西镇暴动进行之时，冯孝山率领三区游击队全力进行配合。此时，车厚桥和他的赤卫队战友们在党的领导下，正保卫和拓展着独山苏区。

西镇暴动胜利后，1930年1月，中共六安中心县委机关和六霍县委由六安龙门冲迁驻闻家店附近的灵岩寺。西镇成为皖西地区的革命中心区域和一块巩固的根据地。

在中国共产党的领导下，以农民武装起义为主体、民团兵变相配合的六霍起义，是鄂豫皖边区规模最大、范围最广、持续时间最长的一次武装起义，起义取得了完全的胜利。

为了将独山和西镇两片苏区连城一片，中共六安中心县委相继发动了舞旗河、落儿岭、桃源河、新店河、戴家河、龙门冲、江家店农民暴动。霍山县淠河以西的大片土地都成了赤区。

1930年3月1日（农历二月初二），红33师游击到舞旗河附近，共产党员程玉清，江茂林带领大化坪区赤卫队来到舞旗河，在舞旗河、芦柴湾一带活动的共产党员解宗涛带领农协会员起而接应。红军迅速攻占了舞旗河镇，打掉自卫团，处决了团长黎元炳和保长李化俊，缴枪13支，烧掉大地主黎本泗、黎本汶家3处80多间房屋，在草场河召开群众大会，处决了黎本泗的大儿子黎廷天，暴动胜利。

共产党员郝修德、刘白驹领导新店河农民暴动成功后，在新店河地区建立了苏维埃戴家河乡八、九、十、十一、十二等 5 个村级政权。逃难至此的少年李明功也参加了十村——印墩冲的苏维埃建设，担任儿童团队长。当时的戴家河乡十村——印墩冲苏维埃村主席是项宏义，20 多年后，他成了车厚桥的亲家。

为了保证龙门冲暴动的胜利，受六安三区负责人程跃亭的委托，车厚桥向新店河苏区求助。郝修德、刘白驹决定将新店河地区 300 多人赤卫队员集中起来，由刘毅②和项宏义③率领，通过小南京前去支援六安龙门冲暴动，使得暴动取得了完全的胜利。

在龙门冲苏维埃政府成立的时候，车厚桥站到台前，他先挥了挥手，于是就激昂地说："各位乡亲父老们，兄弟姐妹们，过去，我们种田人每年除了完粮送钱给地主大老爷们，或是被土豪劣绅、贪官污吏抓去打屁股、关大牢，甚至砍脑袋，此外我们再也不敢进当官的衙门了。自古衙门朝南开，有理无钱不进来，我们穷人惹不起当官的大老爷们，他们不把我们当人看，可是现在，我们种田人自己组织了政府，自己当家做主，自己做起委员来了。这证明我们革命力量的强大，也证明现在是穷苦农民的天下，是无产阶级的世界了，我们一定要保护自己来之不易的胜利成果！"

会场上又响起了热烈的掌声和呼唤声。声音响彻整个河畔山谷，经久不息。赤卫队的红旗在秋风中飘舞着，像一面面猎猎燃烧的火焰！

苏维埃政权建立了，穷人们才有了盼头、奔头。龙门冲群众纷纷检举恶霸地主，罪大恶极的被苏维埃政府处决；穷人们觉悟以后，整个龙门冲地区卷入了清算地主的热潮。首先对地主丁善斋进行了清算。此前龙门冲地区的佃户们派代表到龙门冲街上与丁善斋清算过去无理剥削的旧账。他却态度强硬，蛮横无理，未有结果。

红军首次攻打霍山县城的次日，在车厚桥的指导下，龙门冲苏维埃政府召开了一千多佃户参加的算账大会。佃户们公推刘绍本、杨正红等人为主席团，主席宣布开会："今天我们同丁善斋算账。过去有钱的长十岁，我们要叫他老爷少爷。我们一年苦到头，还没吃的，到底哪个养活哪个？大家要团结起来，想个章程，把几百年的苦出一出，有苦诉苦，有账算账。"

话一说完，人群中一个接一个吐出压在心底里的话。

"民国十六年，你每亩加两斗，错不错呀！你用十二斗一石的大斛收租，错不错？"

"你叫我们挑沟修路却不给钱，错不错呀？"

佃户们连续不断地提出质问，每当提出一项质问时，人群中即发出"不错呀！""对呀！"的高呼。从来不敢在人前说话的老奶奶，也在人堆里向前挤，眼里燃着怒火，颤巍巍地说："为供一次饭，我花五斗米！""我家供饭，管事还嫌鸡鸭小，要掀桌子"……丁善斋开始发言，他狡猾地将这些无理剥削推到管事身上。佃户们立即予以反驳："管事收租是交给哪一个的？"丁善斋支支吾吾，人群中发出巨大的呼唤："把剥削的粮食拿出来！"

接着，进行算账，一边算一边写，仅几家佃户，正租在外，几年来被不合理剥削的粮食就有二十六石六斗。佃户们要求丁善斋限期拿出额外剥削的粮食，在佃户笔笔有据的清算与强大压力下，他终于低下了头，表示将过去无理的剥削退回给佃户，先付出部分粮食，不够的，自愿以田地折算。由于佃户多，不及一一细算，当场成立了算账委员会，会散后再算细账。在群众高呼拥护共产党、拥护红军、拥护苏维埃政府的口号下，斗争会胜利地结束了。

会后，随丁家佃户们回到各乡各庄，一传十，十传百，轰动了整个独山区。"反对无理剥削，清算旧账度荒"的运动，即在全区普遍展开。各乡的积极分子聚集到一起，雀跃的心情溢于言表：

"大家一条心就不会怕！"

"明天五更就去！"

……大家接着讨论各村各庄如何组织小组，如何推出代表。晚上各乡各庄的佃户们，都在点着菜油灯的小屋子内开着会，确定着明天请地主下乡算账的具体内容。

赤卫队在车厚桥的带领下，用大刀、梭镖、土枪的支持翻身农民，凭借这些武器，他们对土豪劣绅给予惩处，保卫人民的斗争果实。

誓死捍卫革命成果，坚决打击反动势力

1929年11月17日下午，根据六安中心县委的指示，在独山暴动总指挥朱雅清、党代表高中林的领导下，冯孝山、王㾞雄、车厚桥率领三区游击队全部，长枪60余支，盒子枪8架，政治工作人员9人，赤卫队2300多人，分三路围攻麻埠，鲍（鲍益三即朱雅清）黎（本益）担任中路，张（如屏）、王（㾞雄）、冯（孝山）、车（厚桥）分任两翼。农民武装手持钢枪、大刀、长矛、梭镖，肩扛农协会红旗，围攻麻埠，起义军与敌人激战4小时。一部

"占领敌后方要地凉山寨"，但由于"赤卫队的土枪和短刀敌不过敌人的快枪、盒子枪，败退下来"。其他起义军进攻未能得手，占领凉山寨的起义军也无法坚持，撤退到东香火岭。19 日下午，进攻部队汇集龙门冲，将当地大豪绅张汉卿（事前逃走）家的粮食、衣物分给贫苦老百姓，并以龙门冲作为进攻麻埠的基地。他们一方面继续组织起义军进攻麻埠，另一方面派人去商南邀请红 32 师前来支援。红 32 师决定 26 日前来与起义军夹攻麻埠之敌。在此期间，每天都有二三千土枪及徒手的农民围着麻埠猛攻。他们当时发出口号："不攻下麻埠，誓不生还。"

当时麻埠国民党驻军是六安保安团第三团队朱孟功部，总兵力 170 余人（包括从独山撤退的一个排、从流波逃回的败兵），他们盘踞在张季荃留下的营房里，工事坚固。为了防止西河口"赤化"，驻守在麻埠的六安保安团第二团队张季荃部，被调防至西河口；他们的防地麻埠，改由朱孟功部防守。

朱孟功部还有其他援军，其中就有六安六区金家寨的民团——汪东阁商团，早在 5 月 20 日，红 32 师和六安六区游击队进攻金家寨守敌汪东阁商团，由于有共产党员朱少轩做内应，红军和游击队很快攻入城内，经过半小时激战，活捉了敌副大队长余传宗和汪东阁之弟汪三少以及在立夏节起义中捉获后又潜逃到金家寨的丁家埠民团团总杨晋阶，缴枪 20 多支，皖西重镇金家寨获得解放，汪东阁率残部溃逃麻埠。

就在红 32 师还未赶到之时，朱孟功部的第二路援军到了：国民党六安驻军陈耀汉旅派出了两个团援军，一个团增援麻埠，另一个团占据独山。为了避免牺牲，19 日，参战起义军在朱雅清、黎本益、张如屏、王骗雄、冯孝山、车厚桥的率领下，撤出战斗，退至龙门冲一带休整，六安中心县委机关暂时迁到六霍边界的龙门冲。

独山暴动的胜利，使得国民党省、县政府和当地的土豪劣绅坐卧不安，惊慌失措，一面一天数电，请蒋介石下令"围剿"赤匪；一面跪求六安驻敌陈耀汉旅就地"清剿"。1929 年 12 月中旬，蒋介石改变了从皖西抽调一部分军队出击鄂豫边的计划，以陈耀汉独立第一旅为主力，集中近千人的反动武装向六霍苏区反扑。国民党反动派以十倍于我的反动势力、以百倍的兵力疯狂反扑，向独山苏区进犯，摧残革命势力。陈耀汉旅协同张季荃部第二团，向六安三区进犯，一路由霍山经西乡到麻埠，一路由苏家埠经西两河口到独山。他们重新占领了独山及其周围地区以后，由张季荃部下的张泽霖、魏祝三部分散到各乡，组织了"反共队""清乡团"，独山的胡立轩、双峰的陈四胡子、郝家集的许佑华、九公寨的慧明和尚等都是血债累累的"铲共队长"。他们到处举起了屠刀，大肆搜捕和疯狂屠杀革命者和参加暴动的群众，各地的党组织和革命组织也遭到了严重破坏，革命受到了严峻考验。仅三区独山一带，被杀害的农协会员及群众就有 200 余人，许多家庭被斩尽杀绝，许多地方被洗劫一空，夷为平地。

面对如此严重的情况，舒传贤认为："各区因被封建势力的自卫团的野蛮屠杀与逮捕之后，同志逃散，工作停止，最甚的是一、三、四、五各区经常工作简直塌台"，为了扭转这个局面，中心县委决定："派人挨次整顿"。因为"六安工作向以三区为中心"，中心县委乃派常委兼组织部长吴干才、执委兼军委主任朱体仁由三区（郝家集）区委书记许希孟陪同，"到郝家集召开三区活动分子会议，接连 7 日将该区支部及各级群众组织完全整顿就绪"。

12 月 16 日，六安中心县委常委兼组织部长吴干才、执委兼军委主任朱体仁与三区区委书记许希孟在郝家集高永成衣店的住处被敌人便衣探悉。正在召开紧急会议时，会场被 100 多名自卫团士兵包围，为了掩护参会人员撤离，朱体仁、吴干才、许希孟英勇还击，由于势单力薄，朱体仁在拔枪打伤两个敌兵后，自己也中弹当场牺牲，敌人割下他的头颅；吴干才与许希孟被捕，押至独山，遭严刑拷打后被杀害。敌人残酷地将三位领导人头颅割下，在独山"示众"三天后挑送六安，并在六安城内国民党县党部大门上又悬挂三日。据烈士后人介绍，朱体仁的头颅被其家人用 7 块光洋赎回，和尸体合并后安葬在霍山县但家庙的白云冲。中共六安县委为此印发了悼念吴干才等死难烈士告三区群众书。由于敌人的疯狂反扑，六安三区的苏区，除龙门冲一带的山区外，几乎全部丢失。随着反革命军事统治的加强，对革命的打击更加深重，一时间，苏区到处蔓延白色恐怖的气氛。

六安新生革命政权和工农武装誓死捍卫革命成果。冯孝山和车厚桥一起，继续组织领导三区游击队、赤卫队与敌人战斗，在敌强我弱的形势下，只能采取白天隐蔽在龙门冲大山里，通过农会查明情况，在敌人不备的情况下，采取长途奔袭和突然袭击的战术，有计划地消灭敌人。

西河口地处东西淠河交汇处，东与青山乡陶洪集毗邻，北与石板冲隔河相望，龙门河横穿此地后注入淠河，素有"三河一沟，水上之舟"之称。扼守东淠河岸边的望江寺北宋古佛塔是其标志。

冯克礼与冯克志兄弟两人，都家住西河口，一个是便衣密探的队长，一个是带领 100 多名自卫团士兵包围和抓捕朱体仁、吴干才、许希孟的领兵队长。为了给烈士们报仇，六安中心县委要冯孝山和车厚桥带领游击队坚决镇压反共分子冯克礼、冯克志。

车厚桥和冯孝山接受了任务以后，进行了深入研究。他们认为，在白匪势力雄厚的西河口，不能力敌，只宜智取。要虎口拔牙，首先就要调查情况。

派谁去呢？冯孝山和车厚桥召开了"诸葛亮会"。会上，车厚桥推荐了一个人选——杨中行，他是本地西河口乡石湖村杨家院子人，是隐蔽下来的赤卫队员，经常进出西河口，跟守街口的自卫团混得熟，哥们相称。杨中行 21 岁，长得敦敦实实，是个典型的大汉。车厚桥说，是杨中行主动要求的，他说他只要一个胆量大一点的老大妈配合，保证将冯克礼绑出来。冯孝山立即找他来谈话。通过交谈，冯孝山发现此人为人实诚，并非说大话之人，就让他说说绑架计划。

杨中行说，他可以找人约冯克礼喝酒，想办法将其灌醉，像死猪一样背出西河口，不就成了？冯孝山听他说得轻巧，始终放心不下，只一味强调太危险，如果出了问题，对革命有损失，划不来。

说得杨中行急了，他说："冯队长，你放一百二十个心，我对西河口非常熟悉，保证完成任务。我可以立军令状！"冯孝山听了，若有所思，他是一个惯常出奇兵的人，也就答应了，但不准他一人行动，让戴元能陪他去。至于老大妈，戴元能一笑，得了，让我老妈去吧。当下，二人穿上了老百姓服装，杨中行担了一担柴；戴元能手里拎了篮子，装点山果之类；戴元能的妈妈则拎了一篮鸡蛋。三个人隔了一段路，相互照看着到了街口。

检查的自卫团团丁见了山旮旯人，就诚心敲敲竹杠，他一把抓了戴元能篮子里的板栗（秋天收下来的板栗放在深水井里保管，能够保鲜，腊月与正月拿出来卖高价），咬了一口，"呸呸呸，要酸死老子，滚，滚，滚"。杨中行挑着一担大柴，特意在检查哨前歇下来，扇扇风，跟几个自卫团的士兵拉了一会儿话，也顺顺当当地进河口镇了。戴大妈一来到街口，就被拦下了。那些自卫团见了一篮子鸡蛋，也不亚于苍蝇见了肉，眼睛就舍不得离开了。叫喊着要班长买下来，晚上喝酒。那班长受到奉承，晃晃悠悠地过来，一把夺了篮子，拎起来，直朝驻地走去，哪里还想付账？戴大妈一边叫着"老总给钱"，一边也进了镇。

等戴大妈来到了集市，看到杨中行身边围了几个人，在讨价还价。最终跟一个酒店老板谈好了价钱，将柴送到他家去。再看戴元能身边，只有几个面黄肌瘦的孩子围着，直淌口水。那戴元能不忍心，一人一颗板栗地发着。

他们进镇本来就迟，眼看着天色渐渐暗了下来，三人买了几个馒头，一边啃着，一边商量着动手。杨中行已经打听清楚了，冯克礼自从郝家集围堵朱体仁他们成功以后，受到上级表彰，得意非凡。天天晚上都要到河口酒店喝酒寻欢，还不给一分钱，把酒馆都愁死了。

从河口酒店出来，到自卫团营地，有两条路，一条宽大些，行人较多；另一条是小胡同，冯克礼的府第就在这里。选大街，目标大，易暴露；选小胡同，如果惊动了冯家，终是麻烦。只能静悄悄地不能让任何人发觉。想来想去，还是杨中行想出了办法，他找着一根短绳，到时勒住冯克礼的脖子，让他发不出叫声就行了。三人商量停当，慢慢地向西河口酒店走去。

心想事成，冯克礼今天整天都泡在西河口酒店喝闷酒。他踩着老公鸭的步子，进了酒店，说了句，"上酒菜，照旧"。掌柜的巴巴地跑过来，哭丧着脸，爷、爷地叫着，让伙计准备去了，哪里敢提一个钱字？

冯克礼感觉自己的酒量越来越大了，一斤倒下去，都没有一点意思。于是，抓起酒坛，猛喝了几大口，咂咂嘴，说，掌柜的，你过来，你酒里兑了水，怎么一点酒味都没有？

掌柜的赶紧解释，是你老酒量大，借我天大的胆子，我也不敢在酒里兑水呀。

"你他妈的小心了，等你爷爷哪天飞黄腾达了，酒钱加倍赏你，你不要不识相。"

"哪能呀，你老进我的店，是给我面子。"

"那好，再来一坛。"

那掌柜恨不得抽自己两嘴巴，只好又搬来一坛。

两坛酒下肚，冯克礼脚步有些发虚，晃晃悠悠地出了酒店，向军营走去。经过一个小巷，有个大个子拍了他一下，他大怒，拔出手枪，趔趔趄趄着步子跟后追。一进胡同，脖子便被绳子勒住，他翻了白眼，昏过去了。

杨中行一把抄起他，背上身，急急朝街口走。来到站岗处，戴大妈走到前面，对站岗的自卫团说："老总，我外甥猫尿喝多了，家里要他回去。"

两个自卫团士兵看也没看，老远就闻到臭烘烘的酒气，骂了几声，挥挥手，让三人出城了。

与此同时，车厚桥带领吴百好、李先忠等人在晚上摸进了冯克志的家，挥刀割下了冯克志的头。

第二天早晨，冯克礼和冯克志的人头就悬挂在西河口集镇中心的一棵大树上，旁边还贴着独山苏维埃政府的布告。

冯孝山和车厚桥他们镇压了反共分子冯克礼、冯克志，使一些反动士绅和反共分子的嚣张气焰有所收敛。

注释：

① 选自 1930 年 4 月 17 日《霍山县委关于经济、政治等情况的报告》。

② 刘毅（1906—1930），男，汉族，字连干，又名任夫。安徽霍山县黑石渡镇印墩冲村石门沟村民组人。1917 年入黑石渡霍山县立第四高等小学读

书。1923 年入安庆安徽省立第一甲种农业学校（芜湖第二农校）学习。1925年回黑石渡第四高小任教，并与校长张静峰等人从事马列主义学习活动。1927 年 3 月，北伐军进入霍山，他积极参加党领导的宣传组织活动，动员人民支援北伐。不久加入中国共产党。大革命失败后，他回到新店河秘密进行革命活动。1928 年初，任中共新店河小组副组长，不久任支部副书记。5 月，举行纪念"五一"集会，先后砸了新店河姜家祠堂的牌位，捣毁了诸佛庵镇上的烟馆和赌场，一时威声大振。1928 年 12 月，当选为中共西乡特支宣传委员。1929 年 5 月，因诸佛庵兵变暴露了身份，暂时转移到合肥。六霍起义爆发，他回到家乡组建和领导赤卫队，参加了以桃源河暴动为代表的一连串的农民暴动，还将新店河 300 多赤卫队员集中起来，支援六安龙门冲暴动。1930 年 4 月，带领地方赤卫队配合红 33 师和 32 师攻打霍山县城，被中共霍山县委任命为霍山县苏维埃警卫大队大队长。6 月，改任六霍特务大队大队长。红军主力西调后，他率部转移到茅山、燕子河一带活动。7 月，在新店河进行根据地的恢复工作。后不幸在大干涧被捕。于 1930 年 10 月 31 日，英勇就义于霍山西门外。

③ 项宏义，霍山县黑石渡镇印墩冲村人，革命烈士。

第 15 章 开辟苏区大显身手

深情送别冯孝山，保卫苏区出大力

1930 年 1 月 18 日中午，在龙门冲红石岩的广场上，六安中心县委、三区区委和苏维埃政府、妇女会、赤卫队的代表前来欢送冯孝山和游击队员们前往霍山燕子河、闻家店地区，组建红 33 师。仪式结束后，党代表詹孟雨领着队伍正在集合。这时，交通员送来了中心县委书记舒传贤的来信。

这时，冯孝山和车厚桥已经走到了人群外边，站在门口的台阶上。冯孝山匆匆看完了舒传贤写来的那封信，沉默了一瞬间，向车厚桥道："我们要走了，车厚桥。往后，你们的担子就更加重了。保卫三区苏区的任务就交给你们了……可你们的好武器、优秀队员都让我带走了。"他凝视着游击队员们集合的方向，含意深刻地说道，"就像舒书记信上说的，在这里，一场新的斗争已经开始了。"

"你放心吧，冯队长。"车厚桥朗声而坚定地说道："我们在家乡总要好些的。山熟水熟人更熟，情况对路就打他一家伙，情况不对就钻进山里。只是……"他抬眼向南方凝视了一瞬，流露出难舍的情感，向冯孝山沉静地说道，"你们的路还很长，你也要多保重……"

冯孝山微笑着点点头："好。不怕，我们有党的领导、人民的支持，还有你们赤卫队的帮助，什么困难不能克服？"他抽出一把驳壳枪递给了车厚桥："这把枪你带着，你要用它保护好苏区、保护好群众，灵活地打击敌人！"接过枪，车厚桥充满情感地对自己的革命引路人说道："放心吧，我会用自己的鲜血和生命来完成好党交给的任务！"接着，车厚桥低声地说道："要有方便的人，常带个信……"

冯孝山默默地点点头；本来有许多叮嘱的话，这时却觉得一切都是多余的了，他紧紧握住车厚桥的双手。虽然，他们互相都知道，摆在他们两人面前的路，都将是十分艰巨漫长的；但他们却充满着信心；在惜别里，完全没有了初次分手时那种茫然若失的伤感和凄怆；有的只是团体的力量和对战斗、对胜利的向往。他们默默对视着，那双紧握着的手，表达了他们内心里那刹那间难以用言语来表达的复杂的情感。然后，冯孝山松开手，望着车厚桥，憨实而又情深意长地微微一笑，便坚决而满怀信心地转过身去，向着队伍集合的地方走去。

"冯队长，等一等！"随着车厚桥的呼喊，冯孝山停住了脚。

只见他带着李先忠走了过来。"冯队长，李先忠出身贫苦，对党忠诚，又十分机智，跟着你，会大有进步！"说着，车厚桥把李先忠交给了冯孝山。

冯孝山带着李先忠，迈开大步向前走了。

车厚桥感到自己的眼眶湿润了。但看到他俩那坚定的越走越远的背影，和那雄壮前进着的浩荡的队列时，他不觉又充满力量地昂起头来……

根据三区区委书记冯先义[①]的指示，车厚桥带领游击队担负起保卫苏区的任务，"六安三区的游击队，因为是秘密组织，行动要敏捷，所以完全是钢枪（长枪13支都是土造，是32师到独山时给的）"。[②]

腊月里，国民党陈耀汉旅受蒋介石政府之命，调离皖西向蚌埠一带进攻石友三，六安城只有少数部队守城，地主阶级大为恐慌，他们把六安地方所有的军队及收买的一部分土匪共编为三团队及人民自卫团一、二纵队，以镇压革命。

冯孝山队长率领游击队参加了红33师以后，车厚桥同志正式担任六安三区赤卫队队长，吴岱馨担任党代表，王鼐雄担任政治部主任和副队长。关于赤卫队工作，1930年4月1日，《六安县委关于六霍等六县目前工作计划的决议案》指出："赤卫队的工作（一）武装及人才的准备：1.派农民同志或农协会员到红军中或统治阶级军队里当兵，学习使用武器；2.训练勇敢分子当军事干部；3.集中收买一切武器——钢枪、土枪、土炮、炸弹、子弹等。（二）赤卫队的任务：1.保护一切革命的组织；2.肃清反动派；3.维持赤区治安；4.帮助游击区红军作战；5.夺取敌人武装。（三）赤卫队的组织应该是在业的农民参加，直接受农民协会的指挥，在苏维埃区域应即变为警卫预备队。（四）训练应与游击队相同，同时赤卫队员应参加农民协会。"车厚桥很好地完成了上级交代的赤卫队工作。

在红33师主力整训期间，车厚桥率领三区赤卫队勇敢地保卫苏区，出大力流血牺牲，不断地打击敌人。

红军首次攻打霍山城，厚桥带队奋勇进北门

1930年1月20日（农历腊月二十一日），为了形成保卫皖西根据地的核心力量和发展武装斗争，根据中心县委的指示，各游击队党、团负责人列席参加由中心县委书记舒传贤亲自主持的中心县委常委会。会议认真总结了皖西大暴动的经验教训，指出"在严重的白色恐怖下除了武装抵抗，别无出路"，"没有一支强大的正规武装，就不能取得和巩固革命的胜利"。会议决定由舒传贤亲自负责，把六霍两县游击队组建为中国工农红军第33师，师长徐百川③，党代表鲍益三，政治部主任张健民（后为姜镜堂），辖2个团和1个特务队，106团由独山暴动产生的安徽红军第一游击纵队（由六安三区、六区游击队组成）编成，团长冯孝山，副团长高天栋，党代表余爱民（即詹孟雨）；107团由西镇暴动产生的安徽红军第二游击纵队编成，团长徐育三，副团长李锡山，党代表孙能武；特务队由诸佛庵兵变部队编成，全师共200余人，内有党员40余人，枪145支。师部除政治部外，还有军务处、军需处、参谋处、副官处等。这是鄂豫皖边区创建的第三支工农红军。

中共六安中心县委为了提高部队战斗力，随即把新组建红33师的部队开往燕子河地区整训。师领导深知红军战士疾苦，视红军战士如兄弟，广泛而亲切地同战士交谈，使战士明白"团结力量大"的道理。他们运用一位姓刘的战士家庭的悲惨遭遇，组织部队痛诉恶霸地主残酷剥削和压迫农民的罪行，激发红军战士对反动统治阶级的阶级仇恨。

红33师诞生后，立即投入战斗。"因为想予统治阶级一个重大打击，树立红军的声威，同时可以扩大我们的武装"。（《六安中心县委军事报告》1930年2月20日）根据六安中心县委指示，于是选定了统治阶级武力比较薄弱的霍山县城，作为首攻目标。准备攻打霍山县城。

霍山县城坐落在霍山县域东北部的万山环抱之中。北流的淠河在这儿打个弯，由东西走向改为向北淌。20世纪二三十年代的霍山城四周有护城河，护城河内侧有城墙，厚2米，高3米。四面建有城门：东门叫启明门，门外是石担桥；南门叫崇寿门，靠近城墙处的开运寺巷北端有全国罕见的最小庙

——龙王庙，过了护城河就是南潭；西门叫长庚门，门外是玉带桥，桥边建有楼堡；北门叫拱辰门，北门外是顺河街，顺河街的外面是河北滩；城中心是文庙。

冯孝山走后的短短几天时间，车厚桥的赤卫队又新造了二十几支土枪。赤卫队常备力量的一个排和警卫班，基本上都有了土枪和大刀。至于车厚桥本人，腰里挎着驳壳枪，背插大刀。赤卫队经过一个星期的训练，战斗力加强了不少。各乡的赤卫队都已整理完毕，都各有一个常备班，每个常备班还有 5~6 根土枪。

腊月二十八日，天空撒着小雪。龙门冲至左楼的路上，一位男子汉健步如飞，他就是赤卫队队长兼常备营营长车厚桥。他今年虚岁 24 岁，乌黑油亮的头发，浓密英挺的剑眉，深邃有神的眼睛，端正高挺的鼻梁，厚重微抿的嘴唇，棱角分明的轮廓，搭配在一起之后，更是犹如上帝手下巧夺天工的作品；他身穿长衫，头戴礼帽，长衫的领口微微敞开，袖口卷到手臂中间，露出小麦色的皮肤，修长高大却不粗犷的身材，宛若黑夜中的鹰，孑然独立间散发的是傲视天地的强势。他大方又稳重，遇事肯动脑，不退缩。多年革命斗争的锻炼，使他更加成熟和睿智。

车厚桥去左楼，是按照中共六安中心县委的指示，参加军事会议的。主要是讨论红 33 师和赤卫队的军事行动。在会上，车厚桥提出的"以攻代守，在战斗中锻炼部队"的建议得到了与会同志的赞扬。可是他"攻打霍山县城"的提议被大会否决，他的心情有些不爽。其实车厚桥的提议正符合中心县委的决议，"被否决"则是中心县委书记舒传贤采取的保密措施。

大年三十上午，车厚桥正与吴岱馨坐在左家楼张汉卿院子里专心致志地下象棋，王鼐雄突然急匆匆地走了进来，吴岱馨一眼就看见了他，连忙对他招了招手，开心地说道："你快来看，我快把车队长给下赢了！"

王鼐雄微微一笑，说道："县委舒书记来指示了，要我们配合红 33 师打霍山县城！还要车队长带队呢，我们怎么部署啊？"

"打霍山县城？要我带队？"车厚桥张大了嘴巴，眼睛瞪得大大的。等他回味过来，感受到了县委对他非常信任，顿时情不自禁地笑了。

"真的打霍山县城，33 师是主攻，我们是助攻，任务是打霍山北门。"王鼐雄把县委指示信递给了车厚桥。看过信后，车厚桥问王鼐雄道："王主任，李先忠呢？""就在外面。"王鼐雄回答说。

车厚桥把信递给了吴岱馨，然后把李先忠叫了进来。寒暄过后，车厚桥对李先忠说："冯团长派你来支援我们，太好了，攻打霍山县城你就跟着我，帮我出出主意。"

李先忠出去以后，车厚桥和吴岱馨、王鼐雄一起研究了具体的战斗部署。刚商量完毕就是下午了，车厚桥就赶忙叫来了通讯员，对着通讯员大声地说道："快，赶紧去通知各个班的班长，让他们赶紧上我这开个会！"

通讯员转身出门，连忙赶往各个班传达命令，不一会儿各个班的班长们都纷纷赶到了。车厚桥又要李先忠参加会议。

"根据上级指示，霍山县城里面的敌人防守力量不强！我们遇上了一个千载难逢的好机会，县委把握了这个机会，决定给白匪们一个奇袭。有红33师的主攻，霍山县城就一定会被我们打下来的！"车厚桥笑着说道。

二班长秦为宝④不安地说道："县城里面的敌人防守力量不强，会不会有诈啊？万一我们中了白狗子们奸计的话，那么我们可是退不出城来的！"

"县委的指示是不会错的，这个老侦查员探来的情报是对的，我们的任务是在北门助攻。"王鼐雄拍了拍自己的胸膛，接着说道："你就放心吧！这次我们一定会拿下霍山城的！"

"这样吧！为了保险起见，还是在城外面留下一个班吧！万一在城里面有什么不测的话，也能随时支援城里的队员们撤出来！"李先忠提议道。

"呵呵，这主意可以，我们就这么办吧！"车厚桥对着众人说道，接着他又说："下面我来宣布一下本次的作战计划，党代表吴岱馨带领警卫班留守，和各乡赤卫队保卫苏区。王主任带人随我去霍山，过河后，王主任和秦班长在城外面顺河街外与河北滩交界处的芦苇荡设一个埋伏圈，万一有什么不测的话，我们就把敌人们都引出城来，然后再诱白狗子进入包围圈里，大家合力将白狗子们歼灭干净！哦！对了，李先忠你就和我一起进城去吧！有你这个好兄弟在我的身边我就放心一点了！大家都散了吧！好好回去准备一下，一个小时以后来我这儿集合，准备出发！"

于是，众人都各自回班里准备去了。

大年三十是1930年1月29日，吃过年饭后的傍晚，也就是一个小时以后，大家都陆陆续续赶到了车厚桥那里，车厚桥等大家集合完毕后，又再次把任务要求宣布了一遍，便和王鼐雄立马带着众人浩浩荡荡地向南直奔霍山县城而去。雪后初晴，天气寒冷。精神抖擞的赤卫队员们迈着矫健的步伐，带着大刀、长矛、土铳在星光下行进。

大家跟着车厚桥急行军了三个多小时，终于到达了那块离县城不远处的淠河岸边。寒冬腊月，冻手冻脚。车厚桥带领一个排的赤卫队员们已经跑得热乎乎的。在王鼐雄的带领下，大家脱下鞋和袜子，卷起裤脚就向带着冰碴的河里趟过去。

由于冬季河水少，不少沙滩都露出来了。赤卫队员们走一段河滩，涉一段河水。在大家过了一半河床的时候，车厚桥还在北岸未动身。就在大家快到南岸时，只见车厚桥取下背上的 1.5 米长的细毛竹棍，在沙滩上向南轻跑几步，接着毛竹棍快速点起来、脚步飞起来。短短一分钟时间，车厚桥就跃到了南岸，脚上的鞋子未湿。他扭过身子，迎接自己的战友们。

一到顺河街北口，车厚桥转过头来对着身后的各个班长吩咐道："大家立即按照原定计划分散开吧！"于是众人都遵循原定计划所示的预定地点分散了开来，纷纷用身边的植物遮掩着自己的身体，埋伏了起来。

天亮时分，不少早起的人们放起了迎新年的爆竹。在噼里啪啦的爆竹声中，车厚桥带着袁成汉、李先忠两个班的人马向县城北门口奔袭而去，王霈雄带着秦为宝班的赤卫队员们就地埋伏。

车厚桥他们刚接近北门口时，迎面就撞上了那几个巡逻的霍山县自卫队的士兵，袁成汉[5]和李先忠他们包围了白狗子。一个士兵刚要叫喊，袁成汉摸出了腰间的飞刀，只听见"刷"的一声，秦为宝也是一个转身，手中的飞刀便掷了出去，几个白狗子应声栽倒，身体挺得直直的，"啪"的一声摔在了地上。车厚桥连忙对着几个队员努了努嘴，几个队员一下就窜到了白狗子们的身后，举起手中的匕首指向剩下的白狗子的脖子。见此情况，几个剩下的霍山县自卫队的巡逻士兵举手投降了。只有走在最后的那个领队的巡逻兵班长逃回城里，因为他离北城门只有 5 米远。因为是大年初一，他们没有配枪，只是手持警棍。

说时迟，那时快。北城门"哐啷"一声关上了。城里传来一阵阵"共产党打进来了！红匪来了！"

在秦华轩的提调下，一会儿，自卫队二中队的士兵都趴在城墙边上，枪口在射击孔里向外扫射。一时间，枪声大作。因为赤卫队的武器不行，再加上他们的任务是助攻。双方就隔着城河、城墙对峙起来。

一直到下午 3 时左右，主攻西门的红 33 师才打开西门。县长甘达用抽调南北门的自卫队士兵紧急支援西门。

趁着这个空子，车厚桥利用那根 1.5 米长的细毛竹棍做撑竿跳，再加上他的轻纵术，越过了城墙。他打倒了守城的自卫团士兵，打开了北城门。袁成汉、李先忠两个班的赤卫队员攻进了北门。

接到北门败报，县长甘达用慌忙把所有自卫队武装都撤到东门一带固守。下午 4 时，敌军败退，红军焚烧了两家大商店（均为反动豪绅家的，其中的一家是萧子瑜的），还打开了设在大牢巷的监狱，放出了在押犯 50 多人。但由于东门碉堡未能攻下，加之红军初建，兵力散开之后难以集中，为了保存实力，红 33 师主动撤出了霍山县城，107 团开赴西镇肃清后方民团残部，106

团驻扎在流波磴一带整训。这次战斗，红军被俘3人，阵亡1人，伤2人。

红33师在组建后不到半个月的时间内，就打下了一座县城，其影响是巨大的。正如中心县委给中央的报告所说："这次战斗虽无大胜利，但政治影响扩大了，威吓统治阶级力量实在不小"，显示了红军的战斗力。攻占霍山县城的次日，从在六霍通道上截获敌人的两封电报稿上也可以看到这次战斗对反动统治阶级所显示的威吓力量。国民党霍山县县长甘达用急电安徽省代理主席吴醒亚（省主席石友三正在前线指挥作战，不及兼顾，由民政厅长代理）："二月一日夜，霍城失守，请火速派兵来援。"另一封是县典狱长给省高等法院的告急电："昨（二月一日）夜霍山失守，逃去已决犯八人，未决犯人二十一人，请速派队来援。"

第一次攻打霍山县城以后，李先忠继续留在六安三区赤卫队，跟随着车厚桥。

赤卫队配合收复麻埠，红三十三师突袭流波

为了恢复和扩大苏区，经过整训的红33师决定攻打麻埠。麻埠镇四面环山，地势险要，是鄂豫皖交通要道。镇上驻有国民党军2个商团、100多人枪。赤卫队曾几次攻打，均未奏效。为了摸清镇内敌军布防情况，车厚桥安排赤卫队的侦察队队长韩仰渠化装成钓黄鳝的，下午在麻埠镇周围钓黄鳝，第二天上午进麻埠镇卖黄鳝。

根据韩仰渠侦察到的情况，车厚桥认为赤卫队没有能力独立打下麻埠，他决定向主力红军求援。接到求援信后，红33师师长徐百川亲自察看地形。

1930年2月中旬尾，为恢复三、六两区，红32师两个团再度东进。协同红33师攻击六安的独山、麻埠等敌。两师组成了前敌指挥部，由周维炯、徐百川分任正副指挥。麻埠守敌300余人全部被击散，缴枪30余支。继又攻占独山，缴敌"自卫团"枪60余支，敌逃过淠河。困守苏家埠待援，后因敌军援兵到了，红军撤至麻埠。

苏区的形势还是不容乐观，因为夹在霍山苏区与六安苏区之间还有一个流波磴被窜犯至此的英山自卫团占据。新组建的红33师与红32师97团按照中共六安中心县委的指示，把英山自卫团从流波磴赶走。

英山自卫团总团的团总王稚侯，颇有武艺，枪法准头高，也是一个坚决反共反土地革命的家伙。在中共地下党组织的辛勤工作下，作为国民党地方

武装的英山自卫团，其部下有不少组织和个人倾向革命。如共产党员傅昆炎、萧伯唐、姚家芳就带领不少自卫团士兵参加革命。西镇暴动成功后，出于对革命的仇视，王稚侯率领英山自卫团的大部分兵力配合西镇自卫团残部 3 次进攻西镇苏区，都被安徽第 2 游击队击退。

受国民党六安保安第 1 团杨宗（松）山团长的召唤，率部赶到流波磰，收编为保安 1 团 3 营。驻守皖西苏区的中心——流波磰。

流波磰是红 33 师的诞生地，此时遭到敌人的蹂躏，战士们愤慨万分。徐百川传达了总指挥部的决定，战士群情激愤，跃跃欲试。入夜，乌云满天，一片漆黑，徐百川率领红 33 师部队，在深山小径中急速前进。配合作战的有红 32 师的 100 余人，还有车厚桥率领的六安三区赤卫队。

侵占流波磰的匪首杨宗山，做梦也没有想到红军会突然打回来。正当他们把抢来的猪、羊、鸡、鸭放在柴火堆上烧烤、狂笑暴饮的时候，红军已悄悄地摸进了村子。突然，一颗手榴弹在匪徒围聚的火堆中爆炸。顿时，整个山村沸腾起来。红军战士一面向匪兵猛烈扫射，一面大声高喊：“缴枪不杀！”

保安第 1 团匪兵没有戒备，对突如其来的强大攻势毫无抵抗能力，纷纷弃枪逃命。可他们前面遇到了车厚桥率领的六安三区赤卫队的阻击，后面又有红军战士的紧追不舍，不少匪兵慌乱摔死在陡峭的山沟里。这一仗，敌人损失惨重，杨宗山只得狼狈地龟缩到金家寨去了。

随后，六安、英山匪军也相继受到红军的沉重打击，各自抱头鼠窜，逃回老巢。至此，独山之围遂解。

这时，六安三区的苏区基本恢复，只有西河口等少数地点仍然被敌人占领。

红军二打霍山城，厚桥开辟新苏区

在东淠河以西和佛子岭以北完全赤化的情况下，霍山县又爆发了东北乡暴动。1930 年 4 月 6 日，六安县民团头子罗子和率六安县自卫团到下符桥一带搜捕农协会员，进剿舒家庙，抄舒传贤的家，遭到游击队的有力反击，激战数小时，形成对峙局面。县委召开紧急会议决定：1. 由东北区委动员全区人民实行总暴动；2. 县委派人请红 32 师、红 33 师速派兵支援。六安中心县委书记舒传贤亲临指挥。4 月 7 日，舒家庙暴动开始，赤卫队喊着“北边打到六安州，西边打到霍山城"的口号，打垮民团的数次反攻，踩掉了青山街的团防局，一直打到苏家埠东边的马家庵子。下符桥乡农协会员300多人也举行了暴动，把六安自卫团围困4天。4月12日，数千赤卫队和数万群众配合红1军32师、33师攻克了霍山县城。在攻占霍山县城北门的战斗中，车厚桥与六安三区赤卫队积极配合主力红军，履行旧路，一举攻下北门。

第二次攻打霍山的战斗与敌人激战了12个小时，敌人溃败不堪，毙敌200多人，缴枪80多支，县长甘达用带出30余名残兵逃走。血债累累的自卫队队长秦华轩（霍山县大刀会总头目）负伤后被活捉，应群众要求，由翁子扬⑥执行枪决后悬头示众1天。副队长桑世炳在战斗中被车厚桥带领的六安三区赤卫队砍死。红军还处决了2名反动的西班牙神甫，释放了在押的政治犯。

4月12日，安徽省第一个县级苏维埃政权在霍山县城诞生。选举曹品三任霍山苏维埃政府主席。县苏维埃在霍山城关召开祝捷大会，热烈庆祝红军、赤卫队摧毁国民党反动民团、建立起代表工农利益的县苏维埃政权。六安中心县委宣传干事吴岱馨任大会秘书，欣然命笔给大会题写一副对联：

霹雳一声，打破霍山黑暗；
毗邻两县，现出灿烂红光。

这充分显示了解放霍山县城的伟大历史意义和深远革命影响。霍山县城的解放，极大地巩固和发展了六霍革命根据地，吴岱馨还用英语记载了大会盛况。

四乡八镇、成千上万的农民涌进县城。庆祝霍山县首届苏维埃政府的成立，欢呼工农大众第一次有了自己的政权。车厚桥代表六安三区，参加了霍山祝捷大会。会场内外，到处传唱着《攻打霍山县城歌》：

小甘小甘不要跑，你的本事我知道。
三月十三进了城，红军打仗仗仗赢。
县城攻破了，小甘逃跑了。
小甘无处躲，跑到纸背河。
刚到纸背河，红军又来了。
天下红军这样多。到处把瓜摸。

六霍起义一连串暴动的胜利，使霍山全县所有城镇、村庄、山冈无一处不插遍农民起义的红旗。民国二十一年1月，中共安徽省委向党中央报告，定霍山为全省红色区域中心。霍山县西镇大地主刘佐廷和县长甘达用纷纷上书蒋介石，说霍山"呈现海陆丰之惨状""国无营救之兵，民无抵抗之力""避无避处，逃无逃路""县府、省府束手无策，坐视全霍沦亡"。

从霍山县城解放到撤出霍山县城的短短20天时间内，红旗插遍了霍山全县，同霍山县连边搭界的六安县的东西河口、南官亭一带和舒城县部分地区，掀起了打土豪、分田地的热潮，遍地是欢歌笑语，到处欢庆解放，刚刚得到解放的人民群众的情绪空前高涨。

早在在霍邱，1929年12月20日，霍邱县白塔畈（今属金寨县）农民暴动，300多名农民打下王家老楼等八九个地主庄园，缴获一批武器，组建了游击队。

1930年4月，在车厚桥的领导下，六安三区区委领导赤卫队，再一次摧毁敌人在郝家集、西两河口等地建立的反动统治，组建一支200多人的游击队，后改编为独立团，胡广田任团长，张尚奎任政委。在摧毁郝家集、西两河口等地敌人统治的战斗中，车厚桥在战斗中大显身手，谋略在先、冲锋在前，深受同志们的拥戴，被六安中心县委任命为三区赤卫队队长。

在六安南部，4月中旬，山区的毛坦厂、嵩寮岩、东石笋、南官亭、太平桥等乡赤卫队员、农协会员3000多人起义，打垮当地各股地主武装1000多人，成立六安二区苏维埃政府。同时，舒城、六安边界地区的农民相继发动起义。六安县革命委员会也随之成立。

4月中旬，活动于寿县三觉、六安东南乡至舒城晓天等地的股匪权广义部1000多人枪，因对共产党和红军表示友好和信仰，被六安中心县委改编为工农革命军第35师。该师后来在与国民党军队的激战中失散。

在英山，爆发了"三二起义"。中共英山（今属湖北）县委根据六安中心县委指示，于3月31日领导金家铺一带的农民起义，起义武装280多人转移到霍山，组成英山游击队。4月6日，红33师107团和潜山工农革命军协同英山游击队打回英山，于8日解放英山县城，开辟了与霍山苏区相毗连的一块纵横50里的苏区。

在六霍起义的影响下，中共潜山县委于2月4日领导发动请水寨起义，组建了潜山工农革命军，随后转移到六霍苏区。4月下旬，红32师、33师配合潜山工农革命军打回潜山，再克水吼岭，形成以天堂（今岳西县城附近）为中心包括舒城晓天"红三区"在内的一块根据地。

至此（1930年4月），六霍起义的烽火燃遍了皖西大地，在六安、霍山、霍邱、英山、潜山、舒城相毗连的地区，初步创建了东起淠河，西接商南（东西120华里），南抵金家铺、水吼岭，北至白塔畈、丁家集（南北90华里）近40万人口的区域内，横扫一切封建势力，砸跨了反动统治制度，建立了红色政权，创建了皖西革命根据地。为鄂豫皖革命根据地的最后形成奠定了基础。

车厚桥为皖西革命根据地的建立，做出了杰出贡献。

注释：

① 冯先义（？—1930），六安县人，出身中农兼商贩家庭。在许希孟牺牲后担任三区区委书记，不久被敌人杀害。

② 见1930年4月15日中共中央的《六安县委军事报告第二号》。

③ 徐百川（1901—1931），原名张开泰，又名张泉。安徽省长丰县双墩镇吴店人。1925年1月至1926年1月在广州黄埔军校三期步兵科学习，毕业后参与地方农民运动活动。1926年5月，入第六届广州农民运动讲习所学习，毕业后随军北伐。大革命失败后，徐百川参加了"八一"南昌起义，胜利后随军南下，参加9月份的海陆丰起义和12月份的广州起义。年冬，受党组织委派，徐百川回安徽开展农运工作，不久即加入了中国共产党，任中共合肥特别区委委员。1930年1月，在起义胜利的基础上，皖西游击队合编为中国工农红军第11军第33师，由徐百川担任师长。六安中心县委直接领导的红33师，在霍山赤卫队的配合下，攻克了霍山县城，打开监狱，释放50多名被捕的革命群众。2月初，红33师及红32师的两个团采取统一行动，组成前敌总指挥部，徐百川任副指挥，相继攻占了麻埠、独山、英山、霍山等地，创建了皖西革命根据地。6月中旬，为坚持扩大皖西地区的游击战争，以红33师的1个连和六安、霍山游击队，重新组建了中央独立第1师，徐百川出任师长。1931年秋天，张国焘搞肃反扩大化，独立师师长徐百川也被罗列其中，不久被诬陷杀害于湖北黄安（今红安）檀树岗。1945年，党的"七大"清算了王明的"左"倾机会主义，谴责了叛徒张国焘的罪恶，蒙受不白之冤的徐百川得到了平反昭雪，并追认为革命烈士。

④ 秦为宝（？—1932），男，汉族，安徽六安人。1927年参加独山龙门冲早期秘密农民协会，秘密串联亲友，宣传土地革命。1928年加入中国共产党，参加"摸瓜队"（别动队）农民秘密武装，惩办恶霸地主，配合农民群众开展扒粮斗争。1929年参加"围攻"独山马氏祠驻军的武装起义。1930年6月参加六霍赤卫师，先后任排长、连长，率领战士进行游击活动。1930年4月，编入中国工农红军第四军12师34团任营长。7月，编入红25军73师217团，先后任副团长、团长。1932年3月，参加苏家埠48天大战，在指挥打援战斗中牺牲。

⑤ 袁成汉（？—1933），六安县人。童年帮工，后学木匠手艺，靠打零

工维持生计。1928 年参加石婆店秘密农民协会，参加抗粮、抗租和扒粮斗争。1929 年冬，参加六安农民武装起义，后被编入赤卫军当战士。1930 年 7 月编入六霍赤卫师任班长。不久，又编入中央独立第一师升任排长。坚持皖西根据地反"围剿"斗争，并在战斗中加入中国共产党。1931 年 10 月，编入红 25 军 73 师 218 团 2 营任连指导员，参加第三次反"围剿"斗争。1932 年在苏家埠 48 天大战中，他升任营教导员。10 月，第四次反"围剿"失败，在转战进入川陕革命根据地途中，他调任红 73 师 218 团政治部主任。1933 年 5 月，在反川军"三路围攻"的激战中壮烈牺牲。

⑥ 翁子扬（1901—1931），霍山县三尖铺人。1927 年冬，参加舒传贤发动和组织的革命活动。同年加入中国共产党。参加游击队后，曾先后攻打过六安、苏家埠、铜山寨等地反动营垒，亲自杀掉霍山自卫队反动头目秦华轩，并缴获一匹枣红战马。后历任乡苏维埃常委、中国工农红军第 1 军 33 师排长、连长。1931 年 1 月，红 1 军同红 15 军会师合编为红 4 军后，任红 11 师 32 团 1 营营长。1931 年 3 月，在攻打麻城磨楼时光荣牺牲。

分田分地厚桥争先

第 16 章

闻家店车厚桥学习，龙门冲闹土改争先

土地革命，指第二次国内革命战争时期，中国共产党在革命根据地开展打倒地主、分田地、废除封建剥削和债务，满足农民土地要求的革命。皖西革命根据地创建以后，就成了安徽全省土地革命运动的中心地区，党在安徽领导武装斗争的主要地区。

独山暴动后，由于敌人疯狂反扑，六安中心县委机关被迫从郝家集迁出，一度没有固定的办公场所，随时转移，但与各区仍有一个交通机关经常联系。中心县委的安全由冯孝山率领的安徽省第一游击队部分力量进行保卫，苏维埃机关和苏区由车厚桥率领的赤卫队负责安全。

在吴干才、朱体仁、许希孟牺牲后，中心县委常委、宣传部长桂伯炎又因工作需要留在六安六区工作。这样，中心县委领导层缺额较大，不能适应斗争形势。书记舒传贤及时对领导班子进行了充实调整，由周狷之担任宣传部长，田守仁（代名荣恒）担任组织部长。军委主任一职因一时无适合人选，暂未配备，其工作由舒传贤直接负责。西镇暴动胜利后，霍山六区和六安六区成为一块比较稳固的根据地，中心县委机关遂迁到霍山六区闻家店办公。相对稳定下来，并在此一直坚持到1930年9月初。

1930年2月中旬，红军收复独山，独山、麻埠一带苏区完全恢复。3月上旬，六安三区赤卫队队长车厚桥被党组织派送到闻家店党员干部培训班学

习半个月。从 1930 年春开始，皖西苏区在发动群众打倒土豪劣绅的基础上，逐步开展分田斗争。1930 年 3 月 21 日至 3 月 25 日，六安中心县委于六安县七邻湾（今属金寨县）召开六安、霍山、霍邱、英山、合肥、寿县和红三十三师联席会议，通过九项决议案，强调党对政权和红军的绝对领导，彻底执行土地政纲，七邻湾会议标志着皖西苏区基本形成。

根据七邻湾会议精神，农民协会主要任务是，在苏维埃政权建立之前，农民协会要发挥政权作用，苏区政权建立以后的主要任务是：1. 宣传马克思主义；2. 对土豪劣绅派款、罚款，征收粮食；3. 组织妇女会、儿童团等群众团体；4. 在会员中发展赤卫队员，组建游击队、守望队、闹更队等农民武装，负责镇压反共、反农会分子，保卫党和农会活动安全；5. 组建担架队、运输队，作战时作运送游击队伤员等保障工作；扒粮斗争时，组织农民运送粮食；6. 制定土地分配方案，进行分田分地。参加会议的土地委员们根据上级颁布的"土地政纲实施细则""土地问答"等文件，结合霍山县部分地区前次土改的实际情况，展开了热烈讨论。大家批判了某些地方曾经发生过的反富农路线和侵犯中农利益，以及组织不纯，阻碍土改政策正确贯彻等不良倾向，决定放手发动群众，贯彻党的阶级路线，加强调查研究，迅速而稳妥地搞好土改。散会以后，各区乡土地委员们都连夜赶了回去。他们要把这个特大的喜讯以最快的速度传遍山冲岭坳，唤起农民的觉悟，点燃革命的烈火，彻底烧毁万恶的旧世界，让世世代代受苦受累的农民成为土地的主人！

为了更好地"打土豪、分田地"，皖西苏区实行了《土地政纲实施细则》。其主要条款有：1. "凡豪绅地主所有之土地"，"经革命政府肃反委员会宣布没收财产之土地"，"富农剩余之土地"，"祠堂、庙宇、祖积、公积之土地及一切公产官地"，均"一律没收"；2. "凡没收之土地"得分配给"无地少地之农民"，"愿耕种之工人"，"革命职业家"，"红军官兵"，"退伍兵士"，"愿耕种之小贩及其他职业家"。"凡豪绅反动派及家属确无反动嫌疑者"，也可分得土地；3. 不得侵犯中农的利益，"中农在别乡之土地交由别乡分配，本乡得以同量之土地分给中农，如无土地调换，则别乡不能分配"；4. 只没收富农"剩余"土地，"愿耕种之富农"也可分得土地；5. "分配土地之多少以粮食需要为主要条件"，"不可以面积为准，要以出产为标准"，"男女有同样的权利"；6. "凡鳏、寡、孤、独、残疾及无力耕种者，由当地苏维埃酌量分配土地，其耕种办法得由雇人耕或由当地负责办理或代耕"，"分配土地尽先分给革命死难者家属"等。

在中共六安中心县委的领导下，土地改革运动在皖西广大苏区全面展开了。这场热火朝天的群众运动，使地主豪绅威风扫地，贫苦农民扬眉吐气。

有点头面的地主豪绅，有的溜走了，有的死乞白赖地跟在贫苦农民后面磕头求情，有的被戴上高帽子游斗。"打倒土豪劣绅！""没收一切地主的土地，分配给无地少地的农民！""打土豪分田地""实行耕者有其田"的口号声和"赤色苏维埃歌""土地革命歌"等歌声，响彻大小山冲，平静的山村沸腾起来了。

为了保证土地革命的顺利进行，县、区、乡各级都建立了土地委员会。分田的大体步骤是：1. 调查土地和人口，划分阶级；2. 发动群众清理地主财产，焚毁田契、债约和账簿，把牲畜、房屋分给贫雇家，现金和金银器交公；3. 丈量土地，进行分配，公开宣布分配方案，插标定界，标签上写明田主、丘名、地名和面积。土地革命使广大贫雇农政治上翻了身，经济上分到土地，生活上得到保证。为了保卫胜利果实，他们积极参军参战，努力发展生产。

4月17日，中共六安中心县委转发了六安六区苏维埃政府的一系列土改文件。到7月，六安县的三（独山）、六（金家寨）、七（麻埠）区，霍山县的一（舒家庙）、二（城关）、三（管驾渡）、四（杨家河）、五（漫水河）、六（燕子河）、七（诸佛庵）、八（流波䃥）、直属镇（诸佛庵）区，以及霍邱县、英山县的少数苏区都进行了土地分配，32万多贫苦农民和手工业者得到了土地。

1930年的春天到了。万山怀抱之中的霍山县闻家店，是当时皖西红色区域一块稳定的地方。随着中共六安中心县委从龙门冲迁来，这儿就成了皖西的红色中心。闻家店位于大别山腹地，距离六安、霍山县城均在百里以上，西北与河南丁家埠临近，正西与湖北黄安、麻城遥相呼应。这里万山重叠、树大林密，一条小溪穿过闻家店小街蜿蜒而下。中心县委机关就设在小溪源头的狮子岩下的灵岩寺内，由灵岩寺缘溪水而下约百米处的罗家桥是共青团机关。距罗家桥3华里的余家院子（原是地主余良远的庄园）是中心县委机关对外联络站，也是进出中心县委机关的检查哨所。与余家院子相距500米的闻氏祠堂，是中心县委开办的六霍干部学校。与闻氏祠堂相望的小山上有座东岳庙，以后成立的六霍暴动总指挥部就设在这里。闻家店，这个昔日偏僻寂静的小山村，自中心县委机关迁来后，变得十分热闹，参加各种会议的，汇报请示工作的，人来人往，络绎不绝。

那年春天，中共六安中心县委在闻家店开办了两期党员干部培训班，第一期训练霍山六区（燕子河）和六安六区（金家寨）的干部，学员14人，时间一个星期。第二期训练各区的干部，学员18人，时间半个月，这两期训练班都由中心县委书记舒传贤直接领导，并亲自授课。这两期训练班不但是皖西苏区最早的干部教育活动，而且体现了党的主要领导干部抓教育、管教育的可贵精神。

作为三区苏维埃和赤卫队的主要领导，车厚桥同志参加了第二期党员干部培训班。在培训班里，车厚桥认真听讲、努力体会，他的政治理论水平和政策贯彻水平得到了很大的提高。

党员干部培训班结业以后，车厚桥同志没有马上回到六安三区。根据组织安排，车厚桥参加了霍山县诸佛庵区的土地改革运动试点。霍山县诸佛庵土改后，山乡很快掀起了参加红军的热潮。

在诸佛庵土改试点工作中，车厚桥感受到土地革命的巨大威力，他决心跟着共产党，为穷人谋利益，永远干革命。

在诸佛庵，车厚桥还和霍山县七区赤卫队队长苏福祥①交流了保卫苏区、保卫土地革命的经验。不久，霍山县七区赤卫队被编入六霍赤卫师的霍山支队。

回到龙门冲以后，车厚桥帮助乡苏维埃政府金尚玉②主席开展了"实行耕者有其田"的土地改革运动。在一切飘拂着苏维埃旗帜的地方，改制换代之势可谓波急浪涌。其中，最有必要去做的，自然是对于各个农村根据地具有奠基意义的土地革命。"分田地、办苏维埃、建立自己的武装"三管齐下以后，便出现了"群众到处找共产党"，"到处举行代表大会和群众大会，地主阶级的政权被打得落花流水"的欢快场面。苏区的土地革命，一般分三个阶段完成。

首先是减租借谷，抗租抗债、抗捐抗税。

其次是召集贫农团会议，讨论没收地主豪绅财产问题，确定没收对象名单；当晚派武装对其彻底看守、标封，以防其转移和逃逸；第二天，先"把首要捆起来"，由共产党召开群众大会，通过彻底没收土地、财产和杀地主的猪来吃的决定；组织"没收地主财产委员会"，具体负责保管、登记和拍卖没收财产；然后，动员男女老少农民集体到地主家搬东西，贫雇农得到了房子、衣服、用具等，财产也就"真分到农民身上"了。

最后一个阶段最重要——最根本的财产权的转移，即没收地主阶级的所有土地和所谓属于家族、祠堂、庙宇的公地、僧地等，以平均分配给无地少地的农民。农民敢说"土地是自己的""土地终于回老家了！"苏区各地很快便是一片"分田分地真忙"的沸腾景象。

当时，苏区在没收地主的土地之后，给他们一块维持基本生活的土地，不但是将剥削者改造成为劳动者的需要，也是维持人心安定、社会和谐的需要。那些不反对苏维埃，而且自动出钱为红军购买枪械的地主、富农，被称为"仍然是同志的待遇，安然无恙"。即便是对被杀或外逃者的家属，也分到了一块土地。这即是说，他们不能再过好日子了，但还总有日子可过。苏区土地革命的深入，推动着"扩红"运动的壮大。有资料统计，在红军中，原来职业以农民为最多，约占总数的三分之二。而在地域上，来自苏区的人员，又占到了红军总数的三分之二。从土地上获得利益的农民踊跃参军，是"扩红"运动迅速壮大的一条主要原因。国民党的地方政权被推翻了，宗族势力不算数了。土地革命却很快能组织起一批队伍，迅速填补农村的权力真空。

得到土地的农民，劳动热情明显高涨，生产积极性明显提高，苏区此后连续几年在劳动力减少的情况下，还能将生产提高一、二成，说明土地分配后农村社会财富确有新的增长。与此相应证的是，有一首苏区歌谣这样唱到："夺回了土地夺回了田，夺回了房产夺回了权，穷人从此伸腰杆，有吃有穿比蜜甜……"[③]除了抵抗、外逃的以外，地主里，让步、归顺者亦不少。鄂豫皖地区，则有地主主动提出减租，说："我们今后不讲什么主人、佃户，只是互相帮助。你们种出的谷子，以后我得四份，你们得六份。我们今后一路做事，过去的租课我完全不提。"霍山县一个地主，甚至提出给每个佃农分几斗田。在六安县一些地方，"甚至有不敢而且不愿回乡的大地主，把土地、房屋几乎送让给自己的雇农、佃农，名义上是请他们代为管理，但实际上，已经是从没有过收租、收息的一回事了"。

千百年来，农民第一次分到土地，第一次在属于自己的土地上耕种。收获的粮食再也不是地主的租子了，喜悦的心情溢于言表。当时流传在苏区的一首土地革命歌谣则是土改后农民心情的真实写照：

> 杀尽豪绅，除地主，努力土地革命！
> 齐暴动，推翻衙门！
> 杀贪官，建立工农政府苏维埃！
> 工农兵士大联合，实行分配土地，齐耕种，齐耕种！

六霍起义胜利特别是土地改革后，皖西苏区经济恢复、发展较快，赤白区对立也不像其他苏区那么严重。1930年春，统一鄂豫皖红军第一人、红军第1军军长许继慎率领红军两次东征皖西，所到之处，百姓拥护，粮食不缺。有一首红军歌谣至今传唱：

> 跟着许继慎，
> 革命向前进。
> 天天有饭吃，
> 越打越有劲。

鄂豫皖苏区还流行着"金麻埠，银独山，苏家埠是金銮殿"的歌谣，足见土地政策正确的皖西苏区商贸繁荣的景象。

武装保卫胜利果实，翻身农民踊跃参军

在土地革命浪潮里，车厚桥不仅积极带领苏区群众参加土地革命，而且还用武装斗争的方式镇压反抗者。他的一个家门弟兄家里富有五大财产（土地、房屋、牲畜、家产、金银财宝），还经常欺压穷苦百姓；土地改革中，他组织力量对抗土地革命。为此，车厚桥大义灭亲，果断地镇压了这个反动的家伙，扫清了土地革命的绊脚石。车厚桥的一个表叔也是为了对抗土地革命而向车厚桥求情，被车厚桥处决的。

为了支持土地革命，车厚桥还动员自己的父亲把多于平均数的山场拿出来参加土地改革。车厚桥的行动，有力地促进了独山地区的土地革命。

1930年12月10日，中共中央收到了《舒传贤关于六安中心县委工作情况给中央的报告》，指出六安"三区苏维埃政府之下，有七个乡苏维埃，该区面积长约五十里，宽约四十五里，全区人口有六万左右，土地是彻底分配的。"[④]

1930年4月，鄂豫皖特委会成立后，鄂东北、豫东南各县由特委直接领导，六安仍保留中心县委（时将合肥划归芜湖，寿县划归凤台），舒传贤任书记，归特委领导。4月下旬，六安三区苏维埃政府恢复起来。随着六安县革命委员会成立，统一领导各区苏维埃政府。截至4月底，六安、霍山、霍邱、英山、潜山相毗连的地区形成一块统一的革命根据地。纵约180里，横约100里，人口约40万，豫皖根据地已连成一片。

在土地改革中，由于掌握政策的水平不一，六安三区也有少数地方发生了一些过"左"现象，车厚桥知道后，当即予以纠正。

因为地主阶级的土地、房屋、财产、耕畜、农具等多余的五大财产被没收，仅留下维持生存的东西，所以他们不甘心失去自己过去的"天堂"，一有机会就反攻倒算，进行阶级报复，把屠刀指向翻身农民。林中斌、李占全就是地主阶级对抗土地改革、屠杀翻身农民的刽子手。

车厚桥带领三区赤卫队，果断地镇压了地主阶级的反抗，保证了三区土地改革的顺利进行。

皖西苏区土地革命的全面展开，摧毁了几千年的封建土地制度，广大农

民在政治上、经济上翻了身，农村生产力得到了解放，农民生活得到了明显改善，他们把自己的命运与共产党、红军、苏维埃紧密地联系起来。苏区到处都涌现了拥护红军、踊跃参军的热潮。1930 年 6 月初，红军"一师编制委员会招收补充的新兵二百人"，刚刚分配土地的六安三区"少纵队一批送来五百，而一师已不能容纳，故令彼三百人仍回少先队，但他们以为没有入上红军引为憾事，有的并急得流泪。"⑤

注释：

① 苏福祥，即苏焕清（1909—2003），安徽省霍山县诸佛庵镇大干涧村苏家大院人，1928 年参加革命，同年加入中国共产主义青年团，1929 年参加中国工农红军，1930 年加入中国共产党。土地革命战争时期，他先后任战士、鄂豫皖总医院后方医院政委、陕北永坪医院第三所司务长、军委总政治部巡视员等职，参加了鄂豫皖苏区五次反"围剿"斗争和两万五千里长征。抗日战争时期，他历任旅部副官、副官主任，师部副官主任，盐阜区货管局局长，科长，盐阜区盐务管理局局长等职，参加了晋东南九路围攻和主攻盐城等战斗。解放战争时期，他历任师后勤部部长、大连贸易机关经理、哈尔滨总供给部部长、东北民主联军供给部部长、第四野战军供给部部长等职，较好地保证了作战部队的军需物资供应，为夺取辽沈、平津战役的胜利做出了贡献。新中国成立后，他历任东北军区后勤部副部长兼财务部部长，东北军区后勤部军需部部长、车管部部长、汽车拖拉机管理部部长，总后勤部营房部部长，总后勤部司令部副参谋长，总后勤部管理局局长、政委。"文化大革命"中，他受迫害被关押，1978 年任总后勤部司令部副参谋长，1982 年离职休养。苏焕清同志长期担任我军后勤部门高级领导职务，主管或兼管综合协调、财务、军需、物资、营房及车辆管理等业务，为我军后勤业务建设和发展做出了贡献。他 1955 年被授予少将军衔。因病医治无效，苏焕清于 2003 年 2 月 2 日在北京逝世，享年 94 岁。

② 金尚玉，六安县西河口乡红石岩村人，革命烈士。

③ 见当代中国出版社《徐向前传》。

④ 见《六霍起义》第 182 页。

⑤ 见 1930 年 12 月 10 日《舒传贤关于六安中心县委工作情况给中央的报告》。

第17章　恢复苏区厚桥出力

白军疯狂杀向苏区，厚桥率部英勇抗击

"苏区"指的是土地革命战争时期（1927—1937），中国采用"苏维埃（俄文音译，意即代表会议）政权"组织形式的地区。中国共产党是苏区的执政党，人民群众当家做主，有一套相对完全的国家机器。苏区的主要支撑力量是中国工农红军，赤卫队也是十分重要的支撑力量。

1929 年冬天，寒风凛冽。国民党以陈耀汉独立第一旅为主力，集中了大批反动武装向六霍苏区杀来。

九尖头离十八盘不过十六里地，是李先忠童年砍柴、放牧、玩耍的地方。北风吹动山壁枯黄的草梗，草梗下的一个土堆就是李先忠姐姐（李先忠父母的养女）的新坟。下山执行任务归来的李先忠得知了姐姐被国民党匪徒捉住并以"匪属"名义杀害，找到了这里。李先忠趴在上面泣不成声，双手发疯地挖啊挖！指头鲜血点点滴滴渗进土里。站在一旁的陈大国①心情也非常悲愤。"姐姐！"李先忠挣扎着。熟悉的身影，瘦骨嶙峋，拖着长长辫子，李先忠想看清一点，却反而愈加模糊。仇恨，就是这样深埋进了心底。

陈大国和李先忠一回到驻地，就向车厚桥和吴岱馨汇报，介绍侦察到的全部情况。当听到整村整村的人都被杀害，或四散逃亡时，车厚桥和吴岱馨的心情异常沉重；战士们则义愤填膺，咬牙切齿要求报仇雪恨。车厚桥一边安排人员去找吃的，一边原地休息。他心里还惦记着安徽省第一游击队，难

177

以释怀。

筹粮的赤卫队找不到任何吃的东西。原来欣欣向荣的苏区变成了罕有人烟的死地。陈大国带着众人找到了几处群众掩藏的粮食，这还是在赤卫队撤出根据地前就做的准备工作。藏匿的人或死或逃都不见了，这些窖子、山洞、墓穴里的红薯、米面、稻谷就成了无主的东西。谁能找到就是谁的，如果不去找，最终也是烂成泥土。找到粮食以后，几天没进食的赤卫队员们欣喜非常。冰天雪地，岁末寒冬，许多人身上都还只穿着褴褛的单衣，鞋子破的破，丢的丢，手脚冻得裂口出血。现在见找来粮食，马上燃起篝火，三五一组，四六一堆，拿出随身带的搪瓷缸子，抓上一把米，放上水，靠近火堆烧烤。不一会，杯子里的水就开了，飘出一阵米饭的清香，诱得饥肠辘辘的战士馋涎欲滴，有的没等水分烧干就拿两根树枝挑着吃。

"叭——，叭——"，清脆的枪声。

李先忠拔枪而起，急忙跑到车厚桥面前。车厚桥正跟吴岱馨等人在商讨着主动出击敌人的计划，一边焦急地等待前哨回来报告。之前也出现这种情况，赤卫队到达一个宿营地生火，燃起浓烟就会把附近追兵引来，害得赤卫队来不及吃饭就要仓促应战。

听到枪响，整个部队都闻声而动，不管烧没烧熟，烫不烫，都忙往口里扒。

前哨很快跑了回来，说有一股敌人，好像是自卫团，在追杀苏维埃政府的工作人员。

"大概多少人马？"

"前面跑的都是苏维埃干部，背的是猎枪、红缨枪。后面追兵是灰色制服，可以认定是自卫团。人数也不是很多，不会超过一个连。"

车厚桥征询的目光看着吴岱馨，说："我们吃掉这股敌人吧？"

吴岱馨身体修长，是个文弱书生，写得一手好字，是六安革命的播火者之一，现在担任赤卫队的党代表。他为人乐观豁达，任何时候都充满自信。这些都是做政治思想工作的人必须具备的素质。和长于军事的车厚桥稍有不同。他的目光炯炯有神，但此刻，他也有点犹豫。龙门冲保卫战的失利就在半个月前，他自己的手臂也受伤了，用绷带包扎着挂在脖子上。要知道，赤卫队现在是强弩之末，打得过打不过敌人？在此打一仗又被敌人拖住怎么办？

车厚桥好像猜到了吴岱馨的想法，转身向陈大国了解情况。"你知道是谁的部队留守这一带吗？""是九公寨的慧明和尚。"陈大国回答说，"在新店河，军委主任朱体仁把他二哥陈乾士枪毙掉了，九公寨的农民协会分了庙产。现在这小子反攻倒算，每天带着人张狂地屠杀乡亲百姓。扬言就是分他一根猪毛也要拿命相抵。他现在是反共队的什么队长，李先忠的姐姐就是给他抓住杀害的。……"

陈大国刚说到这，李先忠忍不住跳起来："吴主任！让我去吧！我要替我姐姐报仇！替乡亲们报仇！"

"你怎么还这样冲动呀？"吴岱馨看着李先忠说了一句。他言下之意是：李先忠好歹也是一个干部，不应该这样冲动的。

"我看可以打，替乡亲们报仇！出口恶气！"车厚桥说。

"那就打吧！"吴岱馨把那只未受伤的手用力一挥。

"抽调没有受伤的同志凑两个排攻击就行了。"车厚桥说，"其余人员就在山坡上为冲锋的同志呐喊助威。"

其实车厚桥知道，这回突围出来的一百多人的队伍，真正能战斗的，只有李先忠的特务连了。其余的都是伤的伤，病的病，有枪的没子弹，缺衣少食，已经疲惫至极。但不能打仗的赤卫队员可以虚张声势，叫敌人摸不清我们到底有多少人。同时还应该看到李先忠等六安三区子弟兵的满腔怒火和对敌人的刻骨仇恨。这是一种能以一挡十的力量。这种力量足以摧毁世界上任何强大的对手，毫不夸张。车厚桥和吴岱馨决定打这一仗，救出被追击的苏维埃干部。决定让李先忠带领能打仗的赤卫队员组成突击队伏击，等到敌人靠近时，发起突然袭击。

李先忠把大刀插到后背上，拿起一支快枪，挑选二十几人组成一支强劲的突击队正面攻击。车厚桥则指挥像其余人渔网一样从两侧包抄过去，要把这连敌人来个一锅端。

李先忠的突击队放过前面跑的苏维埃政府工作人员十几个人，突然跳出挡在山路上，只顾一味追赶的自卫团猛一见到冲出一群赤卫队员，为首一个提着快枪，雄赳赳，气昂昂，乌黑的枪口正对准他们，不由吓得一哆嗦。正不知所措，只听李先忠大喝一声，"赤卫队在此，缴枪不杀！"

前面几个人吓得跌倒在地，后面几个见势不妙，转身欲跑，可哪跑得过枪弹，李先忠手中的快枪响了："砰！"一粒子弹撂到一个。其他的突击队员一起开火，随着枪声，有十几个自卫队员被击毙，其余的赶紧趴下投降。李先忠身后的赤卫队猛虎一样扑了过去，把他们控制住，然后乘胜追击。

"嘀嘀嗒嘀嘀！嘀嘀嗒嘀嘀！"号角齐鸣。"冲啊！杀啊！"一百多名赤卫队员漫山遍野喊着，如同千军万马从天而降。

"赤卫队来啦！""赤卫队来啦！"，自卫团惊慌失措，阵脚大乱，自相践踏，赤卫队、突击队连打带追，很快将其一连人马打垮。四散而逃的自卫团又被车厚桥带人截住，俘虏了几十人。但这伙敌人带队的只是慧明下面的一个连长，已经被李先忠的突击队打死。吴岱馨把受伤的俘虏教育一番放他们自己回去，剩下的就叫他们抬担架、背枪弹，赤卫队战士在后面押着。

被敌人追打的十几个苏维埃政府工作人员跑了好远才停下来，惊讶地发现赤卫队把自卫团消灭掉了。他们疑惑地折回身。李先忠、陈大国迎上前去把他们带到三区赤卫队领导面前。

看到苏维埃政府的同志们到来，车厚桥、吴岱馨走上前去迎接。

为了保护他们的安全，车厚桥决定，苏维埃政府的十几个工作人员跟着赤卫队活动。

西河口击溃任署东，闻家店厚桥再学习

流波磋收复以后，西河口仍然还在白军手里，在这里驻扎的是自卫团第一纵队（纵队长张泽霖）的任署东大队，有200多人。他们的军事存在，时刻威胁着苏区的安全。

红33师驰援西镇返回后，得知任署东大队仍然在西河口盘踞着，就决定拔掉这颗毒牙。因为要参加第二期党员干部培训班的学习，车厚桥没有参加这次战斗，赤卫队由王鼐雄暂代指挥。

根据车厚桥的建议，徐百川决定红33师和三区赤卫队兵分四路，攻打西河口。1930年3月19日拂晓，冯孝山派出一个班的14名精悍红军战士，装扮成卖柴草、卖麻的、卖油条的，混进镇里，待靠近任署东大队部——大王庙时，突击敌人指挥部。106团负责在战斗打响前控制西淠河河沿，从东北方向围攻敌人，由冯孝山亲自指挥；107团负责从北、西、南三面的陆地攻击敌人，部队由徐育三指挥；三区赤卫队负责在战斗打响前控制东淠河河沿和龙门冲河出口，参与围攻任署东大队，部队由吴岱馨、王鼐雄指挥。攻打西河口的总指挥是红106团团长冯孝山、师党代表鲍益三。

鲍益三率部队隐蔽在西河口西面的树林里，约定以大王庙的枪响为号，发起总攻。太阳刚出来，大王庙几声枪响后，红军部队和赤卫队迅速冲向镇里。此时，守军刚起床，仓促应战，不堪一击，很快被打退下去。

正在这时，敌人的援兵到了。是原九公寨的主持——慧明和尚率领的反共队到了。在敌人密集的火力下，红军退出镇外。敌人的兵力集中在西、北两面。

趴在龙门冲河边的赤卫队，在王鼐雄的指挥下，见有机可乘，就向敌人

发起了冲击，杀声震天。望江寺山上的赤卫队员们，随着吴岱馨一声令下，就枪"炮"（洋铁桶里放爆竹）齐鸣，大有大军压城城欲摧之势。镇里的敌人见状，慌忙后缩，调转方向开枪放炮，发疯般地朝他们发现的目标射击。

战斗中，鲍益三和吴岱馨带领宣传队的队员们，从这个山头转移到另一个山头，从这一块麻地转移到另一块空稻田。一边呐喊助威，鼓动战士们勇敢作战，一边摇动着红旗，使敌人产生错觉，乱放空炮。

战至中午时分，敌人的子弹炮弹消耗得差不多了，士气逐渐沮丧、疲惫，枪炮声也慢慢稀拉了。这时，鲍益三和吴岱馨瞅准时机，带着几句宣传队员，在红军战士的掩护，选好有利地形，开始向敌军喊道：

"弟兄们，快投降吧！你们被红军包围得牢牢的，你们逃不了啦！"

头几次喊话，敌军没有什么反应，大概是被这突如其来的攻心奇招搞懵了。

鲍益三和吴岱馨不达目的决不罢休！他转换了一个位置，又高声喊道："红军就要攻进西河口了，快反正投诚吧！投诚过来才是活路！红军优待俘虏！"

接着，宣传队的队员们唱起了鲍益三、吴岱馨和车厚桥他们编写的歌谣《五劝白军士兵们》：

一劝白军士兵们，人无志气就像铁无钢。堂堂男子汉，去把白军当，说来真心伤。

二劝白军士兵们，世上哪有穷人打穷人？红军大家庭，自由又平等，快来投红军。

三劝白军士兵们，军阀对待你们太残忍。你们卖命苦，他们福享尽，痛苦诉说谁来听。

四劝白军士兵们，不要再替敌人把乡清。土豪劣绅们，心肠太毒狠，尽杀我穷人。

五劝白军士兵们，头脑清醒调过枪口来。消灭反动派，拥护苏维埃，幸福万万代。

下午，鲍益三和吴岱馨的攻心战斗终于见效了，敌军士兵一个、两个，弯着腰从阵地上跑过来了。鲍益三和吴岱馨亲自接见投诚者，态度温和，平等相待，使投诚的敌军士兵出乎意料。平时他们所听到的反动宣传是"共匪见人就杀"，因此许多敌军士兵想投降，却因害怕被杀而不敢越雷池一步。现在，鲍益三和吴岱馨的言语举动，红军的俘虏政策，使敌军的欺骗宣传不攻自破。

下午 3 点多钟，冯孝山先安排人顺风放火，然后率 1 个排直捣敌人从大王庙退守的最后据点"洋油站"（"洋油"即煤油，"洋油站"即卖煤油的地方），同民团警卫队展开巷战，他持两支手枪，左右开弓，弹无虚发。红军战士一束束手榴弹投掷过去。民团警卫队不支，举手投降。战斗胜利结束了。

可任署东却带领 40 多人逃跑了，因为红军没有料到，东、西淠河会后处的河心州里还有慧明和尚率领的反共队把守，在河心州反共队的接应下，任署东得以逃命。逃命以后的任署东发了毒誓，他一定要找红军报仇。

至此，三区的苏区完全恢复。

按照六安中心县委的布置，赤卫队要很好地加强以下工作：一是扩充赤卫队，因为主力抽调去组成红 33 师以后，再加上几次激烈的战斗，赤卫队严重缺员；二是培训赤卫队干部，提高赤卫队保卫苏区和与敌人作战的能力。

在围歼任署东大队时，六安三区赤卫队参加了战斗，虽然取得了胜利，但由于赤卫队没有经过正规军事训练，损失较大。为了提高干部的军事素质，六安中心县委决定举办军事干部培训班。

落地岗战后半个月，六安中心县委开办的军事训练班正式举办，参加本期六霍军事训练班学习的共有 120 人。

6 月 15 日，车厚桥再次来到了闻家店。他这次回到闻家店，是奉六安中心县委和红 33 师的联合命令，参加军事干部培训班的。这是皖西最早的红军学校，虽然只收了车厚桥他们这一期学生。

军事干部培训班仍然设在闻氏祠堂。培训班下设培养连、排、班干部的学生排，培养各区、乡赤卫队领导的特别班，培养各区、乡、村儿童团领导的少年先锋队，培养部队号兵的吹号班。后来的共和国开国少将王德贵、张忠参加了学生排的学习；共和国少将汪少川、吴宗先、张宜爱、宋维栻，中将皮定均，王明的妹妹陈映民参加了少年先锋队的学习；共和国少将刘健挺、苏焕清、杜彪，中将梁从学，六安三区赤卫队队长车厚桥参加了特别班的学习；共和国少将李世安、李书全参加了吹号班的学习。

闻家店军事干部培训班只能算是军事速成班，政治教育是一大特色，舒传贤亲自授课。在六安中心县委的主持下，培训班里政治教育与军事教育并重，学员们不仅是学习如何打仗，如何指挥打仗，更在于他们在确定自己是为谁打仗，为什么打仗；即使学员"不仅知道枪是怎样放法，而且知道枪要向什么人放"。所以，车厚桥他们能在红旗下浴血奋战，百战沙场，极少考虑个人荣辱和得失。所以，他们才能在强于自己几十倍甚至几百倍的军阀强敌下百战百胜，虽百死而不旋踵。

闻家店军事干部培训班，从皖西革命战争的实际情况出发，总结红军和赤卫队的经验，主要教学员如何在敌强我弱、敌大我小的形势下，采取灵活机动的战略战术，消灭敌人，保存自己。训练的内容比较丰富，时间比较紧，要求也比较高，既要学习书本知识，又要实施操练和演习。军事干部培训班提倡"学以致用""知行合一""边学习、边战斗"的教育理念。边打仗边学习、在打仗中入校、在战斗中毕业，是时代和使命赋予军事干部培训班的特色。培训班还进行了实地军事演习。车厚桥特别喜爱军事教育，尤其喜欢研究战略战术。车厚桥很珍惜这次机会，学习期间，他认真向从黄埔军校毕业的红军教官——红 33 师政治部主任姜镜堂②学习军事知识，增强了保卫苏区的能力。

闻家店军事干部培训班为红军和地方游击队培养了一大批优秀的军事政治干部，为夺取革命战争的胜利做出了重要贡献。

赤卫队员真英勇，保卫苏区打敌人

为了保卫苏区，保卫土地改革斗争的果实，六安三区的成年农民一面积极从事生产劳动，多打粮食支援红军；一面参加车厚桥带领的赤卫队，轮流到一二十里外的淠河守卫河堤，时刻警惕敌人对苏区的侵犯。

妇委会是苏区劳动妇女群众性组织。中共六安县委中设县妇委会，六安县苏维埃政府中设妇女部，区、乡、村设立妇女会或妇女生活改善委员会。妇委会成员冲破"三从四德"的封建礼教，打破"天命观"的精神枷锁，以极大的热情和高昂的革命斗志，参加土地革命，投身各项活动，成为党和苏维埃政府的得力助手和重要力量。1930 年春，中共中央在给六安县委的信中给予高度评价："妇女工作的发展，是六安党的工作进步表现之一"。

在六安西南苏区，在龙门河畔，三区七乡妇女会主席钱耀西带领广大妇女会员、宣传队员们，用最热烈的行动、最真挚的情感，掀起了拥护红军的热潮。她们做军衣、做军鞋、打草鞋，缝做慰问品，到红军驻地，到后方医院，开展慰问活动。妇女会常委刘绍青带领部分妇女帮助红军战士洗衣被，为红军战士和伤病员演戏、唱歌，鼓励红军战士英勇杀敌，保卫苏区！到处是一片军爱民、民拥军的热烈场面。赤卫队政委吴岱馨目睹了这一场面，挥笔创作了歌曲《龙门冲河清又清》，歌词是：

龙门冲河清又清，我做军衣送亲人，赤卫队员真英勇，保卫苏区打敌人。

九尖山高路难行，我编草鞋送亲人，赤卫队员真威武，军民团结向前进。

1930年4月下旬，为了扩大革命根据地，红军第33师与第32师两个团联合组成前敌指挥部，徐百川与周维炯担任正副指挥，准备东渡淠河，向苏家埠方向发展。不料山洪暴发，不能渡河。国民党军从六安、金寨、英山三面袭来，致使红军遭受严重威胁。徐百川与周维炯等详细分析敌情后，决定以各个击破的战法，先打击流波礓的六安保卫团第1团队杨松山部。在车厚桥率领的六安三区赤卫队的支援下，大获全胜。六安保卫团第1团队遭此突如其来的打击，纷纷弃枪逃跑。

注释：

① 陈大国（1908—1931），六安县人，出身贫民家庭，幼学裁缝。1928年参加当地秘密农民协会，任宣传员，利用职业方便走村串户，宣传土地革命，发展秘密农协会员。1929年，加入中国共产党，任赤卫军排长，准备武装起义。1930年6月，参加六霍赤卫师任连长，为保卫皖西苏区进行艰苦战斗。龙门冲突围后，他率领战士进行游击活动。1931年3月，编入红军教导师，任营长。不久，编入红四军12师33团，任副团长和团长。同年秋，在南下作战中英勇牺牲。

② 姜镜堂（1902—1931），皖西红军和革命根据地创建人之一，又名张经圣、张民。湖北省（时属安徽）英山县人。1924年底入黄埔军校第3期步兵队学习，曾参加平定军阀刘震寰、杨希闵叛乱的战斗。1925年加入中国共产党。1926年参加北伐战争，后到汉阳兵工厂工作。1927年春在上海从事工人运动，参加上海工人第三次武装起义。大革命失败后，回英山建立农民协会，领导农民运动，发展中共基层组织，任中共英山县委书记。1930年1月起历任中国工农红军第11军第33师政治部主任，第1军第3师政治委员、中共红1军前敌委员会委员，第4军第12师政治委员，中共皖西分区特别临时委员会书记兼军事委员会主席，中共皖西北特委常务委员兼军委会主席等职务。参与领导发展皖西革命武装和创建皖西革命根据地。曾与周维炯、徐百川指挥攻克霍山、英山等县城，率部参加了攻打英山、独山、麻埠、流波礓、罗田等城镇的战斗和鄂豫皖苏区的第一、第二次反"围剿"斗争。1931年10月，在"肃反"中被诬陷杀害于河南省光山县白雀园。

智歼落地岗反共队

第 18 章

五一战斗红军受损西河口，中心县委决定初建赤卫师

为了庆祝"五一"国际劳动节，红 33 师决定由冯孝山、徐育三两位团长率部拔除敌人设在六安县三区西两河口的那颗钉子。师部决定采取"长途奔袭短期歼灭，速战速决速退"的战术歼灭敌人，因为冯孝山团长对两河口地形熟悉，决定利用赶集的形式突然对杨松山保卫团进行攻击。

1930 年 5 月 1 日，战斗打响后，红军打死打伤敌人多名，缴枪七八支。

眼看胜利在望。风云突变，周围驻敌听到枪声后全部压阵般地赶来增援。驻扎在郝家集的、驻扎在九公寨的、驻扎在陶冲的、驻扎在龚湾的、驻扎在陈大庄的、驻扎在邹家洼的，六路敌军一起包围上来。

情况危急！在敌众我寡的情况下，冯孝山和徐育三两位团长决定撤围。随着敌人越来越多，冯孝山和徐育三决定：由他俩带 1 个排留下作掩护，由团党代表余爱民和孙能武率主力突围。两位党代表还要坚持留下带队掩护，冯团长说："党代表，能不能突围出去，决定着咱们全师的存亡。你一定要把部队带出去。这任务也不轻。不要争了，执行命令！"说罢，两位团长立即抽调 1 个排的兵力，组成阻击分队，掩护主力撤退。

留在潘家岔担任掩护任务的车厚桥，带领三区赤卫队的精锐，拼死抗击敌军的疯狂进攻，很好地接应了红 33 师部队的突围和撤退。

红 33 师主力 200 多人突围后，车厚桥带领赤卫队边打边撤，最后在邵冲

摆脱敌人，翻越平头岭，进入霍山县的小七畈。

主力安全转移后，冯孝山和徐育三两位团长决定阻击分队的两个班泅水渡河从兴隆集方向突围，然后从霍山县的下符桥转回根据地。

冯、徐两位团长带领剩下的7名战士掩护阻击分队先撤，阻击分队的两个班突围出去了。半个小时后，在只剩下4名战士、子弹打光、敌军迫近的情况下，他俩只得带领4名战士从望江寺河湾泅水渡河。然而，由于冯孝山身背缴获敌人的枪支过重，加之河深水急，冯孝山溺水身亡。冯孝山牺牲后，敌人还打捞尸体，割去冯孝山首级，送青山、六安示众请赏。徐育三也因身背军用物资而溺水牺牲。

一天以后，掩护分队在排长的带领下归队了。可冯孝山和徐育三两位团长没有回来，同时牺牲的还有7名战友。

掩护战友、牺牲自己的大个子团长冯孝山牺牲的消息传来，车厚桥非常悲痛。冯孝山是车厚桥的革命引路人、上级和战友，他决心继承烈士的遗志，为革命奋斗到底。

5月1日的西河口之战后，六安中心县委书记舒传贤等参加红33师党委会议，检查失利原因。会后，中心县委决定：

1. "改组33师并分别处分"；红33师由姜镜堂任师长，鲍益三任党代表兼政治部主任，徐百川改任副师长。

2. 初步建立三区赤卫师（又名六霍赤卫师），师长车厚桥、党代表周狷之、参谋长兼副师长王鼐雄、政治部主任吴岱馨。

3. 根据党中央指示，准备将33师编为红1军第3师。

不久，六霍赤卫师以六安、霍山两县赤卫队正式合组编成，霍山县赤卫队为第一纵队（霍山县独立团部分及赤卫队改编），六安县赤卫队为第二纵队（六安县独立团部分及赤卫队改编）。

霍山县城的解放以及霍山县首届苏维埃政权的建立，大大加快了皖西革命的进程。但也引起反动统治当局的震动，他们迅速调集了大军，对皖西苏区进行更加残酷的围剿。

5月2日，六安国民党驻军新编第5旅[①]，乘红33师大部去援助潜山工农革命军、一部去攻打两河口之机，猛扑霍山县城。霍山县城失守后，中共霍山县委和县苏维埃机关被迫转移到诸佛庵。六安的反动民团也同时向苏区进犯。新编第5旅的敌人进城后，大肆搜捕共产党员和革命群众，先后在六安、霍山两县杀害干部、群众800多人，烧毁霍山东北乡民房500多家，六安县三区100多家绝户。

1930年5月，蒋、冯、阎军阀在中原开始大混战，在鄂豫皖边区的敌军他调，根据地周围的敌人防守兵力减弱。红 1 军利用这一有利形势，大力开展游击活动，袭击平汉线，攻打敌人小据点，并到处开仓分粮，发动群众，猛烈扩大苏区范围。

1930 年 5 月，《新编第 5 旅作战报告》记载了新编第 5 旅潘善斋②部第三团自霍山报告云："土匪于 5 月 20 日晚，由六安退至土地岭以备固守。因正面仰攻不易，即令第三营绕道良善铺攻匪后面，但该山四围男女均属匪化，处处游击，经我军第三营赵营长猛力进攻，于二十一日占领土地岭。该匪即向歇马台溃窜，后据磨磐岭恃险而守。我第三团复向霍山南路拟抄击匪后，以期一鼓荡平。忽接报告，谓流波失陷，麻埠吃紧，该团兵力不敷分配，即另调部队以备增防。而前到新兵两营、经派剿六安东乡股匪，据报六月一日晨在恩古潭一带，与匪激战，匪窜向春合境内。唯东路匪情日急，势甚猖獗，即派潘团副、丁营长率领第三团第三营及第四团第二营，携迫炮一门，会同六安朱县长，率带民团分途出发，向东兜剿，行抵上行地方，得报民团一部，在桩树岗被匪包围，即令所部，于六月一日拂晓向该匪进攻，匪约千余，据险固守，经我军奋力猛攻，始溃至太平集，仍顽抗，并拟抄我军后路，幸经丁首长率兵两连，绕道至匪之后方，猛力堵击，匪始向三觉寺逃窜，总计剿击东西股匪，血战数日毙匪甚多，俘匪数十人，我军亦阵亡排长孙泽臣一员，士兵八名，负伤士兵十三名云。5 月 28 日拂晓，共匪乘我军计划西剿'权匪'之际，忽向流波反攻甚急，该地民团团长杨松山与匪激战，因寡不敌众，至于后方联络等，被匪共抄断焉。"

5 月底，六安三区群众在红 1 军东下胜利的鼓舞下，冲破白色恐怖，召开几千人的"五一"纪念大会，会后整队到西河口、郝家集游行示威。车厚桥以六霍赤卫师师长的名义组织和指导了这次游行示威。

韩仰渠卖黄鳝获取情报，赤卫师风雨夜歼灭敌人

越是极度混乱和变动的年代，越容易爆发革命。越是发生激烈革命的地方，越容易产生英雄。20 世纪上半叶的中国，就是如此。

落地岗在龙门冲西北方向直线距离 5000 米，沿着茶谷古道（诸佛庵至麻埠）公路计算，两地相距 6000 米。落地岗小街坐落在山谷里的坡地上，有 100 多户人家。坡地紧靠着龙门冲来方的两侧山脉。东北方向是焦儿岭、笔架山，笔架山的背后是海拔 412 米高的殷家老岩山峰；西南方向是塘冲、曾冲、

油坊冲山区，山高岭大，越过大岭就是金寨县海拔804米高的齐头山——"六安瓜片"的原产地。相传"落地岗"地名的由来是和明朝开国皇帝朱元璋的出生紧密相连的。元朝末年，红衣喇嘛准确预报了新一朝天子将在江北问世，1328年夏天，元帝文宗孛儿只斤图贴睦尔派出达鲁花赤搜捕并消灭，朱母带孕出逃，由淮东凤阳逃到淮西霍山山区的龙门冲西北地区，肚痛难忍，新一朝天子朱元璋在此山冈降生落地。明朝建立后，此地就名为"落地岗"。

"落地岗"风景优美，地形像个靠背椅子，椅靠子背向龙门冲，颇含风水。东北方的笔架山下有条小河，宽约15米（冬季6米左右），紧贴山脚有两个水井，号称砚池；方圆2.5平方千米的"落地岗"坡地被看作办公的公案；岗上的一个孤零零的圆土墩号称大印；靠在"落地岗"东北这边的河边两棵大柳树（现已不存）下，各有一座土地庙（现已不存）号称堆放的档案文件。自石佛冲发源的小河三面绕着"落地岗"，河水来方号称磨墨水，去方号称洗笔水。而笔架山上又好放毛笔。

20世纪二三十年代的"落地岗"小街，是"东南—西北"走向。背靠齐山的半边街道上有保公所，私塾学校，以及居民区。"落地岗"西北下坡平地上，有一个竹木堆场，专营竹木收购和外销。背靠小河的半边街道最为繁华。这半边街上有陈家的上、中、下三个茶行，专营"六安瓜片"的生产和销售；两家百货店为居民提供生活必需品。靠河边的街道离小河有四五十米，郭茂德的民团就驻扎陈家三个茶行中间的一个茶行里面。这个茶行有20多间房屋，全部是土墙瓦顶建筑，中间是一个长方形大院子。

郭茂德的民团，又叫"落地岗反共队"，有50多人，长短枪50支（其中快枪20支），除队部外，分为3个小队，每队15人，是一个加强排的编制。落地岗的三面是苏区，是国民党伸进苏区的一个钉子。郭茂德之所以敢驻扎在落地岗，是因为他有依仗：国民党独山区的"剿共"司令杨润田（杨松山）手下掌控一个团近1000人的兵力，郭茂德是其干女婿，看在干女儿的份上，他许诺，要是遇到大队"红匪"来攻打，只要郭茂德坚持一个时辰，就有援军到来；郭茂德的弟弟郭盛德担任第三小队队长，全小队配的都是钢枪，郭盛德除了枪法好以外，武功也很好，他曾跟随"红学"头子陈乾士学习四年，据说其武功不在六霍赤卫师师长车厚桥之下。

1930年五月的皋西南地区，中稻已经栽插完毕，居民除了摘茶、收油菜、准备割麦子外，没有什么大批农活。在田间，农民们除了要用秧耙薅秧三次外，还要上追肥（人粪尿和猪屎），每天还要到田头看田里有没有水（水稻生长需要水）。按说田埂搭好后，就不会漏水了，可是黄鳝经常来打洞做窝搞破坏。于是，钓黄鳝的行业出现了。为了取得生活经费和追寻淡水黄鳝珍品中的美味，每到夏、秋两季，到处都可以见到钓（捕捉）黄鳝的人，家住石湖保的韩仰渠（原名韩存友），就是其中之一。他不仅是闻名西河口、龙门冲、独山、麻埠、齐山、诸佛庵等四乡八镇的钓黄鳝大师，更重要的是，他还是六霍赤卫师的侦察队队长和红 33 师的情报员。

1930 年的端午节，是公历 6 月 1 日，干支属于壬午月壬午日，因而整天是阴天，小雨沥沥。端午佳节，粽子飘香，五月初五，酒含雄黄。

一大清早，远近人都熟悉钓黄鳝大师韩仰渠就在落地岗下的田畈上忙碌着。不到午时（上午 11 时前），他身背的扁形黄鳝笼里就装满了黄鳝，手上还拎着几条重达一二斤的大黄鳝，用柳枝串着。

走上落地岗后，韩仰渠谢绝了众多买家，把黄鳝直接送到了郭茂德民团驻地。

烧饭的大师傅热情地把韩仰渠引进陈家的中茶行，并告诫他不要东张西望。按照吩咐，韩仰渠低着头进了厨房，可他眼睛的余光不断地向四周扫描。

进了厨房以后，韩仰渠故意弄断了串着大黄鳝的柳枝，掉在地上的大黄鳝满腮是血，快速地向四处游动。就在烧饭的大师傅和韩仰渠捉黄鳝时，一时三刻，就有一条大黄鳝游动出厨房。

韩仰渠把自己身背的扁形黄鳝笼递给了烧饭的大师傅，对他说："你把黄鳝收好，那条我去逮住。"大黄鳝游动到了大院里，引起了"反共队"匪兵的好奇，大家都纷纷来捉。队长郭茂德闻声而出，他大声呵斥："有什么好看的，各人要干好自己的事。"韩仰渠乘机把整个中茶行的防务看个清楚。郭茂德两眼盯着韩仰渠呵斥道："卖黄鳝的，你不要乱看，赶紧把黄鳝逮住送进伙房去，拿了钱快出去，出去后不要乱说，不然，小心你的狗命。"

韩仰渠出门后，飞快地离开了落地岗，赶到六安霍山两县交界的皇司庙[③]，和师长车厚桥和政治部主任吴岱馨接头。由于正午天气闷热，又是走山路抄近路，等赶到皇司庙时，韩仰渠已经是浑身上下都被汗水湿透了。韩仰渠一到皇司庙，就听到庙下的小溪边有人在小声唱着赤卫师歌曲《颗颗子弹打敌人》：

十八盘山路盘旋，我磨钢刀涧水边，吹毛断发刀锋利，阶级仇恨记心间。

皇司庙旁樟树前，我擦钢枪石洞边，钢枪擦得明亮亮，颗颗子弹打敌人。

顺着歌声，他扭头一看，是指导员李先忠和战士赵俊。李先忠一看到韩仰渠，就对赵俊说："你在这儿看着外面情况，我去报告师长。"

赵俊原名赵诗元（1914—2014），六安县（裕安区）西河口乡杨冲村人，1914 年农历八月初八（9 月 27 日）出生于一个佃户家庭。父亲赵登成，为人豪爽，易于接受新事物，略识文字，思想进步。1929 年春参加了党的秘密活动，同年夏天加入了中国共产党；母亲方少堂，性格豁达，温厚贤惠，很会勤俭持家，在丈夫的影响下，也参加了妇女会的革命工作。赵俊童年时读过几年私塾，13 岁那年父亲将他送到龙门冲裴时中（即裴春）杂货店当"小倌"（学徒）。受到了车厚桥、裴如珍、冯孝山等革命者的教育，开始懂得了一些革命道理。1929 年回家参加春荒斗争，还担任了少先队小队长，为农会站岗放哨。11 月 8 日，六霍起义在独山爆发，赵俊率领少先队送情报、传消息，积极参加了起义活动。父亲牺牲后，敌人又派人抓捕赵俊，他躲进了深山老林，参加了六霍赤卫师，担任师部警卫员。1930 年农历八月十五，车厚桥安排他出山打探情况，为赤卫师寻找突围道路并顺便到舅舅家过节，补充营养。被捕后获救。为了向车厚桥师长报告情报，他又回到赤卫师。赤卫师失利后，因为无家可归，他和母亲暂住舅舅家。为了防止反对派再次抓捕，在地方党组织的安排下，他又到西两河口去学徒。1931 年 1 月，主力红军打回来了，赵俊回到了革命队伍。从此，他一直为民族独立、人民解放而奋斗着，1955 年被授予少将军衔，获二级八一勋章、二级独立自由勋章、一级解放勋章。1988 年获一级红星功勋荣誉章。1994 年 11 月 16 日在上海逝世。2014 年 11 月中旬，裕安区召开了赵俊将军诞辰 100 周年座谈会，缅怀将军的光辉业绩。

韩仰渠把经过周密侦察得来的情报，向师长车厚桥做了汇报。赤卫师的首长们经过仔细分析后认为：夜袭是我军歼敌制胜的重要法宝，夜袭就是为了以快制敌，速战速决。夜间敌人龟缩在驻地耳目不灵，便于我集中兵力，神速行动，秘密接近敌人；夜间敌人往往疏于戒备，高枕而眠，便于我出敌不意，奇袭突破；夜间敌人有限的优势兵力难以发挥，便于我发挥近战特长，迅速解决战斗；夜间敌人弄不清我兵力多少，枪声一响，草木皆兵，也便于我军以少胜多，大战告捷。

申时（下午 3~5 时）时分，浓云密布，大暴雨即将来临。六霍赤卫师的首长车厚桥、周狷之、吴岱馨、王鼐雄经过研究分析，制订了周密的作战方案：趁夜黑如漆狂风暴雨之际，攻其不备，冒雨行军，夜袭郭茂德的宿营地。

从酉时中（下午 6 时）开始直到深夜，狂风暴雨一直不停，夜黑如漆，夜里九点钟，赤卫师的警卫连 2 排的 30 多名战士在车厚桥的带领下，身穿蓑衣、头戴斗笠从九尖头悄悄地出发了。

排长梁从学④和指导员李先忠做尖兵，车厚桥带领一、二两个班居中，二班长袁成汉与通讯员赵俊殿后。

从十八盘的皇司庙到落地岗将近 20 华里，道路虽然是黄沙与石子为主，可有些路段还是黄泥地，一下雨，就非常泥泞，何况路上还要穿过白军的岗哨。

在黑夜和大雨的掩护下，半夜时分，赤卫师警卫连2排赶到了落地岗将郭茂德的反共队的驻地，将其团团包围。

车厚桥命令李先忠带领一班从东、北两面进行包围，主要防止敌人从北面大路逃窜；二班副带领二班从南、西两面进行包围，主要防止敌人占领高地据守。接着，他示意梁从学和袁成汉去摸掉"反共队"的岗哨。

节日的夜晚又是大雨不断，使得敌人的岗哨只得设在陈家茶行的门楼底下。大门道路的隔壁就是全部配备钢枪的第三小队，郭盛德亲自坐镇。

梁从学和袁成汉分别从左右两面墙角慢慢靠近大门楼，就在敌人岗哨警觉的时候，只见梁从学和袁成汉猛扑上去，用匕首解决了他们。这时，车厚桥带领赵俊等十个战士来到了门前。

赤卫队员们在车厚桥的带领下，悄悄溜进营房。拉开枪栓，装弹上膛。

解决敌人岗哨的声音惊动了郭盛德。

就在车厚桥下令统一开枪时，躲在黑暗中的郭盛德冲上来，扭住了车厚桥。赵俊在闪电中看见了这个状况，把短刀捅进了郭盛德肋下，紧接着，车厚桥手起拳落，击在郭盛德的左耳上。这个反动分子软软地瘫倒了。

见状车厚桥命令司号员吹冲锋号。外面冲锋号一响，赤卫师里外夹攻，打死敌人18人，敌人一部分举手投降，其余光着身子向独山方向逃窜。赤卫师紧追不舍，一直撵到落地岗河到西淠河的入口。敌人无路可逃，只有扑水过河，又淹死了大部。赤卫师缴获钢枪五六支、土枪七八支、子弹一部分。只有郭茂德等数人狼狈逃至独山；逃至独山的郭茂德被"剿共"司令、独立大队大队长杨润田在一怒之下枪毙了。就这样，落地岗的地头蛇被消灭了。

此次战斗，由于车厚桥计划周详，准备充分，又身先士卒，我方无一人伤亡，苏区人民拍手称快，欢庆胜利。

在这次胜利的鼓舞下，赤卫师又继续投入了新的战斗。

注释：

① 新编第5旅，原为国民革命军第10军教2师，1927年7月徐州溃退后编入11军26师。1930年，改编为新编独立第5旅，首先进行了对皖西苏区的围剿，然后参加了对湘鄂西苏区和红3军的第四次围剿、对鄂豫皖苏区和红四方面军的第四次围剿。1935年该旅改编为独立第38旅。1937年，该旅番号撤销。

② 潘善斋（1877—1951），安徽省阜阳县潘寨人，毕业于陆军速成学堂

和黄埔军校。1928 年第二次北伐时,潘善斋任国民革命军第 33 军教导师师长。1930 年, 所部改编为新编独立第 5 旅, 他任旅长, 还兼任安徽阜阳民团团总。1930 年春夏之交, 潘善斋率领新编独立第 5 旅和由地方帮会会众组成的阜阳民团, 参加了对皖西苏区的围剿, 实行残酷的烧杀抢掠。后任独立第 38 旅旅长。曾参加抗战, 1944 年春末参与指挥保卫阜阳的战斗。1944 年秋末, 解甲归里, 任导准委员会主任。1951 年病死。

③皇司庙, 位于十八盘村西南边境的叶家院组, 与霍山县接壤, 据传此庙建于清朝康熙年间, 清道光八年民间善人捐助重修并立碑文记述。传说康熙皇帝微服私访时, 安徽官员向皇帝呈报, 地处大别山的老百姓太辛苦了, 长年居住深山老林, 交通闭塞, 环境恶劣, 很多人染上了腰腿疼痛病无法医治, 遂指派一名御医前往大别山, 该御医医术高明, 医德高尚, 后客死此地, 后人为纪念他, 在此修建了土地庙, 人称皇司庙。

④梁从学 (1903—1973), 安徽省六安县人。1929 年加入中国共产党, 1930 年参加六霍赤卫师, 9 月, 赤卫师选拔优秀分子补充红军主力部队。梁从学被选送到六安县独立团第 1 营第 2 连当战士, 因作战勇敢, 表现突出, 不久即任班长, 11 月升任排长。土地革命战争时期, 任红 25 军第 74 师 222 团连政治指导员, 红 28 军第 244 团副连长、连长、营长, 第 82 师师长, 红 25 军第 74 师师长, 鄂东北独立团副团长, 红 28 军第 244 团团长, 黄冈游击队队长。参加了南方三年游击战争。抗日战争时期, 任新四军第四支队游击纵队纵队长, 第 14 团团长, 新四军津浦路西联防司令部司令员, 第 2 师 4 旅旅长。解放战争时期, 任新四军新 2 师副师长兼参谋长, 淮南军区副司令员兼参谋长, 华东野战军伤员归队处处长, 江淮军区副司令员, 皖北军区副司令员。中华人民共和国成立后, 任皖北军区司令员, 江苏军区副司令员。1955 年被授予中将军衔, 荣获一级八一勋章、一级独立自由勋章、一级解放勋章。他是皖北各界人民代表会议协商委员会副主席, 中国人民政治协商会议第二届全国委员会委员。

第 19 章　大埂店突袭许建堂

统一鄂豫皖苏区，组建赤卫师杀敌

1930 年 3 月 18 日，党中央给鄂豫皖边特委并转红军 31、32、33 师师党委及全体同志的信中指出："在目前要配合湘鄂赣等省首先胜利的工作准备，无疑的要把 31、32、33 师红军在集中组织、统一指挥原则之下联系起来，将这三师编为红 1 军。"4 月 12 日，即组建了红 1 军军部，军长许继慎，政治委员曹大骏，副军长徐向前，参谋主任朱亚伦，政治部主任熊受暄。

全军下辖三个师和一个独立旅；红 31 师改编为红 1 师，副军长徐向前兼任师长，政委戴克敏，下辖五个大队，800 余人；红 32 师改编为红 2 师，师长漆德玮，政委王培吾，辖四个团，600 余人。红 2 师一部和红 33 师改编为红 3 师，师长周维炯，政委姜镜堂，辖两个团，300 余人；红 2 师一部和豫南游击队合为红 1 军独立旅，旅长廖业琪，300 余人；红 3 师一个连加六安、霍山、英山等县的红军游击队改编为中央独立第 1 师，徐百川任师长，王文生任政委，全师共有六安、霍山、英山、霍邱四个团，400 多人，归六安中心县委领导；将红 34 师（即潜山工农革命军，全师共 200 人）改编为中央独立第 2 师，王效亭任师长兼政委，与独立第 1 师一起担负皖西当地的武装斗争任务。

红 1 军成立不久就兵分两路，一路由副军长徐向前率领红 1 师西出平汉路。另一路由红 1 军军长许继慎、政委曹大俊率领军部东进商南、皖西，一

193

边接管、一边行军、一边改编第 2 师、第 3 师和独立旅，去恢复和扩大皖西苏区。1930 年 6 月中旬，刚改编的红军队伍向六安、霍山西部地区的反动据点发动进攻，先后恢复了流波䃥、两河口、独山、麻埠等地，第三次打开了霍山城门，歼灭自卫团 1000 余人，缴获长短枪 1000 多支。国民党新编第 5 旅潘善斋进行反扑，红军予以迎击，在下符桥歼灭其大部，毙其副旅长以下 700 余人，缴获重机枪 1 挺、迫击炮 1 门。中共霍山县委和县苏维埃机关由诸佛庵迁回城内，尔后，六安县第三区苏维埃政府恢复，第七区苏维埃政府成立。战后，红军稍事休整，准备再战，7 月中旬，连歼国民党政府军韩杰部 1000 多人，还解放了英山县城。

红 1 军在皖西作战取得重大胜利，一方面是由于抓住了军阀混战的有利时机，实施了正确的战略战术，发扬英勇顽强的战斗作风；另一方面则是由于皖西人民的大力支援。为了支援红 1 军东征，中共六安中心县委召开会议，进行具体研究，号召群众踊跃参军参战，支援、慰劳红 1 军。六安、霍山一些区乡苏维埃政府还专门成立了"扩大红军委员会"，使 2、3 两师由原来的900 多人发展到 1800 多人。同时，各地还捐献了大批慰劳品，组织起救护队、运输队、侦探队、交通队、洗衣队、做鞋队，支援红军作战。在车厚桥等人的组织下，六安郝家集的群众，仅用两天时间，就为红 1 军运送烧柴 20000多斤、粮食 30 石、做军鞋 150 多双。当 2、3 两师在两河口、郝家集活动时，六安中心县委在这里召开了 5000 多人的大会，庆祝红 1 军东征的胜利。

许继慎率领红 1 军在 1930 年 6 月中旬至 7 月中旬的一个月时间内，收复了苏区全部失地，连克霍山、英山、罗田三座县城，歼敌两个旅 4000 余人，皖西苏区向北扩展到霍邱，向南进入英山、罗田、蕲春。英山、罗田战斗后，大别山南麓第一次出现了一块以金家铺为中心的红色根据地。红军在整个鄂豫皖地区，有了更大的战略上的回旋空间。

1930 年 6 月，鄂豫皖边区第一届工农兵代表大会在光山县隆重举行，成立了鄂豫皖工农民主政府，甘元景当选为主席，王平章为苏维埃政府委员长，鄂豫皖根据地正式形成。此时，鄂豫皖根据地已具有相当的规模，总面积约15000 平方千米，人口一百多万。皖西根据地北起六安的丁家集、徐家集，南抵潜山、英山以北的水吼岭、金家铺，西与豫东南根据地相接，东至六安、霍山附近淠河两岸，纵 180 余里，横约百里。三块根据地境内，除黄安县城、新集、金家寨等少数敌孤立据点外，均为红色区域。

在鄂豫皖边苏维埃政府成立的同时，各地苏维埃县、区、乡政府也相继宣布成立。各地苏维埃政府的建立，极大地鼓舞了根据地的人心，根据地的人民互相庆祝，张灯结彩，敲锣打鼓，如同欢度新年。还改唱了《八段锦》

以表达苏区人民群众庆祝苏维埃政权成立和第一次分到土地后欢欣鼓舞的心情。

> "八月里来桂花开，我区建立苏维埃。
> 张灯又结彩，鲜红的旗帜树呀树起来。
> 穷人的政府苏维埃，打到土豪分田地，我们喜开怀。
> 朱红大印工农掌，革命的旗帜飘起来……"

《八月里来桂花开》原名叫《庆祝成立工农民主政府》。鄂豫皖根据地的大人、小孩到处传唱着这首歌谣，充分表现贫困老百姓内心的喜悦之情；1931年夏天，改名为《八月桂花遍地开》，流传至今。此时，各地苏维埃政府广泛地发动群众为红军纳军鞋、做军衣、筹军粮军款，送子女上前线，到处呈现出一派忙碌热闹的景象。还有那些支援红军、送子女参军的动人情景，处处可见，使根据地有了太多太多可歌可泣的故事和场面。

1930年7月，主力红军西征后，红军中央独立第1师、独立第2师和包括六霍赤卫师在内的几个赤卫师担负起了保卫六安、霍山、英山三县地方苏维埃政权和皖西革命根据地的重任。

六霍赤卫师下辖三个支队，霍山县是第一支队，支队长是周远恩[①]，六安县是第二支队，支队长是王润生，英山县是第三支队，支队长是马权贵。师长车厚桥、政治部主任吴岱馨、参谋长王萧雄随六安支队活动。六安支队有500多人，钢枪50支，土枪100余支，土炮队有9节土炮，其余是大刀、长矛、梭镖，主要任务是"保卫苏区，消灭和打击进犯苏区之敌，在战斗中壮大赤卫师的队伍"。赤卫师师部设宣传股、组织股、侦察股等部门。师部严密注意敌人动向，有计划、有准备地打击敌人。

为了恢复苏区，车厚桥带领六霍赤卫师机动灵活地打击敌人，同时有效地保护了赤卫队的战斗力。

李立三路线贯彻皖西，六霍总暴动接连失利

1930年初夏，皖西革命根据地的形势一片大好。

1930年夏，时任中共中央政治局常委兼秘书长和宣传部长的李立三受共产国际"左"倾错误理论和反右倾斗争影响，错误估计革命形势，于6月11日主持中共中央政治局会议，通过《新的革命高潮与一省或几省的首先胜利》

决议案。对于中国革命形势、性质和任务等问题提出一整套"左"倾错误主张，要求全国各地准备马上起义。不久定出组织全国中心城市武装起义和集中全国红军进攻中心城市的冒险主义计划，又将党、青年团、工会的各级领导机关合并为准备武装起义和各级行动委员会。这种"左"倾冒险主义错误被称为"立三路线"，曾使革命事业遭到重大损失。

6月下旬，中央军委巡视员朱瑞来到皖西，在霍山县城召开六安中心县委和红1军前委联席会议。贯彻执行李立三"左"倾冒险计划，讨论攻打武汉的问题。在"左"倾思潮的鼓动下，当时在皖西有人提出"饮马长江，会师武汉""打到武汉过中秋"等动听口号，说什么"加强主观力量，少顾客观形势，毕其功于一役"。与此同时，鄂豫皖边区特委也做出了同样精神的决议。

7月上旬，中共六安中心县委在豪猪岭召开六安、霍山两县党的联席会议。根据"下级服从上级"的政治纪律，会议讨论贯彻了中共中央政治局会议通过的决议，把党、团、工会等组织合并为"行动委员会"，成立了六霍暴动总指挥部，舒传贤任总指挥，迎接"以武汉为中心的全国总暴动"；强调"一支枪也要集中到红军中去，凡有党员的地方都要发动武装暴动"。为加强白区工作，中共六安中心县委为了开辟新苏区，组织"以城市为中心的地方暴动"，决定成立前方办事处，主任周狷之（不再担任初步建立的六霍赤卫师政委，其职务由张如屏接任），成员有田守仁、吴宝才，机关设于六安城，专为加强非苏区工作。六安第一（六安城区）、第五区（苏家埠区）和中共东特支、新特支、合肥、霍邱、舒城等白区划归其办事处指导。

会后，根据中央军委巡视员朱瑞同六安中心县委、红1军前委在霍山城举行联席会议的决定，进行了武装力量的重新编组。除组建红军中央独立第1师、独立第2师外，还组建了包括六霍赤卫师在内的几个赤卫师（如霍舒衡赤卫师、六舒赤卫师等，以六霍赤卫师的战斗力为最强）。六霍赤卫师四五千人，师长车厚桥、政委张如屏、参谋长王箫雄、政治部主任吴岱馨、六安中心县委军委书记柴维德[②]任总指挥。六霍赤卫师战斗在皖西苏区的中心位置。

1930年7月中旬，红1军为执行中央"截断平汉路""南下夺取武汉""争取一省数省的首先胜利"的指示，许继慎不得不结束皖西之战，率军部和红2师、红3师转道向西，与红1师合兵一处。8月下旬，鄂豫皖红1军三个师会合后，红1军前敌委员会遵照"长江总行动委员会"下达的任务、指示，与鄂豫皖边特委联合组成"京汉特区行动委员会"，准备再度出击京汉路。红军虽发展到5000多人，然而，要去完成这么大的任务，仍是不可能的，从孝感到信阳，敌军就有几万驻军，再说去打平汉路敌据点是攻坚战。许继慎公开在前委会上反对,前委书记曹大骏表示坚决执行中央指示,许继慎的话在前委未能达成共识。9 月中旬,鄂豫皖特区开始执行全区总暴动计划,红 1 军也不得不根据长江行动委员会的指示,再度向平汉路出击,去打那些深沟高垒、固守不出之敌,明摆着就是在没有重武器的情况下,以血肉之躯去打攻坚战。

根据"京汉特区行动委员会"的决议,红 1 军奉命出击京汉路,根据地内部空虚。7 月 16 至 18 日,六安中心县委及所属六安、霍山、英山、霍邱 4 县举行联席会议,进一步落实总暴动计划,至此,李立三"左"倾主张统治了皖西苏区。

7 月下旬,六安驻敌新编第 5 旅潘善斋部纠集六安、霍山自卫团 600 多人,并且从颍上、寿县、合肥网罗红枪会、黄缨会 5000 多人,大举向苏区进攻;趁机攻入皖西,进占霍山、英山县城。六霍两县被敌杀害干部 500 多人、群众 1.96 万多人,1690 多名妇女被掳走,两县中心苏区几无人烟,苏区损失殆尽。

8 月中旬,六安中心县委调集 1.7 万名赤卫队员,计划夺回霍山县城,随后进军武汉。六霍两县的干部、避难群众近万人随队伍行动。因为好枪大都集中到红 1 军、独 1 师去了,赤卫队仅有 300 支枪,多数还不能用。国民党驻军乘机向苏区疯狂进犯,六霍赤卫师无力抗击敌军,被压迫于闻家店、燕子河一带,处境极为危险。

独 2 师在潜山衙前中伏,大部被打散。独 1 师难以支撑,于 9 月转移至商南。上级脱离实际,仍命令舒传贤率地方仅有武装立即西征,会攻武汉。

在强敌进攻面前,皖西苏区的其他几个赤卫师也被打散。

在如此严峻的形势下,车厚桥率领六霍赤卫师不断地积极作战,用鲜血和生命保卫苏区、保卫家乡。

赤卫师驰骋皖西,洪水涨乘机袭敌

1930 年春、夏、秋之间,六霍赤卫师在车厚桥、张如屏、吴岱馨的率领下,赤卫师风风火火地投入了对反革命武装的斗争,驰骋独山、龙门冲、十八盘、霍山县的东北乡、诸佛庵等地,打了几次比较漂亮、比较成功的大胜仗。

大埌店在西淠河的南面,独山镇在西淠河的北面。大埌店和独山镇相距 5

华里（2.5千米），现在有一座现代化大桥相连。而当时只有渡船连结交通。

大埂店坐落在独山至西河口的公路与冷水冲河的交界处，是一个三角形的高地，远看像一条长长的大埂子，19世纪末，有人在这儿开设了商店和大车骡马店，故名大埂店。大埂店紧靠三官庙，周围依次是许大圩、许大庄、土台、邬大庄、盛家院、詹庄、汪庄等。郝家集的"反共队长"许佑华就出身于许大圩；许建堂与郝家集的"反共队长"许佑华是堂叔侄，他出身于许大庄。

大埂店的三官庙原名独山寺，离现在的独山村委会驻地不远。1930年春夏，在独山镇南的独山寺和大埂店，驻有"铲共"队许建堂部200余人，长短枪60余支。许建堂"铲共"队在国民党地方武装张季荃部的支持下，横行乡里，镇压革命，时不时还骚扰苏区。

"铲共"队队长许建堂，长得五大三粗，枪法奇准，水性很好，曾在红学学习武艺，武功高强。他的"铲共"队大部驻防在独山寺，由本人亲自指挥：小部分驻在大埂店，由许建堂的弟弟许业堂负责。

许业堂是赌徒出身，除了捞钱，就是赌博。趁着夏天雨季，许业堂和下属天天赌博玩耍，不爱赌博的就睡觉。因为红军主力远出皖西南部开辟根据地，独山驻有张季荃的保卫总团，许建堂有恃无恐。

六霍赤卫师在春天就想拔掉这颗毒牙，因为独山寺和大埂店离独山太近，敌人很容易驰援，因而没有采取行动。车厚桥派人多次侦察，了解到该敌东、北两面临淠河，西边连接龙门冲的山丘，独山寺孤零零地竖在沙滩边的湾地里的不利情况，当即研究对策，制定了一套抓住有利时机、出奇制胜的作战方案。

6月，正值汛期。连日的暴雨，下得人心烦意躁。西淠河水的山洪从上游冲泄下来，已溢出河床，水深浪大，渡船停驶，独山寺与独山镇被河水隔开，交通完全切断。

根据天气变化情况和侦察员的报告，农历六月下旬，车厚桥师长认为此时作战时机已到，在苏区人民的大力支持下，果断决定集中六霍赤卫师第一、二支队的300余名战士，携带钢枪72支、土枪25支、长矛200多件等武器，在师长车厚桥、政治部主任吴岱馨的指挥下，在傍晚时分的瓢泼大雨之际，经冷水冲、通水冲、龙门冲、磨剑冲等四条山冲，以山湾的树木竹林庄稼为掩护，像天兵天将一般，突然将驻在大埂店和独山寺的敌人团团包围。

冲锋号一响，赤卫师的战士在车厚桥的率领下，冲进敌人营房，麻痹大意的敌人尚未清醒过来，早已人头落地，胸膛开花。有的敌兵清醒过来，负隅顽抗，也在我军英勇战士的白刃肉搏下彻底溃败。前后不到一个小时，就打死打伤敌人七八十人，其余敌人做了俘虏。独山街头的大批敌人因洪水阻隔无法增援，只得望河兴叹，听着枪声而无可奈何。

赤卫师缴获钢枪十余支，面粉无数袋。此役是赤卫师组建后又一个漂亮的歼灭战。这一战大长了人民志气，大灭了敌人的威风。

许业堂被赤卫队员击毙，许建堂逃到许大圩的圩沟的水里躲藏起来，靠着一根南瓜叶管子呼吸保命。一天以后，保住了命的许建堂在张季荃面前发誓：一定要找赤卫师报仇。

大埂店之战后，经过短暂休整，六霍赤卫师又乘胜追击，乘夜晚摸黑偷袭了驻鲜花岭、同兴寺的朱孟功的反动民团。在苏区人民的大力支持下，六霍赤卫师在打击敌人保卫苏区的斗争中立下了不可磨灭的功勋。

注释：

① 周远恩（1895—1931），又名周朝，家住安徽省霍山县燕子河乡桥梁村（现属金寨）。1895 年 3 月 16 日出生于一个贫苦农民家庭。读过私塾，当过小学教师。1928 年春，加入中国共产党。曾亲身参加了震撼六霍地区的"西镇暴动"，先后担任了乡苏维埃秘书兼赤卫队指挥、六霍赤卫师霍山支队支队长、、中国工农红军第三师独立团参谋长和五星县（六、霍、英、罗、商五县边境地区）县委组织部长。后被张国焘诬为"改组派"，1931 年 11 月 16 日惨遭杀害，时年 36 岁。

② 柴维德，六安县人，中国共产党党员。1928 年参加革命，曾任六霍赤卫师总指挥，在 1932 年 9 月下旬的鄂东北河口战斗中牺牲，革命烈士。

第 20 章 保卫苏区保卫家乡

西河口黄缨会祸害百姓，赤卫师二支队惩治会匪

除了打击反动民团，六霍赤卫师还打击了欺压人民的反动会道门。

在龙门冲顺冲而下入东、西淠河交汇的大河口——西两河口（又叫西河口），是一个不满千人的小镇，坐落在离独山镇 15 华里的淠河西岸，是大别山革命根据地东侧的前沿阵地，地理位置十分重要。由于这个地方土地肥沃，盛产竹、木、姜、茶、麻，所以这里常常是水上竹排、木排连片，船队的桅杆成林，把这里的土产、山货运往外地；在岸上，大商小贩便也盖房搭棚，开店设铺，邻近的农民群众及远道而来的客商，熙来攘往，使这里成为一个颇为热闹的小集镇。

集镇上有一支百余人的"黄缨会"，还从寿县正阳关请来一个自称有神法护身、刀枪不入的人为会首。会首姓孙，会友每天跟着他舞枪弄棒，念咒习武。当时"黄缨会"常常向农民协会寻衅闹事，依仗武功欺压百姓，是西两河口一带的祸害。"黄缨会"盘踞的戏楼，在西河口南头，传说是清朝时候修建的，大条石作的基础，特制的大砖砌墙，结构非常坚固。戏楼前面，是一片场院，可以容纳几千名群众，平时也就是西河口小镇的市场。

西河口人民与赤卫队有着深厚的感情。早在 1927 年，党组织就在这里进行了秘密活动，组织农民协会，发动群众同豪绅地主开展斗争，先后砍掉了十几个民愤极大的地主豪绅的脑袋，或丢在路旁，或挂在树上，旁边还贴着

告示："×××欺压穷人，罪大恶极，处以死刑！"长了人民的志气，灭了反动势力的威风。1929 年独山暴动以后，这里建立了苏维埃政权，戏楼插上了鲜艳的红旗，成为向革命群众宣传马列主义和党的方针政策的阵地，斗争豪绅地主的战场。

赤卫师为了保卫人民，恢复河西一带苏维埃和农会的活动，决心对"黄缨会"加以惩治。1930 年 7 月的一天早晨，趁人们赶集的机会，车厚桥带领第二支队（支队长王润生）的队员来到西两河口街上，乘其不备包围了"黄缨会"。这时，只见会首左手端碗清水，右手持一把宝剑，画符念咒，指挥会众向赤卫师冲过来。车厚桥当即指挥第一大队长宋希贤和几名神枪手，齐举钢枪瞄准会首打去，只几声枪响，会首和几个会匪应声倒地，中弹而亡。其他会众看到咒语不灵，纷纷丢下兵器，抱头鼠窜。赶集的人们纷纷称赞赤卫师给地方除了一害。

根据地众志成城全民皆兵，童子团机智勇敢抓获敌探

强敌压迫，皖西苏区危在旦夕。

在六霍赤卫师的指导下，六安、霍山、英山三县的广大群众众志成城、全民皆兵，纷纷投入到保卫苏区的对敌斗争中去。就连儿童团员们也在保卫苏区的斗争中立下了功勋。

"路条"是行人通过路上放哨的儿童团员和赤卫队员的盘查，见证身份最重要的凭据，具有现在的介绍信和通行证的功能，当时判断被查者的身份就是靠出门的开具的"路条"，用完之后即收掉销毁，能保存下来的凤毛麟角。在六安、霍山、英山苏区，有一则《查路条》的歌谣，是这样写的：

> 老乡老乡你站站，拿出路条我看看。
> 没有路条有证明，没有证明是坏蛋。
> 站岗放哨查路条，逮住坏蛋绝不饶。

1930 年的皖西苏区，为严防白匪到根据地进行破坏活动，白天由一名赤卫队员和三四名儿童团员在村口设立岗哨，盘查来往行人，发现没路条的，送村苏维埃审查。黑夜有赤卫队员轮流放哨，发现敌情，敲锣为号，警示群众向村外转移。

这天，霍山县上土市童子团由团长陈鸿恩带领着到燕子河开会。十几个

团员扛着红缨枪，唱着歌，精神抖擞一路小跑着。路过漫水河时，陈鸿恩到区里汇报工作，叫团员们先走，他汇报完工作就赶到。

十几个孩子走到了葬峡，这是一个山冲，一条小路夹在两山之间，一个男人迎着队伍走过来，没等孩子们开口，他先发话了：

"小同志们，好神气啊！是童子团吧！哪个乡哪个村的？到什么地方去啊？"

一个年龄最小的孩子说："我们是上土市的童子团，到……"

一个年龄大些的孩子抢着说："我们去执行任务。"这个大孩子警惕性可高呢！

"太巧了，我也是上土市人，我们是老乡呢！"大人想跟孩子们套近乎啊！

"我怎么不认识你啊？你是干什么的？"那个大孩子问。

"啊！我在苏维埃工作，下来检查工作的。我参加革命早了，你们小孩子怎么会认得我呢！今天我可要考考你们。"大人说。

"考我们，考什么？"大孩子问。

"你难不倒我们，我们知道的可多呢！"最小的孩子说。

"好，第一道题是，上土市住的红军是哪部分的？领导人叫什么名字？"大人问。

最小的孩子又要张嘴，被大孩子接过去了："不知道，那是红军的事，我们不知道。"

大人说："还是童子团呢！这个小问题都不知道。"

"知道也不对你讲。"还是大孩子讲的。

"对了，知道也不告诉你。"大家七嘴八舌地说。

大人撇撇嘴说："我就知道你们答不上来。"

最小的孩子沉不住气了，说："就是知道么，我们上土市驻的红军是……"

"我们上土市的红军是专门打白狗子的。"大孩子怕最小的孩子真说出来了，就抢着说。

大人追问一句："在什么地方打啊？"

"我们又不是红军，怎么知道在什么地方打仗呢！"还是大孩子说的。

童子团有条纪律，对不认识的人，不管他是红的、白的，有关红军、苏维埃、共产党的事一点也不能讲，讲了就要犯错误。那个最小的孩子参加童子团没几天，不知道这条纪律，不是大孩子，他还真讲漏了嘴。

大人不死心，以为孩子好对付，总想从孩子的嘴里掏出点情报来，又说："第一个问题你们是一问三不知，再考你们第二个问题，你们乡苏维埃和赤卫队领导的名字总知道吧！"

"不知道！"孩子们跟着大孩子异口同声地说。

"还童子团呢！什么都不知道，我要在你们乡苏维埃工作，早把你们开除了。"他想用激将的法子呢！"你们哪个是团长？"

"我是团长！"赶上来的陈鸿恩在那个大人背后听了好一会，这才答话，问："你找我有事吗？"

"你的团长是怎么当的？这些团员都被我考住了，一问三不知。"

"你是干什么的？"陈鸿恩问。

"我在道区苏维埃工作，下来检查工作的。你的这些团员什么都不知道，还革命呢！见到你们乡苏主席，我要批评他的。"大人振振有词地说。

陈鸿恩心中好笑，我们不认识你，你就是中央主席，我们也不会对你讲什么的。

那个大孩子对陈鸿恩说："他说他家住在上土市呢！"

"这么巧！你家在上土市什么地方，口音一点也不像啊！"陈鸿恩说。

"自小出来干革命，接触的人多，口音还能不变？我碰到的童子团多了，哪个都比你们强，你们还真要抓紧学习呢！

既然你们什么都不知道，我就不问你们了。你们有你们的事，我有我的任务，我们再见了。"说着就朝前走去。

陈鸿恩从孩子们嘴里知道了那个人什么都问，不像是个好人。对，不能让他走了。跟大家商量了一下，便喊："同志，别急着走么！"

那个人听见喊他，以为孩子会告诉什么，便又回到孩子的身边，问："想起来啦？"

"同志，我们边走边向你汇报吧！"陈鸿恩拉着那个人向前走，接着问："同志，道区少共张书记你认得吗？"

"认得啊！我跟他的关系好得很呢！你们找他有事？"那个大人说。

陈鸿恩想，少共书记根本就不姓张，这个人肯定有问题。又说："你别看张书记是个女的本事大着呢！双手打枪，百步穿杨啊！"

"长得可漂亮了，是道区苏维埃的一枝花啊！"大人顺着陈鸿恩的杆子朝向爬。

明明是男的，他却说是女的，他根本就不在道区工作。陈鸿恩想到这里，朝那个大孩子努努嘴，大孩子照刚才商量的法子把一根绳子打了个活绳套，趁那个大人跟陈鸿恩讲话的时候，把绳套偷偷放在大人的脚前，大人的一只脚刚踏进了绳套，他们赶忙把绳子朝上一提、一拽，那个人跌了个嘴啃泥。孩子们有的用劲拉绳子，不让他站起来；有的压在他身上，让他动弹不得；几个孩子用绳子把他捆得结结实实。

那个人还在边挣扎边发火："你们开什么玩笑，耽误我执行任务，你们要犯大错误，快放了我。"

陈鸿恩用红缨枪对准他的喉咙说："少共书记姓王不姓张，是个男子汉。你到底是干什么的，不说，我们就用石头砸死你。"

那个人看见孩子都抱个大石头，吓得脸都变了色，连声说："我讲，我讲！"他不得不承认是民团的探子。

孩子们把那个探子押到燕子河，交给赤卫师。师长车厚桥表扬了他们，称赞他们机智勇敢，为保卫苏区立了大功。

红旗在九尖头飘扬

通水冲摆脱危险，九尖头抗击敌人

1930 年 7 月初，赤卫师在通水冲、冷水冲休整期间，3 日晚上，三区领导和赤卫师在通水冲毛会政家秘密开会，总结赤卫师工作，研究有关事项，安排农协会员毛会政站岗放哨。晚上 11 点多钟，毛会政听到大路有叽叽喳喳的声音，他赶快回屋传话，吴岱馨立刻意识到有叛徒告密，随即吹灯散会。余道江、谢为法、张如屏、王焘雄等人从后门翻山去冷水冲。为转移敌人视线，吴岱馨因住家路熟，拿着红包袱从厨房后门溜出，与车厚桥一前一后地沿着毛竹园过小河顺大路而下。

这时，七八个团丁发现了躲避抓捕的吴岱馨而继续跟踪，眼看就要追上，十分危险。在后面的车厚桥发现了危急情况，顺手抄起路边的树樋（即锯成可以烧锅的短木棒），一个健步跃到最后那个团丁的后面，一树樋砸到了那个团丁，夺过他的枪。其他几个团丁发现了这一情况，马上围过来和车厚桥近身搏斗。在搏斗中，车厚桥把团丁们引向大片的毛竹园，准备伺机突围。

这时，还有两个团丁继续抓捕吴岱馨。危险之中，吴岱馨急中生智，取出文件，甩掉空拎包，一口气跑到胡老庄下，迅速钻进了蓼叶林躲藏。两个团丁从包里找不到任何东西，就向蓼叶林打了两枪泄愤。

看到吴岱馨安然脱险，车厚桥用枪托甩了一个圆圈，待敌人惊慌之际，用枪一撑，跳出去两丈多远，利用毛竹园也脱离了危险。

一无所获的敌人恼羞成怒，把农会会员毛会政毒打成重伤，奄奄一息。

车厚桥不仅掩护了革命同志的转移、自己借毛竹园脱险，还夺了敌人一支枪，使党的工作未受任何损失，表现了他的机智勇敢。

皖西地区已经进入盛夏时节，天气渐渐地变得炎热起来，强烈的太阳光炙烤着大地，大地仿佛蒸腾着一股股的热浪，连那一阵阵的南风，也仿佛带着让人憋闷的热气。此时的红1军已经离开皖西，向西出击平汉线，皖西根据地武装力量单薄，内部空虚，给了敌人以可乘之机。红军中央独立第1师和中央独立第2师武器装备差，还要与敌军主力作战，执行在整个皖西地区流动作战的任务，难以分身。

这时已是7月中旬，敌军张季荃部在潘善斋旅配合下，纠合了附近民团，首先向六安三区的苏区发动了大举进攻。敌军从三面包围了苏区，准备把六霍赤卫师压向南面，然后聚而歼之。潘善斋旅是国民党正规部队，火力配备较好，战斗力较强，他们负责从正面进攻。张季荃部是国民党地方武装，虽然武器装备一般，但他们还是远远地超过了赤卫师的火力，他们负责从侧面进攻。

在敌人优势兵力的进攻下，赤卫师节节抗击，从冷水冲退往殷家老岩，又经杨冲、红石岩后撤，最后退到了九尖头大山区。

九尖头位于龙门冲村的西冲脑，距冲口约3千米，西面是张汉卿的左家楼庄园，东南是金鹅荡，北面是齐头山，西北是霍山县的青色冲，因境内有九座高低相差不多的山峰连成一体，故名九尖头，其中最高峰海拔651米，这里出产高山野茶、毛竹、松杉、杂木连片，古树参天。九尖头山高林密，悬崖峭壁，人烟稀少（早年住有5户刘姓人家，2000年后全部搬迁）。进入九尖头山区的道路蜿蜒崎岖，易守难攻。为了依据有利地形抗击敌人，车厚桥把赤卫师带到这里坚守。

经过几天的防御战，赤卫师几乎弹尽粮绝，处境异常困难，形势万分危急。子弹只能数着用（比喻很是节省），很多时候都是靠拼刺刀、捅梭镖、放滚木、扔石块守卫阵地。赤卫师在九尖头被围困的七八天里，皖西地区一直是骄阳似火。赤卫师喝的倒是不缺，因为山上到处是山泉水，可吃的就很差了：前两天还有野菜煮小麦，现在就只能吃山果、野菜了。人是铁，饭是钢，一顿不吃饿得慌。在车厚桥的带领下，战士们一面紧握武器，警惕着敌人的进攻；一面抽空轮流到山林中挖野菜。好是夏季万物生长茂盛，容易采摘。在荒山上、树林里，凡是能食用的野菜、野果、树叶赤卫师都挖出来，摘下来，饿了就往嘴里塞上一把，用以充饥。战士们在比赛挖野菜，摘树叶、野果时，还唱着自编的顺口溜：

挖野菜，野菜香，

吃了野菜心不慌；

野菜给我长力量，

坚决打垮国民党。

顺口溜表现了赤卫师积极乐观向上的革命精神和战胜各种困难的坚强决心，他们互相鼓励，增强斗志，渡过一个又一个难关。艰难困苦吓不到英勇的红色战士，赤卫师的旗帜一直在九尖头飘扬。赤卫队员们信心百倍地说："红旗插上九尖头，一直打到六安州！"

第六天下午，天气非常闷热。赤卫师师部临时设在九尖头半山腰小庙（庙里是石头菩萨）旁边的草棚里，车厚桥和张如屏靠前指挥阻击敌人的进攻。吴岱馨和王蕭雄在主峰附近做突围安排。

敌人开始进攻了。"轰隆"一声巨响，敌人的炮弹在赤卫师师部爆炸。为了掩护政委张如屏，车厚桥扑在张如屏的身上。爆炸声把车厚桥震昏，炮弹皮把车厚桥腿部划伤，鲜血直流。张如屏噙着眼泪把车厚桥抱到一边，安排警卫员赵俊和张宜爱①守护着，自己则冲向前沿阵地率领战士们继续抵抗敌人的进攻。

"师长，快醒醒！"只见头戴灰布八角帽，身穿短褂裤的张宜爱浑身是汗、神情焦虑，他左手扶着坐在石墩上的车厚桥，右手里端着一碗水；同样浑身是汗、神情焦虑的赵俊（此时 15 岁）在给车厚桥包扎左腿的伤口。20 分钟后，车厚桥慢慢睁开了眼睛，清醒过来了。"师长，你醒过来了。刚才可把我吓坏了。"赵俊惊喜地叫道。

苏醒过来的车厚桥头脑在快速思考：在赤卫师惨遭损失的情况下，如何带好这支部队，减少赤卫师战士的伤亡。于是，他思考着下一步的行动计划：决心利用敌军的骄横心理，打一个漂亮的伏击战，狠狠地教训一下白狗子（老百姓都叫国民党军为白狗子），鼓舞一下赤卫师的士气，然后乘胜突围。

黄昏时分，渐渐地一个完整的作战方案在车厚桥的脑海里形成了。他对从阵地上返回指挥部的李先忠喊道："李指导员，告诉吴主任和王参谋长停止布置突围，原地侍命，做好西面和北面的防御，防止敌军反扑；通知张政委、吴主任和王参谋长回师指挥所开会；再通知六安和霍山两个支队的支队长教导员来我这里。"说完，他便俯身认真地看着铺在桌上的、手工绘制的作战地图。

"老车呀！你没伤怎样吧。"政治部主任吴岱馨（兼任六安支队教导员）走进指挥所，一边拍打着身上的烟尘，一边对车厚桥说道。身后跟着矮个子王鼐雄参谋长。"主任，马克思可不收我，说我年轻，正好可以为党多做工作，这不，又要我回来了。"车厚桥诙谐地答道。

正说着，张如屏带着六安支队长王润生，霍山支队长周远恩、教导员刘毅拥进了指挥所。"师长，这打的什么鬼仗？敌人的武器那么硬，我们又没有大炮，怎么攻？白狗子躲在里面，机枪一扫，压得战士们抬不起头，况且白狗子炮火又猛烈，敌人没消灭几个，自己伤亡倒不少。"说话的是霍山支队长周远恩。王润生也跟着附和。大家唠叨了几句，便言归正传。参谋长汇报了两个支队的损失情况，大家听了，心情都非常沉重。

车厚桥见此状况，忙起身说道："同志们，打仗哪有不死人的？这些同志牺牲得光荣，我们这些活着的人更要奋勇杀敌，完成牺牲同志的未竟之业。当然，我们在座的都是指挥员，今后指挥作战，要多动脑子，切忌盲干死拼，尽可能地减少干部战士的伤亡。今天我把大家叫来，就是要给白匪军一个沉重的打击。"随后，车厚桥将先打伏击、然后乘暴雨突围的计划详细地告诉大家。众人听得目瞪口呆，觉得不可思议。

"师长，你认为后天一定会下大暴雨吗？"参谋长不愧为一个优秀的军事人才，一句话就问到点子上。"那当然啰！这是我经过认真地分析和研究得出的。即使不成，于我们也无损害。"车厚桥显得信心十足。这时，政委发话了："同志们，既然师长做出了决定，那就要坚决服从师长的命令，打好这一仗！两个支队教导员回去要认真做好思想政治动员工作。现在请师长宣布作战命令。"

车厚桥挺了挺身，沉声道："六安支队、师部警卫连由我和政委指挥，明天上午8时先攻击敌人张季荃部，做出向西北方向突围的样子，吸引敌人进入我们的包围圈后，进行伏击，得胜后突然退回九尖头一带固守。现在是暴雨季节，我们等到下大暴雨龙门冲河涨洪水时乘坐竹排突围，突围后从大路直达锅棚店，再取道西峰寺；霍山支队由王参谋长和吴主任指挥，明天对当面之敌进行佯攻，注意虚张声势，迷惑和牵制敌军。待主力突围后再向诸佛庵方向突围。各支队长回去做好准备，另将所有神枪手送来师部。注意保密，散会。"

六安支队的支队长高高兴兴地回去了；霍山支队的支队长、教导员显得闷闷不乐，因为没有分到突击任务而情绪不高，只好由参谋长去做解释工作了。待其他人离开后，政委慎重地对车厚桥说："老车，今天你这计划太玄了，你有多大把握？"车厚桥知道政委心中存有疑惑，便严肃地回答："政委，我大概有八成把握。""好吧！你有八成把握，那我就放心了。"政委紧锁的眉头舒张了。

此时，第三支队——英山支队由六安中心县委直接指挥，正在进行保卫闻家店的战斗。

上半夜，车厚桥带着六安支队的干部及警卫连第一、二排，悄悄出发去勘察伏击地形。他们把伏击地点选在九尖头西北五里南大岭和九尖头之间的山沟一带，地形虽不太理想，但也还可以；约三米宽的土道蜿蜒向前伸，土道两旁是一些梯田，离土道五六十米的两边是一些陡峭的山崖，上面长满小树、茅草与刺蓬。车厚桥给六安支队划分埋伏地段，六安支队的一个小队拦头，另两个小队埋伏在两旁山崖上；警卫连两个排埋伏在道路两旁，一个排拦头，另一个排堵尾，就看追击之敌有多少了。车厚桥特别强调了五点：一是要注意隐蔽，搞好伪装；明天上午 8 点前要进入阵地。二是攻击发起时，动作要迅速勇猛，不给敌军喘气的机会。三是充分发扬火力，尽量不要用再生弹（再生弹是苏区兵工厂生产的，准确性较差。而且还有很多哑弹，根本打不响。还常常发生卡壳和炸膛现象），要多用手榴弹炸敌人，力争全歼。四是速战速决，争取一个小时内解决战斗，尽快撤离战场。五是收缴战场上敌军的所有物品（除俘虏不能搜身外），包括敌军尸体上完好的军服、皮带、军鞋等。

翌日凌晨，车厚桥要警卫连陈大国连长将抽来的神枪手集合起来，一数竟有 12 人，除了陈大国以外，赵俊也在其中。好家伙，这么多啊！这些神枪手大部分参加赤卫队前都是些猎人，参军后经过战火的考验，枪法越来越精，100 米左右的目标几乎是百发百中；但超过 150 米的距离，精确度就会大打折扣，毕竟未经过科学训练，枪法全凭自己在长期实战中摸索出来的，再加之武器装备落后，能达到这个水平也是非常不容易的。不过，应付目前的战斗，还是能胜任的。对于这 12 名神枪手，车厚桥只能进行一些简单而适用的指导：一是要保护好自己，选择 2 至 3 个合适的狙击点，做到既能隐蔽自己，又能视野开阔，便于发扬火力；每打一枪，换一个地方，确保安全。二是选取价值高的目标射杀，一般是敌军的指挥官或对我军危害较大的目标，如敌军的机枪射手、炮手等。三是狙击点距目标的距离以 50 至 100 米为好；划分区域，确定各自目标，避免重复射杀，提高狙击效率……讲完后，车厚桥又从警卫连抽出 12 名机警灵活的战士，临时充当这些神枪手的助手，担任观察员，负责指示目标及警卫。同时，又发给每个神枪手 50 发缴获的钢枪子弹，以保证命中精度。这些神枪手拿到子弹后，人人欢呼雀跃。车厚桥命令警卫连陈连长暂时担负神枪手的指挥，待吃过早饭后，带他们进入伏击地段，分散选择地形，构筑简易狙击点，进行潜伏。

第 7 天清晨，按照部署，车厚桥与张如屏率主力六安支队、师部警卫连赶赴南大岭和九尖头之间的山沟，于 7 点半前隐蔽地进入了伏击阵地，命令各级指挥员严格检查伪装情况，严防暴露目标；同时严密封锁消息。然后，由李先忠带一个班战士诱敌深入。

车厚桥将指挥部设在伏击地段进口一侧长满树木的山坡上，与政委进行了分工，政委率六安支队的第一小队负责拦头；车厚桥自己带六安支队的二、三小队负责堵尾。

上午 10 点多，敌军张季荃部前锋追击李先忠他们，已经到达埋伏圈入口，约有一个排。白匪连停下来观察一下都没有，更谈不上派出搜索分队察看两旁山崖，便放心大胆地冲过来了。后续部队也蜂拥而至。这股敌人太骄狂了，他们自以为打走了红军主力，就认为自己是天下第一，把以往的教训早抛到九霄云外去了。再加之附近没有其他红军，就是一个六霍赤卫师，装备极差，没什么战斗力；况且还有国军潘善斋旅在南面和东面牵制着，根本就不用担心。于是毫无顾忌地追赶着前面的"残兵败将"，以便早立大功。

车厚桥看着山道上毫无戒备的国民党军队，不由得一阵发笑，一群不知死活的东西，看你们还能嚣张到几时？他仔细观察敌军的后续部队，哦！还有那么多。看来国民党军足有一个营，400 余人，比我军设伏的部队还多。车厚桥也暗自吃了一惊，感到不太好办，经过认真地分析思考后，觉得这个尾还不能堵。若四面围定，敌军势必作困兽之斗，拼死抵抗，我军伤亡必然惨重。这是他不愿意得到的结果。于是，车厚桥定下决心：围三阙一，只拦头不堵尾，虚留敌军一条生路。他将决心和计划派通讯员李明功跑步告知政委，并叮嘱攻击开始后，动作要快，要集中火力、兵力往后打，压迫敌军向后撤。同时要通讯员告知警卫连陈连长：不正面堵尾，利用山道两边的有利地形，进行火力拦截，杀伤敌军，待敌军溃败后，再乘胜追击。

约过了 20 分钟，车厚桥见敌军已全部进入伏击圈，便发出了攻击信号。顿时，两里长的路段上响起了震耳欲聋的枪声。我军全部的钢枪和土枪怒叫起来，手榴弹的爆炸声连成一片。车厚桥注视着整个战场的态势。也许是我军的运气太好，也许是国民党军太大意了，危险来自身边几十米的地方都未发现，手榴弹一炸就是一堆。突如其来的打击，令敌军措手不及，一下子从极喜掉入极悲之中，被彻底打懵了，一时失去了还手之力。在这时，车厚桥预先布置的狙击手发挥了极大的作用，几分钟内就射杀了敌军部分指挥官，使敌军群龙无首，在十几分钟内组织不起有效的抵抗，同时还消灭了敌军不少机枪射手。

上午 11 点多，天上雷声轰轰，地上枪声不绝。车厚桥看到敌军大部分已失去组织，便发出命令：全军出击！顿时，两把军号同时嘹亮地吹响起来，赤卫师战士高呼着口号："缴枪不杀，红军优待俘虏！"纷纷跃出工事，奋勇争先，冲上山道。特别是拦头的六安支队的第一小队，先见敌军张狂的样子，早已怒火填膺，按捺不住。攻击一开始，他们就勇猛地冲上山道，堵住敌军的去路，仇恨的子弹如雨般洒向敌人，红缨枪不停地戳向敌人。骑在马上的敌前锋排长确实凶悍，一见前路被堵，就挥舞着手枪高呼："弟兄们，给我冲啊！红匪是我军手下败将，活捉一个红匪赏大洋……"话音没落，就被狙击手射穿了脑袋，跌下马来。

国民党军前锋排顿时大乱，嚣张气焰一下就被打下去了。六安支队的第一小队趁机展开了进攻，直打得敌前锋部队不断地往后溃退。敌军的殿后部队，见前面左右都响起了枪炮声，唯独后面没响，又见后面山道上没有红军拦阻，便调转头向后狂奔，这下可好，比瘟神传播还快，一批又一批的敌军放弃了抵抗，跟着向后跑，没多久便引起了全线大崩溃。有的国民党士兵为了逃命，丢掉了身上的武器弹药，少数军官眼看无法挽救败局，也跟着逃跑，武器和弹药扔得满地都是。逃在最前面的殿后部队没跑到几百米，又被警卫连的火力拦阻。此时，赤卫师全线展开了大追击，国民党军怎能跑得过赤卫队？况且今天跑了十来里路，又打了激烈的仗，相对于以逸待劳的赤卫队来说，国民党军更加不是对手。除了运气好、跑得快的 300 多个国民党官兵逃掉之外，其余的不是被击毙，就是被俘。

这次战斗，赤卫师还缴获了敌人一架望远镜，只是两个镜筒都有些破损。回去后，赵俊剥了两块桦树皮分别卷在两个破损的镜筒上，望远镜就能用了。

二支队傍晚袭路卡，乘山洪赤卫师突围

收缴敌人的武器装备后，释放了全部俘虏兵（包括伤员）。在车厚桥的指挥下，打扫了战场后，赤卫师迅速撤回九尖头固守。

六霍赤卫师利用南大岭和九尖头之间的地形，重创了张季荃部敌军，使敌人短时间内难以组织大规模进攻；同时也使敌人产生了赤卫师要从九尖头西北突围的错觉。

第 7 天，蓝蓝的天上开始密布乌云，开始是淡淡的，到了下午，天上的乌云已经不少了。为了能从九尖头东南方向金鹅荡顺利突围，车厚桥师长把打掉九尖头东南方向、金鹅荡出冲口敌人路卡的任务交给了第二支队。他还叮嘱了支队长王润生几句。

"你们要快速打掉敌人路卡，还要不放走一个敌人，消灭和活捉都行；还要控制敌人的电话，在消灭敌人之前，要让电话不通，消灭了敌人后，要能回答好敌人在电话里的询问，保证我们明天乘雨突围的行动秘密。"

黄昏时分，第二支队先锋连的战士们在王润生的带领下到了路卡附近，为了战斗能获得全胜，师部警卫连连长陈大国、指导员李先忠、警卫员赵俊受车厚桥之命，前来支援。

赶到目的地附近，部队停下来了。王润生正准备进行布置，秦为宝说话了："我们必须先了解情况后再动手！"

"对，师长也是这样说的，我们必须先了解情况后再动手！"支队长王润生这时肯定道，似乎很认同秦为宝的话，在他看来眼下虽然这个路卡对赤卫队形成了威胁，但在情况不明的情况下，他们是不能盲目行动的，不然造成的牺牲会很大。"这样吧，秦为宝、袁成汉，等我们冲过路口后，你们两个从竹林里面绕过去，分别摸清楚白狗子在十八盘到龙门冲、十八盘到大干涧这两条路上到底设置了多少个路卡，将每个路卡的详细细节都给记录下来，给大部队突围提供情报。"袁成汉和秦为宝接受了任务。

王润生听到秦为宝的话后，知道秦为宝不是个莽撞的人，而且胆大心细，于是决定将探查白狗子路卡的事情交给他去做，相信一定会将最详细的路卡布防细节给他带回来的。"好嘞！"秦为宝立刻回答着说道，虽然他对这一带不是很熟悉，但是他相信只要他们努力了，就一定可以得到他们想要的，因此他在王润生的面前才敢保证着说道。

"好，现在我们来布置一下怎么夺取这个路卡！"王润生见查看路卡之后的事情已经布置好了，现在该布置当前最棘手的问题了。"这个路卡有一个小队的白狗子，还有电话，那电话可以随时招来周边的白狗子，虽然我们不知道这周边还有没有像这样的路卡，但我们必须做好最坏的打算！"

"支队长，您就说，让我们怎么干吧！"赵俊是有点迫不及待了，这几天打白狗子，他虽然大显神枪手的威力，可却一直没有杀过瘾，这次眼见面前这样多的白狗子，他的手当然开始痒痒了，因此他着急地询问王润生，让王润生尽快将战斗任务给布置下来，这可比什么都重要。

"赵俊，陈大国，你们两个在我们当中的枪法最好，所以这次打路卡的战斗中你们两个打主攻，看到没有，在路卡的沙袋掩体上有一挺机枪，你们两个的任务就是干掉那挺机枪，然后掩护我们顺利冲上龙（龙门冲）诸（诸佛庵）大路，夺取敌人的路卡！"王润生见赵俊开始催促，就知道这小子等不及了，于是立刻做出了部署，交代赵俊和陈大国的战斗任务。

"是！保证完成任务！"赵俊边答应着，边立刻将自己随身携带的武器检查了一遍，然后就开始将子弹压进枪里面，做好战前准备，陈大国自然也不例外，手榴弹什么的也开始检查起来，一会掩护同志们攻打白狗子路卡就要用上了，所以他是一点也不敢粗心。

"简玉坤，你先去剪掉白狗子的电话线，在得手后立刻在山上点起一把火，多烧湿柴，让烟冒起来给我们看见，我们见到烟后就会开始行动，你听到枪声，迅速和我们汇合。这次能不能顺利夺下路卡，就看你简玉坤能不能第一时间将白狗子的电话线给切断，然后在放烟的时候守住那，不让白狗子将电话线给接回去。""没问题！"简玉坤立刻回答，这个任务对于他来说根本就算不得什么，他腿脚快，速度是他的长项，在得手后，别人没有办法以最快的速度与队伍汇合，但是他却可以，就因为他的速度。

王润生接着对剩下的 20 多位同志下命令道："李先忠带领 1 班从上到下，我带领 2 班从下到上，从两头攻打敌人，在天黑时占领路卡，消灭里面的全部敌人，注意，不能放过一个白狗子！"

见所有的一切都已经安排好了，王润生立刻命令简玉坤开始行动，因为他们这次的行动关键就在简玉坤了，所以他们对简玉坤的任务能不能完成都非常的关心。"是！"简玉坤立刻从身上取出随身携带的小刀，然后朝着靠东边的小山那边靠近，一边躲避白狗子的哨兵，一边小心翼翼地摸向白狗子电话线的位置，在他找到白狗子电话线的时候，他果断地用小刀将电话线给切断。得手后，他迅速从山上找来一堆茅草，堆放在一起，开始点火了。

可就在这个时间，两个巡山的白狗子来到了这里，见到简玉坤的行动，立刻吼叫道："什么人？在这里做什么？"

"是红军赤卫队！"一个士兵见到简玉坤没有回答他们，于是立刻端起枪就要冲着简玉坤射击，简玉坤见势不妙，立刻低头装出一副奴才模样对着这两个白狗子点头哈腰的，当他靠近这两个白狗子时一脚踹在一个白狗子身上，直接将那白狗子踹开，然后手里的短刀在第一时间割进了另外一个白狗子的咽喉。

就在这个时间那个被踢开的白狗子缓过来，正端着枪从地上爬起来时，这个情况让简玉坤的眼睛余光发现了，他一个纵身从那个被自己杀死的白狗子身上爬起来，飞转身靠到爬起来的白狗子最近的距离，手起刀落，这个白狗子的咽喉也被割断，当场鲜血直冒出来，倒地身亡。

简玉坤把干茅草点着了。支队长王润生见到信号，马上带领队伍袭击了白狗子的路卡，并且取得的胜利。

当天夜里和第 2 天上午 9 点，王润生机智地回答了张季荃部指挥部的查询。"平安无事"使得张季荃放松了警惕。路卡的外边，两个赤卫队员身穿白狗子服装在站岗放哨。

由于第 2 支队打开了敌人的封锁，六霍赤卫师才有可能乘洪水暴发之时得以突围。

第 8 天是 7 月 14 日，早晨，车厚桥安排李先忠带领警卫连第三排去九尖头东南 5 里的金鹅荡砍大毛竹扎绑毛排，准备午后赤卫师突围使用。

上午，地上酷暑难耐，天上乌云翻滚。王参谋长和吴主任指挥霍山支队向当面之敌国军潘善斋旅展开了佯攻，以牵制敌军。

中午，倾盆大雨，瓢泼而下。这次大雨也给赤卫师赶绑竹排提供了时间。秦为宝排长和袁成汉班长早已带领两班战士把新砍的毛竹拽向河边。六安支队第一小队的全体战士冒着大雨用红藤绑毛竹排。随着不断上涨的河水，刚绑好的毛竹排就漂起来了。

车厚桥命令六安支队和警卫连的 300 多名战士全部登上毛竹排，跟着湍急的河水，飞泻直下。

一二十分钟工夫，40 只毛竹排就冲出三四里路。等到驻守龙门冲的张季荃部哨兵发觉放枪告警时，匪兵们只能开枪为赤卫师送行了。

在龙门冲集镇下游，突破第 2 道包围圈时，被黄缨会发觉，他们吹响了报警的牛角哨。一时前有波涛汹涌的洪水阻挡，周围都是追兵堵截，枪声鼎沸，弹雨横飞，形势万分危急。车厚桥、张如屏果敢指挥，首先击毙了姓赵的会首，然后用交叉火力掩护部队停排靠岸。战士们在波涛汹涌的龙门冲河上顽强拼搏，勇猛战斗，烈士们的鲜血染红了淠河怒涛，谱写了壮烈突围的英雄篇章。

霍山支队由王鼎雄参谋长和吴岱馨主任指挥，完成了牵制敌军任务后，带着伤病员，也顺利地向霍山县的诸佛庵撤退。

国民党反动派这次对苏区的进攻就这样失败了。

六霍赤卫师红旗在皖西高高飘扬。

注释：

① 张宜爱（1913—2002），安徽省六安县人。1931 年参加中国工农红军，同年加入中国共产主义青年团。1932 年转入中国共产党。土地革命战争时期，曾任红四方面军特务队 4 大队分队长、大队长，红 25 军手枪团副团长，红 28 军第 224 团连政治指导员、特务营政治教导员。参加了鄂豫皖苏区第二次至第四次反"围剿"作战。后任红 28 军 224 团营长。坚持了鄂豫皖边三年艰苦的游击战。抗日战争爆发后，任新四军第 4 支队 7 团营政治教导员，第 9 团营政治教导员、营长。参加了棋盘岭、周家岗战斗。1941 年起，任新四军第 2

师第 4 旅 11 团、第 5 旅 14 团副团长，第 2 师便衣大队大队长，第 4 旅 11 团团长。参加了山子头战斗和 1945 年春、夏季攻势作战。解放战争开始后，先后任团长，华东野战军第 2 纵队第 4 师参谋长，第 13 纵队 37 师副师长，第三野战军第 10 兵团 31 军 91 师副师长。先后参加了兖州、济南、淮海、渡江、上海等战役。新中国成立后，任第 31 军 91 师师长。1955 年于解放军军事学院毕业后，分别任第 31 军 91 师师长，舟山基地司令员，守备 11 师师长，上海警备区参谋长、副司令员。1955 年获二级八一勋章、二级独立自由勋章、二级解放勋章。1961 年被授予少将军衔。"文化大革命"期间，参与"四人帮"反革命集团在上海的武装暴动，被开除党籍，剥夺军衔和勋章。2002 年3 月 15 日去世，享年 89 岁。

苏家埠镇营救同志

第 22 章

敌占苏区烧杀掳掠，苏家埠镇营救同志

夏末的皖西，天气依然异常炎热，田地里的庄稼渐渐地成熟了，树上的果子已经挂满了枝头。

9月上旬，敌人大举进犯，由于敌众我寡，地处六、英、霍的皖西根据地大部丧失，六安西外革命组织全部被破坏，六霍总暴动也失败。至此，舒传贤勇于负责，断然决定在皖西停止执行"立三"路线，六安中心县委于9月22日撤销六霍总暴动指挥部，停止了盲目的武装起义，停止执行会攻武汉的计划。

为保存力量，六安中心县委率领中央独立第1师及地方干部、赤卫队、少先队与避难群众14000多人，转移到商城南部地区，候机恢复皖西根据地。霍山县苏维埃带领部分群众由漫水河向英山转移，后转向潜山与独立2师会后。可是独立2师在执行"先打梅城，后攻安庆，截断长江"的任务中，于梅城、衙前镇战斗中先后失利，遂与霍山去的干部、群众一起转向舒城沈家桥，遭敌军包围，牺牲较多。月底，中心县委书记舒传贤到上海，向中央陈述李立三"左"倾路线给皖西苏区造成的损失，并在中央六届三中全会上"很坚决地与立三路线做斗争"。

为了掩护转移，六霍赤卫师在车厚桥师长的带领下顽强抗击敌人进攻。任务是完成了，可赤卫师遭到了不小的损失，一些帮助赤卫师作战的苏维埃政府工作人员和妇女会的同志被敌人抓走，送到苏家埠监禁。

要营救被俘的苏维埃政府工作人员和妇女会的同志，首先就要到苏家埠了解情况。为了掩护侦察，车厚桥的妻子、三区妇女会常委刘绍清，配合袁成汉、李先忠两位同志进入苏家埠侦察情况。

六安市苏埠镇位于安徽省西部、大别山东北麓，在六安市区西南 18 千米处。淠河东岸的苏埠是淠河出山入淮的第一镇，镇区位于砂质壤土的淠河冲积平原东面，地势平坦，盛产稻、麦、麻油和水产品等，尤以大麻为最，其麻皮质量居全国之冠，有"中国麻都"之称。苏家埠始建于宋，兴于明，繁盛于清，迄今已有千年历史。苏家埠的繁荣缘于淠河的舟楫之利。起始是一位姓苏的人在淠河上摆渡，人称"苏家渡"。宋代，中国商品经济发展迅猛，在安庆至六安、武汉至六安的大商道上，在皋西南至正阳关的小商道上，在油坊店、罗盘地至八里滩的一个不起眼的渡口上，由于位置独特，从茶摊、点心铺到饭店、寄存站，逐渐发展，终于成为人口集中、商贾聚集之地。苏埠水陆交通比较发达，在清初，省内外生意人纷纷来此经商贸易。苏埠镇的富商大贾开钱庄、出票子，当时流通整个皖西；布店、杂货店遍及大街，附近的商贩，都来此批发进货；西大街、北大街及沿河一带的当铺、船行、茶麻行、粮饼行、车轿行、搬运行、比比皆是，因此有着"小南京"的美称。由于苏埠镇的独特的地理位置，以及在清朝就形成的商贸中心和商品集散地的优势，因此现在的苏埠镇拥有竹、木、茶、麻等专业市场，形成了不产木材卖木材、不产茶叶卖茶叶的现象。

袁成汉、李先忠在潜入关押自己同志的地方弄清了敌人防守的形势后，离开苏家埠镇区，回到八里滩上。

袁成汉对站在一行摆在地上卖专卖笋公鸡、怀抱着出生一个星期女儿的刘绍清说："走，回去。"

"哥哥，我们这么早就回去吗！"刘绍清觉得还是要找一种理由。因为面前还有两个认识的人，她要把情况弄清楚一点。

"他是你哥。"李先忠疑惑地问。

"他是我的干哥哥。"刘绍清说。

"走，我们回家了。"袁成汉立刻说，"我们要早点回家，把了解到的情况，向车师长汇报。"

说完后，他们一行三人就带着还剩下的几只笋公鸡向河边走去。过了淠河，他们继续向西南方向走去。

在路上。刘绍清问袁成汉。"袁大哥，打听到了苏维埃政府的人的下落了吗？"

"打听到了。"袁成汉回答，并习惯地走得非常快，都走出了几步。

"你说怎么打听到的?"刘绍清又问,因为她也非常关心。也想车厚桥他们能快些把在苏维埃政府和妇女会工作的同志救出来。

"跟一个在镇公所的士兵打听了一下。"

"不,那是白狗子,不是士兵。"刘绍清纠正他的话。

"我看这个士兵也本分。"袁成汉说。

"那就是你张口就问的。"

"不。"袁成汉说。"肯定是侧面打听的。"

"看来在苏维埃政府和妇女会工作的同志,有希望了。"

"刘绍清,你放心,我想车师长一定会把他们救出来。"厚道俊逸的袁成汉转过来,看着刘绍清热忱而保证地说,并站住了。

刘绍清想到,丈夫是赤卫师的师长,打击敌人、营救同志是赤卫师的责任,也是师长的责任。可是,要这样做的话,他的战士就有可能被敌人打死、打伤,就叹了口气说:"这样的话,你们就有危险。"

"没关系,我们赤卫师不能让帮我们的人有不幸,就是死,也要搭救他们。这是我们赤卫师的纪律。"虽然袁成汉人老实厚道,可说话还挺好听。这都是跟车师长他们学的。然后他们就边说边往村里赶……

中午时分,三位侦察员回到了十八盘,袁成汉、李先忠把探听到的消息,告诉了车厚桥等师部领导同志;刘绍清也把白军"准备两天后在苏家埠八里滩出售在苏区抢劫得来的女人和财物"的消息报告了。

炊事员王井荣接过刘绍清怀里的小敦明,抱出去玩了。

接着,车厚桥、张如屏、吴岱馨、王鼐雄、陈大国、秦为宝、袁成汉、李先忠、梁从学等同志就在师部商量具体的营救细节。经过研究,师部决定:车师长带领秦为宝、袁成汉、李先忠三人潜入关押被俘的苏维埃政府和妇女会同志的地方进行营救;陈大国带领几位赤卫师的同志在西河嘴隐蔽,准备随时接应车厚桥他们撤退,同时还准备两个竹排等候;梁从学带领特务排保卫赤卫师的大本营;车师长离开期间,由王鼐雄参谋长负责军事指挥。

天快黑时,刘绍清为出征的同志们把饭做好。同志们吃过饭后,就做好了营救工作的准备。

这时,车厚桥把一把驳壳枪插进他紧系在宽皮带的肚子上,又把另一把驳壳枪也插进他的皮带里,整理了一下他的皮带和枪。

车厚桥看到袁成汉和其他两个战士都准备好了,就对站在一边的刘绍清说:"刘绍清,我们走了。"看到自己的丈夫车厚桥马上要出发,刘绍清马上担心起来,并瞅着他,然后,看看忠诚、厚道、勇敢的袁成汉、李先忠、秦为宝、陈大国他们四个赤卫师干部,用目光相送。

车厚桥觉得可以马上行动了，就转过身，看到了刘绍清在看着自己，从这眼光里，他看见了刘绍清的担忧和牵挂。就对袁成汉说："你们先在村口等我，我一会就来。"结过婚的袁成汉，明白自己师长要跟妻子刘绍清讲几句话，就和他们三个同志去门外集合赤卫师战士们去了。刘绍清就把门打开。袁成汉和李先忠、陈大国、秦为宝出去了。

刘绍清看见两把插在车厚桥肚皮上的宽皮带里的黑亮亮驳壳枪，嘴里不知怎么说，可心里又很担心。她担心赤卫师车厚桥，自己爱慕的丈夫；也担心其他出征的赤卫师同志们。

她的眼睛看着车厚桥，无限深情地看着。可车厚桥不一定都明白她的心思，就说："刘绍清，我们走了。"知道这一去，有危险。刘绍清就情不自禁地走上前一步。看看桌上的菜油灯微小的灯火，照在车厚桥润泽的很有英武气质的脸上，还有他英气笔直的鼻梁。两把被菜油灯的光照到的斜插在他紧系着宽皮带里的有些鼓圆的肚皮上的驳壳枪。

小敦明在熟睡中，刘绍清在担忧中。在这样非常强烈的思绪里，才仿佛听到车厚桥的话，才又抬起她的脸，注视着车厚桥，好像车厚桥就要消失了似的。

"我走了。"车厚桥再说一次。

刘绍清才动了动她的脸，好像才意识到车厚桥要走了似的，说："你要当心哦！"

"嗯，我知道。"答应了一声后，车厚桥就转身走出门。

刘绍清立刻陷入一种茫然无序的有些发慌的思绪里，车厚桥都走了一会。才从这厚厚的思绪里，回过神来，才强烈地感到车厚桥走了。门还一直开着，就马上几步走到门边，把门关上。

她立刻感到：车厚桥他们去救苏维埃政府和妇女会工作的同志了。一定会有危险，可能会被打死、打伤。想到这里，刘绍清就紧张不安。她为出征的赤卫师同志们担心，也为丈夫车厚桥担忧。

过了很久，刘绍清忽然又感到怅然若失。她想自己就等他的消息。她相信他们，能回来的。

车厚桥带着袁成汉、李先忠、秦为宝、陈大国等人，走了一个多时辰，才到了苏家埠镇。这时，镇上的居民，大多都闭门，可能是在动荡的日子里，都害怕自己遭到不测，所以都早早地关了门待在家里，哪里都不敢去，也不敢串门。现在正是赤卫师和白匪军打仗的时候，每个人都害怕自己与赤卫师有牵连，招来横祸。

根据分工，陈大国带领几位同志在西河嘴隐蔽，并准备好竹排；车厚桥带着袁成汉、李先忠、秦为宝三位同志进镇救人。

车厚桥走到街黑黢黢的房子后面，这里有一处房子和房子之间的夹道。这两间房子没有一点人的声音，非常的安静。车厚桥想从这里过去，慢慢地靠近镇公所后面关着苏维埃政府和妇女会的人的房子。

"同志们，过了这夹道，往上走去，就是镇公所了。那里有张季荃和白狗子。"

镇上的团防司令张季荃，34岁，长得肥胖，一张四方脸，连脸上肉都微微抖动。几天前，警告乡民谁要是通红匪，就杀死他全家。他觉得他天生就是对付赤卫师的，他要为党国拔除赤卫师，并且再步步升官。因而他不是打仗就是应酬。车厚桥他们摸进镇的时候恰巧张季荃不在指挥部。

"师长，我们怎么救呢？"李先忠问。

"现在还没有到关押被俘同志们的房子，一时还不好说。我们先悄悄靠近房子，再看看情况而定。"车厚桥说。

"可这是镇上，打起来，怕影响居民。"袁成汉也担心地说。

车厚桥明白袁成汉指的是：可能伤着百姓。他也犹豫了。我们赤卫师是绝不能伤害到老百姓的。他想到：还有，这又是晚上，看不清楚。想到这里。觉得自己遇到了难事。可也不能不救呀。否则，这样就会失信于民。这更是目前处境困难的赤卫师要办的事。

过了会，他觉得还是要小心做事，就对自己的战士说："同志们，等会打起来了。要小心，不要伤着居民。要听我的指挥。"

"是，师长。"

"好，跟在我的后面。"车厚桥特别叮咛。

"明白了。"

"走！"

车厚桥非常利落，带头就往房子中间黑黑的模糊看不清的过道上慢慢走去。

他们到镇公所，先是黑漆漆的侧边，然后就走到一条有些亮光的夹道上。来到镇公所的侧边小道，往里走。车厚桥隐约看见了在自己身边的黑莹莹的房墙，有些长。他可能觉得，在苏维埃政府和妇女会工作的同志就关在墙的里面，这是一处旧瓦房。以前是有人居住，现在被保卫团霸占了，用作各种需要。他觉得，在苏维埃政府和妇女会工作的同志就关在这房子里，渐渐地，他慢慢走近了房墙边。就看到了从房墙转角过去的地上，有一些微弱的淡淡的光亮。这是旧房子的门上方的路灯发出的灯光。

车厚桥就只好站住。因为，他不能往外走。毕竟被挡住的墙的那面是什么情况，他都不知道。他想到：不要着急，看清了再动手。他就停下。立刻背倚在黑黑的、冷冷的墙上。转过头来，压低声音问："是这里吧？"

"嗯，听那个士兵说，就关在后面的一间烂房子里。"袁成汉回答。

车厚桥听了后。就把头慢慢地往侧墙外伸出去。他看到那边，有一间房子，站着两个白狗子，房子过去的土墙上方，有一个昏黄的灯。

然后，就转过脸，几乎是耳语说：

"看到了，有两人把守着。"

"应该就是这里。"袁成汉也认为。

李先忠问："师长，我们怎么行动呢？"

袁成汉说："把两个守门的白狗子引过来。"

"怎么做？"车厚桥问，他感到袁成汉的想法可以。

袁成汉把脸侧对着自己的师长，静了一下，说："我看最好是先把一个引过来，第二个，就看上不上当，如果，他上来。这样我们就把他俩打昏。立刻拿上他的钥匙，开门救人。"

"怎么做才能把看守引过来？"车厚桥说。

他们，就为难了。车厚桥也着急，而担心更多了。他们不能老是待在这里，这时间一长。来一个白狗子，看见他们老待这里，会引起麻烦的。而且，他们还身着赤卫师的衣服呢。

正在他们为难时，忽然，听到了在他们墙的侧角那面，传来了两个看守的谈话声。

"严大头，你那里还有烟吗？"

"没有了。"传来了一个冷漠的声音。

"你刚才还在抽。"是一个看守不相信的问话。他指的是：你不是有烟吗？

"最后一支都抽完了。"

"你跟我到慧明队长那里要几支烟。"对方要求说。

"你怎么不去？还叫我去。"一个不乐意了。

"慧明队长，见我就烦。我看他对你很好，你就去替我要几支烟。"还是那个厚着脸的白狗子说。

"我为什么要帮你要？"

"哎呀，我们都是好兄弟。快去嘛，求你了，求你了。"

"好吧！"那白狗子说，就走了过来……

车厚桥立刻意识到，这是一个绝好的机会。不可以错过。就把脸侧近身边的袁成汉连长，压低声音说："把他收拾掉！"

"嗯，师长！"在黑暗中，赤卫师连长袁成汉的眼睛，一闪一闪的。你能感到他的机智，敏捷绝不含糊而做事明快坚决付诸实施的秉性，和执着的忠诚脸庞。

而这时，看守就走过来……要走近了。袁成汉立刻右手伸向插在紧系宽皮带的肚皮上的驳壳枪。左手迅速一拔松皮带，抽出驳壳枪。这时他们都听到了脚步声在走近。感到只要一会，或一小会，不，几秒钟就和他们对面了。车厚桥没有行动，他和袁成汉有默契。一人对付一个。

这时白狗子的脚步声音近了。时间就紧迫，刚刚到这里不久，机会就来了，同时，危险就近了。袁成汉非常明显地听出走近墙侧角往外出些的看守的较快的脚步声，白狗子当然是要去拿烟。袁成汉立刻从黑暗的侧墙，迅速一出身。他感到这是出击的机会，就坚决行动。这时，他离这个回来拿烟的白狗子。就是面对面。几乎就是一两步的距离。

这时，这个白狗子看到了自己的前面闪出了一个人影，发愣了。

袁成汉立刻上前，迅速举起驳壳枪的枪柄，猛地一下击中白狗子的脑门心，于是，这个白狗子，就倒在地上。

待在门旁的白狗子，忽然听到了声音，就喊道："严大头，你怎么了？"没有人回答。于是，他又喊一两声，"严大头，你怎么不说话！"喊人的看守好像是感到有些可疑，就端起手里的枪，往这面不急不慢地走来。

袁成汉看到从斜侧面过去巷道的昏黄灯光下，走来一个端枪的白狗子。袁成汉很想把被他打昏死的白狗子移动一下。车厚桥认为，如果把白狗子拖进来。就会立刻被看见，这样做，动静会更大，还没有到时间，还不如就这样。让白狗子一阵迷糊，这样有可能更对他们有利。于是，车厚桥就立刻伸出手，抓住袁成汉连长的腰间的皮带，往回拽，几乎用耳语般的声音说："别管他！"

袁成汉连长马上轻声问："为什么？""也许这样还更好。"车厚桥轻声回答说，时机紧，他立刻把袁成汉，往自己的身边一拖。自己把身子退回墙角。同样也好看着白狗子。

这时，白狗子将要走到了。好像含糊地看到先前的同伴倒在地上。白狗子就加快了脚步。看到了躺在地上的同伴在墙角外的一旁，他有些迷糊了。还没有看到人，顿时更感到迷糊。白狗子越走越近了。车厚桥看到他那疑惑的样子，就感到是打掉对方的极好机会，于是趁他还没有想出个头绪，立刻跑向他。看到有人朝自己跑来，白狗子慌了。这一瞬间似乎明白什么。他赶紧转身跑，吓得喉咙发直，赶紧往回跑。

车厚桥立刻追上去。那个白狗子立刻向后退。车厚桥纵身飞扑上去，把白狗子扑倒，并趁势举起驳壳枪的枪柄，狠击在对方的头上。就这样，那个白狗子也倒在地上，昏死过去了。

赤卫师连长秦为宝跑了过来，车厚桥立刻说："快，拿钥匙开门！""是，师长！"秦为宝立刻弯下腰，将白狗子的皮带上吊着的钥匙，摘了下来。车厚桥和秦为宝、袁成汉走近牢房，走到门边打开门，走进黑黑的房子。

"是同志们吗？"一进门，袁成汉立刻问。

"我们是！"一个在牢房门边的少年回答，里面还有十多个被俘的同志们。

"我们是赤卫师，特地来救你们的。"袁成汉立刻说。可能以免大家受到惊吓。

"谢谢赤卫师！"被俘的三区苏维埃主席谢为法①同志立刻说。

"走！快出去！"袁成汉立刻说。这里是不能久待了。

"好好好！"于是他们立刻出来。看到了在门边的车厚桥。

车厚桥压低声音说："好了，同志们，快走吧，等会白狗子又来了。"

由于人数多，被营救出来的人分成两路，离开了敌人重兵猬集的苏埠镇。

一路上有惊无险，他们安全到达西河嘴，登上了陈大国他们准备好的竹排上。

刚在竹排梁上坐好，两只竹排就顺水而下了。

到了程塘，大家起身上岸了。就在这时，苏家埠镇内响起了激烈的枪声，像是给车厚桥一行送行。

天亮时分，车厚桥师长一行回到了十八盘。

这一次，赤卫师救出来苏维埃政府主席谢为法、金尚义等工作人员，还有少共卢本务等同志，一共 17 人。

钱耀西策反四敌军，吴清秀买妻八里滩

可苏区妇女会的还有钱耀西、赵运清等人，还在敌人手里。怎么营救苏区妇女会的同志？看来还得另想办法。

就在车厚桥营救被俘的苏维埃同志的第二天早晨，驻扎在独山的敌军把钱耀西押入审讯室。敌连长问道："女赤匪，你们的部队在哪里？有多少人？"

钱耀西回答："我家没得饭吃。赤卫师每天给我两升米，雇我来洗衣服，叠衣服（用手比画）。其他的我就不晓得了。"

敌连长："咦！看不出来哦！狗日的婆娘不是篾匠，但编筐还编得像呢！给老子往死里打！"

两个敌兵用皮带抽打着钱耀西。

钱耀西大声："哎哟！痛得很哦！不要打了！我不要那两升米了！放我回

去，我还要给娃儿喂奶!"

敌军还审问、拷打了另外三名妇女会的同志。

监房内，钱耀西、赵运清等四人遍体鳞伤，躺在稻草地铺上。

指挥室里，敌连长搂着女人喝酒，大吃大嚼。

敌军一个中年士兵送饭菜进房，模样憨厚老实。

钱耀西问他："那顿送饭的兵说，你是班长。我看你倒像个好人。你咋个当兵的呢?"

敌班长："什么班长啊，尽受气。娘死得早，老父亲前几年在军队混战中被打死了，我做过长工，家也没有，地也没有，就当了兵。"

钱耀西："你衣服破了，找针线来，我帮你缝补缝补。要是有可能的话，我给你讲一个媳妇。"

前线，为了掩护红军中央独立1师进行战略转移，六霍赤卫师指战员们在车厚桥的指挥下，积极主动地寻找敌军作战。他们摆出主力的架势，向敌人防守力量不强的独山进攻，以吸引其他敌人来援。

钱耀西等人将敌班长的衣服已补好，递给他。钱耀西："把你们其他弟兄的衣服也拿来，我们给你们补一补。"

敌班长抱来一些衣服，被捕的女同志就开始缝补。赵运清对他说："你放我们逃走吧!"敌班长犹豫："万一你们跑不脱，被逮回来，我就死翘翘了! 还要连累全班的弟兄。"

外面传来了激烈的枪声。钱耀西等人在聆听。

敌班长跑来了，他打开了门说："赤卫师来攻打善庆寺了，连部许多人上去抵抗了。我们班只剩和我好的几个弟兄了。我们和你们一起去投赤卫师。"

被捕的女同志听说后大喜，赵运清答应着说："好!"

钱耀西警惕地问："你不是耍什么诡计吧?"

敌班长说："我们四个都是穷人，都是真的去投赤卫师。"

钱耀西说："你们要是真心，就把枪给我们拿着。"

敌班长犹豫了一下，喊进来另外三个人说："给就给! 拿去吧! 子弹还有100多颗。"他们将几支枪交给了钱耀西、赵运清等人。

钱耀西对他们说："那我们就是同志了。我们差不多有一个班，可进攻敌人连部了。"

班长说："不行吧? 他们官兵还有20多人。"

一士兵说："大姐，你们几个的伤也没好完。"

钱耀西想了一下说："那就算了。我们抄小路赶回赤卫师。"于是大家在钱耀西和赵运清的带领下从敌营中快速撤退出来。

钱耀西等人回到赤卫师师部，向车厚桥敬礼："报告车师长，我们被插进我军防守空隙的敌军抓去了这些天。我们回来了，队伍还扩大了。"

车厚桥看了看其他人："这些天我们都在担心你们呢！快进来说说详情。"吴岱馨主任满心欢喜地迎接了妻子赵运清的归来。

这次战斗，眼看就要取得胜利。

就在这时，敌人的援兵到了，人数还不少，大约是正规军 1 个营。

赤卫师不能不退却。

第二天，敌人继续进攻。

战斗中，钱耀西和两个赤卫师女战士被俘了。

这一次，车厚桥师长采用了"购买"的形式去营救。

1930 年 9 月，在"买不到的能买到、卖不掉的能卖掉"的苏埠，形成一个非常独特的市场。万恶的国民党地方部队在这儿开设了一个临时的苏区人口与财产市场。

西外的八里滩上，这一堆，那一摊，出卖着国民党土匪们从独山、麻埠、诸佛庵等苏区掳掠来的大姑娘小媳妇们、少年儿童们，耕牛牲畜、衣物家具、木材竹麻、稻麦粮食，等等，不一而足。

赤卫师排长吴清秀化妆成外地人以"买老婆"的名义，出资 100 个大洋救出了钱耀西。师长车厚桥化妆成外地富商以"给老婆买丫鬟"的名义，用 120 块光洋救出了那两个女战士。

后来，在长期的革命斗争中，钱耀西始终保持了一个共产党员的革命意志。她和贫苦农民吴清秀结婚以后，夫妻俩一直支持革命。20 世纪 90 年代初，年过 85 岁的钱耀西老人病逝。

注释：

① 谢为法（？—1930），自幼帮工。1927 年参加独山早期的秘密农民协会，并任小组长。积极串连贫雇农参加农民夜校和秘密农会，进行反豪绅地主斗争。1928 年任三区农会主席，领导扒粮度荒斗争，准备武装起义。1929 年加入中国共产党，组织发动各乡农会、赤卫军、妇女会参加独山武装起义。起义胜利后，他任三区工农革命委员会区长，领导农协会员、赤卫军，配合游击队攻打麻埠反动民团。1930 年初接任中共六安中心县委候补委员兼三区书记，领导革命根据地人民，进行反"清乡搜剿"斗争。9 月，"六霍总暴动"失败，六安革命根据地被白军占领，他在六霍赤卫师于龙门冲突围战斗中牺牲。

柳树店土炮轰白匪

第23章

赤卫师转战小七畈，柳树店土炮轰黄英

柳树店，地处霍山县东北部，属于黑石渡镇的一个村。柳树店河自西北向东南横穿而过，从黄石岭进入东淠河。今天的柳树店村东至平头岭、南天门，西至枫树岭、枣树岭，南至香花岭、黄石岭，北至十家岭、大土门岭、西峰岭头，是一个地形狭长的平行四边形盆地。在柳树店盆地上分布着光嘴畈、小七畈（光嘴畈和小七畈相连，可以看作一个畈）、草塘畈、祝家畈、龚家畈、苏家畈、金家畈（苏家畈和金家畈相连，可以看作一个畈）、阎家畈、钟古畈等七个互相连接的面积稍大的田畈——俗称小七畈。因此，柳树店村这一片土地，在新中国成立前属于霍山县戴家河乡小七畈上保和小七畈下保，其中东面山区还有一小块属于六安县（六安市裕安区）邵冲保。柳树店盆地几乎全部分布着黄沙和黄土，土壤瘠薄，所以，整个清代，都把这里作为流放犯人的地方，因而有专种生姜的生姜冲、专门织布的机匠冲、专治马病的止（治）马冲等。

柳树店地处小七畈上、下两保的中心，柳树店河与大南冲河、止马冲河、大冲河在这里交汇；柳树店小街依柳树店河而建，是龙门冲通往霍山县城的必经之地。柳树店小街及其附近住着150多户居民，人口不足800。小七畈暴动成功以后，这里是比较巩固的苏区。红33师整训和红1军远征时，国民党霍山县保卫团乘机对大河西柳树店一带围剿几次，他们在逃亡地主和流氓地

痞组成的"清共大队"的带领下，奸淫烧杀，无恶不作，闹得老百姓不得安宁。这帮坏蛋还在革命群众家的锅灶、水缸中屙屎拉尿。饱尝欺凌的老百姓无不切齿痛恨，纷纷要求六霍赤卫师狠狠地打击霍山县保安团。车厚桥曾带领赤卫师给了敌人以狠狠地打击，有效地保卫了苏区。

1930年8月下旬，六霍赤卫师在车厚桥师长的带领下，艰苦转战到霍山县的柳树店，那天，细雨蒙蒙。当时，整个小七畈上保还是苏区，小七畈下保却有部分地方沦陷——被霍山县国民党保安团占领。

六霍赤卫师在到达柳树店的前一天，收到了隐蔽在霍山县城的中共地下党员刘发扬送来的情报：潘善斋新编第5旅和霍山县保卫团离开县城，下乡"清剿"去了，城内空虚。车厚桥等赤卫师首长与第一、第二两个支队的负责人经过研究决定：率领近300人的六霍赤卫师乘虚攻打霍山县城，拖住进攻苏区的敌人。

第一支队由支队长周远恩率领，作为开路先锋，行进在赤卫师的前面。赤卫师师部直属队跟进，第二支队殿后，第二支队还配属了一个土炮连，共有9节土炮。赤卫师的土炮是用"青檀"树干做的炮筒。六霍赤卫师的土炮是一年前，由车厚桥带领赤卫队员们制造的。

其时，第三支队已返回英山，准备恢复英山苏区。

作为当地人，年仅14岁的李明功担任全体队伍的尖兵，他打扮成小放牛娃，提着竹制的"牛兜嘴"（竹编制品，戴在牛嘴上，防止小牛吃庄稼用的）走在队伍的最前面。他身后300米，跟着一个尖兵班。从十八盘出发后，又经过锅棚店、墩子冲、光嘚嘴、草塘畈、柳树店、金家畈，一路都没有遇到敌情。

李明功刚转过金家畈准备侧过钟鼓畈时，与翻过香花岭的霍山县保卫团突然相遇。他大吃一惊，连忙发出与敌人相距不足百米的紧急暗号，大声呼喊："牛吃稻啦！牛吃稻啦！"他身后不远处的尖兵班马上隐蔽起来，并派人快速回去向师部报告。

得到信号的车厚桥师长，马上安排第一支队沿石狮洼、水井山、周家冲口、背阴山一线布防，安排第二支队支队沿耿家小冲、扬叉洼口、匡冲口、苏家畈山边一线布防，师部直属队沿耿家小冲口与背阴山连线的大河埂布防。靠着茂密的森林与河两岸的柳树林（这些森林与树林新中国成立前损失大半，小部分于1958年大办钢铁时损失，现在已部分恢复）的掩护，赤卫师各部迅速行动到位。

保卫团的尖兵排捉住了李明功，毒打时拷问："哪儿有牛吃稻？你胡说什么？"李明功巧妙地回答说："我没有喊牛吃稻，我是喊牛没有找到。"保卫团的尖兵排士兵用枪逼着李明功走在保卫团的前面，向柳树店进发。

走了不足400米，是金家畈与苏家畈的交界处。只听得河边的树林里传出一阵枪声，保卫团的士兵倒下了五六个，尤其是押解李明功的两个士兵，已经死得"钉地沉"了。原来这是赤卫师的尖兵班放枪救了李明功。他们是按照车厚桥的指示：救人并诱敌深入的。

率领霍山县保卫团的是黄英①。历史告诉我们，皖西红军初期，国民党六安地方武装概况如下：1929年（民国18年），警备营改编为国民自卫团，军饷由地方田赋附加税筹给。1930年（民国19年）5月，改编为保卫总团。1931年（民国20年）12月，保卫总团5个大队被缴械遣散，另组编警备营。

黄英率领的这部分霍山县保卫团有400人，装备精良，有机枪6挺、新式步枪320支、短枪30把，完全可以和正规部队媲美。因此，黄英很骄横，他认为，攻打六霍赤卫师不费吹灰之力。

小七畈下保一时间枪声大作，六霍赤卫师的尖兵班节节抗击霍山县保卫团。敌人依仗人多势众、枪好弹足，步步进逼，企图全歼赤卫师。

吴岱馨、车厚桥率领赤卫师沉着应战，采取部分人应战，大部队选择好有利地形布置好隐蔽工事，将土炮队的九节土炮全部装好枪药。

当敌保卫团逼近时，六霍赤卫师阻击队突然隐蔽于两旁。

当敌人进入赤卫师土炮射程范围时，车厚桥师长一声令下，土炮队的九节土炮像雷鸣般闪电一样，怒吼震天，敌人像倒墙一样倒在血泊之中。车厚桥命令司号员吹响了冲锋号，赤卫师战士像猛虎般从树丛中腾跃而起两面夹击，枪炮乒乓响，大刀刺胸膛，这一仗打死打伤近百人，后面的敌人吓得屁滚尿流，抱头鼠窜，狼狈举手投降，当地老百姓拍手称快，交口称赞：

> "赤卫师真正强，打敌人有妙方，
> 钢枪土炮打得准，大刀长矛刺胸膛；
> 九门土炮显神威，敌人死得像倒墙，
> 赤卫师英名传四方，老百姓歌唱共产党。"

受到沉重打击的霍山县保卫团退居黄石岭、香花岭一线，据险固守。六霍赤卫师佯攻不成，于是先转移至新店河一带，然后巧取龙门冲，回到十八盘大山区坚持。

白匪军血洗皖西苏区，赤卫师奋勇抗击敌人

9月下旬，白军潘善斋旅在地主武装配合下，于六、霍两县遍设"清共"

委员会、"清共"总部，据不完全统计，短短时间内，六安被杀害的干部、群众达六七千人。在敌人残酷的屠杀政策下，六霍苏区中心区的独山、龙门冲、舒家庙、团墩、三尖铺、匡黄冲、郝家集、白衣庵、新店河、西河口、大化坪、千笠寺、漫水河、长山冲、燕子河、七邻湾、金家寨、闻家店等方圆数十里范围内成了无人区。在半个月时间里，皖西的六霍、英霍等红色根据地全部落于敌手，到 10 月初，六安、霍山两县被敌人杀害的干部、红军家属与群众达 20000 多人，许多村庄血流成河，惨不忍睹。白军一开到，军官们开始把妇女和姑娘分开。凡是剪短发或放脚的都当共产党枪决，剩下的由高级军官挑选好看的给自己留下，接着由下级军官挑选。剩下的就交给士兵糟蹋。他们告诉士兵，这些都是"土匪家属"，因此可以爱怎么样就怎么样；有的妇女被轮奸割乳，凌辱而死。

国民党军队在皖西肆意屠杀苏区共产党人及老百姓，其手段极为残忍，骇人听闻，如挖心、剥皮、肢解、分尸、刀砍、碎割、悬梁、火烧、活埋、挖眼睛、割耳朵、穿铁丝、割舌头、破肚取肠、割乳挖胸、沉潭落井、打地雷公、钉丁字架、灌辣椒水等数十种酷刑。从 3 岁孩童到 80 岁老人，均不能幸免，不管男女老幼，均遭屠戮。有的婴儿被蒋军抓住 2 条小脚，活活撕成两半。有的革命群众被白军用烧红的铁盒戴在头上活活烧死。成千上万的儿童被抓了起来，送到蚌埠、安庆、南京、汉口及其他城市，卖去做"学徒"。诚如国民党政府在报告书中供述，在"清剿"区内，"无不焚之居，无不伐之树，无不杀之鸡犬，无遗留之壮丁，闾阎不见炊烟"。

每个民团局子平均每天有五六十具尸体被抛至路旁，各地剪发妇女以"共匪婆子"几被杀光，少先队员和劳动童子团员捉去后，用钢锥捅死"示众"，赤区内的祠堂、庙宇、群众住房悉被烧尽，牛、猪、羊全被拉完，刚收上的稻子全被拉走，拉不走的就地焚烧。被掳掠的 1690 多名年轻姑娘和青年妇女，长得好的由潘善斋部和自卫队长、豪绅地主、士兵、流氓强占，不从者处死；其余的运往寿县、颍上、合肥拍卖，卖给妓院做妓女。燕子河妇女主任袁大桂，被敌人剥光衣服吊在屋梁上，要她交出共产党干部，直到被敌人用火锥捅死，一字未吐。共产党员张英礼视死如归，被敌人投进滚水锅里活活烀死。女共产党员王修民，被敌人用铁丝穿通鼻孔灌辣椒水，坚贞不屈，活埋于观音山。农民自卫队长程儒香，被敌人用铁耙锈齿将四肢钉在一棵木梓树上。程儒香口吐鲜血，痛骂敌人不止，耗尽了最后一口气。六安县六区赤卫队员李祥明和两个大儿子随红军西撤后，民团头子汪云生把其妻窦氏和两个小儿子抓走，先用冻、饿折磨她们母子三人，然后丧心病狂地在农历除夕晚上活埋母子三人。土坑挖好后，当丧尽天良的敌人推拉她们母子三人时，窦氏大声喝道："不要碰我，自己会跳下去……"便毅然拉着孩子从容地跳进了土坑，当不满三岁的小儿子哭喊着："妈妈，沙子迷我眼睛了……"母亲强忍着悲痛安慰道："不要哭，孩子，眼睛闭一会就好了。"就这样，一家三口在大年三十的晚上被活活埋死……

1930年9月21日，六安中心县委常委、宣传部长兼前方办事处主任、独山暴动主要领导者、皖西根据地创始人之一周狷之，在六安城郊菜市湾被叛徒出卖不幸被捕。敌人企图以母子之情感化他。周狷之面对母亲大声疾呼："娘……不要听信敌人的鬼话，我绝不叛党……共产党就像大别山上巴根草，节节生根，是斩不尽杀不完的。国民党斩了我这一节，其他节照样生根！将来的胜利一定是属于我们的！"数日后，他从容就义、壮烈牺牲。时年27岁。根据《舒传贤关于六安中心县委工作情况给中央的报告（1930.12.10）》指出，六安县干群被害情况统计为：

三区：区级干部9人，牺牲3人；乡级干部30余人，牺牲10余人；村干部100余人，牺牲殆尽；农协会员牺牲2700余人。

四区：南岳庙一地，杀害的干群达四、五百人。

六区：干群被杀害的有2500余人。

七区：麻埠被杀200余人。

消息传到红2师、红3师干部、战士的耳朵里，他们听说自己的亲人被抓、被杀，本来对离开家乡远征平汉线心里就不很乐意，加之在外征战奔波，水土不适，思家心切，听到此消息，他们纷纷向军长许继慎要求红3师应该尽快地返回皖西，为他们的亲人报仇。

在红1军西征，六安中心县委率领红军独立1师、指导红军独立2师离开皖西根据地以后的严峻时刻，在国民党向苏区举起血淋淋屠刀的白色恐怖笼罩之下，六霍赤卫师英勇地担负起保卫苏区、抗击敌人的重任。

六霍赤卫师为了掩护六安中心县委率领中央独立第1师及地方干部、赤卫队、少先队、群众的转移，与优势的敌人浴血奋战，也遭受了很大损失。对于战士们"我们不能死打硬拼"的呼声，车厚桥、张如屏、吴岱馨、王霈雄等师部首长耐心地做思想工作，说明为革命牺牲小利益是为了保住革命更大利益的需要，共产党员和赤卫队员要树立为革命不怕牺牲的观念。

赤卫师各部按照车厚桥的部署，沉重地打击了敌人。可敌强我弱的局面没有改变，而且越来越严重。

历史资料显示，皖西红军初创时期，皖西苏区地方武装——赤卫队概况如下：赤卫军下辖六霍英、霍舒衙（衙前，即属以后的岳西县）、六舒、霍邱、英潜太 5 个赤卫师和 1 个独立赤卫营。在六霍赤卫师与敌人进行坚决斗争的时候，其他 4 个赤卫师及独立赤卫营也在不同地方与敌人进行拼死奋战。

注释：

①黄英（1890—1949），又名黄从新，霍山县（今属金寨县）前畈乡人，封建地主家庭出身。民国十八年（1929）霍山县境苏维埃政权建立后，黄英联络地方土豪劣绅，组织"编练队"，加入霍山国民保卫团，充任队长。曾率队联合湖北麻城县自卫队，阻击红军，杀害红军江求坦等 50 多人。民国二十一至二十三年，他先后任霍山第八区团团长、"立南铲共游击队"副大队长，带领"摸瓜队"，捕杀地方革命干部和红军游击队员，先后杀害红军 70 多人，抢卖红军家属 10 余人。民国二十四年初，任立煌县第二区区队副队长，带队配合国民党军在乌凤沟、桐桃源等地夹击红军。并胁迫群众修筑碉堡，致使红军折员 200 余人，仅一次就活埋红军战士杨宜龙等 8 人。民国三十六年秋，人民解放军南下后，黄英又搜罗残匪，负隅顽抗。组织自卫大队，自任队长，率匪众袭击人民解放军，先后杀死张绍基团战士 70 多人，翌年配合国民党军第 56 师搜捕并杀害金东县县长白涛。民国三十八年 5 月，他接受国民党"华中军政长官公署豫鄂皖边区人民自卫军总司令部"的委任，为立煌支队副司令兼立煌人民自卫军第 2 团团长。与匪首袁成英等策划建立所谓"敌后游击根据地"，袭击人民政府机关工作人员，残害群众，大肆掠夺财物。1949 年 12 月 31 日，黄英在后畈被皖北军区武装捕获。1950 年 8 月 10 日，在合肥被处决。

第 24 章　赤卫师出击诸佛庵

赤卫师受命出击诸佛庵，打击保卫团巧夺敌机枪

诸佛庵镇位于霍山县西北部，是霍山县的第二大镇，也是霍山西北部的经济商贸中心。在党的领导下，诸佛庵苏区一片欣欣向荣。

1930 年农历二月初六的庙会，由诸佛庵苏维埃政府举办。全诸佛庵居民、各会馆及周围几十里外商贩，观众约万人，无论男女老幼，皆着盛装，云集诸佛庵集镇，善男信女携带香纸，在佛像前焚香叩拜。庙会出行路线从诸佛庵→孤山→新店河→印墩冲→小干涧→鹿角冲→石家河→西石门→诸佛庵，队伍绵延十多华里。庙会上，翻身群众高唱《十二月大改变》：

正月里来是新年，世界大改变。耳听门外个个入共产，齐暴动，把土劣都杀完。

二月里来是花朝，革命正高潮。反动走狗个个跑不了，莫要急，不在迟和早。

三月里来是清明，红军武艺能。打仗都是我们赢，推翻蒋介石，活捉夏斗寅。

四月里来把秧插，遍地开红花。先从俄国发展到中国，齐努力，把帝国主义杀。

五月里来是端午，军阀无主张。各府州县都缺粮，急得只好投诚来缴枪。

六月里来是炎天，土豪真可厌。跑到外面无吃又无穿，急得无法只好讨米要饭。

七月里秋又来，建立苏维埃。打破黑暗光明显出来，穷人齐欢喜，又是新世界。

八月里来是中秋，穷人出了头。富人财产都归我们有，看起来还要努力奋斗。

九月里来菊花黄，又分好洋房。穷人要翻身，真是天地主张。

十月里来小阳春，大家要齐心。万众九州一家人，结个好团体，才能守乾坤。

冬月里来雪花飘，军阀莫逞豪。穷人反压迫，齐了心，来把军阀齐打倒。

腊月里来梅花开，红旗扯起来。反动走狗一扫光，富人心害怕，才知穷人厉害。

庙会过后，进行了土地改革，翻身农民纷纷投入到"打土豪、分田地"的土地革命斗争中去，苏区到处是一片欣欣向荣的新气象。

秋天，霍山县党组织，在敌人大兵压境的情况下，率领干部和人民群众撤离诸佛庵，向燕子河转移。

一时间，腥风血雨笼罩着诸佛庵。刚从柳树店转移到十八盘的六霍赤卫师，不畏强敌，准备出击诸佛庵，恢复苏区。

中共霍山县委给赤卫师霍山支队下达了"保卫苏区、掩护县委转移"的任务。当时，霍山县委书记卢舒[①]亲自来到十八盘把出击诸佛庵的任务当面交给了支队长周远恩，并且通报了赤卫师师部领导。车厚桥师长和张如屏政委表示，必要时，整个赤卫师可以全部出动。

在红军主力转战岳西、潜山、太湖、英山、麻城等地期间，周远恩曾带领霍山支队随六霍赤卫师保卫苏区，在屡次战斗中都很英勇，立下了战功。这次，当卢舒书记把任务交给周远恩时，他表示要很好地完成任务。

1930年9月初，一身征尘的六霍赤卫师师长车厚桥得到情报，盘踞在霍山县境内诸佛庵镇的白匪据点，驻有霍山县保卫团一个大队（200多人），配备有一挺92式重机枪。因此兵力不是很多，有夺取的条件，为此再报请六安中心县委批准后，决定以奇袭的手段，夺取白匪的重机枪。

诸佛庵镇是皖西苏区的大镇，通往独山、麻埠、燕子河，白匪在这里砸上个钉子，目的是封锁、控制赤卫师的通道，鲸吞我根据地。保卫团为了自身的安全起见，特选择在诸佛庵镇下街头的沈家茶行，建起了据点，占地有三四千平方米，四周筑起5米多高的围墙。围墙四角各筑一座碉堡，东北角、东南角、西南角的碉堡均系二层，唯独西北角碉堡是三层，因此处面临诸佛庵镇后、前大街交汇处，92式重机枪就架在这座碉堡的最上层，火力直接控制、封锁着大街的通行。围墙外四周挖了一条2.5米宽、深2米的护墙沟，沟外，又增设了三道附防工事，最外层是铁丝网，依次向内是鹿砦、壕沟。前后两条壕沟相距七八十米，中间是一条宽阔的空旷地带。

这座据点修筑得比较坚固，防范也比较严密。在当时的情况下，赤卫师一无炸药、二无重炮，要进行攻势作战，实属不易。为了慎重起见，六霍赤卫师先派参谋长王鼐雄带领霍山支队支队长周远恩亲自前往诸佛庵镇，化装深入虎穴隐蔽侦察了三天。通过地下党同志的介绍和实地观察，弄清了据点内白匪的兵力、戒备情况、岗哨位置、重机枪架设的位置、保卫团昼夜活动规律以及附防工事，等等。

当时，王参谋长与周支队长研究了敌情，王参谋长提出："只宜智取，不宜强攻。"周支队长也提出："夺取敌人的重机枪，有20个精明强干的便衣就够了，人多行动不便，反而容易暴露目标。"

两人回来后，向领导做了汇报。师长车厚桥完全同意王参谋长和周支队长的意见，决定把夺取重机枪的任务，交由便衣同志组成的小分队去执行，由周远恩同志直接指挥。便衣小分队以赤卫师警卫连3排——便衣排为基础，再从两个支队便衣班中抽调几名精明强干的同志参加。要求是：隐蔽、动作迅速、勇猛、不准出一点响声。

赤卫师首长决定了"智取"的战斗方案后，立即呈报六安中心县委审核。六安中心县委很快批准了这一方案，六霍赤卫师立即着手组织部队，实施训练演习。

周远恩同志再次去了诸佛庵镇，首先观察据点的情况有无什么变化，并请地方党的同志秘密动员群众，把挨近据点的民房的院墙互相打通，以利进攻部队隐蔽和指挥。另一项任务是：动员家里养了狗的群众坚决把狗处置掉，因为夜间稍有动静，狗就狂吠不止，无疑给保卫团当了"义务情报员"。敌占区的人民群众对保卫团切齿痛恨，是坚决拥护赤卫师打保卫团的。后来证实，待我部队潜入诸佛庵镇时，群众养的狗已经全部处置了，没有一声狗叫。

据点西北角碉堡的底层，有通向壕沟一扇不大的木板小门，保卫团外出抢掠"清剿"时，为了不惹老百姓的注意，都从这里出入，然后通过伪区公所的两座吊桥窜出去，而不走大门。保卫团每次抢掠回来后，把抢来的鸡就扔在这座碉堡的底层，伪区公所给保卫团派的差役（帮保卫团做饭、干杂活的伙夫）常来这里取鸡。小门平时从里面插住，无人由此通行，此门恰是进出碉堡的关键。周远恩让苏焕清找个借口，让那个差役在赤卫师行动前将门内的插栓拔掉，以利部队出入。另外又与苏焕清研究了便衣小分队隐蔽的位置，以及处置岗哨的办法，还有各种联络信号和进攻的时间。周远恩同志此次再进通道，把部队进攻前需要地方党组织协助的工作都安排得万无一失。

霍山支队便衣小分队的20个同志，都根据周远恩的命令，天亮以前全部集合齐了。天刚亮，恰巧有一个保卫团士兵站在围墙上朝伪区公所不知喊了几句什么话。苏焕清听见了，对周远恩说："这是保卫团伙夫，名叫汪平三，跟我要萝卜吃。"他示意大家做好准备，然后拿了三个萝卜走到壕沟边向围墙上扔去。第一个萝卜保卫团伙夫接着了，第二个萝卜苏焕清故意扔的不准，掉进沟里，第三个萝卜保卫团又接住了，保卫团伙夫满足了要求，当即走下围墙。机不可失，就在这当儿，苏焕清提高了嗓门偏着头大喊了一声："送情报的那人，你赶快出来，下沟把萝卜给长官捡起来！"周远恩明白这是苏焕清发出的信号，急忙率霍山支队沉着地从屋里走了出来，按预先规定，20个人分两组行动。

第一组10个人，由赤卫师便衣排排长率领，任务是除掉大门的保卫团岗哨，占领大门，掩护部队冲进据点。十个人中有五个戴着"情报员"的白袖章走在前头，刚转过西北角碉堡，嘴里就高声喊着"万万火急，紧急情报！万万火急，紧急情报！"快接近保卫团哨兵的时候，便衣排长喊道："长官，万万火急！有紧急情报！我们好亲自送给队长！"保卫团哨兵见来了这么多人，正要端枪阻拦，说那迟那时快，两个便衣队员一个箭步窜上去，用匕首结束了这条狗命，据点内的保卫团一点也没发觉。

与此同时，第二组的10个人由霍山支队便衣班长率领，由周远恩直接指挥，迅速冲下壕沟，扑向西北角碉堡底层那个小门。周远恩对那个差役敢不敢从里面把插栓拔掉，早就持怀疑态度，因而做了两手准备，果然一推没有推开。这处小门是用几块薄木板做成的，周远恩急中生智，三脚两脚把门踹开，10个便衣队员火速钻了进去。

当第一组便衣队员除掉门岗后，苏焕清眼疾手快，迅速把大门外壕的吊桥放了下来。六霍赤卫师师长车厚桥率领师直属队的二、三连像猛虎扑食一样冲进了据点（一连留在外面作预备队）。保卫团这时才发觉赤卫师攻进来了，顿时乱成了一团。

二、三连分头抢占了东北角、西南角两座碉堡，控制了整个据点，枪声和手榴弹的爆炸声响成了一片。据点内的东南角单独圈成了小院，里边建了三间房子，作为保卫团大队长的住处，正在洗漱的保卫团团丁们狼狈地向小院窜去。赤卫师一部分利用据点内的食堂、洗漱室、仓库作掩护，朝逃往小院的保卫团一阵猛烈地射击，保卫团当时就有20多个人见了阎王，伤了30

多个人。保卫团占据了东南角碉堡，做垂死挣扎。这功夫，架在西北角碉堡上的92式重机枪，早被第二组便衣队员缴获，连同子弹完整无损地扛了下来。

据点内，敌我双方相持不下，保卫团完全清醒过来，虽然处于孤立无援状态，但仍然顽强抵抗。赤卫师当时也无条件攻克敌据点，随即撤出战斗。敌人害怕出来追击遭赤卫师歼灭，龟缩在据点里没敢出动，赤卫师从容不迫地撤出了诸佛庵镇。

这次奇袭，消灭霍山保卫团60多人，夺取了白匪的重机枪，缴获步枪近20支，自身伤亡20多人。赤卫师取得了奇袭诸佛庵的胜利。

注释：

①卢舒（1906—1931），中共霍山县委第三任书记，本名吴万宾，字仲孚，出生于六安县毛坦厂李家冲的一个书香门第。1926年考入安庆甲种农业学校；1927年加入中国共产党；1929年春受党的派遣，回到家乡从事农民运动，秋天帮助舒传贤具体策划六霍起义计划，为了革命事业，几次被反动派抄家。独山起义后至1930年4月，赴中共中央学习；1930年4月至1931年11月，担任中共霍山县委书记。1931年11月被肃反扩大化在麻埠冤杀，其妻江宝华也被冤杀。新中国成立后平反，被授予烈士称号。

赤卫师转战石头嘴

闹赤化英山改名红山县，狮子拗战斗邱玉亭牺牲

湖北的英山县原属安徽省管辖，位于湖北省的东部，天堂寨的南麓，东与安徽省岳西、太湖交界；南与蕲春、浠水接壤；西与罗田相邻，北与安徽省金寨、霍山毗连。作为土地革命时期"红山县"的英山，这块盛名卓著的红色土地，是鄂豫皖革命根据地的重要堡垒。因为英山位于大别山中段，东西连脉，横亘华中，南北分界，水派江淮，是鄂豫皖三省边界近十多个县结合部的纽带，史称"江淮要塞，鄂皖咽喉"。英山人民在中国共产党的领导下，开展过无数次前仆后继的英勇斗争。

早在五四运动时期，英山的陈卫东、彭干臣等一大批革命志士，就开始在英山传播马克思主义，并且为寻找革命真理纷纷走出英山，在董必武、周恩来同志的直接培养和领导下，英山傅维珏等29位将士在东征和北伐中立下了赫赫战功。1927年秋，上海党组织派肖伯唐、姜镜堂等同志回英山从事农民运动，创办多所"农民夜校"宣传革命真理，先后建立起英山第一个党支部、第一个农民协会、第一支农民武装。1927年詹大星在龙井河油祖祠组织成立党支部，并成立苏维埃龙井乡政府和下设的龙井、青草坪、观音坎苏维埃村政权。1928年，姜镜堂在杨浓坊（雷家店镇杨坊村）上庵杨仪春家办起平民夜校，为大家买灯油、书籍、文具，晚上亲自为农民讲课，传播革命思想。同时又在下庵开办贞干初级小学，培养革命新生力量。校门上的对联是

"教育儿童成国粹，改良学校育人才"。1928 年秋，萧伯诏在（雷家店镇）蔡家畈办起"山头药店"。以行医掩护革命工作，建立共产党秘密联络机关。在土门河乡（现属杨柳湾镇）为一进三重砖木结构的陈卫东故居。大门刻有"聚星居"三字，故居建于 1928 年，先办新民小学，后办苏维埃乡政府。

1930 年农历三月二日（庚午年庚辰月庚辰日，公历 3 月 31 日），以舒传贤为书记的中共六安中心县委和金仁暄①为书记的中共英山县委，在英山金家铺为中心地区组织农民起义。三月初二清晨，由家住英山金家铺的共产党员——三个黄埔军校学生傅昆言（曾任北伐军团长，英山自卫总团的教练）、姚家芳（红军总指挥部副总指挥）和金仁暄（党代表），带领英山民团部分团丁和金家铺几百农民编成五个大队，提着枪，扛着大刀长矛，急匆匆赶到西河东岸的大枫树，发起了史称"三二暴动"的武装起义，打响了英山闹革命以来的"第一枪"（史称"三·二运动"）。傅昆言带着自卫总团部分成员组编了"钢枪大队"，并担任英山县红军指挥部总指挥，率部配合红军主力作战，连续三次攻克英山县城。双龙庙农会秘书纪光鳌（字孝思，金家铺纪家山人），组织农会会员支援金家铺农民起义，并在金家铺建立了英山第一个苏维埃红色政权任支委委员。农历三月九日（公历 4 月 7 日），起义军配合红 11 军的潜山农民起义军首次解放英山县城。同年五月（公历 5 月底 6 至月上中旬），在金家铺建立了英山第一个红色政权——英山县革命委员会和东路军总指挥部，接着成立县苏维埃政权——英山县革命委员会。贺筱亭任主席。先于黄安近 2 个月。

"三·二暴动"发生后，据守英山县城的国民党唐生智部韩杰旅一个团北上进剿，进至金家铺驻扎。起义队伍北退至霍山燕子河（现属金寨）为中心的西界岭一带活动。1930 年 6 月间，金仁暄又带领这支起义队伍，配合红 1 军攻克英山县城。是时，英山驻有国民党正规军一个旅，鄂豫皖红军自诞生以来，还没有打过一次围歼一个旅的大仗。战前分工，英山红军游击队担任前锋与主攻，被作为主力使用。英山红军游击队共 300 多人，有由英山民团起义带出的近百条钢枪组成的"钢枪队"，在当时的鄂豫皖苏区，是除红 1、2、3 师之外最大的一支成建制红军部队，人枪数量与红 1 军第 3 师相近。7 月 12 日，在英山红军游击队的引领下，红军围点打援，由红 2 师围金铺，红 3 师和英山红军游击队在狮子垴设伏，先将金铺突围而出的韩杰旅一个团全歼，随后又将英山县城出援的韩杰另一个团加旅部全部消灭，红军队伍兵不血刃进占英山县城，英山县城迎来第一次解放。红军这次英山作战，缴获甚丰。据当时的英山童子团团长皮定均（开国中将，金寨县吴家店代家岭人）回忆，他带领一帮小孩帮助红军打扫战场忙活了好几天，光捡枪就捡了二三百支。收获最大的当然是土生土长的本地红军——英山红军游击队。因地利之便，加之又率先接敌，英山红军游击队缴获的枪支在数量和质量上均占有优势，以至于引起了红 1 军部队的眼红，要用旧步枪与英山游击队换机枪和冲锋枪（见《中共六霍县委给中共中央的报告》）。接着，金仁暄将英山红军和蕲春游击队合编为中央红军独立第 1 师英山第 5 团，团长方士林，政委何寿堂；金仁暄为党代表。1930 年 9 月，金仁暄带领红 5 团和英山大部分党政干部随查之清、王鹗峰率领的红 8 军第 4、第 5 纵队，去黄梅被编入红 15 军。1931 年，中共红山中心县委以英山为驻地，领导英山、罗田、浠水、蕲春、太湖等县的革命斗争，英山成为鄂豫皖革命根据地的重要组成部分。

自英山金家铺起义之后，到新中国成立，英山先后建立 24 届县委组织领导革命斗争，其中三次是辖管十多个边区县的中心县委，英山的党组织建设和根据地的巩固建成"三十年红旗不倒"，这在全国也不多见。英山人民为革命抛头颅洒热血，为中国革命的胜利做出了重大贡献。因此国民党反动派视英山为眼中钉，把英山周边的安徽四个县和湖北省三个县沦为白区模范县，包围钳制英山这把"红色尖刀"，对我革命干部和人民群众，进行惨绝人寰的摧残，杀害我地方干部群众 7413 人，占全县 18 万人的 16.4%。罚款 13419户，银圆 513400 块，占全县总户数的 29.8%。烧毁房屋 153984 间。1932 年我主力红军西进后，国民党县长黄觉民从这年秋到 1933 年春的 100 天中，疯狂杀害革命干部和群众 2028 人。蔡家畈，是 1927 年中共英山第一个党支部的诞生地，1930 年"三·二"运动后，这个仅有 66 户人家的穷山沟，被杀害的有 24 户 31 人。罚款 9600 块银圆，户平 100 块。耕牛农具没收一空，锅灶家具全部砸光，这里一度成了无人区。仅有 293 户的闻家冲，是当时英山县委领导人经常开会的地方，敌人视为肉中刺。"三·二"运动后，国民党扫荡进冲，杀害 75 人，平均 4 户中摊 1 个。被罚款的 46 户，占总户数的 16%。罚银圆 15300 块，户平 52.2 块，烧毁房屋 73 间，平均 4 户一间。国民党军所到之处，烧杀掠夺。国民党反动派疯狂地说："赤区的石头都是红的，连石头也要过三刀！"朱家山，是原有 91 户人家的山头地区，1927 年底，中共英山县委书记姜镜堂在这里建立党组织，有 56 人参加红军。其后，敌人上山清剿，杀害 6 人，91 户人家被迫全部外逃，以致到新中国成立初期尚有 35 户沦为乞丐，60 多人流落外乡。尽管国民党反动派对英山人民进行残酷镇压，但英山人民百折不挠从不屈服，斗争始终没有停过。在极端困难的艰苦岁月里，人民群众热爱红军和革命干部，宁愿牺牲自己，也千方百计地保护他们。

在英山金家铺起义中，车厚桥的大刀会师傅邱玉亭担任第 2 大队副大队长，马权贵担任第 3 大队副大队长。在解放英山的第一次狮子拗伏击战中，马权贵身负重伤，第二次狮子拗伏击战中，车厚桥的老师邱玉亭光荣牺牲。

赤卫师转战设伏石头嘴，伏击战遇险再回龙门冲

为了保卫苏区、保卫家乡，1930 年秋天的诸佛庵战斗之后，六霍赤卫师在霍山县的闻家店、上土市又同白匪军进行了激烈战斗。由于敌强我弱，不得已，六霍赤卫师从霍山县的上土市转战到英山县的石头嘴。车厚桥他们准备利用这里的有利地形，狠狠打击尾追之敌，摆脱不利局面。

六霍赤卫师的第 3 支队——英山支队，就是由英山县赤卫队组成的。

中央红军独立第 1 师和英山第 5 团组成时，马权贵同志还在医院。伤痊愈后的 7 月，马权贵按照组织安排，担任了六霍赤卫师第 3 支队——英山支队的支队长。他带领赤卫队员们担负其"保卫苏维埃、保卫家乡"的光荣使命。

英山县石头嘴镇，位于县境北部，距县府 38 千米，东面与霍山县接壤，西面与金家铺相连。1930 年 8 月 30 日，霍山支队与六霍赤卫师主力在霍山西北的流波礓会师。为了掩护六安中心县委、霍山县委带领群众转移，为了给霍舒潜赤卫师摆脱困境，六霍赤卫师立即大造声势，执行"打土豪、没收浮财"的政策，积极宣传赤卫师为穷人打天下的革命主张。这样一来，国民党六安县县长朱鹏终于坐不住了，立即调动 1 个独立旅、4 个保安团，加上后备部队，共上万人，以潘善斋为总指挥，为左、中、右三路向六霍赤卫师以包围态势尾追而来。

面对严峻的敌情，六霍赤卫师指挥部召开了会议。师长车厚桥力主找个空子打一仗，不能总是被追着走；参谋长王鼐雄主张将跟上来的潘善斋部打一下；政治部主任吴岱馨则认为新编第 5 旅建制充实，一个旅是六霍赤卫师兵力的几倍，而武器则远胜过赤卫师，赤卫师只能快走，不能硬拼；政委张如屏态度模棱两可。最后车厚桥考虑到，为了求得主动，有必要打击一下敌人。于是决定打新编第 5 旅，战场放在英山石头嘴镇下新店村附近的吴家湾（霍山、英山两县交界）。

吴家湾距下新店 5 千米左右，是一个山隘口，一条土大路自南向北通过，路东侧有一个高地，靠北侧是一溜小山坡，土大路南端有一道悬崖。这个地形非常适合打伏击战。车厚桥认为，将主力放在路北侧山坡上，路东高地上则设置机枪火力，待敌军进入包围圈后突然出击，将敌分割切断。另将一支

部埋伏在路西侧，战斗打响后断敌归路，可以说十拿九稳。张如屏宣布了作战计划，沿土大路由南向北将霍山支队、六安支队、英山支队依次布置，将六安支队放在主攻位置上，英山支队则迎头堵击，霍山支队以一个连控制吴家湾高地，师主力则置于路南悬崖地带截击敌军尾部。车厚桥认为六安支队和英山支队善于游击作战，对正规的阵地战较生疏，不宜担任重要的主攻任务，不如换成霍山支队。然而张如屏坚持原计划，并下了作战预令。

9 月 4 日上午 9 时多，潘善斋部的新编第 5 旅出现在土大路上，慢慢进入了伏击圈。因为没有估计到赤卫师会在这里设伏，国民党军的行军显得懒洋洋的，队伍也拉得很长。时间一分一秒地过去了，再过一会新编第 5 旅就会完全进入伏击圈。就在这时，意外发生了。一个赤卫师战士过于紧张，竟然放枪走火。这下国民党军立时警觉，停止了前进，主力迅速沿土大路两侧展开，一部分队伍则去抢占最近的高地。张如屏见状又气又急，但战机不可失，便立即下达了出击的命令。立时，土大路两侧枪弹齐发，一场伏击战打成了遭遇战。

赤卫师集中火力扫射敌军，一时倒也把国民党军打了个手忙脚乱。但担任主攻的六安支队和英山支队缺乏战斗经验，只顾打得痛快，没有能及时发起冲锋截断敌军。而周远恩的霍山支队部署在路南的悬崖地带，出击地域狭窄，兵力一时无法展开，也耽误了攻击时机。

新编 5 旅的指挥官潘善斋是黄埔二期毕业，相当善战。他在很短时间内就判明了战场局势，迅速做出了战斗部署。他看出了占据路北山坡地带的六安支队战斗力较弱，而吴家湾高地又是控制战场的制高点，于是集中旅里的迫击炮和重机枪向两处进行火力压制，同时命部队发起猛攻。国民党军武器占优，火力很猛。

六安支队部队从没怎么打过像样的阵地战，一时慌乱起来。国民党军乘机扑上阵地，赤卫师的指战员们也无比坚强，拿起大刀、长矛迎上去，双方展开了激烈的肉搏战。

潘善斋立即增调兵力投入攻击，六安支队的阵地终于被撕开了一道口子，国民党军一拨一拨地冲了上来。

情急之下，车厚桥师长只得命令部队脱离战场，迅速撤退，再经上土市、燕子河、流波䃥回到了龙门冲。

注释：

①金仁暄（1901—1932），又名金仁先，1915 年，考入安庆蚕桑学校学习，因交不起学费，不到一年被迫停学。1919 年，到芜湖教书。1920 年，回

英山教私塾。1924 年，考入黄埔军校学习，在校期间，加入中国共产党。毕业后，在国民革命军第四军工作，参加了北伐。1926 年 8 月，在汀泗桥战役中右手负伤。1927 年下半年，蒋汪合流后，回英山从事农民运动，与共产党员肖伯唐、姜镜堂等组建了中共英山县委，为县委委员。1928 年，在四顾墩创办平民夜校，培养革命骨干。1929 年春，接任中共英山县县委书记。同年除夕之夜，组织党员把油印的革命标语贴遍全县乡村、集镇和罗田、浠水、蕲春、太湖等县边境地区。1930 年 3 月，领导英山农民举行了"三·二"暴动。在红军 33 师和潜山起义军的配合下，首次攻克英山县城，成立了英山红军总指挥部，任党代表。同年 6 月，又带领暴动队伍配合红 1 军，歼灭了盘踞在英山的韩杰匪军，相继两次攻克英山县城，并建立了"英山县革命委员会"，将农民赤卫队扩编为中央独立第一师五团。1931 年，调往红四军工作，任皖西特委秘书。他为英山党组织、政权的创建和农民运动的发展，做出了重要贡献。1932 年，在安徽省麻埠牺牲。

赤卫师被困十八盘

革命意志坚不怕敌围千万重，
阶级情谊重乐饮泉水野菜餐

光凭着六安国民党驻军新编第 5 旅和几个地方民团，他们是没有办法对付红军中央独立第一师和六霍赤卫师的。皖西苏区遭受惨重损失是因为敌人请来了帮手。他们的帮手是红枪会和黄缨会。红枪会的战术主要是靠人数多摆枪阵，一般为车枪防御阵与摆枪阵队形阵法。红枪会的武器使用情况是：管理人员大多用步枪，底层普通人员用的是长近 2 米红缨枪。黄缨会又名"黄学"，是和红枪会相类似的武装组织。入道者，每人分发一个围兜（分黄、白、红、黑色），外画半个月亮，内画八卦符、朱砂符，装在兜里，打仗时将符吞下，说可以挡住刀枪。他们和红枪会一样，也成了统治阶级的工具。国民党从颍上、寿县、合肥网罗来的红枪会、黄缨会匪徒 5000 多人，是一股威慑力巨大的反动势力。

因为潘善斋曾兼任阜阳地区的民团团长，为了诱使团丁们残暴对待苏区，白匪军对红枪会、黄缨会匪徒许了"十任愿"：打进"匪区"以后，猪牛任你拉，房子任你搜，家园任你烧，东西任你抢，竹树任你砍，男人任你杀，妇女任你奸，姑娘任你娶，小孩任你抱，地盘任你占。因此，来自贫困地区的红枪会、黄缨会匪徒，一进苏区就非常猖狂，充当反革命的急先锋。

不论是红军中央独立第 1 师，还是六霍赤卫师，他们既要跟装备齐全的国民党正规军队对垒，还要防止国民党地方武装的袭击，最可怕是如蝗虫一样的红枪会、黄缨会匪徒。中央独立第 1 师和六霍赤卫师是新组建的红军部队，装备太差；人数与敌人相比，也悬殊太大。并且，他们还要保护群众和地方干部，丧失了机动性。

在敌人的围剿下，六霍赤卫师处于非常困难的境地。他们的子弹本来就很少，到后来连一点补充也没有。至于粮食，在青黄不接时期，只有吃山果一条路了。更为艰难的是，他们无油无盐吃。许多战士腿肿不能走路，崎岖的山路使不少人掉队。

那是初秋的一天，太阳偏西了。由于长时间在荒无人烟的山区行军，常常忍饥挨饿，车厚桥也感到十分疲惫。这一段时间他经常走在后面收容部队，带着警卫员牵着那匹同样疲惫的瘦马，一步一步朝前走着。

忽然，看见前边有个掉队的小赤卫队员。那个小家伙不过十一二岁，浑身浮肿，一双大眼睛，两片薄嘴唇，鼻子有点儿翘，两只脚穿着破草鞋，给蚊虫叮得又青又红。车厚桥走到他跟前，说："小家伙，你上马骑一会儿吧。"小家伙摆出一副满不在乎的样子，盯着车厚桥长长的瘦脸，微微一笑，用一口州地（六安）话说："车师长，我的体力比你强多了，你快骑上走吧。"

车厚桥用命令的口吻说："骑一段路再说！"小家伙倔强地说："你要我同你的马比赛啊，那就比一比吧。"他说着把腰一挺，做出个准备跑的姿势。

"那，我们就一块儿走吧。""不。你先走，我还要等我的同伴呢。"车厚桥无可奈何，从身上取出一小包炒麦面，递给小家伙，说："你把它吃了。"小家伙把身上的干粮袋一拉，轻轻地拍了拍，说："你看，鼓鼓的嘛。我比你还多呢。"

车厚桥终于被这个小家伙说服了，只好爬上马背，朝前走去。他骑在马上，心情老平静不下来，从刚才遇见的小家伙，想起一连串的孩子。从十八盘、龙门冲一直到独山的码头上，跟他打过交道的那些穷孩子，一个个浮现在他眼前。"不对，我受骗了！"车厚桥突然喊了一声，立刻调转马头，狠踢了几下马肚子，向来的路奔跑起来。等他找到那个小家伙，小家伙已经倒在山坡上。车厚桥吃力地把小家伙抱上马背，他的手触到了小家伙的干粮袋，袋子硬邦邦的，装的什么东西呢？他掏出来一看，原来是一块烧得发黑的猪膝骨，上面还有几个牙印。

车厚桥全明白了。就在这个时候，小家伙停止了呼吸。车厚桥一把搂住小家伙，狠狠地打了自己一个嘴巴："车厚桥啊，你怎么对得起这个小兄弟啊！"

六安支队有个小赤卫队员，叫张宜爱。当时才 17 岁。他在给地主扛活时，受尽了地主剥削和打骂。后来，六霍赤卫师六安支队来了，张宜爱跑到部队，说什么也不离开赤卫师啦。赤卫师坚持苏区的时候，张宜爱跟着赤卫师的大部队走进了九尖头。一说九尖头，大家准会想到那是九座高高的山峰，并且是九座山峰连在一起。是的，九座高高的山峰连在一起，山峰上还有平顶，树木葱茏。作为六安与霍山（现在是金寨）的界山，人烟稀少，那里荒凉极啦。地上除了石头就是树木野草，走几天也走不完。从龙门冲到九尖头去，一路上很难看见一间房子，也很难找到一个老百姓。

这天，六安支队从齐山向九尖头转移。走着走着，前边出现了一个小村子。张宜爱和赤卫队员们一看，又高兴又乐得蹦蹦跳跳。有了村子就能找到粮食了。部队进了村，张宜爱把伤病员安置好，就拿着米袋找粮食去了。可村里一个老百姓也没有。张宜爱在村里走着走着，看见一个打麦场。场上堆着一堆，上面还有没有打干净的麦粒。他把麦秸捶下来，东一粒西一粒地捡起来。总共不到一小碗。这点东西能吃几顿呢？

他们知道，九尖头上的粮食很难找，一粒米也没有，野菜倒是有一大堆，张宜爱捡的还不够吃一顿呢。不行，还得找！张宜爱正好碰见一个大个子赤卫队员，扛着一袋沉甸甸的东西走来。

张宜爱一看，忙问："哎，你在哪儿搞来这么多的粮食呀？"大个子赤卫队员放下口袋说："嘿，是张宜爱呀，我这粮食是在地主院子里挖出来的。你找到多少粮食了？"张宜爱把口袋一伸说："都在这儿呢！"大个子赤卫队员接过米袋掂了掂，笑着说："张宜爱，听说还要在九尖头坚持很多天，这点麦子还不够塞牙缝的呢！""明天再找嘛！""来，把我的给你一些吧！"说着，他捧着麦子就要往张宜爱的米袋里放。张宜爱摇摇手说："不要，你们人多，自己还不够吃呢。"

大个子赤卫队员胳膊长，夺过米袋，一边往里倒，一边亲切地说："我们每人少吃一口，就省出来了。"张宜爱又在别处找到了一些麦子，炒熟了，碾成了麦粉，放在了米袋里。心想：这些麦粉我一顿吃一把，再拣点野草，能吃它 20 来天，坚持九尖头没问题。可是还要省出一点给伤病员吃。

第二天早上，部队出发了。杨润田的民团追过来了，阻击的枪声在身后响起。张宜爱扶着伤员，紧跟着部队。走着跑着，前边出现了一条小河，他们用树干搭起一座桥，河水"哗哗"地流着。张宜爱把肩膀上的米袋背好，紧紧扶着伤员说："同志，该过桥了，慢慢走！"谁知道，走到桥中间，那个伤员忽然咳嗽起来了，身子一歪，张宜爱连忙扶住了他。可张宜爱那袋麦粉却掉到了河里，被湍急的河水冲走了。

吃饭时，看护长问他："张宜爱，你的麦粉呢？"张宜爱一句话也说不出来，眼泪"唰唰"地流了下来。过了一会儿，他才把丢粮食的事儿告诉了看护长。看护长听了说："哎呀，张宜爱，你为什么不早点告诉我呢？我们一起参加革命，你没了粮食，大家应该帮助你呀！"说着，看护长从自己的米袋里，抓出一把麦粉，放进张宜爱的缸子里。"你先吃吧，我马上去报告师长。"不一会儿，张宜爱丢粮食的事儿，像一阵风似地传开了。

车厚桥和同志们立刻提着米袋走了过来，你一把他一把地直往张宜爱的挎包里装。张宜爱忙摇手说："不，不，谢谢大家……"这时候，那个伤员拄着拐杖走过来，拿着一点粮食，激动地说："张宜爱，你为了救我，把粮食丢了。我这一份你一定要收下。"同志们都说："张宜爱，你收下吧。不管碰到多大的困难，我们也得在九尖头坚持住。"张宜爱呢，感动得一句话也说不出来，只好收下了大家的粮食。

这天夜里，张宜爱怎么也睡不着。回忆参加赤卫队以后，得到了首长和同志们多少帮助和教育，懂得了多少革命道理呀！张宜爱暗暗下定决心，一定要永远听党的话，永远跟着共产党走！

秋风卷着狼烟，凶猛地怒吼着，扫过无边的田野，把碎枝落叶旋卷起来，向溧河西边扑去。河水被疾风掀起浪花，急浪拍打着沙岸。夕阳被蒙在风沙后面，变得暗淡昏黄。呜呜的风声夹着远处传来的嗒嗒的机枪声和隆隆的炮声。赤卫师的号角声，也在风暴里响着。

由于敌人的围困，十几天来，坚持在九尖头的赤卫师生活仅仅依靠山果充饥。风雨、泥泞、炎热的折磨和饥饿的煎熬，使同志们的身体明显地衰弱下去了。有的感到两腿瘫软无力，举不起步。但他们牢牢地记住了党的指示，越困难，大家团结得越紧。身体较强的同志搀扶着身体弱的同志走，并把自己的粮食让给他们吃，希望他们增加一些力气，走过九尖头赶到十八盘。车厚桥师长和赤卫师干部的乘马和所有的牲口都抽出来组成收容队，轮流驮送病员，但还是有不少同志倒下了。当他们熬过一个夜晚，离开宿营地继续前进时，有的战友就长眠在赤卫师共同躺过的营地上。

在这些光荣牺牲的同志中，给大家印象最深的是文书赵必明同志。他是龙门冲红石岩人，赤卫师部党支部的青年委员，只有18岁，是一个十分惹人喜欢的"小家伙"。进入九尖头的第四天，赵必明同志就一步也走不动了。他对同志们说："我在政治上像块钢铁，但我的腿不管用，我要掉队了！我多么舍不得你们啊！"车厚桥命令饲养员徐大良，把乘马给赵必明骑，保证把他驮过九尖头，并且把我们的干粮匀出一部分给他吃。后来，他衰弱得连腰也直不起来，马也不能骑了，我们就用背包在他身子前后支撑起来，再用绳子把他绑在马背上，叫一些同志轮流扶着他走。到了下午，忽然后面传话上来：

"赵必明同志要师长等他一下，他有话同师长说。"车厚桥知道有问题了，便怀着沉重的心情站在路旁等着。老远就望见徐大良牵着牲口，步伐沉重地走来，到得跟前一看，赵必明同志已面如白蜡，双目紧闭。他听见车厚桥的声音，强睁开眼睛，以激动得发抖的声音断续地对车厚桥说："师长，我不行了，感谢你们对我的照顾。我知道我们一定能打败'白狗子'的进攻！革命一定会胜利！……师长，我确实不行了，我看不到胜利那一天了。"说到这里，他的眼泪夺眶而出，站在师长身边的警卫员和饲养员也泣不成声。

经过一阵急喘后，赵必明同志微弱而又坚定地说："师长，希望主力红军打回来，革命快胜利；胜利后，如果有可能，请告诉我的家里，我是为了革命的胜利牺牲的。"

师长压住心头的沉痛，安慰他："赵必明同志，你一定能走过九尖头，赶到十八盘，同志们一定帮助你走过九尖头！"随即叫警卫员把水壶交给徐大良，交代徐大良好好照料他，无论如何要把他带出九尖头。可是到了傍晚，这个优秀的青年共产党员，就在秋雨绵绵的九尖头上，为革命献出了宝贵的生命。

九尖头，这残酷无情的九尖头，夺去了我们多少战友可贵的生命呵！不少同志长时间经受饥暑交迫的折磨，把全身的每一分热、每一分力气都消耗尽了。他们在死前的瞬间还非常清醒，还念念不忘革命，还希望在革命的征途中多跨一步。他们的生命虽然结束了，但他们的英雄事迹，永远也不会被人们忘记。

十八盘位于龙门冲村的原十八盘小村村部的东面山巅，进入该地的行人需要盘旋十八道山路，故称十八盘，此地山高陡峭，道路崎岖险峻，瀑布高悬，进入山顶，地势平缓开阔，常年居住 20 多户深山居民，以采茶、出售林木为生，值得称奇的是，高山顶上有种植水稻的水田，小南京就坐落于此；翻越小南京，就是霍山县印墩冲的石门沟。

赤卫师带着连日转战的疲劳赶到十八盘的时候，气势汹汹的白匪军，也追到了山下。敌人把十八盘重重包围起来，妄图在这里把赤卫师斩尽杀绝。十八盘的南面是诸佛庵，由新编第 5 旅驻守围堵；西面是流波撞礓和麻埠，由地方民团驻守围堵；北面是独山和西河口，由红枪会驻守围堵，东面是柳树店与东淠河，由黄缨会驻守围堵；四周密不透风。

十八盘上展开了激战。漫山遍野的白匪军不断地向山上压缩。"把敌人打下去！"车厚桥不停地呼喊着，命令着。每个山谷，每个山头都在战斗。炮火连根掀倒千年古树，土块、木屑、碎石挟着弹片像倾盆大雨，撒到红色勇士的身上。他们英勇地击退敌人一次又一次的冲锋。敌尸横塞着山沟，勇士们的鲜血也染红了山头。

激战和相持不分昼夜地持续了 20 多天。敌人无法攻上十八盘；但他们也无撤退的打算。战斗还要残酷地继续下去。

一天，车厚桥坐在地上，正用草药汁水来洗他那烂了脚丫的双脚。总务主任走到车厚桥跟前报告："师长，粮食快完了。"

"什么？"不知是因为枪炮声震得他听不清，还是他不相信自己的耳朵，车厚桥抬起头来重重地反问。

"只有一天的粮食了。"总务主任伸出一个指头，低声说。车厚桥的脸色顿时变得十分难看。他那闪闪发光的眼睛，也显得阴郁了。吴岱馨主任在旁边也万分焦急，这就是说全师战士和所有党政机关领导人员，将面临绝粮的危机。历史上有多少军队，并不是他们没有战斗意志，就是因为弹尽粮绝而最后失败的。

"通知全师煮粥吃！还有山上的羊桃（猕猴桃）、八月楂、板栗都可以吃，通知所有后勤人员进行采摘。"车厚桥从牙缝吐出了这句话。总务主任敬了个礼，转身向森林深处去了。

中央独立第 1 师转移到商南以后，皖西苏区的其他几支赤卫师队伍也先后失败，坚持六霍苏区的力量只有六霍赤卫师了。在新编第 5 旅、地方民团，与红枪会、黄缨会的联合清剿下，六霍赤卫师被困在十八盘，粮、弹俱无着落。

六霍赤卫师经过艰苦奋战，虽然保存了主要力量，可也产生了近 40 名伤员。为了大部队的行动敏捷，车厚桥和师部其他首长一起，调动赤卫师霍山支队的精锐护送他们突围出去。伤员们在霍山支队的掩护下，从诸佛庵转移到大别山与霍山山脉的交界处——霍山县的铁炉山进行治疗。

军民情深胡大娘鸡送车厚桥，赤卫队员放肥鸡惑敌除叛徒

六霍赤卫师被白匪军团团围困在十八盘上，他们和早已撤退在这里的乡亲们一道，同仇敌忾，坚守了一个多月。

十八盘，像一柄青锋宝剑，笔直地插在这崇山峻岭中间。山顶林木蔽日，泉水叮咚，风光旖旎。一条蜿蜒、曲折的羊肠小道，似腰带般地缠绕在山壁间，直达盘顶。沿途还有好几段险峻之处；上山膝盖顶着肚腿，下山后跟碰

着屁股。稍有不慎，失足落下，无疑会碎尸万段。而今天，赤卫师和乡亲们正是凭借这十八盘的天然优势，以"一夫当关，万夫莫开"的气势，没让白匪军得到半点便宜。

白匪军尽管围困了十八盘，但欲上不能，欲退不甘。就像猴子叼了一块姜，食了怕辣，弃之可惜。于是，干脆一不做，二不休，也做好了长期围困的准备。他们估计这十八盘上粮草不足，而人员众多，只要再围上个把月，嘿，赤卫师就是不下山投诚，也准得饿死在山上！

果然不出白匪所料，坚守在十八盘顶的赤卫师指战员 300 多人和乡亲们，眼前面临着缺粮的危机。俗话说，人是铁，饭是钢，一餐不吃饿得慌。尽管平时乡亲们在山顶储存了一点粮食，以防万一，但数量不多。此刻全村男女老少一起上了山，又增添了 300 多位赤卫师战士，粮食显然难以为继。开始，他们认为白匪讨不到便宜，围上个三五天总要撤兵。那时他们便可以放心地下山了。岂料，过了半个月，白匪依然没有撤退的迹象。而这时，山上千余人只剩下两升米，这还是喝稀粥掺树叶节省下来的，大人每天还分不到两碗，一个个早已饿得头昏眼花，前胸贴后背了，乡亲们负责采来山果，给赤卫师和大伙儿充饥。可缺油断盐的，要是再困上个把月，说不定真的要成了个个昏头昏脑的，步履蹒跚。

眼下，山上的最高指挥无疑是赤卫师队伍的车厚桥。他纵观全局，不禁忧心如焚，过去虽打过不少硬仗，可从没碰上这种尴尬处境啊。趁着目前还有点力气，乘敌人攻打的间隙，可以一鼓作气冲下山去。但敌众我寡，这无异于自投虎口，白白流血牺牲，还有 800 多名群众和苏维埃干部没有转移；然而，死守十八盘，待到粮尽弹绝，同样会落入敌人的魔掌。究竟怎样才好呢？车厚桥反复思索，最后还是坚定了"拖"的办法，他以为白匪军抽出这么多的兵力围困一座小小的十八盘，旷日持久，必定会待不下去，他们迟早还是要自行撤退的。

第 36 天的凌晨，白匪军果然发动了一次试探性进攻，车厚桥晓得这是白匪的火力侦察。于是，组织力量，猛烈还击。还没爬到半山腰的白匪，一个个被揍得屁滚尿流，滚的滚，爬的爬，扔下十多具尸体，狼狈而逃。

当天晚上，为了给苏维埃干部和紧跟党的群众的转移争取时间，师部决定：第二支队全力抗击敌人的进攻，由车厚桥负责；师部警卫连带领干部和群众分批转移，由张如屏和吴岱馨负责；埋藏物资与后勤保障，由王箫雄负责。

第二天早上，各部开始行动：师部警卫连 1 排由张如屏带领，掩护六安县的苏维埃干部由"曹婆寨—南天门—斗笠尖—小铙钹岭—叶家院子—杨泗岭—大坪地"一线进入青色冲，这一线都是山脊，荒无人烟，十分难走，然而敌人防守相对松一点。经过叶家院子时，突破了敌人的封锁，完成了任务。可是也惊动了敌人。李先忠率领冲过叶家院子的警卫连 1 排 1 班护送苏维埃干部进入青色冲坚持斗争；张如屏带领在叶家院子东面的 1 排 2、3 两个班回到十八盘。敌人在叶家院子驻守了重兵，道路被封死。

师部警卫连 2、3 两排由吴岱馨带领，掩护第一批群众转移，沿"芮草坪—乌龙岩—大驿岭—百萝寨—小七畈"方向转移时，在大驿岭遭到敌军堵击，损失不小，只得退回十八盘。

王鼐雄率领师部后勤人员完成了"埋藏物资与后勤保障"的任务。

午后，敌人调整了火力配备，采取了前所未有的攻势，向山上发起进攻。敌人的进攻又受到了赤卫师的沉重回击。下午，瞭望哨报告，敌人有后撤的意思。车厚桥站在山头上用望远镜朝下瞭望，发现白匪在收拾辎重，准备后撤，指挥部已经后撤。看到此景，车厚桥不由得松了一口气，肩上好似卸下了千斤重担。

岂料，就在这关键时刻，有人前来报告，赤卫队员张秋苟不见了。

车厚桥听后大吃一惊，急忙派人在山顶和半山腰搜查，均没有发现其踪影。车厚桥急得直跺脚："这小子八成是趁我们刚才回击敌人攻势的当儿溜下山去了，万一他叛变投敌，将山顶的底细透露给了白匪，白匪再全力进攻，山上的一切后果便不堪设想了！"

果然不出车厚桥所料，这张秋苟还真是混进赤卫队里的软骨头。他看到山上粮尽援绝内心恐慌不已，顿生投降变节的念头。所以，趁着赤卫师午后回击敌人攻势的当儿偷偷溜下山去，一头栽进了白匪的怀抱里，成了可耻的叛徒。

其实，强大的攻势被打垮之后，白匪军团长张季荃误以为山顶粮草充足，要不然，士气怎么会这样旺盛？倘若真是如此，花了这么多的兵力来围困这么几个赤卫师，岂不成了炮弹打跳蚤——划不来！不如放开包围圈。

白匪军正要放开包围圈，却想不到撞上了叛徒张秋苟自动送上门来，他将山顶的底细和盘托出。还拍着胸膛赌咒发誓："山上的人已饿得半死不活，只要国军继续围困，三天之后就可以到山头上为赤卫师捡尸骨，如果不是这样的话，你们可以砍下我这颗脑袋！"

张季荃闻言，顿时喜上眉梢，急忙改变从十八盘后撤的计划，重新部署兵力，实行继续围困，并部署军事进攻。车厚桥仔细观察敌营的变化情况，晓得这果真让狗叛徒坏了大事，漏了底，敌人才又改变了主意。眼下情况瞬息万变，十分危急，要想力挽狂澜，变被动为主动，还得发挥沉着、机智的应变能力去克敌制胜啊！

车厚桥和政委张如屏、吴岱馨主任、王鼐雄参谋长他们在山顶徘徊焦虑间，有名战士前来报告，村里的军属胡大娘要见他。

车厚桥急忙迎上前去，只见胡大娘怀里抱着一只老母鸡，开口便切入话题："车师长，这是我带上山来的一只老母鸡，一天能下一个蛋，我舍不得杀。在山上我一直挖虫扯草喂它，照样还在下蛋。可这会眼见得山上的人断了粮，还留下这鸡干什么？所以，我寻思送给你们赤卫师，将它杀了，熬点鸡汤，让大家补补身子骨，也好养点力气，狠狠去揍那白狗子！"胡大娘这情深意长的话语，感动得车厚桥热泪盈眶。多好的乡亲们啊，在这生死存亡关头，他们首先想到的还是自己的子弟兵，这种鱼水之情可真是世间少有！

车厚桥激动得正要开口说一席肺腑话，婉言谢绝，却不料，当他的目光落在胡大娘怀里的那只老母鸡上时，倏地一下，智慧的火花在眼前闪烁了。他来不及说别的，只是吐出了一声："大妈，如此说来，这鸡只好收下了，我就暂时先谢谢你啊！"胡大娘一见车厚桥毫不推辞地收下了那只母鸡，就高高兴兴地走了。

她老人家做梦也没想到，车厚桥原来要在这只鸡上做文章，而十八盘上所有人的安危都系在这只老母鸡上啊！不错，车厚桥还真是情急智生，他打算利用这只老母鸡来迷惑敌人，促使他们放松围困。收下老母鸡后，他让人从炊事员那里挤出了一把糙米，再用石头加工成白米，全部喂了这只老母鸡，塞得老母鸡食囊鼓鼓的，然后觑了个空子将那老母鸡从半山腰间掼下去，只见它扑打着翅膀，"咯咯咯"地飞进了白军的营盘里。

白狗子早就听他们的长官说过，山上的赤卫师弹尽粮绝，快要饿死了，只等着上山去不用吹灰之力抓俘虏，一个个正在高兴万分。如今突然见山上飞下这么一只肥壮的老母鸡，无不惊得瞠目结舌。可不，如果山顶上的人连肚子都填不饱，还能喂出这么肥嘟嘟的母鸡来？他们急忙将这老母鸡送进团部。匪团长张季荃也大为惊讶，急忙让人一刀将鸡宰了，取出食囊一瞧，啊！鼓胀胀的全是雪白的米粒！再顺手一摸，还有一个快要生出的蛋哩！

张季荃顿时推翻了原来的想法。没有千仓谷，养不出大白鹅。山上的赤卫师必定是粮草丰足，要不然，为啥还能喂养出这么肥壮的老母鸡？总不至于宁愿自己饿肚子，舍着一把把白米去喂畜生啊！张季荃再越往深处想，心里便越透亮了："妈的，八成是山上的赤匪成心想用这么一部分人利用地形吃掉我们的有生力量。所以，设下这么个'空城计'，故意派人来诈降，谎说山上粮草已断，人心惶惶。原来全是放的烟幕弹，目的是要影响我们，再一口口吃掉我们啊！"张季荃越想越生气，越生气越恼火，急忙命令将那张秋苟用一根麻绳子绑了。

狗叛徒顿时吓得魂飞魄散，大声呼喊冤枉："老总，我可是真心实意来投诚的啊！"匪团长张季荃将那死鸡往张秋苟面前一扔，厉声喝道："混账东西！你不是说山上粒米无存了吗？为什么他们还有白米喂鸡？"

"啊！"叛徒顿时目瞪口呆，丈二和尚摸不着脑袋，半晌说不出一句话来。匪团长张季荃"嘿嘿"冷笑两声，早已从旁边蹿出两个牛高马大的士兵，一把拎住张秋苟，往前面的草地上一扔，两支大肚子匪枪同时吐出一串火舌。狗叛徒来不及哼一声，就在草地里滚了几滚，双腿一蹬，便蜷曲着一动不动了。

保卫团团长张季荃这才如释重负般地叹了口气，天助我也！要不是从山腰间飞下这只老母鸡，老子恐怕真中了赤卫师的奸计！事不宜迟，除了这丧门星以后，便传令继续紧围十八盘，停止进攻。

十八盘上的赤卫师和乡亲们终于化险为夷。当然，大多数人对于白匪为何继续围困尚蒙在鼓中，直至赤卫师战士们透露出了其中的秘密，乡亲们才由衷地赞叹车厚桥的运筹帷幄，足智多谋。可车厚桥笑嘻嘻地解释道："这功劳得归胡大娘，全仗她老人家献出的老母鸡救了大伙啊！"

第27章 乌冲突围身陷敌手

霍英支队遵命先转移，分散突围师部作布置

放老母鸡阻敌进攻以后，敌人的围困有些松懈。按照赤卫师党组织的安排，车厚桥师长命令六安支队掩护，霍山支队（主力已至铁炉山）带领800多名群众转移出十八盘地区，跳出重围，前往霍山西镇的燕子河、漫水河地区安置。

霍山支队任务完成以后，在霍山西镇地区坚持斗争。此前，英山支队已奉六安中心县委指示，回到英山县坚持地方斗争。这时，十八盘山区只剩下赤卫师六安支队和师部机关，以及年轻的苏维埃干部，共260多人。

敌人把六霍赤卫师围困在龙门冲十八盘的深山里，已经40天了。

在断断续续的枪声中，赤卫师党委召开了紧急会议，研究当前的情况和赤卫师的对策。认为敌人集中强大的兵力来围攻赤卫师，目的在于与我军决战。如果赤卫师全部长期死守在十八盘，就是再守一个时期，再消灭一些敌人，但这样孤军困战，最后必将陷入绝境。

正在赤卫师生存艰难的时候，赤卫师侦察队副队长韩仰渠背着8斤盐从山间密道上山了，他又解决了赤卫师的大问题。

半夜时分，韩仰渠还带走了赤卫师给六安中心县委的请示信，前往商南地区。

又过了五六天，十八盘已经没有吃的东西了；再加上兵力不断减少，赤

卫师不得不放弃了十八盘，乘黄昏突围到九尖头山区。

还没有等到赤卫师停下脚步，四路敌军又步步逼近了，赤卫师的处境更加艰险。虽然师长车厚桥、政委张如屏、政治部主任吴岱馨、参谋长王鼐雄率领赤卫师战士经过最英勇的几次反"围剿"战斗，并取得一定的胜利，可敌我武装实力悬殊太大，赤卫师已经到了弹尽粮绝的境地，战士们穿得比叫花子还要破，说话都没有力气。

就在赤卫师焦急等待上级指示时，赵俊把背着黄鳝笼子的韩仰渠领到了师部。他带来了上级给赤卫师的答复信，内容是八个字："分散突围，保存实力"。

按照上级指示，赤卫师师部领导认真的研究了突围事宜。韩仰渠列席了会议。"分散突围"的部署是：

一、今天晚上，由师部警卫连1排2班掩护，韩仰渠带领苏维埃妇女会、少共班从山间密道向流波礓方向秘密突围。主要有苏维埃妇女会的赵运清、刘绍青、钱耀西等人和少共班的赵俊、齐勇①、张宜爱等人。这一路人数很少，只有八九个人。

二、明天上午，赤卫师整编为三个连和一个直属队；下午，赤卫师兵分四路：三路突围，一路坚持。

1. 政委张如屏率师直属队向南突围，经印墩冲、新店河、戴家河过淠河，进入管驾渡、磨子潭地区，相机和霍（山）舒（城）衙（前）赤卫师余部会合。他们要突破的主要是新编第5旅的防区。

2. 师政治部主任吴岱馨和参谋长王鼐雄率领赤卫师2连和3连2、3两排，经红石岩、杨冲、通水冲、冷水冲一线突围，经过麻埠、金家寨相机打到商南。他们要突破的主要是红枪会的防区。

3. 三区七乡苏维埃主席金尚义率领政府工作人员和赤卫师3连1排主动出击驻守诸佛庵的新编第5旅第2团，掩护其他3路突围后，再利用地形分散突围，然后在原地坚持游击战。

4. 师长车厚桥率领赤卫师1连，经乌冲、大王冲、杨木畈，到达大土门岭、土门岭，然后在六安霍山边境就地打游击。他们要突破的主要是黄缨会和保卫团的防区。

秋末之夜，天高露浓，一弯月牙在西南天边静静地挂着。清冷的月光洒下大地，是那么幽暗，银河的繁星却越发灿烂起来。茂密无边的杉树、毛竹、杂木林里，此唱彼应地响着秋虫的唧令声，蝈蝈也偶然加上几声伴奏，吹地翁断断续续地吹着寒笛。柳树在路边静静地垂着枝条，阴影罩着蜿蜒的野草丛丛的小路。

师部警卫班在车厚桥的带领下，掩护韩仰渠带领苏维埃妇女会、少共班从山间密道秘密突围。

过警戒线以前，师部警卫连 1 排 1 班停了下来。车厚桥走到韩仰渠身边，拉着韩仰渠的手，看着赵运清、刘绍青、钱耀西、赵俊、齐勇等人说："他们的安危全靠你了"。韩仰渠用低沉的声音答道："保证完成任务。"。

车厚桥接着又交代："如果去流波碉有困难，你可以把他们带到张腊梅那去，告诉她，是我安排的。"韩仰渠点了点头。

苏维埃妇女会和少共班的人就要走过去了，走在最后的是刘绍青，车厚桥拉过抱着孩子的爱人刘绍青，另一只手拉着韩仰渠，十分沉静地对他俩说："要是我牺牲了，你俩就一块过日子吧，照顾好孩子……"韩仰渠的另一只手捂住了车厚桥继续说话的嘴："车师长，别胡说！"车厚桥扭过头亲了亲两个月大的女儿车敦明，一滴泪水滴在她幼小的脸上。然后，他迅速松开了双手，挥手招呼韩仰渠他们继续前进。

在韩仰渠他们通过敌人防御线时，敌人的哨兵发现了他们。为了掩护他们安全通过，师部警卫班班长"当当"两枪，打死敌人的两个哨兵。就在这时，被枪声惊醒的车敦明张嘴大哭起来，在寂静的夜空中十分清脆。刘绍青见状忙用乳房堵住了女儿车敦明的嘴，随着韩仰渠跑步通过了敌人的封锁线。

碉堡里的敌人冲了出来，车厚桥赶忙命令警卫班从左右两个方向向敌人射击。虽然敌人被打回去了，但车厚桥的左肩膀受了伤。他草草包扎了一下，就带着警卫班回去了。

赤卫师突围损失大，车厚桥邬冲遭敌俘

九月初三（10 月 24 日）上午，赤卫师进行了整编。中午，赤卫师突围各部都运动到各自的出发地。

下午，政委张如屏率师直属队向南突围，损失惨重。余部在李先忠的带领下进入霍山县的磨子潭、白莲岩等地打游击；在周天庆②的护送下，张如屏化装突围回寿县白区工作。

下午，师政治部主任吴岱馨和参谋长王嚻雄率领赤卫师 2 连和 3 连 2、3 两排向北突围。他们开始很顺利，在部队突到通水冲、冷水冲一线时，落入了红枪会和保卫团的包围圈。

保卫团经不住赤卫师的冲击，已经有了颓势。这时红枪会嗷嗷叫地冲上

来了。这时只见一个披头散发、袒胸露臂的教师爷走了出来。他左手端着一杯酒，右手提着一把刀，身后还有个小匪徒，牵着头山羊。他手舞足蹈，口中念着咒语："昆仑山，缠硬体，观音赐的金刚体；金刚体，肚练气，能挡刀枪能防戟，枪炮子弹不入体……"咒语刚念完，这个教师爷一刀砍下了羊头。他身后的匪徒们就像打了一针强心剂，立即嗥叫着向山头冲来。

赤卫师的战士们有人叫起来：他们喝了符呀，刀枪不入呀！胆大些的，急忙去裤裆里掏家伙要往那刀枪、子弹上浇尿，认为这些秽物可以"破符驱邪"。只见吴主任和参谋长王鼐雄，都是两眼血红，嘴唇发紫，脖子、额头和太阳穴上的青筋凸动着，使劲挥动着那支驳壳枪："趴下，快趴下，打！打呀，打他个狗日的！"秦连长清醒过来了，把枪一挥："都趴下，打，打，打呀！"红枪会被打倒几个后，终于乱哄哄地溃散了。

经过敌人几番冲击，赤卫师另一个连长牺牲，部队所剩无几。为了保存火种，吴岱馨与前来接应的六安中心县委常委兼农委书记余道江商议：由余道江和秦为宝率领赤卫师余部钻过通水冲突围；吴岱馨带领三名赤卫队员另路突围，在掩护吴岱馨突围的过程中，有两名赤卫队员牺牲，吴岱馨和剩下的一名赤卫队员利用地形脱险。然后，吴岱馨在农会会员王大年的掩护下，冒着生命危险，化装成头戴破草帽、抹一脸黑锅烟灰、挑着货郎担的货郎，冲破几道封锁线，转道六安去上海，寻找党的组织。

突围过程中，参谋长王鼐雄于殷家老岩下的冷水冲，因眼睛高度近视（患眼疾）又掉了眼镜，行动迟缓，被敌俘获，先在家乡郝集被敌人捆绑示众，后押解到六安县城割头，惨遭杀害。牺牲前，王鼐雄大声说："杀了我王鼐雄，你们杀不掉共产党，再过20年，我小个子王鼐雄又来了。"断头前，他高呼"共产党万岁"口号。

中午，在车厚桥师长的侧翼掩护下，三区七乡苏维埃主席金尚义率领政府工作人员和赤卫师3连1排从叶家院子出发，主动出击了驻守在诸佛庵的白军，掩护了赤卫师主力的突围。由于地形熟悉，他们完成任务后，顺利地回到了十八盘坚持斗争。这一路损失很小。后来，他们还收集了赤卫师的大部分失散人员，组成了红军中央教导第2师，这是红4军第12师的前身。

下午，师长车厚桥率领赤卫师1连正式突围，开始，赤卫师1连进展顺利。不幸的是，经乌冲口时，1连落入了黄缨会和自卫团许建堂部的包围圈，车厚桥指挥1连奋勇还击。由于地形不利、武器落后和子弹缺少，部队损失很大。

在紧急情况下，车厚桥命令1连长陈大国带领赤卫队员钻深山撤退，他带领几个战士留下来掩护。陈连长要车厚桥撤退，他自己留下来掩护。车厚桥严厉要求陈连长执行命令。无奈之下，陈连长带领赤卫师 1 连的余部钻进了深山。

身负轻伤的师长车厚桥带队阻击敌人一波又一波的冲击。身旁活着的战士越来越少，最后只剩下车厚桥一个人了。他的子弹打光了，阵地前摆满了敌人的尸体。

在"活捉车厚桥，赏大洋 500"的吼叫声中，黄缨会会众嗷嗷叫地冲了上来。子弹在阵地前的马尾松、栓皮栎、茅栗中穿织，青枝绿叶不时被削落着。弹丸掠过头顶的啸音，尖利而又瘆人。伴着这种死神弹拨的音乐，是翠绿的旷野间迎面推进的一幅怪异而又恐怖的画面。红枪会员们光着膀子，有的脸上还用锅灰、染料涂抹得黑蓝青紫，一个个生死不惧的凶神恶煞模样，一股黄潮般卷杀过来，那嘴里还念念有词地狂叫着：

> 枪炮响，扇子动，子弹进篮打不中。
> 枪炮响，扇子动，子弹穿缝打不中。
> ……

愤怒的车厚桥手舞大刀冲进敌阵，不一会工夫，就像切西瓜一样砍下了20 多颗敌人的人头。

黄缨会会众像潮水一样又退了下去。车厚桥很满意这样的结果，他张开大嘴笑了。

看着黄缨会的败退，许建堂开始讥笑黄缨会的赵道首："看来贵会的枪打不进、刀砍不入是假点，赵会长能不能给我们露一手？"

趾高气扬的赵道首在他的徒众败退后，就气得怒火直冒，现在又被许建堂一激，又看到赤卫师只剩下车厚桥一个人且没有子弹了，顿时胆气一壮。他十分霸气地对自卫团头目许建堂说："请许队长在这儿给我观敌瞭阵，我一人出马，就能活捉那个共匪！"

从刚才的身手来看，许建堂认定了他的对手是共匪头目车厚桥，因为在大埝店作战中险些被车厚桥活捉，至今自己还心有余悸。因此，他鼓动了赵会首先出马消耗车厚桥的精力，等到筋疲力尽他再出手，方可稳操胜券。他所不知道的是，车厚桥已经身负重伤。

见赵会首中了他的激将法，许建堂认为有必要提醒一下赵会首："那个共匪头目就是车厚桥，他武艺高强，你要小心才是。"赵会首答道："不妨事。"

虽说不妨事，赵会首还是带了几个帮手。敌人拥上来了。

那几个帮手手持大刀，排成一行，形成一种威慑气势。赵会首手提宝剑踏前三步，朗声道："车师长是否准备妥当？"

车厚桥手提大刀哈哈笑道："随时可以动手。"

赵会首再向前走五步，来到仍是那袭招牌式的橙黄色宽袍，两手隐藏袖内，表面神色从容自然，可是内心紧张到了极点。他强压胆寒，把对赤卫师师长车厚桥的惧怕藏在骨子里。

车厚桥先把双目睁得滚圆，神光电射的凝望对手，接着把眼睛眯成只剩一线隙缝，就像天上浮云忽然遮去阳光，变化神奇之极。同一时间车厚桥脊挺肩张，上身微往前俯，登时生出一股凛冽的气势，越过近三丈的空间，朝神秘莫测的赵会首迫涌过去，赵会首的橙色长袍立即应劲拂动，使人晓得他正在承担车厚桥气劲惊人的压力。

高手相争，不用刀来剑往，足使人看得透不过气来，更猜不到下着如何，谁会先出手。车厚桥的武功已经进步到如斯境界。因为他发出的气劲并非只是一股真气，而是如有实质的一堵气墙，处处平均，可令对手难以避重就轻地化解进击。比之以前的他当然更为高明。

天人交感，阴阳应象。车厚桥先是脸罩寒霜，接着颜容放松，嘴角逸出一丝笑意，淡淡道："赵会长可以开始说法哩！"

"锵"！车厚桥的大刀遥指对手。一柱圆浑的刀气，从刀尖以螺旋的奇异方式江河暴涨地狂涌而出，往赵会首攻去。车厚桥摆明是一出手就是雷霆万钧之势，务于数刀内与赵会首分出胜负，免去应付赵会首出人意料、层出不穷的天竺瑜伽奇术。

赵会首再难保持他与天地浑然一体的梵我不二，左右袍袖环抱拱起，抵挡车厚桥的方圆奇招。

"蓬！"两气相交，响彻全场。

赵会首并非无懈可击。车厚桥被赵会首的反击震得上身往后微晃，大笑道："生死之道非是沉迷，而是超越和忘记，我有说错吗？请赵会长指点。"赵会首冷哼一声，往前踏步，左袍袖看似随意的画出一个方整的圆，枯黑的右手从袍袖探出，朝车厚桥遥抓过去，阴阴地说道："没有沉迷何来超脱？车师长勿要思路不清。"

车厚桥心神浸入手中大刀的通明境界，感到赵会首看似随意地挥圈子，事实上却把自己的气墙卸往一旁，还带得他生出横跌的倾向，厉害非常。而遥施攻来的一抓，五指分别发出劲气，将自己紧裹其中，只要他一个应付不好，对方会接踵而至，杀他一个措手不及，至死方休。

车厚桥却是不惊反喜，他昨天掩护韩仰渠一行负伤，今天的迎敌是死里求生，实在是修行上无比珍贵的经历，在生死的威胁下，迫得他穷智竭力，把潜能释放出来，与敌周旋。因为既没有筹码犯错，更没有补救的能力。故每一着进攻退守，必须达到百分百的精准。现在伤势大致无碍，但这些从负伤迎敌时身体力行领悟回来的妙谛，已成为他武功的一部分。

车厚桥长啸一声，身子旋转起来，手中大刀与他合而为一，再分不清人在那里，刀在那里，往"黄缨会"赵会首旋转过去。许建堂等和一众保卫团士兵，因为深悉赵会首的本领，所以纵使车厚桥名气如何大，在两人交手前对赵会首仍是信心十足，从没有想过赵会首会有输的可能性。

可是行家一出手，便知有没有。车厚桥的刀法有如天马行空，燕翔鱼落，从开始就抢在主动，终于令他们要为赵会首担心起来。保卫团和黄缨会的信心有大半是建立在赵会首身上，若他落败身亡，赤卫师就有可能绝地逢生。车厚桥要以遥距式的方圆，破去赵会首本是无隙可寻的梵我如一，否则他将陷入攻无可攻的劣境。随着施展这招的攻势更是凌厉，人旋刀转，轻轻松松的从对方的卸劲脱身出来，又化解抓劲，兼仍保持主攻之势。当车厚桥旋至适当距离，手中大刀可从任何角度劈出，岂是易挡？

在观战者看得紧张刺激之际，车厚桥龙卷风般旋进离赵会首一丈内可随时出刀的危险范围。赵会首眼睛一眨不眨地注视着车厚桥的接近，他是场内看破车厚桥这招真正厉害处的寥寥可数几人之一。车厚桥看似全速旋转，事实上每一下转身和旋进的速度均有轻微差异，身法巧妙至此，已达神乎其技的至境。

赵会首冷笑一声，往横移开，两手收入袍袖内，袍袖倏地鼓涨，然后塌缩，就像青蛙的腮子，忽涨忽缩地往攻来的车厚桥拂去。

两人迅速接近。眼看车厚桥要朝赵会首一刀劈出，忽然刀锋竟变成刀柄，先重重敲中赵会首拂来的右手鼓涨的袍袖处，发出"蓬"的一声劲气交击的爆响。接着拖刀而向赵会首连珠攻来，袍袖塌缩贴手的左掌处，发出另一声激响。车厚桥哈哈大笑道："赵会长的瑜伽术到哪里去哩？"正要错身而过时，赵会首下半身仍保持前冲之势，上身却像违背下身般出乎任何人意料之外的向后拗曲，把本无可能的事变成可能，两手从袖内探出，一手取车厚桥左颊，另一手疾扫车厚桥后背，既诡异莫名，又阴损至极点。保卫团和黄缨会的众人露出了得意的笑声。

车厚桥早领教过他能人所不能的瑜伽奇术，仍有余暇叫道："赵会长中计哩！"猛换一口真气，改移远为移近，由左旋变成往右旋，反方向移回来，手中大刀贴身施展，一时刀光四射，像黄蛇般绕体缠动，整个人给紧裹在精芒耀目的刀光中，看得人人惊心动魄，又不得不佩服车厚桥出人意表的身法，令人折服的胆色。

赵会首尚是首次领教到在刹那间改变真气运动方向的绝技，感到车厚桥只是借位置的转换，不但避重就轻地使自己的杀着变得搔不着痒处，若给他"嵌入"自己因尽力进攻而露出的空门，后果实不堪想象。赵会首大喝一声，上身回拗，变回身体正常的部位，随着双脚疾往旁飘，力图远避开去。

主动权真正落到车厚桥手上。车厚桥出奇地没有乘胜追击，旋止立定，手中大刀指退开的赵会首，体内真气积蓄凝聚，逐渐推上巅峰状态。要知纯以功力论，车厚桥仍逊赵会首一筹。论修养，赵会首的梵我不二更可将车厚桥抛离。最糟的是比到招式变化，赵会首的瑜伽奇术比之车厚桥的手中大刀更难防难挡。在这种不利的情况下，车厚桥凭的是以奇制奇，以高明的战略争胜。有如两军对垒，对方虽在兵员的质素和数目上占尽优势，却因遇上高明的战略而把双方的差异扯平。

车厚桥先以迷踪八法最后一式"方圆"远距施展，迫赵会首反击，在近距交锋时再凭体内真气迅速转换令赵会首要变招退避。但假若他乘势追击，谁能料到精通瑜伽术的赵会首会以什么诡异的手法反扑。所以，车厚桥遂以不变应万变，任由对方退开，自己则全力部署下一波的攻势，在我长彼消下，以最佳的状态硬撼处于被动的赵会首，拉近双方在功力上的差距。他的刀气遥锁赵会首，对方停下的一刻，就要面对他气势蓄至最盛的一刀。观战者无不生出难以呼吸的紧张气氛，全神静待战事的发展。

赵会首蓦地立定，铁钉般钉紧离车厚桥三丈许远处，人人均以为车厚桥要发刀之际，他竟像狂风拂吹下的小草般，左右狂摇摆动。最骇人的是他的身体变得像草原上的长草般柔软，摆动出只有长草才能做出迎风摇舞的姿态来。

车厚桥积蓄至极限的一刀，在对上如此见所未见、闻所未闻的守式下，竟是无法施展，因为他根本不知该攻何处，刀落何点。

许建堂首先带头轰然叫好，惹起他的一方震天喝彩声。这才是赵会首的真功夫，瑜伽术的极致，自然之法的制敌奇招。令人攻无可攻，更不知何所守。

车厚桥立时陷入决战开始后最大的危机，倘若判断稍微失误，会惹来赵会首排山倒海似的反攻。他生出了失去目标赵会首的感觉。

这黄缨会赵会长仍是活脱脱站在眼前，可是他已与梵天合一。幸而车厚桥心神仍是澄明空澈，不着一丝杂念，心知止而神欲行，哈哈一笑，踏前一步，一刀劈在空处，正是迷踪八法的棋奕。积聚至顶峰的气劲，从刀锋山洪暴发般出，形成一波又一波的气劲，如裂岸的惊涛般铺天盖地往这可怕的敌手涌去。

赵会首摆动得更急更快，就像风暴中不堪吹残的小草。可是甚狂摇乱摆的动作再非无迹可寻，在刀气的波卷下，车厚桥的刀像长出可透视他虚实的无差法眼，循着某一超乎平常感官的直觉，自然而然地往赵会首攻去。骤见车厚桥狂喝一声，腾身飞掠，往赵会首发出惊天动地的一击。

说时迟，那时快。只见白光一闪，一个头颅掉到地上滚动起来。又过了一分多钟，只见一具黄色的尸体"嘭"的一声倒了下来。

车厚桥师长也因伤后用力用神过度，退到山边靠坎而立。

许建堂见状大吃一惊，他命令士兵手扣扳机，挺枪上来围住车厚桥。他分开士兵，持枪走到离他一丈来远的地方，用发颤的声音问道："你就是车厚桥？"

车厚桥朗声答道："我就是车厚桥。"

过了几秒钟，许建堂哈哈大笑起来。接着，他恶狠狠地命令手下："把他绑起来带走！"

车厚桥被五花大绑地捆进了六安城。在解往六安城的沿途中，车厚桥高唱着《国际歌》：

"起来，饥寒交迫的奴隶，起来，全世界受苦的人！

满腔的热血已经沸腾，要为真理而斗争！

旧世界打个落花流水，奴隶们起来起来！

不要说我们一无所有，我们要做天下的主人！……"

从皋西南到六安城，车厚桥嘹亮的歌声响彻云霄、到处回响。

当敌人解押经过龙门冲集镇上的家门时，车厚桥对其叔父车明相说："侄儿不投降、不自首、不叛党，在共产党领导下，20 年后革命一定成功！"

坚持皖西苏区武装斗争的六霍赤卫师在苏区保卫战中虽然失败了，但赤卫师的余部仍然在新民主革命的斗争中不断拼搏，直至迎来了新中国的诞生。我们不能忘记，车厚桥师长带领六霍赤卫师在开辟苏区、发展苏区、保卫苏区的战斗中立下了不可磨灭的功勋。

六霍赤卫师的革命先烈英风浩气和山河同在，与日月同辉。

苍山如海，残阳如血。

注释：

① 齐勇（1915—1968），安徽省六安县独山镇牌坊冲人，1930 年参加中国工农红军，同年六月加入中国共产党。在党的培养教育下，历任战士、班长、排长、连长、营长、团长、旅长、师长、海军南海舰队副司令员。齐勇同志参加过举世闻名的两万五千里长征和抗日战争、解放战争，1955 年被授

予少将军衔。1964 年奉命组建国家海洋局，任国家海洋局局长、党委第一书记。他对革命事业忠心耿耿，坚定不移地执行毛泽东同志的革命路线，立场坚定，旗帜鲜明，坚持党性，作风正派，光明磊落，刚正不阿。齐勇同志遭受林彪、"四人帮"残酷迫害，于 1968 年 7 月 1 日逝世，终年 53 岁。1979 年平反昭雪。

　　② 周天庆（1906—1932），安徽六安人。早年受胞兄周范文（中共安徽省临委委员）进步思想影响，加入中国共产党，在六安四区进行秘密革命活动，筹建农民武装，并任队长。1929 年冬，他率部配合徐集民团起义。六霍起义胜利后，他任中共六安县委书记。1930 年 7 月，加入六霍赤卫师，坚持皖西根据地的反"围剿"斗争，曾护送赤卫师党代表张如屏回寿县白区工作。后参加中央独立第 1 师工作。1931 年，编入红 4 军 12 师任团政委。1932 年，在反"围剿"作战中牺牲。

第 28 章　坚贞不屈厚桥就义

留守同志担心赤卫师安危，噩耗传来激荡幸存者斗志

从下午到傍晚，苏维埃政府金尚玉主席、共青团（少共）书记卢本务等同志站在山上，听着突围方向发出的爆豆似的枪声，看那拖着长长的红尾巴的流弹飞舞，一夜都没有合眼，谁不在为自己同志的安危而担心！

翌日，天蒙蒙亮，留在十八盘坚持斗争的 30 多人便往山顶上撤退了。阳光普照大地时，山脚下没有了枪声。四野静悄悄，十八盘像是疲劳了，她要睡了。瞩目远方，处处竹林成荫，高大的亚热带树木，婀娜地摇动着它的枯黄叶子。银光闪闪的龙门冲河，匆匆向东北方奔流。

"哒，哒，哒……"突然远方传来了一阵机枪吼叫，接着机枪声中拌和着密集的手榴弹爆炸声。

"那不是通水冲吗？"大家朝金主席手指的方向看去。枪声更加激烈了。

"赤卫师主力突围的方向呀！"

南边也传来了枪声。"莫不是队伍冲散了？"车敦华担心地说。"你怎么尽往坏处想。"卢本务放下遮阳光的手，不以为然地说。仿佛即使是事实，他也不愿这样想。可是看得出来，他全身都非常紧张。金主席他们把希望寄托在突围部队身上，愿他们早一刻送来好的消息。他们盼着，盼着。

敌人哪，看你逞凶到几时？三天过去了，五天又过去了。每天，太阳从东方升起，到被西山吞没，金主席他们站在山巅上眺望，竹林山冈，茶园村

庄，甚至连龙门冲河流的水也越来越显得暗淡无光。十八盘像一个负伤的巨人，偎依着九尖头，在悲愤，沉思。

周围的一切都好像跟金尚玉主席一样在牵挂着突围的赤卫师主力。

枪声又响了起来，就在山脚下的村庄里。火、火，好大的火呀！一个村接一个村地腾起了滚滚浓烟，火舌喷向天空。金主席拿单筒望远镜望去，烟火掩盖了房屋，火焰一阵旺似一阵。大地在燃烧。愤怒、仇恨的火焰也在他们的胸膛中燃烧。"敌人，敌人哪！"金主席的警卫员赵海周一声尖叫，把躺着看文件的卢本务，正写日记的车敦华，替战士们补衣服的吴世仙和王井荣等都吸引过来。大家看呀，山脚下，村庄旁，大路上，一队队的白匪军，用刺刀威逼一群群扶老携幼的老乡——苏维埃的亲人，离开他们祖祖辈辈生存的家园。敌人在辱骂殴打，妇女和孩子在啼哭喊叫。

看着这些，苏维埃政府的工作人员和1排战士的心都要碎了。"狗东西，他们把老百姓都赶走，企图挖掉苏维埃的根。"卢本务愤愤地自言自语。"唉，两军对战，为什么糟害老百姓呢？"炊事员王井荣是位软心肠的姑娘，她总是好以她那纯洁而又稚气的思想去想事情。

"你呀，又聪明又傻瓜，反动派还会管什么老百姓不老百姓？他们真是宁肯错杀一千，不肯错放一人啊！"吴世仙这个共青团的支部书记，一边说一边把拳头握得打颤。"报告首长！"急性子战士杨先庭跑到金主席跟前，金主席以为出什么事了。他气呼呼地说："我们赤卫师再也忍耐不下去了，让我们下山去。"

杨先庭还未说完，1排长也跑来了，后面还跟着一群战士。他说："我代表全排要求首长给1排下命令，1排要跟敌人拼！"战士们举着枪支和大刀吵嚷起来。

"同志们，请冷静"，卢本务同志严肃地制止大家。"苏维埃是领导机关，苏维埃留在山上不是怕死逃命，而是要保存苏维埃的力量，领导全龙门冲的革命，苏维埃不能跟敌人一拼了事。"望着愤怒的战士，金主席和卢书记理解他们，可是金主席和卢书记也不得不劝他们各回原位，严密注意敌人的动静。战士们跺跺脚散开了。忍耐下眼前的事，对他们来说真是无比的痛苦。

日子过得多么闷人！主力离开十八盘快半个月了，还没有人回来联系。为什么连韩仰渠也不回来呢？主力的安全，三区的斗争，根据地的人民，一连串的问题紧箍着金主席他们的心。山下一点确实的消息也得不到。

在这些日子里，大批的敌人穿林攀岩搜剿苏维埃政府和赤卫师1排。又鸣枪又呐喊，遍山都是他们的声音。但金主席、卢书记和赤卫师1排熟悉这里的每条山沟、每块岩石、每条小径和那不见天日的竹林深处。金主席、卢书记和赤卫师一排拖着敌人山前山后地打转转，跟敌人捉迷藏。敌人对金主席、卢书记和赤卫师 1 排再也想不出好办法。

这一天，金主席、卢书记和赤卫师 1 排分散隐蔽。金主席和卢本务、吴世仙、赵海周、杨先庭躲藏在一个石洞里。洞子很窄，天气又闷热，大家坦开怀，用帽子扇风，默默地听着敌人搜山的动静。近了，被搅动的灌木丛发出沙沙的声响，一阵脚步声传来了。杨先庭和赵海周在洞口的藤篱后面，朝外窥探着。他们紧握着步枪，食指扣在扳机上。

赵海周轻声说："敌人过来了。"大家各抄家伙，几乎要骚动起来。金主席连忙打手势要大家千万镇静，屏着气静静地听，一阵脚步声过去了，大家刚松一口气，又听见杨先庭连说带问："来了，打不打？"说着他的枪已伸向洞口了。金主席上去抓住他的手，向外一看，两个白匪兵一手持枪，一手攀着树枝爬上来了。离大家只有几步了，赵海周圆瞪着眼，杨先庭使劲咬着下唇。金主席眨了几下眼皮，向他们示意：只要敌人不发觉他们，他们就不开枪。谁知这两个鬼东西竟在大家头顶的石头上坐了下来，喘着粗气，两脚还乱踢乱动。

一阵皮鞋踏在石头上的声音又传来了，接着是一声吆喝："你们干什么拉下来！混蛋，是来剿匪，还是来歇凉？"

"是，报告营长……"

"不准多说，马上把金尚玉搜出来，匪首车厚桥都被人家抓到了。共匪金主席就藏在这山上，你们都是笨蛋，连匪兵也不给潘旅长抓到一个……"

"什么，敌人抓到了赤卫师的车厚桥！"顿时，金主席的心紧缩起来。杨先庭的牙咬得发响，赵海周好像停止了呼吸。金主席紧抓着他们两个，生怕他们控制不住自己的怒火。好容易等到敌人走了，金主席把敌人的话告诉卢本务，他连连摇头一再说"不会"。不知是同志友爱情感的驱使还是其他什么原因，大家总不愿意相信车厚桥同志真的遇难了。可是谁也没能力把对车厚桥和他带领的战士们的挂念从脑子中赶走。车厚桥双脚已烂，身又染病，他能领着大家突出重围吗？担忧、悬想，一直缠扰着坚持斗争的人们。

夜，一牙弯月渐渐西沉。金主席和大家出了石洞。十八盘上笼罩着阴沉恐怖的气氛。在约定的地点，大家集合了，布好警戒，女同志动手做饭。吴世仙和王井荣是最忙的人，打柴、挑水、淘米和挖野菜，还要用芭蕉叶把锅灶围起来，以免暴露火光。两个女同志忙不过来，苏维埃几个领导干部也凑上去帮忙。森林里没有一点亮光，火可不容易升着。湿漉漉的柴，尽冒刺鼻呛喉的白烟，就是不起火苗。吴、王两位年轻的女同志，一边一个，两腿跪在地上，弯着身子，头伸向用三块石头架着的铁锅底，鼓着嘴巴，呼呼地猛吹。火吹着了，她们的眼泪也流干了。

饭做好了，炊事员王井荣就成了指挥员。她要大家拿出竹筒碗，站好队，挨个分。分到最后，她和吴世仙用勺子刮得锅刷刷地响，饭没有了，对上点水吧，就这样她们常常用刷锅水来哄自己的肚子。是什么力量使得这些年轻的女同志这样忘我，这样坚强？革命，革命，革命的火种！

山脚下又响起了枪声，枪声划破了十八盘寂静的夜空。大家都紧张起来。敌人发觉了赤卫师一排做饭的火光吗？

一会儿，山涧里传来了走动的声音，越来越近，一个摇晃的黑影。"谁？"哨兵压着嗓子问。"金主席……我是韩仰渠。"

"韩仰渠？"赵海周、天德、天贵和金主席一齐迎了上去。韩仰渠一头栽倒在地上，手中紧握着短枪。"韩仰渠，韩仰渠！"同志们焦急地齐声喊着，韩仰渠急促地喘着气，不能吭声。

金尚玉双手抱起他来，只觉得他全身软绵绵的。金尚玉去拉住他的左手，他全身猛一抖动。啊！血，韩仰渠的血顺手淌在金尚玉的身上。

"韩仰渠，你负伤了。""被匪徒们打伤了。"韩仰渠忽然挺起上身说。"我的粮袋呢？粮袋……"这时金尚玉这才发现，他背来了满满的一袋粮食，栽倒时摔在一边了。金尚玉和赵海周把他抬进树林，吴世仙给他扎好伤口，喂他喝了点水，让他依着岩石。金主席迫不及待地问："车师长他们呢？"韩仰渠不答话，用手捂着脸，哭了。金尚玉熟悉这个铁汉子，多少年来金尚玉还是第一次看见他哭啊！同志们都拥挤在他身旁，等待着最不幸消息的证实。

好久好久，韩仰渠才悲痛地、低沉地叙说起来。原来赤卫师主力突围未能奏效，途中被敌人前阻后击，一部分被打散了，一部分突不出重围就牺牲了。车师长突围到乌冲后，不幸被俘；参谋长突围到冷水冲，不幸被俘；张政委、吴主任下落不明。

大家慢慢地低下头来，一阵沉默。有人泣不成声，有人抬起了头，凝视着天空中遮住月亮的一块乌云。

"那么地方上的情况呢？"卢本务低声问。"也很不好。"韩仰渠阴郁地说，"敌人在龙门冲周围筑了许多碉堡炮楼；苏维埃的家属被杀的被杀，被捕的被捕。红色村庄都划为'无人区'。敌人还到处悬赏买共产党员、苏维埃政府工作人员和赤卫师战士的人头。"

"妇女会和少共班的人呢？"韩仰渠回答道："都转移到了安全的地方了。"

"韩仰渠，这么说，赤卫师完了吗？"王井荣这个女孩子不是气馁，她是悲愤和担忧。

"不，在前一段难走的路上，赤卫师绊倒了，摔伤了。"韩仰渠拍着自己的胸脯说，"赤卫师永远也不会完！苏维埃永远也不会完！"

"同志们"，卢本务站了起来，在黑暗中挥动着拳头。"韩仰渠说得对，革命永远也不会完。苏维埃要为牺牲的同志报仇。苏维埃还有力量，只要坚持下去，就一定能够胜利！"

"对！"车敦华激动地接下去，"革命运动就像大海的潮汐，有退潮，也有来潮。苏维埃革命战士要像在海洋里行船的水手那样：来潮不让风浪翻了船；退潮不让船搁浅。要前进！苏维埃的任务更加重了。苏维埃的党会像舵手那样，指引苏维埃驶向胜利。"

威胁利诱车厚桥坚贞不屈，严刑拷打革命者视若等闲

敌人抓到车厚桥如获至宝，认为他们"剿匪"大获全胜。

车厚桥被押解到六安后，敌旅长潘善斋大为欣喜。因为红1军西征平汉线、红军中央独立1师损失惨重退到商南、红军中央独立2师几乎全军覆没，皖西苏区内，车厚桥就是最大的"匪首"了。只要车厚桥投降，再以他的名义招降"散匪"，皖西的"赤祸"就可以扑灭。

潘善斋先安排六安大特务头子、国民党"皖西匪区工作团"团长魏寿永来劝降。面对软硬兼施和威胁利诱，车厚桥义正词严地予以驳斥："看看你们国民党，在苏区杀人放火、无恶不作，就知道你们是骑在人民头上作威作福的一伙坏蛋，要我和你们这样一伙坏蛋合作，那是做梦！我车厚桥热爱共产党、热爱人民，就是不爱自己的一条命，要杀要剐，随便吧！"

见魏寿永劝降无效，潘善斋亲自上阵了。一见面，潘善斋就责怪部下："我要你们把车师长请来，怎么能把他铐来呢？"

许建堂慌忙答道："要不是车师长负伤，又在和赵会首的拼杀过程中耗尽了力气，再加上脚镣和手铐，他早逃跑了。"

潘善斋见许建堂这样说，就对车厚桥笑了笑说："既然这样，我们只好如此了。"接着，潘善斋故意放下姿态，指了指凳子对车厚桥说："车师长，我们坐下谈谈吧。"

车厚桥大义凛然地说："我们之间没有什么好谈的。"

"车师长可不要敬酒不吃吃罚酒呀！"

"我可是专门吃罚酒呀！"

　　说到这里，潘善斋知道他是无法劝降的。于是，他派人叫来了他的侄儿、一团团长潘守三，把严刑拷打车厚桥的任务交给了他。

　　潘守三摆开临时审讯室。他对赤卫师师长车厚桥首先实行的是鞭刑。鞭刑能够制造很大的痛苦，又不容易引起内伤，所以得到了刑讯者的青睐。在任何一间刑讯室内，皮鞭都是必不可少的刑具，也很少有受刑者没有受过鞭刑的折磨。

　　鞭刑没有使车厚桥屈服，潘守三又使用了烙刑。

　　烙刑的原理就是用高温或者有暗火的物体，接触人体，从而在人身上造成烫伤，给受刑者带来巨大的痛苦。

　　两天来的酷刑，白匪无法使车厚桥屈服。

　　第三天，车厚桥又被押进了审讯室。潘守三张开了血盆大口："车厚桥，你降不降？"

　　"何必废话！"

　　残酷的敌人又使用了"刷刑"。刑讯官从桌子上拿起一个刷子。那刷子上的毛很坚硬，硬度和钢丝差不多，不知道是用什么材料制成的。刑讯官拿着这个刷子，来到车厚桥的跟前，把刷子放在车厚桥的肋旁，轻轻地按了一下。车厚桥的身体情不自禁地扭动了一下。

　　"你到底降不降？"刑讯官再一次逼问车厚桥。

　　沉默，车厚桥的回答，依旧是沉默。

　　于是，刑讯官俨然一个丧失了人性的魔鬼，用刷子在车厚桥的肋间涂刷起来。直刷得车厚桥"唉哟！""唉哟！"地叫个不停。"畜生！你他妈的是个畜生！我跟你拼了！"

　　刑讯官刷过了车厚桥的右肋，又开始刷车厚桥的左肋。然后，又用刷子蘸上粗盐粒，继续刷。受过重创的皮肤，现在又受到如此剧烈的摩擦，这是一种什么样的滋味？车厚桥觉得，自己被巨大的痛苦包围了，痛苦把他整个人淹没了。他就像是煮锅里的黄连，正在被苦水煎熬。这种被煎熬的滋味，是很难用语言来表述的。这不是一般的皮肉之痛，而是一种彻骨之痛、钻心之痛。他感觉肋间在冒火，浑身的血液都沸腾起来，每片肌肉都膨胀起来。刷子刷在肋间，像用无数根针尖做成的犁铧在耕他的肉，像无数把利刃在刮他的骨。他本能地挣扎着，在柱子之间狂蹦乱舞着，并且大声地咆哮起来，就像一头被激怒了的狮子。如果不是绳子捆得紧，说不定他会挣脱绳索，把站在他面前的那个凶恶的对手咬个半死，甚至撕成碎片。

　　无边无际的痛苦，严重地透支了车厚桥的体力，把车厚桥送到了崩溃的边缘。然而，车厚桥却越挫越坚，让人看不到一点屈服的神态。这时，人们发现，在车厚桥的腹部，有一处脉搏在突突地跳着，好像在皮肤的下面，有一个泉眼在咕嘟咕嘟地喷射着泉水。车厚桥的身上湿淋淋的，不知道是冒出来的汗水，还是打手泼上去的冷水。

毫无人性的摧残，让车厚桥又一次体验到那种崩溃的感觉。为了不让自己垮下去，他努力地在自己的内心深处发掘变崩溃为亢奋的精神力量。此时此刻，车厚桥在想什么？他在想一种力量。他终于找到这种力量了！刹那之间，一种被"逼上梁山"而"豁出去"的感觉，给即将崩溃的车厚桥平添了无限的勇气。他忽然发现，在他的体内，原来还蕴藏着一股力量。现在，这种力量终于有机会彻底地释放与爆发了。他的眼睛红红的，喷射着一道愤怒的光芒。

突然，车厚桥觉得自己的嗓子越来越干，口越来越渴，身体越来越轻，越来越乏。他感觉自己就要死了。然而，刑讯官是不会让他死的。刑讯官是个刑讯老手，有着丰富的刑讯经验。他有的是办法让他的对手频繁地来往于地狱与苦海之间，在生死交界处不断地徘徊和周旋。

每次在车厚桥即将昏迷的时候，都会有一名打手将一碗冷水及时地泼洒到车厚桥的头上、额上和脸上。刑讯官也会暂时停下手来，让车厚桥喘口气，以便稍微缓解一下，然后继续折磨。

车厚桥会抓住这难得的空隙深深地呼吸。可是，往往不等车厚桥把气喘匀，新一轮的折磨便会重新开始。一个人，也许只有在这种境况下，才会真正感到自由的宝贵、生命的宝贵，也才会真正理解那些为了人类解放事业而不惜献出生命的人是多么的伟大。

他的确渴望自由。但是，他不会以出卖同志作为代价去换取个人的自由。"不能，死也不能降。只要咬紧牙关挺住，一切都会过去的！"车厚桥在心里一遍又一遍地对自己说。任凭刑讯官百般折磨，他就是不吐露一个字。

"畜生！流氓！"车厚桥一边骂，心里一边在想：你们想要的东西，我是永远都不会告诉你们的！暴虐的火花，点燃了车厚桥心中愤怒的火焰。敌人的暴行，激发了车厚桥的潜能。他以常人少有的耐力，勇敢地承受着这一切。他像古希腊神话中因为盗取天火赐予凡人，让人类从此进入文明时代而触怒了宙斯，被吊于山岩之上遭受鹫鹰啄食的普罗米修斯一样，宁愿受尽痛苦，也绝不退让半步。

镣铐与绳索，只能束缚住他的身体，却束缚不住他的灵魂。他在痛苦的海洋里，纵情起舞，引吭高歌。大刑室里，被一股浓浓的、恐怖的气氛笼罩着。除了车厚桥的喘息声，一浪高一浪的叫骂声、咆哮声，其他什么声音都没有。

1930 年 12 月，中国工农红军第 1 军在军长许继慎、副军长徐向前的带领下，为了打破蒋介石的第一次大规模"围剿"，东征到达皖西，14 日攻克六安县金家寨，全歼国民党守敌第 46 师一个团及反动民团共 1000 余人，缴获步枪 1000 余支，迫击炮 2 门；15 日，进攻鹅毛岭，击溃敌军 1 个营，缴枪百余支。16 日进占麻埠、独山，又经西两河口渡过淠河，18 日连克青山店、苏家埠、韩摆渡等地，又歼国民党守敌第 46 师 2 个营。

尔后，为了解救受苦受难的六安人民和赤卫师师长车厚桥，红一军兵分两路围攻六安县城，以第 1、第 6 两团攻南面，第 3、第 4 两团攻西北方面。许继慎军长亲自到达南门外、三里岗以北指挥攻城战斗，但因城坚壕深，又有敌兵增援，红军冒雪激战一天也未能攻破，红 1 师师长刘英身负重伤。鉴于攻城作战不利，红 1 军遂于 21 日撤围南下，以红 1 师紧逼霍山县城，红 2 师一部出西北攻克霍邱县叶家集，使沦陷数月的皖西苏区大部分收复。

红 1 军冒雪攻打六安城时，有不少战士原来在三区赤卫队和六霍赤卫师里战斗过。因此，在战斗中有声音洪亮的"打下六安城、救出车师长"口号传出。使敌军旅长潘善斋知道暂时保留车厚桥的生命有益无害。

敌人的酷刑和羁押丝毫未能动摇车厚桥的革命意志。敌旅长潘善斋又用官禄相许。"车师长，共产党太埋没人才了。只要你愿意过来，咱们兄弟共事，你可以担任我的副旅长，吃香的喝辣的，出门不是马就是车，要美女有美女，我们还可以把六安城内的头牌姑娘送给你、服侍你，这比你们钻山洞吃野菜要强多了……"

没有等潘善斋说完，车厚桥一口吐沫喷过去，直射在潘善斋的脸上。潘善斋被吐沫撞的后退一步，吐沫下面是一块红印子。

潘善斋对着部下恼羞成怒："把这个死不悔改的共匪先饿几天，再钉在城门上示众！"

皋城北门钉钉车厚桥，四十四刀刺向英雄身

1930 年的寒冬腊月，六安城的多宝庵塔目睹了车厚桥师长的大义凛然和威武不屈。

敌旅长潘善斋惨无人道地用十几根九寸（27 厘米）长的大铁钉将车厚桥钉在六安城北门——武定门示众。他这样做有三个原因：一是在古代，武定门外的菜市口，是处决犯人的地方；二是把俘虏的敌方战将活活钉在城门上，

可以震慑革命者；三是武定门有瓮城，可以埋伏人马，方便捉拿劫走人犯的地下党。

就在车厚桥被钉在六安城北门上不到一个时辰，一个卖黄鳝的人走过来了。那个卖黄鳝的人边走边唱《薅秧歌》，歌词是：

> 大别山里出好汉，生就骨头似铁坚；
>
> 只要今日出虎口，明日定要报仇冤。

那个卖黄鳝的人就是韩仰渠，他是奉六安地下党组织的指示前来打探情况的，以便党组织营救车厚桥。

看到韩仰渠来了，车厚桥知道地下党组织要营救他，他何尝不想回到革命队伍里。可他一想到他的前后左右都埋伏着大批白匪军，不但营救自己不成，还会给党组织带来巨大损失。于是，他用庐剧《十八里相送》回应，劝阻党组织，让他们不要来营救他，以免遭受更大的损失：

> 过了一山又一山，前面到了凤凰山。
>
> 凤凰山下王八多，王八咬脚不划算。

愚蠢的敌人不懂得其中的奥秘："共匪车厚桥真受得住折磨，死到临头还要唱戏剧。"

韩仰渠听懂了，他提着黄鳝笼子离开了。

目送韩仰渠离开后，车厚桥就在用最后的力气宣传革命，痛斥敌人的罪行。一天以后，他的声音降低了；两天以后，他的声音微弱了。

第三天是 1931 年 1 月 23 日，农历 1930 年十二月初五，奄奄一息的车厚桥被敌人从城门上取下来了，遍体鳞伤、血迹斑斑的他被敌人押解到刑场上。

刑场周围白匪布置了三道包围圈。

突然，一匹骏马飞驰而来。马上驮着两位姑娘。她俩是张腊梅及其随从春桃。张腊梅和春桃是来给车厚桥送行的。

无言之中，张腊梅给车厚桥吃了油条，敬了酒。临走前，张腊梅开口说话了："车师长，青山常在，绿水长流。走好！"这是一句隐喻，是告诉他，妻子刘绍青和女儿车敦明没事。为了见这一面，张腊梅给潘善斋送了一根金条，收了金条的潘善斋同意张腊梅和车厚桥诀别，也算是卖给张汉卿一个面子。

张腊梅和春桃走后，车厚桥被押进刑场正中。

站稳后，车厚桥用尽全力喊道："共产党是杀不完的，共产党是穷人的党，是为穷人打天下的。"

"共产党万岁！苏维埃万岁！"口号声荡气回肠。

潘善斋和潘守三也骑着大马赶来了。见车厚桥还在喊口号，潘善斋十分恼怒，他大声喝道："给我拿刺刀捅。"

接着，潘善斋举起手中的"中正剑"，又向在场的老百姓喊道："父老乡亲们！今天是咱们报仇的日子。共产党欺骗你们，利用你们，打下了天下，就不管你们了。别上他们的当。他们就是要将咱们都共产了，让穷人更穷。好好的太平日子不太平了。车厚桥就是大共产党。杀了他，可以平民愤；杀了他，可以除赤祸；杀了他，可以享太平。以后如有和车厚桥一样闹事的，我们党国一定会给予严惩。看谁以后还敢闹共产党。"

人群静悄悄的，谁也不敢大声出气。

车厚桥轻微地动了动，蔑视地笑着，他使劲抬起头来大声地冲人群喊道："乡亲们，我就是车厚桥，真正的共产党员。共产党就是为穷人过好日子才闹革命的。记住只有消灭了剥削压迫穷人的地主老财，消灭了黑暗政府，穷人才能过上好日子！打倒国民党！共产党万岁！"

车厚桥的话没有说完，潘守三就气急败坏地抓过来一支步枪，将雪亮的刺刀插进了车厚桥的肚子。接着潘守三命令道："给我捅，排好队，一人捅一刀。"潘守三警卫排的44个士兵排成了一字长蛇阵，挺着长长的刺刀，一个一个地、连续地走了上来，将刺刀捅进了被两个白军士兵抓住手臂的车厚桥的身上。

车厚桥腿抽动着，挨一刀、腿抽一下，身体痉挛着，痛苦地扭动。他还在尽力高喊，尽管声音很微弱：

"老乡们，不要怕，团结起来跟他们干！"

"只有跟着共产党，穷人才有好日子！"

"打倒国民党！"

"红色革命一定会成功！"

"20年后，革命一定会成功！"

……

人群中，韩仰渠怒火中烧，可又不能有所行动。他不愿意看，可是又想知道都是谁杀了车厚桥，以便将仇人记在心上。他偷偷数着，记住杀害车厚桥的敌人。又一个士兵举着枪，将刺刀刺向车厚桥的肩膀，车厚桥一声不吭，紧咬着牙关，使那张俊秀的脸扭曲的变了形。

一个又一个的士兵，将刺刀捅进了车厚桥的身体。他的腿一下一下地抽动。后来烈士慢慢地垂下了头，腿也无力地不再抽动。他流下的鲜血，将脚下的白雪染成了紫红色的冰凌。

　　惨无人道的国民党匪徒竟泯灭了人性，车厚桥烈士被捅了44刀。这时人群开始愤怒了，躁动的人群开始向烈士的尸体涌动。潘善斋悻悻地收回了短剑，在潘守三的劝解下上了马，带着士兵离开了刑场。

　　潘善斋还下令不准收尸。

　　直到今天，烈士的遗体也没有找到。有人传说：烈士的遗体是张腊梅用金条买回安葬的。但查无实据。不过，张腊梅在九尖山中苦守清灯、终身未婚（寿命近90岁）、住房附近就有几座坟墓倒是事实。

　　革命先烈车厚桥牺牲时虚年仅26岁（25周岁）。

　　　　　　斑竹一支千滴泪，红霞万朵百重衣。

　　真是：文武双全，威震皖西，临死高呼三不语，英勇善战，屡建奇功，身躯曾向皋城悬。

第29章　赤卫师旗帜永飘扬

国民党匪徒罪行滔天，赤卫师余部继续战斗

　　六霍赤卫师受到反动派的沉重打击之后，在六安、霍山、英山苏区，共产党人受到了血腥镇压。笔者在采访过程中，见到了车厚桥的革命引路人兼战友吴岱馨烈士的年已70岁的孙子吴明荣。在他撰写的纪念文章《追求真理的光辉足迹——吴岱馨烈士传略》中痛斥了国民党匪徒的残暴，下面是文章的节录：

　　1930年9月起，六安反动统治纠集反革命力量对苏区进行疯狂反扑，通过拷打、火烤、活埋、刀砍、钉钉、活割、剖腹、树瓣、活挖心、五牛分尸、穿红绣鞋等惨无人道的卑劣手段，大肆掠杀共产党员、革命干部。六安革命中心区的独山、郝家集、西河口、龙门冲、落地岗、同心寺、骆家庵、七邻湾、金家湾等地，几乎断绝人烟。六安三区出现一片纵横几十里的"无人区"。

　　主力红军退却后，苏区人民又陷入了最严重的白色恐怖之中，"清乡团"又回来了，魏祝三、姚子厚反共民团对苏区人民实行肆无忌惮的、最残酷的迫害。许多家庭被斩尽杀绝，全区有100多家人被杀绝，房屋被焚烧精光，家具财产被抢劫一空。共产党员和农协会员有的被砍头，有的被活埋，有的被打死，在六安城门上"示众"，有的被拦腰斩断，有的活挖心脏；妇女、少

先队员、童子团员活活被敌人用钢锥捅死等；大批妇女被强奸、轮奸，运到外地卖给人家做妻妾等，其残酷手段，卑鄙恶劣，罪行累累，令人发指，罄竹难书。车厚桥家庭的居住之地车家楼也被反动派变成了一片废墟。吴岱馨家庭也未躲过这场厄运，遭到了毁灭性的灾难。大硬店许鉴堂铲共队悬赏一百块大洋捉拿逮捕吴岱馨，天天搜查、抄家，找不到吴岱馨的下落，就纵火烧房。1930 年农历七月二十五日，许鉴堂铲共队民团用四堆干柴浇上两桶煤油（洋油）把我们请江西木瓦匠盖的四合大院烧了三天三夜，通水冲到处浓烟滚滚，火光冲天。小瓦烧红、漫天飞舞，又飞落到匡姓的房屋上，把匡姓房子也烧得片瓦不留。全家老少躲在山洼树林中，眼睁睁地看着铲共队把房屋家产焚烧殆尽，真是惨不忍睹，气愤难平。

吴岱馨的妻子赵运清无处安身，带着儿女（最大 10 岁，最小 2 岁多）东奔西走，东躲西藏，把两个大的送到西河口娘家，两家亲戚每家藏一个，把两个小的藏在独山亲戚家安身。自己到处逃难，历尽了千辛万苦，躲过了千难万险，饱尝了人间酸甜苦辣、千滋百味。在深山老林藏过了多少个日日夜夜也无法记清，整天过着担惊受怕、提心吊胆的流浪生活。

我的祖母赵运清女士是一个伟大的女性、坚强的女性。她从 28 岁守寡到 1985 年 83 岁去世，她为这个家，为了将 4 个儿女抚养成人，不知付出了多少艰险和困苦，三天三夜也说不完，道不尽。她不仅如此艰辛，而且为苏区根据地做了大量工作。赵运清女士参加了妇救会，积极动员妇女周桂芳、许××、胡咸云等六七个妇女参加妇救会，站岗、放哨、制作新鞋，运送粮食，千方百计为红军、赤卫师排忧解难，有一年夏天，赤卫师在冷水冲、通水冲休整期间，三区领导和赤卫师首长们多次在茶庵庙、胡老庄、吴庄水井开会学习、休整、赵运清和妇救会王大嫂（王鼎雄之妻）天天洗衣、做饭、送茶，送西瓜，热心服务，细致周到，保证赤卫师安全开会，学习休息，积极支持他们的工作，为保卫苏区做出不少贡献，多次受到周狷之、吴干才、王义中、车厚桥等领导好评。

霍山县漫水河集镇与土地岭之间有个小集镇叫道士冲，靠近土地岭方向距道士冲约两公里的地方有个杨家祠堂。1930 年春天，杨家祠堂是苏维埃乡政府的所在地。祠堂门口有一个大石磙，石磙上留下了一道很深的刀痕。这个刀痕是 1930 年初冬留下的。

1930 年秋末，支队长周远恩指挥六霍赤卫师霍山支队，在完成掩护群众撤退后，也被迫上山打游击，同时掩护六霍赤卫师在铁炉尖治疗养伤的近 40 名伤员。

　　驻在道士冲一带的反动武装是地主黎老七的霍山县民团道士冲中队。黎老七一回到道士冲，就趾高气扬地对群众说："山归山，庙归庙，没想到我黎老七又回来了！这就叫早上不见晚上见嘛！我们都是乡里乡亲的，过去的事情我就不提了。只要你们把参加赤卫队的亲人都找回来，我黎某既往不咎。"

　　为了把赤卫队困死在深山老林里，黎老七在每条路口都设立了岗哨，不准群众上山。他以为这样一来，没有人送粮上山，赤卫队员不是被困死、饿死在山上，就只能下山投降了。可是经过了半个月的围困，不但没有一个赤卫队员下山向他投降，而他的岗哨反被摸掉好几处。黎老七寻思着：赤卫队员在山上吃什么？难道他们是不食人间烟火的神仙吗？黎老七多次带着团丁搜山，可每次都扑空。黎老七十分奇怪，赤卫队是怎么知道他要搜山的呢？

　　其实，赤卫队和人民群众是紧密相连的。赤卫队员在山上忍饥挨饿，还要打击团匪，该牵动多少群众的心啊！只要赤卫队还在活动，群众的心里可就踏实多了。所以，尽管黎老七凶狠残暴，严密封山，大家还是冒着生命危险想尽一切办法把粮食做成干粮送上山去，同时，还把山下的情况报告给赤卫队。

　　黎老七当然知道其中的奥秘，但是他苦于抓不到真凭实据，恼得他坐卧不安。他终于想出了一个办法。一天，他把道士冲一带的男女老少都关进杨家祠堂里，恶狠狠地说："你们好大的胆子，竟敢给赤卫队送信送粮，是活得不耐烦了吧！告诉你们，想活着走出杨家祠堂，就得上山去把赤卫队里的家人找回来，把送信送粮的人交出来，要是继续抗拒的话，哼哼！谁也别想活着走出这杨家祠堂大门！"

　　黎老七这一着真狠毒啊！他把老百姓关在杨家祠堂里，就再没有人去给赤卫队送粮送信，赤卫队员在山上也就待不住了。但是过了几天，既没有山上人下来投降，又没有祠堂里的人愿意上山劝降。

　　恼羞成怒的黎老七把群众从杨家祠堂里赶出来，集中在场院上。他站在一个大石碌上，气急败坏地吼道："我黎老七够朋友了吧，等了你们好几天，一点反应也没有！看来你们是不想活着出这道大门了。既然你们不讲交情，那就不能怪我黎老七翻脸不认人了！"他环视一下群众，对团丁吩咐道："把那个朱老头给我拉出来！"于是有几个团丁把赤卫队员朱运衣的70多岁的老父亲从人群中架到场院的空地中间。

　　黎老七恶狠狠地问朱老爹："你儿子在干赤卫队吗？"

　　"知道了还问我。"朱老爹说。

　　"山上蚊虫多，还有山蚂蟥，都叮人。又没有吃的，何必受那个罪！如今红军都跑了，还有什么巴头（希望之意）啊！你上山去把你儿子找回来吧，他以前做的事我一笔勾销。黎某说话向来算话……"

没等黎老七说完，朱老爹就把他的话打断了："你的话算狗放屁，有本事自己上山去找。"黎老七火了："给你面子你不要，敬酒不吃吃罚酒。来人啊，给我狠狠地打！"话刚落音，团丁们就把朱老爹按倒在地，棍棒交加。朱老爹浑身是血、满身是伤，不一会儿，就在如雨的棍棒击打声中断气了。

在场的群众见朱老爹惨死在黎老七的棍棒下，都泣不成声。

黎老七从石磙上跳下来，用脚踢了踢朱老爹的尸体，冷冷地说："你们都看见了吧，想死想活，走哪条路，你们自己选择吧！"

可在黎老七面前出现的不是驯服的面容，而是一张张愤怒的脸。黎老七沉不住气了，他就像一条恶狗在愤怒的群众面前蹦来蹦去，最后蹦到了朱运衣的爱人朱大嫂面前，皮笑肉不笑地说："你还是那么年轻，那么漂亮，守活寡的滋味不好受吧！"说着他就伸手来捏朱大嫂的脸蛋。公公的惨死已经使朱大嫂的愤怒达到了极点，她再也不能忍受了，她把满腔怒火所产生的力量集中在手掌上，狠狠地给了黎老七一记耳光。

黎老七当众出丑，他恼羞成怒，一把拽住朱大嫂的长头发，把她拽出人群，先是一阵拳打脚踢，后又叫两个团丁给朱大嫂上"轧杠"。两个团丁把朱大嫂推到在地上，然后把一根竹杠压在朱大嫂的小腿肚子上，那两个团丁又站在竹杠上……

可酷刑没能使朱大嫂屈服……

正当黎老七无可奈何时，一个孩子大哭大叫着从人群中冲出来，扑到了黎老七面前，撕咬着他。这个孩子正是朱大嫂七岁的儿子，他要从黎老七的手里救出妈妈。回过神来的黎老七一脚把孩子踢出好几尺远，就在那一刹那，他生出了一条毒计。他叫两个团丁把孩子架着，自己拿着一把明晃晃的鬼头大刀搁在孩子的脖子上，对倒在地上的朱大嫂说："怎么样？把你儿子的老子、你的丈夫找回来，就救了两条人命；不然，就一刀砍了你的儿子！"

"妈妈！妈妈！"一阵撕心裂肺的叫喊，朱大嫂又一次昏了过去。孩子是自己的心头肉啊！可赤卫队员也是自己的亲人啊！孩子和赤卫队都是一样的亲啊！朱大嫂舍不得孩子，更舍不得赤卫队员啊！被扑了冷水而苏醒过来的朱大嫂心里快速盘算着。她挣扎着站起来，大义凛然地对黎老七说："赤卫队在什么地方，我们老百姓怎么能知道？有本事自己去找。在我们娘儿俩身上打主意，算什么好汉！"

黎老七冷笑一声后恶狠狠地说："你没有母子情分，休怪我无情！"说着，他举起鬼头大刀对朱大嫂说："现在说还来得及，交出赤卫队，这条根还给你留着。"

朱大嫂略一镇静："人在你手里，你想怎么办就怎么办！赤卫队在什么地方，我不知道！"黎老七绝望了，只见他手起刀落，孩子被砍成了两截。朱大嫂又一次昏过去了。

黑暗笼罩着山村，全村的人心都碎了。

就在那天晚上，回师皖西的红军游击师（由六霍赤卫师和霍舒衙赤卫师余部编成）悄悄地包围了杨家祠堂，一举消灭了霍山县民团道士冲中队，活捉了匪首黎老七。

"千刀万剐黎老七"的呼喊声震山谷。当天夜里，两个赤卫队员把黎老七按在石磙上，孩子的父亲、赤卫队员朱运衣双手高举起黎老七杀害孩子的那把鬼头大刀，一刀把黎老七劈成两段。由于用力过猛，石磙上才留下了一道深深的刀痕，至今犹在。

雨过天晴，在"保卫人民保卫党，保卫苏区保政权"的征程上，赤卫师的旗帜在高高飘扬！

舒传贤主持反围剿，红军回惩处刽子手

还在车厚桥师长带领赤卫师的同志们与敌人英勇奋战的时候，党中央就开始纠正以李立三为代表的"左"倾错误了。1930年9月24日至28日，在共产国际的指导下，在瞿秋白主持下，中国共产党在上海召开了扩大的六届三中全会。全会进一步批评了以李立三为代表的"左"倾错误，停止了组织全国总暴动和集中全国红军进攻中心城市的冒险计划，恢复了党、团、工会的独立组织和经常工作，这次会议基本上结束了李立三"左"倾冒险主义错误对全党的统治。

扩大的三中全会会议精神得到了迅速地贯彻。10月初，中共六安中心县委、红1军独立旅旅委和和商城县行动委员会举行联席会议，决定回师皖西恢复失地。接着，六安中心县委召开霍山县委、独立1师师委、青年团六安县委联席会议，决议建立和加强白色区域工作。

12月初，在第一次反围剿中撤到商南的六安中心县委在舒传贤主持下召开会议，决定撤到商南的红军独立第1师和各地赤卫队，打回皖西，收复失地。红军独立第1师一部1500多人在师长萧方率领下，在土地岭同省保安团2000多人激战6个多小时，毙、伤敌300多人，生俘敌500多人。红军乘胜追击到黑石渡，摧毁敌人留守处，诸佛庵守敌潘善斋新编5旅向东逃走。

　　杀害车厚桥师长的刽子手受到了惩处。1931 年 3 月 12 日，潘守三和其警卫排一起全部被红军击毙。据 1931 年春《皖西苏区教导 2 师三月战绩报告》指出："3 月 11 日在英山金家铺将潘善斋旅一营兵力整个缴械，第二日占英山县城，得步枪 800 余支，驳壳枪 60 余架，手提 10 几架，……击毙其团长潘守三并团副、营长 10 余名，俘虏士兵 800 余。"

　　1931 年 3 月 24 日，六安反动地方武装被消灭。"3 月 24 日，教导 2 师于麻埠歼灭了六安团匪 1、2、3、4 团队及其游击大队并岳匪（盛暄）之一团部队，缴得步枪 1000 余支，驳壳枪 50 余架，手提 8 架，马克辛机关枪两架，子弹、军用品无数，并获匪首数十名及俘士兵百余名。"许建堂被击毙。

大别山红旗不倒，鄂豫皖松柏常青

　　1930 年底和 1931 年初，失散的六霍赤卫师指战员有 500 多人参加了红军，如赵俊、杨中行、齐勇、刘晓山、李先忠、孙启贵、张云、朱业奎、李明功等。

　　1931 年 1 月中旬，红 1 军与红 15 军在商南长竹园会合后，随即将两军合编，改称中国工农红军第 4 军，军长邝继勋，政治委员余笃三，参谋长徐向前，政治部主任曹大骏。下辖第 10 师、第 11 师。4 月，由鄂豫皖苏区红军中央教导第 1 师和鄂东警卫第 2 团合编为第 12 师，师长许继慎，政治委员庞永俊。六霍赤卫师余部很多都编为红 4 军 12 师。

　　1931 年 10 月上旬，中共鄂豫皖军委决定将红 4 军第 12 师扩编为红 25 军。军长旷继勋，政治委员王平章，下辖第 73 师、74 师、75 师。红 25 军组成人员大都来自于皖西苏区，很多人曾经在六霍赤卫师的编制里与敌人战斗过。

　　1931 年 10 月，红 4 军与红 25 军在黄安县七里坪组成红四方面军。1932 年 10 月，红四方面军主力退出鄂豫皖根据地，留下红 25 军的第 74 师、75 师坚持斗争。抗日战争开始，红四方面军改编为八路军 129 师，六霍赤卫师余部为重要组成部分的原红 25 军 73 师也在其中。

　　留在鄂豫皖苏区的红 25 军，不久就编散了第 74 师，另将独立第 1 师一部编入。这样，红 25 军只设一个第 75 师。军长吴焕先，政治委员戴季英。11 月，红 25 军又经整编，增加至 7000 余人，政治委员改为王平章，下辖第 74 师、75 师。1933 年 10 月间，红 25 军在潢麻公路遭敌包围分割。75 师由吴焕先、戴季英率领突围至鄂东，仍保留25军番号；74师由徐海东率领，退回皖西重新组建28军。半年后，两军会合仍编为25军，军长徐海东，政治委员吴焕先，下辖74师、75师。1934年11月，红25军又进行了整编，军长程子华、政治委员吴焕先、副军长徐海东。下辖3个团，近3000人。整编后，红25军就开始长征，1935年9月中旬胜利到达陕北，与陕北红军第26军、27军会师。会师后。红25军改编为红15军团第75师，隶属于红一方面军。抗日战争开始后，红一方面军改编为八路军115师，六霍赤卫师余部为重要组成部分的原红25军也在其中。

红四方面军和红25军两支红军长征后，鄂豫皖苏区又组成了第三支红军——红28军，抗日战争开始，由红28军为主组建了新四军第4支队和第5支队。六霍赤卫师余部作为重要组成部分也在其中。

大别山红旗不倒，鄂豫皖松柏常青。

车厚桥师长虽然牺牲了，但是，六霍赤卫师的旗帜却永远在飘扬。

尾　声　**烈士预言终成宏图**

劳苦大众翻身做主，烈士预言终成宏图

"雄鸡一唱天下白"，车厚桥牺牲以后的第19年，中国人民在中国共产党的领导下，经过浴血奋战，终于推翻了压在中国人民头上的帝国主义、封建主义、官僚资本主义三座大山，做了新中国的主人。车厚桥烈士的遗愿"20年后，革命一定会成功！"已经在中国大地、烈士家乡变成现实。

中华人民共和国开国大典前一天的下午6时，根据政协第一届全体会议通过的决定，全体政协代表在天安门广场隆重举行人民英雄纪念碑奠基典礼。人民英雄纪念碑于1952年8月1日动工，1958年4月22日竣工，当年的5月1日在天安门广场举行了隆重的揭幕仪式。

1955年的9月27日是一个值得纪念的日子，这一天，毛泽东为共和国的元帅们授了军衔，周恩来为人民解放军的将军们授了军衔，彭德怀次日又为人民解放军的校官代表们授了军衔。中国人民解放军从这一天起，开始正式实行军衔制。在六霍赤卫师战斗过的指战员们中间，梁从学、赵俊、齐勇、张宜爱、杨中行、苏焕清、汪少川等人获授将军军衔，李先忠等人获授大校军衔。

要是车厚桥师长此时还活着，也该授予将军军衔吧？

没有那么多假设。这时，中国人民的伟大领袖毛泽东主席的话，在中华大地回响，在万里云空回响："成千成万的先烈，为着人民的利益在我们的前

头英勇的牺牲了。让我们高举起他的旗帜，踏着他们的血迹前进吧！"

> 忽报人间曾伏虎，泪飞顿作倾盆雨。
> 英雄预言成硕果，烈士鲜血染红岩。

1956年，安徽省人民政府追认车厚桥同志为革命烈士。1984年国家民政部批准车厚桥为革命烈士。车厚桥烈士还被《中国工农红军第四方面军人物志》（第75页）收录。

2014年8月31日，中华人民共和国第十二届全国人大常委会第十次会议经表决，通过了《关于烈士纪念日的决定（草案）》，以法律形式将9月30日设立为中国烈士纪念日，并规定每年9月30日国家举行纪念烈士活动。

2015年4月3日，在故居门前，乡亲们捐资修建的车厚桥烈士纪念亭落成暨铜像揭幕。

敬爱的车厚桥烈士，"吴刚捧出桂花酒，寂寞嫦娥舒广袖，万里长空且为忠魂舞"。

敬爱的车厚桥烈士，忠魂永驻大别山，豪情长留天地间，烈士的光辉业绩也将与革命精神永垂史册！

烈士遗孀重组家庭，烈士女儿生活幸福

车厚桥烈士牺牲后，他的妻子和女儿一直由韩仰渠和张腊梅照顾，韩仰渠负主要责任。长期的接触，使得刘绍青对韩仰渠产生了感情。征得组织批准后，韩仰渠和刘绍青结为夫妻。张腊梅安排人在青色冲给他俩建了两间土坯草房，并主持了婚事。

1935年秋天，刘绍青带着六岁的女儿车敦明改嫁给了丈夫车厚桥的老战友韩仰渠。洞房里，一家三口唱起了苏区歌谣。

首先，韩仰渠和刘绍青两人合唱了《鄂豫皖战歌》：

> 春天里，迎春花儿香，
> 穷人心向共产党，翻身求解放。
> 打土豪，分田地，人民喜洋洋。
> 鄂豫皖是个好地方。
>
> 夏天里，荷花水中开，

白匪向红军投降来，保证不伤害。

铲赃官，除封建，穷人乐开怀。

鄂豫皖红旗树起来。

秋天里，百花都结果，

人民有了苏维埃，再不受折磨。

扛着枪，背着锄，有吃又有喝。

鄂豫皖人民多快活。

冬天里，雪花铺满山，

闹革命跟着徐向前，南征又北战。

反围剿，夺政权，彻底把身翻。

鄂豫皖变成大花园。

接着韩仰渠、刘绍青和车敦明三人满含泪水合唱了《红军定要坐江山》，歌词是：

红军都是英雄汉，白匪再多干瞪眼。

总有一日天要晴，红军定要坐江山。

他们怀着对共产党和红军的思念，组成了新的家庭。由于在三年红军游击战争中负了伤，组织上安排韩仰渠回到家乡做地方工作。红28军编成新四军4支队开拔前线抗日时，韩仰渠回到家乡西河口乡石湖村太平岗（今石湖村新塘村民组）居住，并恢复了原名——韩存友。

1938年夏末秋初，日本侵略者侵占了六安、霍山两县的部分地区，西河口地区遭到了日寇的铁蹄蹂躏。日本鬼子烧毁了韩存友和刘绍青的住房，韩存友的革命者身份证件被焚毁。他们一家三口仅以身免。

婚后，韩存友和刘绍青没有再要孩子，他们把全部的爱给了车厚桥烈士的女儿——车敦明（韩先明）。他们尽力让车敦明过上舒心的日子。直到今天，年近90岁的车敦明老人还非常想念父亲车厚桥，怀念养父韩存友和母亲刘绍青。

新中国成立以后，烈士遗孤——车敦明（韩先明）在党的领导下，过上了幸福生活，好日子就像芝麻开花——节节高。1952年，车厚桥的独生女儿——车敦明（韩先明）与项宏义的二儿子项昌银恋爱结婚，结为夫妻。22岁的车敦明出嫁到霍山县黑石渡镇印墩冲村庙儿冲村民组的项家后，育有三个女儿两个儿子，一家人在幸福美满中生活。车敦明居住的地方离她父亲车厚桥战斗过的十八盘直线距离不过3000米，实际行走距离不足7000米。

2014 年冬天，笔者在西河口乡石湖村新塘村民组，看望了韩存友（韩仰渠）年已 80 岁的继子韩先国（韩存友二哥韩存杰的孩子）夫妻俩，韩先国介绍说，他是姐姐韩先明出嫁前夕到三叔韩存友家来的，三叔和三婶都活到了 70 多岁，去世时都很安详。

皖西是一块红色的土地，红军的故乡，将军的摇篮，是鄂豫皖革命根据地的重要组成部分，是三大主力红军之一的红四方面军发源地。老一辈无产阶级革命家邓小平、刘伯承、徐向前、徐海东、郭述申、程子华等早年从事革命活动和战斗过的地方。在中国漫长的革命斗争岁月中，英雄的皖西人民在中国共产党的英明领导下，前仆后继，英勇奋斗，先后有 30 多万优秀儿女为党为国捐躯。其中新中国成立后被追认的在册烈士就达 26000 余名，涌现出许继慎、舒传贤、周维炯、刘沔西、车厚桥等一大批革命英烈。革命烈士的鲜血洒满了皖西大地，他们用宝贵的生命在中国革命史上谱写了光辉灿烂的诗篇。

（1）车厚桥年谱

1906 年，出生。

1914 年，读书。

1921 年，随傅老先生学中医。

1922 年秋，九公寨遇险。

1922 年冬，在龙门冲一带参加大刀会，学习武艺。

1923—1929 年春，在龙门冲街道经商，并兼做竹木生意。业余以学武为主，兼学中医。加入农民协会后，以革命为主。

1924 年 6—7 月，参加六安大刀会起义。

1925 年冬，在大刀会总堂武术高手选拔赛夺魁后，车厚桥成为武术老师。

1926 年清明，车厚桥代表大刀会与"红学"对决，取胜。

1926 年夏天，车厚桥在龙门冲街道"倒立走"1000 米，震慑了"红学"。

1926 年夏末，和刘绍青结婚。

1926 年 9 月下旬至初冬，参加六霍起义，为国民革命军送信。

1927 年 2 月加入农民协会。1927 年春天，组织担架队运输队支援北伐。

1927 年 4—6 月，参加北伐军——国民革命军第 33 军第二独立团。

1927 年 7—12 月，养伤其间及伤愈后，参加农民协会活动，组织以农民骨干为主的"摸瓜队"，并任"摸瓜队"队长。

1928 年农历正月初一，已是龙门冲农协骨干分子的车厚桥，写下了"要为实现苏维埃中国而奋斗终生"的誓言。

1928 年夏，车厚桥率领的赤卫队在回龙寺尾袭"清乡队"。

1928 年 6—8 月，车厚桥在六安"四高"担任古文教员，晚上接受党的教育。

1928 年夏末，袭击驻龙门冲小街反动民团，就地处决王小铲子。

1928 年初秋，镇压响洪甸恶霸地主兼保董苏永亮。

1928 年秋，率领赤卫队攻打西两河口杨帮代的民团。

1928 年秋天，车厚桥加入中国共产党。并被任命为赤卫队队长。

1928 年秋、冬，主持小七畈地下兵工厂。

1928 年冬，赤卫队员和农会会员攻打匡冲恶霸地主吴亦良庄园。

1929 年春，带领农会会员进行"五抗"斗争和"春荒"斗争。

1929 年 4 月下旬，支援朱体仁，在新店河击破龙门冲"红学"。

1929 年 5 月 2 日夜，支援诸佛庵兵变。

1929 年秋，为六霍起义做准备。

1929 年 11 月 8 日率龙门冲赤卫队参加独山暴动。

11 月 12 日，车厚桥和队长王霈雄一起，带领赤卫队员参加庆祝独山起义胜利大会和示威游行。

11 月 17—19 日，带领赤卫队员参加围攻麻埠的战斗。

11 月 20 日，带领赤卫队员占领张汉卿左家楼庄园。

11 月 19—23 日，西镇暴动。车厚桥带领赤卫队员牵制六安敌军

1929 年冬，组织龙门冲和江家店暴动；保卫龙门冲苏区，保卫六安中心县委。

1930 年 1 月，中共六安中心县委机关和六霍县委由六安龙门冲迁驻闻家店附近的灵岩寺。

1930 年 2 月 1 日（农历正月初三）夜，率领赤卫队配合红 33 师攻占霍山县城。

2 月下旬，担任六安三区赤卫队队长，协助冯孝山抽调政治觉悟高、军事技术过硬的赤卫队员参加红 33 师。

3 月，重新调整编组六安三区赤卫队。

4 月 12 日（农历三月十四），率领赤卫队配合主力红军红 33、32 师，一举攻克霍山县城。

1930 年 4 月下旬，参加诸佛庵土改试点。

1930 年 3—5 月，在霍山县闻家店参加六安中心县委主办的"六霍干部学校"和军事训练班的学习，成绩优异。

1930 年 6 月，夜袭落地岗"反共队"，智歼郭茂德。

1930 年 6 月下旬，率领六霍赤卫师第一、二支队，攻打驻独山寺、大埠店的"铲共"队许建堂部，打死打伤敌人七八十人，缴钢枪 10 余支，面粉无

数袋。

1930 年 7 月，六安中心县委决定，将各地赤卫队和零星枪支集中起来，四五千人，改编成六霍赤卫师，任命有军事经验的车厚桥为师长，吴岱馨为政治部主任，下辖霍山县、六安县、英山县 3 个支队，师长、政治部主任随六安支队活动。六安支队有 500 余人，钢枪 50 支，土枪 100 余支，土炮 9 节，余有大刀长矛镖梭等。赤卫师师部下设有宣传、组织、侦查等股。

1930 年初夏至初秋，车厚桥根据上级"主要是保卫苏区，消灭和镇压进犯之敌，在战斗中发展、壮大赤卫师的队伍"的指示，注意侦察敌人动向，有计划、有准备地打击敌人。先后夜袭落地岗，包抄大埝店、独山寺，巧取龙门冲，大战柳树店，有力地保卫了苏区政权，打击了敌人，威震皖西。

1930 年 7 月上、中旬，坚持九尖头，并胜利突围。

1930 年秋，率领赤卫师在霍山柳树店，用 9 节土炮轰击霍山县保安大队，打死、打伤敌人几十人，残敌抱头鼠窜。

11 月 7 日（农历九月十七日），车厚桥女儿车敦明出生。

1930 年秋，主力红军西进，致使皖西根据地空虚，国民党六安县政府集中地方民团 1000 多人长驱直入，将六霍赤卫师围困在龙门冲十八盘大山里，达 40 余天。在弹尽粮绝分散突围时，不幸被敌逮捕。

1931 年元月，车厚桥牺牲。敌人对车厚桥施以各种酷刑，又以高官厚禄相许，都没有能动摇他的革命意志。敌人黔驴技穷，竟惨无人道地用十几根大铁钉，将他钉在六安城北门上"示众，接着被敌人惨杀而牺牲。"

1956 年，安徽省人民政府批准车厚桥为革命烈士。

1998 年 10 月，《中国工农红军第四方面军人物志》记载车厚桥的事迹。

2015 年 4 月 3 日，车厚桥烈士纪念亭落成暨铜像揭幕。

(2) 历史文献

文献一：中共六安县委关于大刀会情况给安徽省委的报告

（一九二八年四月二十六日）

省委：

兹将六安大刀会最近的政治地位及其内容报告于此：

（一）刀会最近在六安的政治地位与其布置

1. 三十军留守在六安之魏春霖前次收编夏云峰为特务团。魏走，夏以缴得贺对廷残部八百多条枪（内大部分被其党徒分散，不能调动）与二百余支枪的警备营相比，自然称得起雄长。不过柏文蔚近派来的清乡司令，派黄某为团长，到苏家埠购买之武器，被夏扣留罚款后始放走。

2. 三十军走后，夏即不愿随之开拔，其特务团名义亦不能维持长久，现闻似改称国民自卫团，三五日内即可实现。

3. 夏将其部队分驻各镇，占领地盘。此刻东南之张家店、毛坦厂驻有二连，西南苏家埠拟驻自卫营全营，两河口、麻埠、独山拟各驻一连。凡夏所驻之地，警备营即收回到县城里去，警备营并不是怕夏的枪多，实怕大刀会的猛烈。前夏缴贺部枪时，只以六十柄大刀，三、五支步枪就缴了贺部溃兵千人，就是他们大刀会猛烈制胜的。

（二）刀会之发展

1. 在军事上大刀会打算用蚕食的方法，占领全县四镇八乡一百五十八保，都扎"香堂子"。

2. 他们"先生"设香堂收学生，后学生又设香堂收学生。他们虽不能个个都这样开香堂、收学生，然而他们现处在胜利的情形之下，农民又迷信他们，他们每个堂子都能收到数十个以至百十个不等，将来的发展是很可怕的。

3. 合肥已有了刀会，舒城、桐城尚没有开香堂，他们很有意发展学生。他们以为有了学生随时都有枪，他们正向邻近各县发展去夺取政权。

（三）六安大刀会之派别

1. 城西南乡麻埠以西之顾某，其本身系富农，自去年春即广收学生，于夏云峰之外别树一帜。此派分子多地主豪绅阶级，保守性最重，并有蓄发以俟宣统复辟之说。

2. 金家寨灵本钧与夏同时广收学生，为地主保护身家。

3. 西北乡朱二先生有党徒百余人，分子多为地主，与夏对抗。将来这两派的冲突要厉害些。

4. 夏云峰党徒为最多，分子多自耕农、佃农、雇农、游民，并有少数知识分子及小商人等。其本派中之学生亦各收徒弟，意见分歧，夏不能指挥自如，只能用浪漫的方法求得表面上的拥戴罢了。

（四）土豪劣绅与大刀会之关系

1. 民国十三年，大刀会暴动之后，官厅清查甚严，土豪劣绅很努力地帮助官厅压迫刀会。近来西南各乡各地之土劣，如晁、程等及六安民众联合办事会委员李某亦与夏相互勾结，借向乡下筹军米，他们保夏为国民自卫团总团长。

2. 前清翰林著名劣绅王宛香先遣其子辈入红枪会，后又自开香堂，还有许多土豪劣绅亦与大刀会有密切关系。

（五）农民对刀会之态度

1. 一般农民均有刀会的倾向，农民多是酷爱和平的，他们以为刀会能给他们带来和平，保持地方的秩序，所以他们很羡慕刀会，纷纷加入。

2. 经过我们宣传的农民，可以明白刀会没有正确的政纲可以解放他们。因此，他们经过我们宣传之后，虽迷信刀会的心理没有去尽，也不过是好奇心罢了。

（六）我们对大刀运动之意见

在县委未改组以前，曾派几个同志到夏部下工作，他们都没有方法打到夏的群众里去，不能起作用，不久都各退出来。最近曾派同志去调查，以我们的观察，我们要影响刀会的群众，除非我们去里面工作并采取与他们一样的形式，否则他们就难接受我们的宣传。究竟如何，望省委与前六安县代表大会关于刀会运动决议案之外，再给我们一些方法，不胜待命之至！

……

文献二：中央关于白军工作、处理大刀会、土匪等问题给安徽省临委的指示信

（一九二八年六月五日）

安徽临时省委：

最近报告及来件均已收到。兹就所提各项问题分别答复如下：

皖北问题：

……

二、大刀会问题：六安大刀会的领袖显然是没有丝毫希望，他的反动程度是随其势力发展而愈加厉害，我们绝不应存一种获得这一组织之幻想，我们也绝没有力量去"从速破坏这种倾向"的。现在的问题就是如何去影响他的群众，促成内部的分化，去破坏其组织。

大刀会的领袖既已成为豪绅、地主、军阀的工具，他自然不能站在贫苦农民利益上去发展自己的组织与力量，我们是否能够影响其农民成分，就看我们是否能领导对贫苦农民有益的斗争。因此我们主要工作就是集中力量去发展农协组织与斗争，不应使农协与刀会成为对立团体，必须以农协为我们主要工作，而不是"应集中极大的力量去作"大刀会工作。这一工作的观念你们是应从此改正的。

此时大刀会以内的工作，应当是注意下层群众与干部的获得，在土地革命口号之下，鼓动群众起来斗争，反对出卖农民利益的领袖而脱离刀会组织加入农协。专靠"利用会中的首领英雄的浪漫的革命思想"，绝对不是"训练群众的必要方法"。

……

文献三：王逸常关于六、霍工作情况给中央组织部的报告
（一九二九年三月十三日）

中央组织部：

一、赴皖工作之经过去年一月奉命抵芜时，王竞博同志要我同他一块到皖北去巡视。经寿县到六安，即将六安、霍邱、霍山三县合并改组为六安县委，留我在该等县负责，竞博即回省芜去了。

……

五、六安、霍山的会党运动六安的大刀会和青洪帮是有很多群众的。他们的分子以农民和游民无产分子占多数。他们在民国十三年曾攻破县城，把军阀的一团武装打得落花流水。但是他们尊崇老师，迷信符咒，很容易为少数领袖利用去谋做官，活活把他们卖掉了。

我们在六安做会党和土匪的工作，是运用兵士运动的原则。打到会党群众里边去，吸收农民会党和进步分子入党，宣传他们的群众参加土地革命。去年三月，我们几个同志进到他们的香堂去，对他们的内容和习惯考察了一番，首先在其群众中由感情上的联络，而宣传，而训练。他们很欢迎谈话式的报告，很多的人加入农会。现在我们很能工作的同志有赵启清同志（佃农）担任西南乡苏家埠一带的农运，并当选本届县委委员；吕大受同志（雇农）担任县委总交通员。

大刀会的首领夏云峰被统治阶级委为六、霍三县国民自卫团团长，把他大部分武器编成军队了；他已经做了统治阶级的走狗。我们在他们的群众中指出他利用群众升官，使他们大部分群众离开他，反对他如反对军阀豪绅一样。

统治阶级通缉我们的时候，青洪帮和一部分土匪找我们接头，要暴动起来，与军队决战。县委认为我们主观的力量还没有会匪的力量大，领导不住他们，反而被其利用了，我们只答应到他们的势力范围去组织农协，他们也是欢迎的。不过实地去组织以后，我们的经验告诉我们，会匪很少数地能够作持久的经常的斗争，他们的一般游民无产分子只能做我们在没有工作的地方去组织农协的媒介。他们很讨厌开会，其本质就是要打劫。但是会党中的农民分子是很有希望的，并且比普通的农民勇敢而有能力。

文献四：中共六安县委给中央的请示报告（第四号）
——关于政治经济情况
（一九三〇年一月十八日）

中央：

我们第三号报告是一月十五日以前的，是与交通员约定的时间带上的，

谁知交通员直到现在才来（正月初三），兹把第三号报告仍旧送来，自一月十五日以后的再详细报告如下：

1. 政治：六安的目前政治受着军阀混战、农村经济破产与革命的暴动的影响，是走到极矛盾的程度，过去豪绅地主阶级借着独立第一旅陈耀汉的军队做护符施行白色恐怖，以镇压革命与严厉的剿匪，以求得暂时苟安。去年腊月底陈耀汉军队受蒋政府的命令向蚌埠一带进攻石友三，六安城只得少数步［部］队守城，地主阶级大起恐慌，同时商城红军与六安六区游击队（现改为33师）有东下的趋势，东北乡西北乡土匪因独立旅开走，又重新活动，逼得地主阶级进一步团结自己的力量以自卫。现在六安统治阶级最积极的反动就是扩充军队，团结内部，镇压革命，消灭土匪，搜剿工农等。他们把六安地方所有的军队及收买一部分土匪共编为三团队及国民自卫团一、二纵队，第一团队杨松山有枪二百余支（老土匪头，过去当过六安警备营营长），担任肃清东北乡土匪；第二团队张季荃（小军阀出身）有枪约二百支，担任肃清西南革命势力；第三团队朱直（孟）弓有枪一百余支，担任城防。东南两乡各镇的人民自卫（团）有枪约百五十支，统归地主阶级忠实走狗张泽霖指挥；东南乡各镇国民自卫团有枪二百余支，统归劣绅高子舞指挥。其他西北乡的各镇国民自卫团及地主阶级亦正在扩充武装，统一军权。这些国民自卫团一方面是镇压各地的农民运动，一方面是辅助三团队力量之不足。

……

文献五：六安中心县委关于六霍等六县目前工作计划的决议案

（一九三〇年四月一日）

联会听到六县的工作报告，根据联会对六县目前政治任务的决议，为补救过去六县党的弱点和缺点，完成这一当前的革命任务，对于六县的今后工作，特有以下的决议：

……

2. 赤卫队的工作。

（1）武装及人才的准备：①派农民同志或农协会员到红军中或到统治阶级军队里当兵，学习使用武器；②训练积极勇敢分子当军事干部；③集中和收买一切武器——钢枪、土枪、土炮、炸弹、子弹等。

（2）赤卫队的任务：①保护一切革命的组织；②肃清反动派；③维持赤区治安；④帮助游击区红军作战；⑤夺取敌人武装。

（3）赤卫队的组织应该是在业的农民参加，直接受农民协会的指挥，在苏维埃区域应即变为警卫预备队。

（4）训练与游击队相同，同时赤卫队员应参加农民协会的。

……

（3）参考书目

公开出版物

［1］中共中央党史研究室．中国共产党历史（第一卷上册）［M］．北京：中共党史出版社，2002.

［2］安徽省文学艺术工作者联合会．安徽革命回忆录［M］．合肥：安徽人民出版社，1959.

［3］中共六安地委党史工作委员会．皖西革命史［M］．合肥：安徽人民出版社，1987.

［4］中共六安市委党史研究室．中共六安地区党史大事记1919—1949［M］．合肥：安徽大学出版社，2001.

［5］六安市委党史研究室．六安将军传［M］．合肥：安徽人民出版社，2006.

［6］六安市委党史研究室．红色六安［M］．合肥：安徽人民出版社，2007.

［7］汤祖祥．安徽省红色区域中心霍山［M］．合肥：安徽人民出版社，2008.

［8］王志怀．大别山飞起的雄鹰——舒传贤传［M］．合肥：安徽大学出版社，2007.

［9］金寨革命史编委会编著，台运行主编．金寨革命史［M］．合肥：安徽人民出版社，1991.

［10］六霍起义［M］．北京：中共党史资料出版社，1989.

［11］朱贵平，蒋二明．开国将军中的安徽人［M］．北京：新华出版社，2009.

［12］莫非，张世祥．金刚英雄谱［M］．合肥：安徽少年儿童出版社，1985.

［13］中共六安市委宣传部，六安市新闻工作者协会．六安歌谣集成［M］．北京：中国文联出版社，2011.

［14］孟福祥．军旗猎猎［M］．北京：海潮出版社，2007.

［15］中共霍山县委党史办公室霍山县民政局编，杨春阳主编．霍山党史百人传［M］．合肥：安徽人民出版社，1991.

［16］中共霍山县委党史办公室．霍山革命史1919—1949［M］．合肥：安徽人民出版社，1989.

［17］张耀纶，梁建堂，张耀宗等．鄂豫皖苏区教育史［M］．开封：河

南大学出版社，1988.

[18] 中国工农红军第四方面军战史编辑委员．中国工农红军第四方面军人物志［M］．北京：解放军出版社，1998.

[19] 皖西革命斗争史编写组．皖西革命回忆录［M］．合肥：安徽人民出版社，1980.

[20] 黄文治．从叛乱走向革命：保土意识、阶级意识及乡村革命动员——以中共与皖西大刀会为中心的探讨（1922—1932）［J］．学术界，2010（01）．

内部出版物

[1] 六安市"保持党的先进性，迎接党的十八大"主题教育实践活动领导小组办公室．纯洁之光．2012.

[2] 中共六安市委党史办公室．历史丰碑．1999.

[3] 中共霍山县委党史研究室，汤祖祥主编．红色丰碑．2010.

[4] 中共英山县委党资料征集编．英山革命史资料第 1 集．1984.

[5] 湖北省英山县民政局主编．红色英山第一册（革命历史人物）．2015.

[6] 中共六安市委党史研究室．皖西党史资料第二辑．2012.

[7] 刘明富，周其庆．裕安文史资料第一辑．2002.

[8] 中共霍山县委党史办公室．中共霍山县委党史．2000.

[9] 吴明荣．追求真理的光辉足迹——吴岱馨烈士传略．2008.

[10] 中共霍山县委党史研究室编．红色霍山．2009.

[11] 中共六安县党史办公室编．中共六安县党史人物传（第一辑）．1985.

（4）审读意见

《赤卫师长车厚桥》审读意见

　　《赤卫师长车厚桥》系中共六安市委宣传部、市委党史研究室和有关区县的有关部门组织编写的，朱绍堂同志撰写的一部纪传体党史作品。作品翔实生动地记述了安徽重要的党史人物、土地革命战争时期六霍赤卫师师长车厚桥烈士短暂而辉煌的一生。《赤卫师长车厚桥》一书主题鲜明，形象生动地再现了车厚桥烈士为了国家解放、人民幸福，不惜抛头颅洒热血的奋斗历程，热情地讴歌了烈士崇高的革命信念和敢于牺牲的伟大精神；作品导向正确，史实准确，内容丰富，背景资料翔实，史料挖掘比较深入，情节生动，描写具体，富有文采，富有浓郁的地方特色，是一部融思想性、教育性、可读性为一体的党史作品，对加强党史教育、弘扬革命精神、传承红色基因具有积极意义，对于深化党史人物研究、挖掘利用党史资料也具有重要价值。

修改建议：

1. 有关地方风俗人情的介绍和描写应注意通俗化，难以理解的概念和词语要适当加以解释；第二稿经压缩后明显比第一稿简洁凝练，但背景部分内容与人物关系不密切的仍可以压缩。

2. 会道门介绍可以适当简化，武打场景、战争（战斗）场面等描写要做到"细节真实"。

3. 历史人物注释可以适当压缩，简介即可，有的重要历史人物或与烈士联系密切、与情节发展密切相关的人物可移至正文中加以介绍。

4. 请本书出版部门的责任编辑对文字、标点、体例和注释等进行规范化处理。章节结构不够平衡，有的章仅有一节，建议统一处理。审读中的文字方面的修改意见见文本，供参考。

经过审读，我认为该书修改后可以出版。

中共安徽省委党史研究室副主任　李兵

2016 年 10 月 10 日

(5) 感谢

感　谢

在调查和考察的过程中，裕安区的吴明荣、张志明、张志奉、马祥余、（曹守忠）、金传武、金亮、车敦福、车本家、陈道洲、吴世潮、吴世元、余在中、王传鼎、韩先国、潘启龙等人，霍山县的黄从升、徐仁群、张俊、彭德富、张贵才、谢学祥、周光胜、余在江、何萍、朱以友、项兴旺、廖绍奇、刘荣甲、余光胜、朱颂祥、吴世明、刘伦超、李荣等人都给予了支持和帮助。

作者对上述人士表示衷心的感谢。